책벌레의 하극상

사서가 되기 위해서라면 뭐든지 할 수 있어

제 4 부 **귀족원의**
자칭 도서위원 IX

카즈키 미야
miya kazuki

길찾기

등장인물

3부 줄거리

귀족이 된 로제마인은 영주의 양녀이자 신전장으로서 바쁜 나날을 보낸다. 인쇄기가 만들어지고, 성의 판매회에서 카루타나 트럼프가 큰 인기를 끈다. 그러나 게오르기네의 방문으로 불안한 분위기가 감돈다. 죄를 범한 빌프리트, 납치 당할 위기에 놓인 샤를로테를 구하기 위해 동분서주하는 로제마인은 정체를 알 수 없는 적이 먹인 약 때문에 죽음의 위기를 맞게 된다. 치료를 위해 들어간 유레베에서 로제마인이 깨어난 것은 2년이 지난 후였다.

로제마인

주인공. 조금은 성장해서 8세 정도로 보이지만 내용물은 변하지 않았다. 귀족치럼 책을 읽기 위해서는 수단과 방법을 가리지 않는다. 겨울에 귀족원 3학년생이 되었다

에렌페스트 영주 후보생

빌프리트

질베스타의 장남. 로제마인의 오빠로 겨울에 귀족원 3학년생이 되었다

샤를로테

질베스타의 장녀. 로제마인의 여동생으로 겨울에 귀족원 2학년생이 되었다

멜키오르

질베스타의 차남. 로제마인의 남동생

로제마인의 보호자들

페르디난드

질베스타의 이복동생. 로제마인의 보호자 역할을 하고 있다

질베스타

에렌페스트의 아우브(영주). 로제마인을 양녀로 맞아들인 양아버지

플로렌치아

질베스타의 아내. 후보생 세 명의 어머니. 로제마인에게는 양어머니가 된다

엘비라

칼스테드의 제1 부인. '귀족' 로제마인의 호적상 어머니

칼스테드

에렌페스트의 기사단장. '귀족' 로제마인의 호적상 아버지

보니파티우스

질베스타의 숙부이자 칼스테드의 아버지. 로제마인에게는 할아버지가 된다

리카르다
수석 시종. 세 보호자의
어린 시절을 꿰고 있는
상급귀족

리젤레타
견습 시종으로 중급 귀
족. 귀족원 6학년생. 안게
리카의 여동생

브륀힐데
견습 시종으로 상급 귀
족. 귀족원 5학년생

하르트무트
새로운 신관장. 상급 귀족
으로 오틸리에의 막내 아
들

로데리히
견습 문관으로 중급 귀족. 귀
족원 3학년생. 이름을 바쳤다.

필린느
견습 문관으로 하급 귀
족. 귀족원 3학년생

코르넬리우스
호위 기사로 상급 귀족. 칼
스테드의 삼남

레오노레
견습 호위 기사로 으로 상
급 귀족. 귀족원 6학년생

유디트
견습 호위 기사로 중급 귀
족. 귀족원 4학년생

다무엘
호위 기사로 하급 귀족

안게리카
호위 기사로 중급 귀족.
리젤레타의 언니

로제마인의 측근

오틸리에
시종. 상급 귀족으로 하
르트무트의 어머니

로제마인의 전속

푸 고	……	전속 요리사
엘 라	……	전속 요리사
로지나	……	전속 악사

에렌페스트의 귀족

에크하르트	……	페르디난드의 호위기사로 칼스테드의 장남	마티아스	……	견습 호위 기사로 중급 귀족. 구 베로니카 파
유스톡스	……	멜키오르의 수석 시종	라우렌츠	……	견습 호위 기사로 중급 귀족. 구 베로니카 파
오즈발트	……	영주의 수석 시종	그라오잠	……	기베 게를라흐
아우렐리아	……	람프레히트의 아내	베로니카	……	질베스타의 어머니. 현재 유폐 중
니콜라우스	……	칼스테드 둘째 부인의 아들	가브리엘레	……	베로니카의 어머니. 원래는 아렌스바흐의 영주 일족
예레미아스	……	기베 달돌프의 아들	하이데마리	……	에크하르트의 사별한 아내

그 외의 사람들

귄터
마인의 아버지로
문의 병사장

에파
마인의 어머니로
염색 장인

투리
마인의 언니로
머리 장식 장인

카밀
마인의 동생

평민 마을의 가족

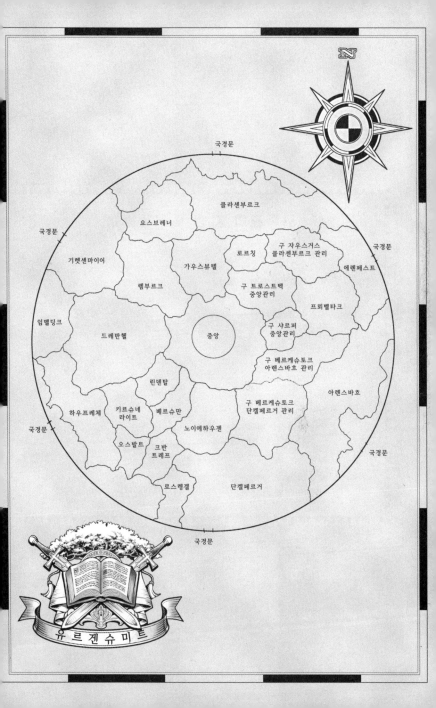

제4부 **귀족원의 자칭 도서위원 IX**

일러스트 시이나 유우   **지도제작** 후지시로 요   **번역** 김 봄

디자인 백진화   **편집** 정성학 김일철   **교정** 오세찬   **주간** 조성길   **마케팅** 정다움 이수빈

프롤로그

"또 언젠가 시간의 여신 드레팡아가 자은 실이 겹쳐질 그날까지 신들의 가호와 함께 존체 만안하시길."

"예. 시간의 여신 드레팡아의 실잣기가 원활하길 기원합니다."

빨간 입술 끝을 올리며 인사한 게오르기네가 마차에 올라타자, 몇 대나 이어진 마차 행렬이 아렌스바흐를 향해 움직이기 시작했다. 그 옆을 호위하는 사람들은 에렌페스트의 기사단. 그들은 마차가 에렌페스트 영지를 벗어나기 직전까지 동행하게 되었다.

마차가 저 멀리 작게 보일 때까지도 플로렌치아의 뇌리에는 게오르기네의 마지막 미소와 조만간 또 만날 거라는 인삿말이 떠나질 않았다. 묘한 한기가 느껴져 몸 앞에 공손히 모았던 두 손을 꼭 쥐었다.

'왠지 꺼림칙한 미소였어.'

지난번 게오르기네가 에렌페스트를 방문했을 때 하얀 탑에 유폐된 자신의 모친, 베로니카를 뒤돌아보며 띠었던 미소와 비슷한 느낌을 받았다. 그 후에 열렸던 사냥 대회에서 아들인 빌프리트는 귀족들의 꾐에 속아 하얀 탑에 들어가고 말았다. 베로니카를 구하기 위해 움직인 귀족과 아들의 주장을 들은 플로렌치아는 이 사건의 배후에 게오르기네가 있다는 느낌을 강하게 받았다. 물론 증거는 아무것도 없다. 하지만 또 무슨 일이 일어날지도 모른다는 불안감을 떨칠 수 없었다.

'질베스타 님도 경계하고 계시니까…….'

플로렌치아는 체류 중인 게오르기네의 움직임을 예의 주시했던 남편, 질베스타에게로 시선을 보냈다. 그는 은근 건방진 태도로 게오르기네를 대했다. 프뢰벨타크로 시집간 또 다른 누이, 콘스탄체를 대하는 태도와 퍽 달랐다. 지난 방문 때는 얼마나 놀랐는지 모른다.

게오르기네 일행이 탄 마차가 시야에서 사라지고, 긴장감이 살짝 옅어졌을 때 로제마인이 질베스타에게 말을 걸었다.

"양아버님, 아렌스바흐에서 긴급한 소식이라고 온 건 뭐였어요?"

주변 시선이 집중되자, 질베스타는 가볍게 손을 저으며 "몰라." 하고 흘려 넘겼다.

"경계문에서 보낸 거였어. 곧장 돌아오라는 내용이 전부더군. 우리가 알아서는 안 되는 일이 일어난 거야."

'경계문에서?'

플로렌치아는 무심코 숨을 삼켰다. 다른 영지에 방문 중인 영주 일족에게 긴급 연락을 취할 때 영주만이 쓸 수 있는 물거울을 사용하는 것이 일반적이다. 즉, 아우브 아렌스바흐가 물거울을 사용하지 못하는 위독 상태에 빠졌을 가능성이 크다는 뜻이 아닐까.

'설마 정말로 페르디난드 님의 말씀대로 되다니…….'

왕명으로 떨어진 약혼을 막으려고 했던 질베스타에게 페르디난드가 '약혼 중에 아우브 아렌스바흐가 승하할 가능성이 크다'는 말을 했다고 한다. 정보원의 신용도가 낮다지만, 질베스타는 페르디난드의 말이라면 맹목적으로 믿었다.

하지만 플로렌치아에겐 왕명을 납득하지 못하는 남편을 구슬리려고 꺼낸 말이라고밖에 생각할 수 없었다. 봄의 끝자락에 영주 회의에서 만났을 때만 해도 아우브 아렌스바흐는 건강해 보였고, 게오르기네와 디트린데가 에렌페스트에 올 정도면 출발 전까지는 아우브의 건강에 이상이 없었을 테니 말이다.

"회의실로 이동하자."

질베스타의 지시에 따라 배웅하러 나온 에렌페스트의 수뇌진이 그대로 줄지어 회의실로 이동했다. 게오르기네 일행이 체류하는 동안 각자가 모은 정보를 공유하는 회의를 위해서다. 플로렌치아는 질베스타의 에스코트를 받으며, 옆을 걷는 그를 올려다보았다.

'질베스타 님은 괜찮으실까?'

영주 회의에서 페르디난드에게 왕명이 떨어졌을 때 질베스타는 이곳 사정도 묻지 않고 주변 말에만 휩쓸려 왕명을 내린 왕, 영주와 상의도 없이 이를 받아들인 이복동생, 아렌스바흐에 쥐락펴락 조종당하며 단결한 다른 영지의 귀족, 그 모든 이들에게 격분했다.

'이대로 무탈하게 페르디난드 님의 혼인이 마무리되면 좋으련만.'

영지 순위가 낮은 에렌페스트는 왕명을 거역할 수 없다. 조금이라도 원만하게 끝나길 바라는 한편으로 플로렌치아의 가슴속에는 불길한 예감이 계속해서 쌓여 갔다.

"뭔가 새로운 정보는 있나?"

질베스타의 한마디에 회의가 시작되었다. 게오르기네가 참여했던 다과회나 회식 등에서 수집한 정보 교환이 이루어졌다. 보통 상층부가 모이는 회의 참가자는 대부분 남성이지만, 오늘은 여성의 인원수도 꽤 되었다. 게오르기네와 디트린데는 여성 영주 일족이다. 그들이 여성만 모이는 다과회에도 두루 참여했었기에, 그곳의 정보 수집에는 플로렌치아와 엘비라가 솔선해서 움직였다.

'웬만하면 회의 전에 로제마인과 샤를로테에게도 정보를 듣고 정

리해 두고 싶었는데.'

게오르기네는 체류 내내 디트린데의 대응을 페르디난드에게 떠넘기고, 본인은 사교에 힘을 쏟았다. 그래서 플로렌치아도 정보를 모아 줄 믿을 만한 귀족 여성을 끌어모으느라 아이들과 얘기할 짬이 도무지 나지 않았다. 특히 아이들이 페르디난드의 저택에 갔을 때의 얘기를 거의 듣지 못했다. 머리 장식 구매가 목적이라고 했으니 빌프리트보다는 로제마인이나 샤를로테에게 물어보는 편이 낫겠지. 그렇게 앞으로 할 일을 머릿속에 떠올리며 플로렌치아는 엘비라의 보고에 귀를 기울였다.

"떠날 때 보여준 미소로 추측하건대 그녀가 체류 중에 참여했던 다과회나 연회가 중요했던 것 같습니다. 참가자 중 구 베로니카 파가 많았던 다과회에서는 다른 영지에서 질베스타 님의 악평이 자자하다고 험담하고, 데릴사위로 가게 될 페르디난드 님의 평판을 떠보기도 했다는군요."

페르디난드의 부탁으로 정보 수집에 주력했던 엘비라가 계속 말했다.

"그리고 책이나 인쇄에 관한 정보도 캐고 계셨다고 합니다. 구 베로니카 파 귀족들 대부분이 유행의 주도자를 페르디난드 님으로 착각하고 있으니 아마 게오르기네 님도 그런 줄 알고 계셨겠죠."

새로 정보를 모으면서 알게 된 건 구 베로니카 파 귀족 중에는 유행을 주도하는 사람이 로제마인이 아니라 페르디난드인 줄 아는 사람이 많다는 것이다. 베로니카가 실각한 탓에 겨우 햇빛을 보게 되었다는 둥, 청색 견습무녀 출신 양녀의 평판을 올리려고 지혜를 빌려줬다는 둥, 페르디난드가 에렌페스트에서 권력을 손에 쥐려고 로제마인을 이용했다는 둥…….

'가까이서 보면 페르디난드 님이 로제마인의 폭주를 막고 있다는 걸 알 텐데.'

페르디난드는 귀족들이 자신에 대해 어떤 식으로 떠드는지 잘 아는지, 엘비라의 말을 수긍하며 고개를 끄덕인다.

"그렇게 생각하는가 보더군. 데릴사위로 아렌스바흐에 들어올 때 전속을 몇 명 데려올 거냐고 디트린데가 묻던데."

"그래서 페르디난드 님께서는 뭐라고 대답하셨어요?"

그것은 에렌페스트에서도 매우 중요한 사안이었다. 혼인 시에 자신의 전속 장인을 데려가는 건 드문 일이 아니다. 페르디난드라면 영지에 불이익을 주는 일은 하지 않겠지만, 그가 장인을 몇이나 데려가느냐에 따라 앞으로 유행 전파에 큰 변화가 있을지도 몰랐다.

모두의 주목을 받으며 페르디난드는 피식 웃었다.

"모든 건 대영지 아렌스바흐에 맞춰 고려하겠다 했지."

해석에 따라서는 '대영지에 걸맞은 만큼'으로 받아들일 수 있지만, '아우렐리아가 시집왔을 때를 참고로 한 최소한의 인원'의 의미로도 볼 수 있었다. 지금 저 빈정대는 미소를 보아하니 후자가 아닐까. 그러나 최소한의 인원만 데려가면 유행을 손에 넣게 되었다며 넘겨짚고 있을 아렌스바흐와 관계가 틀어질지도 모르고, 데릴사위로 간 페르디난드의 처우까지 나빠질 우려가 있다.

'일반적인 데릴사위와 집무 능력을 보고 데려온 데릴사위는 다를지도 모르지만…….'

페르디난드의 앞날을 걱정하는 사람은 플로렌치아뿐만이 아니었다. 그를 지지하는 엘비라나 그의 보살핌을 받는 로제마인의 걱정은 더하리라.

"손에 든 패는 많으면 많을수록 좋지 않을까요? 장인을 좀 데려가시는 게…….'"

엘비라의 제안을 페르디난드가 단칼에 거절했다.

"장인을 데리고 오라는 왕명도 없었는데 굳이 그럴 필요가 있나. 아렌스바흐가 평민 장인을 어떻게 취급하는지도 모르는 상태고. 신경을 써야 할 존재가 있으면 짐만 될 뿐이지. 에렌페스트의 장인은 에렌페스트를 위해 쓰도록 해."

페르디난드의 단호한 태도에 플로렌치아는 가벼운 한숨을 쉬었다. 호의로 꺼낸 제안을 거절하는 일이야 그에겐 흔하지만, 저 퉁명스러운 태도는 변할 날이 없다.

'무슨 일이 일어날지 모르는 사태란 말이에요.'

플로렌치아는 자신이 손에 쥔 정보를 꺼내기로 했다. 조금은 페르디난드가 자신의 몸을 지키는 방향도 고려해 주길 바랐다.

"구 베로니카 파의 하급 귀족에게 입수한 정보인데……. 마력 공급이나 집무에서 중요한 역할을 맡고 있는 페르디난드 님을 아렌스바흐가 빼앗아 가는 식이다 보니, 그쪽 정세가 안정되면 에렌페스트로 돌려보낼 계획이 있다는 모양이에요."

"뭐라고?"

"구 베로니카 파의 핵심 인사들만 모인 회식 자리에서 나온 발언이라 정보를 넘겨준 하급 귀족 본인이 직접 들은 건 아니라 하더군요. 신빙성은 떨어지지만 가장 신경이 쓰이는 정보예요."

플로렌치아의 정보에 모두가 일제히 난감한 표정을 지었다. 아렌스바흐의 현 상황을 본 적이 있는 자라면 영지를 안정시키는 것이 그리 간단한 일이 아니라는 걸 누구라도 알 수 있을 터였다.

"아렌스바흐의 정세가 안정되면? 그게 언젠데? 그렇게 말할 정도면 누님에게 뭔가 대책이 있다는 건가?"

영문을 모르겠다는 듯이 질베스타가 팔짱을 꼈다. 손끝으로 관자놀이를 톡톡 두드리던 페르디난드의 표정도 복잡했다.

"안정되었다고 주변이 판단할 때인지, 그녀 스스로 안정되었다고 판단할 때인지에 따라 전혀 다르지. 게다가……."

거기서 페르디난드가 부자연스럽게 말을 끊었다. 로제마인이 "뭔데요?" 하고 대답을 채근했지만, "아니, 아무것도 아니다." 라며 얼버무렸다. 그는 확증을 잡기 전까지는 입 밖에 내지 않는 신중한 사람이다. 어지간히 마음에 걸리는 일이 있으면 질베스타에게 '확증은 없다'고 운을 뗀 후에 보고한다는 것을 플로렌치아는 알고 있었다. 그래서 이번에도 여기서 추궁할 생각은 없었다.

그런데 로제마인은 아니었다. 그냥 넘어가지 않고 페르디난드를 가볍게 쏘아보았다.

"숨기지 마세요. 지금은 모든 상황을 종합해서 고민해야 한단 말이에요."

하기야 여기서 말해 주는 것보다 더 좋은 건 없다. 회의실에 모인 모두가 로제마인의 편을 드는 듯한 시선으로 페르디난드를 바라보았다. 괜한 말을 꺼낸 로제마인을 향해 인상을 찌푸리며 페르디난드가 자신의 의견을 꺼냈다.

"……돌려보낼 때 숨이 붙어 있는 상태일지 아닐지 의심스럽다고 생각했을 뿐이다."

페르디난드의 무시무시한 예측에 회의실 분위기가 얼음장처럼 싸

늘하게 식었다.

"끄, 끔찍한 소리 하지 마세요!"

"그래서 말을 안 했던 거였는데 고집부린 건 그대다."

"그건 그렇지만……."

로제마인의 얼굴이 공포로 굳어졌지만, 이번에는 플로렌치아도 그녀에게 동의했다. 냉정하게 최악의 사태까지 가정하는 페르디난드의 판단력에는 박수를 보내고 싶지만, 지나치게 객관적이고 담담해서 남의 일처럼 생각하는 것이 아닐까 하는 의심마저 들었다.

"제 느낌이지만……."

어떻게든 이 자리의 분위기를 풀려고 플로렌치아는 입을 열었다.

"구 베로니카 파 귀족과 게오르기네 님의 교류가 예전 같지 않은 것 같아요. 여기저기서 만나기는 했지만 상투적인 대화뿐이었고, 아렌스바흐와 친밀한 기베들도 교류만 적당히 끝내면 다들 자기 영지로 돌아갔고요. 어쩐지 위화감이 들어요. 우리를 경계하느라 일부러 접촉을 자제한 건 아닐까요?"

잠입시킨 자들이 가져온 건 지극히 무난한 보고들뿐이었다. 그러나 예전보다 강해진 게오르기네의 열띤 눈빛이며, 돌아갈 때 보여준 오싹한 미소가 영 꺼림칙했다.

'조만간 아이들의 의견을 들어 봐야겠어.'

표면적인 모임만 가진 게오르기네와 달리 디트린데는 자유롭게 행동했다는 보고가 여기저기서 올라왔다. 페르디난드의 저택에서 게오르기네의 행동이나 의도에 대해 뭔가 발설했을지도 모른다. 플로렌치아는 회의가 끝나면 아이들에게 다과회 초대장을 보내기로 했다.

"어서 오렴, 샤를로테."

"어머님과 얘기할 날을 기다렸었는데 초대해 주셔서 감사해요."

정보를 얻으려고 불러낸 딸이 방 안을 둘러보더니 고개를 갸웃거렸다.

"어머님, 오라버니와 언니에겐 초대장을 보내지 않았어요?"

아직 자기가 하고 싶은 말만 조잘거리려고 하는 멜키오르가 있으면 보고에 방해가 되기도 한다. 샤를로테도 그걸 알고 있기에 굳이 멜키오르의 이름은 꺼내지 않은 것이다. 나는 암묵적으로 동의하고 대화를 이었다.

"보냈는데 거절하더구나. 페르디난드 님이 혼인으로 영지를 떠나게 되면서 빌프리트는 차기 영주 교육을 본격적으로 받아야 하고, 로제마인은 신전 업무의 인수인계와 귀족원 수업의 예습 때문에 조급히 신전으로 돌아가야 한다는구나."

페르디난드는 질베스타의 집무를 돕고, 은퇴한 보니파티우스를 대신해 영주 일족의 업무까지 도맡았었다. 마력 공급부터 시작해 그의 빈자리를 앞으로 어떻게 메꿔야 하는가. 그것이 가장 큰 문제였다. 신전 업무는 로제마인과 그 측근들이 처리하기로 하였지만, 성의 업무는 질베스타가 성실하게 임해야 하는 건 물론이거니와 보니파티우스를 복귀시키든 차기 영주인 빌프리트에게 나눠 맡기든 해서 어찌어찌 처리해 나갈 수밖에 없다.

"오라버니가 차기 영주 교육을요⋯⋯."

"그래. 라이제강의 방문도 잘 넘겨서 그쪽 파벌의 지지를 얻었다고 빌프리트가 보고하더구나. 엘비라도 특별히 큰 실수는 없었다고 했고, 로제마인도 전 기베 라이제강과 성공적으로 회담을 끝냈다고 하고……. 너도 그렇게 말했었잖니?"

샤를로테가 컵을 든 채 미간을 찌푸렸다. 전 라이제강 백작과의 회담에 동석했던 그녀의 눈에는 라이제강 귀족들이 마음을 돌려 빌프리트를 차기 영주로 인정하고 지지하게 된 것이 아니라, 로제마인의 차기 영주 후보 사퇴를 받아들일 자세를 보여준 것이 다였다.

"언니의 사퇴를 인정한 셈이니 오라버니가 차기 영주가 되는 것을 크게 반대하지는 않겠지만요……."

"빌프리트가 지지를 얻은 것은 아니란 말이구나."

샤를로테가 하려는 말뜻을 이해한 플로렌치아는 먼 곳을 응시했다. '반대는 하지 않는다'와 '지지한다'에는 큰 차이가 있다. 과연 빌프리트는 그것을 정확히 이해하고 있을까? 모친의 눈에도 빌프리트는 워낙 낙관적이라 주변 사람들이 자신을 어떻게 인식하는지 안이하게 생각하는 구석이 있다. 하물며 제삼자의 눈에는 어떻게 보이겠는가. 일전에 게오르기네의 방문으로 기세등등해진 귀족들에게 발목을 잡혔던 일을 벌써 잊은 걸까? 아니면 이해하지 못한 걸까. 플로렌치아는 한숨을 푹 쉬었다.

"페르디난드 님의 저택에 갔을 때는 어땠니? 그것도 빌프리트의 측근들이 올린 보고와 차이가 있을 것 같구나. 디트린데 님은 어떤 분이셨니?"

"오라버니는 뭐라고 하던가요?"

샤를로테의 물음에 플로렌치아는 선뜻 입을 열지 못했다. 빌프리트는 디트린데를 '할머님을 닮은 상냥한 분'이라고 평가했다. 자신의 언니를 걱정하는 측근을 위해 어떻게든 만나게 해주려고 고민하는 모습을 보고 그렇게 느낀 듯했다.

"글쎄. ……베로니카 님을 많이 닮았다고 했었지, 아마."

살짝 끝을 흐리는 플로렌치아의 말에 뭔가를 느낀 걸까. 샤를로테가 싱긋 웃었다.

"저도 오라버니와 같은 의견이에요. 할머님을 아주 많이 닮으셨어요."

언뜻 비슷한 평가로 들리지만, 그 의미가 빌프리트와는 정반대다. 부친을 닮아 조모의 사랑을 듬뿍 받으며 응석받이로 자란 빌프리트와 달리, 모친을 닮은 샤를로테는 같은 손주가 맞나 싶을 정도로 무시당하며 자랐다. 사실 플로렌치아도 베로니카에게 좋은 감정이 없었다.

"거슬리는 사람에겐 한없이 차갑고, 자신의 요구는 들어주는 게 당연한 오만불손한 사람…… 그런 뜻이니?"

확인차 물어보니, 샤를로테는 더욱 깊이 웃으며 차를 호로록 마셨다. 직접적인 말 대신 미소 하나로 상대에게 뜻을 드러낸다. 귀족원에서 상위 영지의 귀족들과 교류해서일까. 눈부신 성장이었다. 기특함을 느끼며 플로렌치아도 차를 마셨다.

"숙부님께서 머리 장식을 고른다고 하니까 디트린데 님이 불평하셨어요. 그리고 1왕자와 혼인하는 아돌피네 님께 감정이 있어 보였어요."

샤를로테의 보고를 들으니 머리가 지끈거렸다. 질베스타가 아니라도 페르디난드의 혼인이 걱정되었다. 매사 실수 없이 처리하는 그라면 승산이 있다는 걸까.

'질베스타 님께 아무런 상의도 없이 왕명을 받아들인 건 페르디난드 님이시니까.'

"그나저나 로제마인은 디트린데 님을 내팽개치고 책을 읽었다고 빌프리트에게 들었는데."

"제가 그러도록 권했어요. 디트린데 님과 불화가 생기는 것보다는 낫잖아요."

빌프리트에게 도서실에 눈이 뒤집혀 뛰어 들어갔다는 얘기밖에 듣지 못했던 플로렌치아는 샤를로테의 말에 반색했다.

"언니와 숙부님은 신전에서 시종을 공유할 정도로 친밀한······ 가족 같은 관계예요. 숙부님과 에렌페스트를 우습게 보는 디트린데 님의 언행 때문에 불필요한 불화가 생길 바에는 책을 읽게 하는 편이 낫겠다고 판단했었어요."

"시종을 공유하고 있다고?"

플로렌치아는 신전에 간 적이 없어서 그 정도일 거라고는 생각지도 못했다.

"예. 숙부님의 저택을 관리할 시종이 부족해서 신전 시종을 데려왔어요. 거기에 언니의 시종도 있었어요. 전 깜짝 놀랐는데, 언니의 측근들은 무덤덤해 보이는 거예요. 저희가 의식을 거행하러 갈 때 시종을 보내는 것처럼요."

그 말을 듣고서야 플로렌치아는 자신의 자녀들도 양녀인 로제마인과 시종을 공유하고 있었다는 것에 생각이 미쳤다. 그녀의 모든 행동과 상식이 귀족과 거리가 멀다는 실감을 했다.

"언니의 측근이 그러던데, 신전에서는 숙부님이 시종을 교육해서 우수자를 뽑아 언니의 지도 담당으로 붙이고 있대요. 아버님이 양아버지로 계신데 왜 숙부님이 후견인을 자처하는지 의아했는데, 신전에서 세례식 전부터 언니를 돌본 사람이 숙부님이라는 얘기를 들으니 조금은 이해가 되더라구요."

로제마인을 관리하는 사람은 페르디난드다. 친자식의 교육 방침은 플로렌치아의 의견을 따르는 질베스타지만, 로제마인의 일은 페르디난드의 의견을 최우선으로 따른다. 세례식으로 친부모가 된 엘비라조차 섣불리 건드리지 못하는 데가 있다는 건 알고 있었지만, 예상보다 훨씬 둘의 관계가 깊었다.

"여태까지 숙부님이 언니의 정신적 지주셨는데, 앞으로가 걱정이네요."

"오히려 이번 기회에 페르디난드 님의 과보호에서 벗어나 자립하면 되지. 앞으로 그 버팀목이 약혼자인 빌프리트로 바뀔 뿐이란다."

"과연 오라버니가 언니를 감당할 수 있을까요?"

샤를로테가 불안한 듯이 중얼거렸다. 하지만 둘은 약혼한 사이다. 앞으로는 두 사람이 서로의 힘이 되어 줘야 한다. 페르디난드가 아렌스바흐에 가지 않는다고 하더라도 약혼자끼리 협력해야 한다. 그 시기가 조금 빨리 오느냐 늦게 오느냐의 차이일 뿐이다.

'그래도 시급히 빌프리트와 로제마인이 함께 있는 시간을 늘려야겠어.'

플로렌치아가 직접 본 바로는 데뷔 전의 교육과 하얀 탑 사건에서 자신을 구해 줘서일까, 빌프리트는 로제마인에게 무조건 기대려는 구석이 있다. 그러면 로제마인은 '폐적당할 뻔할 때면 몰라도 더는 뒤치다꺼리하고 싶지 않다'고 분명하게 말했다.

이전까지의 행동만 봐도 '빌프리트를 도와줘라'라고 페르디난드가 세세히 지적할 때가 아니면 로제마인은 움직이지 않았다. 일부러 그러는 것이 아니라 빌프리트가 안중에도 없는 것이다. 그건 어찌 이해할 수 있었다. 플로렌치아 자신도 성에 거의 없다시피 한 로제마인의 존재를 까맣게 잊을 때가 있기 때문이다. 어쩔 땐 저녁 자리에 앉아 있는 그녀를 보고 깜짝깜짝 놀라기도 한다. 그 정도로 성안에서 로제마인의 존재감은 희미했다. 먼저 서로의 존재를 인식하고, 소통하게 만들어야 했다.

"네 걱정은 이해한다만 로제마인이 사교 경험을 쌓을 기회를 독단으로 막는 건 옳지 않아. 장래에 첫째 부인이 될 사람에게 사교 경험은 필수란다. 어려워하는 분야면 더 그렇지 않겠니?"

빌프리트가 사교를 맡을 둘째 부인을 따로 들이면 되지만 그건 간단한 일이 아니다. 라이제강 계통의 귀족을 둘째 부인으로 들이지 않으면 골치 아픈 대립이 일어나겠지만, 현재 계획 중인 겨울 숙청을 고려하면 파벌 내에 라이제강의 비율을 더 늘리는 일은 피하고 싶었다.

"가능하면 로제마인에겐 신전에서 벗어나 사교 경험을 쌓게 하고 싶지만……."

플로렌치아가 푸념을 늘어놓자, 샤를로테의 남빛 눈동자가 비난 섞인 빛을 띠었다.

"어머님은 언니에게 과하게 기대하고 계세요. 숙부님이 떠나시면 신전은 언니가 혼자 운영해야 해요. 그러면 지금보다 더 신전 일에만 매달리게 될 거예요. 언니는 신전장이면서 고아원 원장이에요. 그것만으로도 벅찬데 다른 영지에 인쇄업을 보급하고, 귀족원에서 최우수를 따는 것을 다들 당연하게 생각하는 것 같아요. 거기에 영지 내의 사교까지 하라니요. 적어도 숙부님이 없는 생활에 익숙해질 때까지 기다려 주시면 좋겠어요."

샤를로테와 로제마인 사이의 신뢰와 우애에 마음이 든든해지는 한

편으로 왜 그렇게까지 신전을 중시하는지 플로렌치아로서는 도무지 이해할 수 없었다.

질베스타가 말하길 신전은 로제마인과 그녀의 가족이 귀족의 눈치를 보지 않고 만날 수 있는 곳이라고 했다. 엘비라가 빈번히 성을 드나들거나 로제마인이 친가에 돌아가면 여러 의심을 산다. 하지만 귀족이 접근하지 않는 신전이라면 인쇄업 회의를 가장해 가족과 시간을 보낼 수 있다고 한다. 그러나 그런 뒷사정을 샤를로테에게 설명할 생각은 없었다.

"로제마인에게는 신전보다 첫째 부인으로서의 예비 교육이 더 중요해. 영지를 번영시키려면 의식도 중요하지만, 로제마인도 너희처럼 의식만 치르고 일반 업무나 역할은 다른 청색 신관에게 맡기면 되지 않니. 어차피 신전장 임무는 성인이 되기 전까지니까."

청색 신관의 수가 줄었다는 보고는 받았지만, 그들을 뒷바라지하는 회색 신관은 많다고 들었다. 꼭 로제마인이어야만 하는 업무가 많지는 않을 터였다. 신전에서 지내는 시간을 줄인다고 큰 문제가 생길 것 같지는 않았다.

"첫째 부인의 교육이야말로 성인이 된 이후에 하면 되잖아요. 아버님도 아직 건재하시니 오라버니가 뒤를 잇는 날도 아직 먼 얘기이고요. 제가 보기엔 언니보다 오라버니의 교육이 더 급선무인 것 같아요. 측근부터 재검토해야 하지 않을까요?"

생각지도 못한 샤를로테의 의견에 플로렌치아는 눈만 끔뻑였다. 귀족원의 성적만 따지느라 나머지 교육이 부족하다는 건 이미 알고 있었다. 하지만 측근을 재검토해야 할 정도로 상태가 심각할 줄은 몰랐다.

"……측근을 재검토하라니?"

"약혼이 결정된 이후로 오라버니의 측근들이 거만해졌어요. 그들을 보면 마치 할머님이 계셨던 때가 떠올라요."

빌프리트의 수석 시종인 오즈발트는 차기 영주가 될 주인의 공적을 올려 주려고 샤를로테에게 온갖 일을 떠넘긴다고 한다. 그런데도 빌프리트는 측근의 무례를 눈치 채지 못했고, 샤를로테가 조심스럽게 에둘러 말해 줘도 모른다고 한다.

"언젠가 제가 혼인해서 다른 영지로 가도 의지할 수 있게 친남매끼리 우애를 다지라고 어머님이 말씀하셔서 웬만하면 그냥 넘어가려고 했어요. 그런데 한 번이면 몰라도 그 요구가 점점 심해지잖아요. 더는 오라버니에게 협력하고 싶지 않아요."

플로렌치아는 관자놀이가 지끈거렸다. 자기 주인이 폐적될 뻔한 위기를 두 번이나 넘기고도 차기 영주로 결정되어 들떴을 측근들의 심정은 이해가 된다. 빌프리트의 공적을 올리려고 욕심이 앞선 것이리라. 어쩌면 베로니카의 방식이 몸에 밴 나머지 차기 영주를 위해 마땅히 그래야 한다고 생각했는지도 모른다. 그러나 그때와 달리 빌프리트에게는 뒷배가 없다. 샤를로테가 협력을 거부할 정도로 관계가 악화되는 것만은 막아야 했다.

"빠르게 상황을 파악해 보고 네 말이 맞는다면 지금 측근들을 교체해야겠구나."

원래라면 빌프리트의 교육 부족과 하얀 탑 사건의 책임을 오즈발트에게 물었어야 했다. 그러나 세례 전에는 마음의 안정이 정서에 좋다는 로제마인의 의견을 받아들였고, 하얀 탑 사건으로 죄를 지은 빌프리트의 측근 자리를 지원하려는 자가 없었기에 그대로 두었다. 빌프리트와 좋은 관계를 쌓는 것처럼 보였건만, 성장도 없이 콧대만 높아졌다면 재검토가 불가피하리라. 차기 영주로 내정되었으니 측근 희망자도 다수 나올 테고 말이다.

거기까지 생각한 플로렌치아는 에렌페스트의 상황이 급변하고 있음을 새삼 실감했다.

"빌프리트도 클 만큼 컸으니 측근의 독단이 얼마나 위험한지 이제는 이해하겠지. 교체해도 받아들일 거야."

"……맞아요. 라이제강의 지지를 얻어냈다고 떵떵거릴 정도인걸요. 측근을 재검토할 때 어머님께서 그쪽 파벌에서도 측근을 뽑아 넣으라고 설득하신다면 별생각 없이 느긋한 오라버니도 조금은 사태를 파악하겠죠."

오즈발트가 일하는 방식과 그 실상을 모르는 빌프리트에게 어지간히 짜증이 났나 보다. 샤를로테의 말투가 평소와 다르게 신랄했다. 그 불만들을 꾹꾹 참고 있었던 모양이다.

"참느라 마음고생이 심했겠구나, 샤를로테. 알려 줘서 고맙구나."

아이들은 북쪽 별채에서 측근들과 함께 지내고 있으니 미처 눈길이 닿지 못하는 데가 있기 마련이다. 이렇게 세세하게 보고해 주는 아이들과의 신뢰 관계도 중요하다.

페르디난드의 혼인으로 변하게 될 영지 관계, 불길한 미소를 남기고 떠난 게오르기네, 여전히 왕명을 받아들이지 못하는 질베스타, 인간관계와 관찰력이 부족한 빌프리트, 신전에 콕 박혀 사교를 피하려는 로제마인, 친오빠에게 불만이 쌓인 샤를로테. 문제가 산더미다. 플로렌치아는 한숨을 내쉬었다.

하르트무트의 노력과 포상

아렌스바흐의 손님이 떠난 뒤에는 페르디난드의 빡빡한 영주 후보생 예습에 치여 지내다 보니 시간이 눈 깜짝할 사이에 흘렀다. 정신을 차려 보니 어느새 여름 성인식이었고, 신관장 자리를 이어받을 하르트무트의 도움을 받으며 무사히 성인식을 끝마쳤다. 아주 흡족해하는 하르트무트의 표정이 살짝 무섭다. 최소한 도움 없이 스스로 해낼 수 있게 해야겠다고 결심하기에 충분한 의식이었다.

그리고 금세 가을 세례식이 왔고, 수확제 회의가 열렸다. 청색 신관 누구를 어디로 보낼 것인지는 이전까지는 페르디난드가 미리 정해 주었지만, 지금 그는 인수인계 자료를 정리하느라 바빴다. 그래서 나와 하르트무트가 신전장실에서 정하게 되었다.

"수확제군요. 저는 로제마인 님과 함께하겠습니다."

"무슨 소리예요? 이번에는 하르트무트도 청색 신관으로서 수확제에 나가야죠. 날 따라다닐 순 없어요."

"알고는 있지만 동행하고 싶습니다. 대체 제가 왜 기원식 동행을 포기하면서까지 징세 업무를 익혔는데…… 크윽."

'하긴 가을에는 징세관으로 동행하겠다며 봄에 신전에 남았었지.'

징세 업무를 배운 기원식 후에 영주 회의가 있었고, 페르디난드의 약혼과 하르트무트의 신관장 취임이 정해졌던 일을 떠올렸다. 노력이 무용지물이 되어 낙심한 건 이해하지만, 그의 대사는 점점 열을 띠며 길어지기 시작했다.

"농민들의 세례식, 성인식, 성결식까지 단숨에 의식을 거행하는 로제마인 님의 모습을 이 두 눈에 담기만을 바랄 뿐입니다. 작년에 그레첼에서 보았던 축복의 빛, 경탄을 금치 못하는 평민들의 표정, 그들과 함께 로제마인 님을 찬양하는 그 시간을 다시……"

'한참 걸리겠군.'

지금은 구시렁거려도 청색 신관과 회의할 때나 출발 당일이 되면 차기 신관장에 걸맞은 행동을 완벽하게 보여줄 터이다. 그렇게 생각할 만큼 그를 신뢰했다. 하지만 그렇다고 저 불만과 허무맹랑한 찬사를 내내 듣고 싶지는 않았다.

"프랑, 잠. 하르트무트는 잠시 내버려 두고 청색 신관들의 파견처 후보를 정리할까요?"

"알겠습니다."

말도 안 되는 열변을 늘어놓는 하르트무트는 방치하기로 하고, 나는 프랑과 잠의 의견을 수렴해 청색 신관들의 파견처를 고민하기 시작했다. 수확량이 많아 기부가 많은 곳에는 성실한 청색 신관들을 보내고 있었다. 그 점이 명확해지자, 구 베로니카 파 출신인 청색 신관들도 조금씩 일을 하려는 눈치라고 한다.

"이거로 신관장님에게 합격을 받으면 회의 때 발표하면 되겠네요. 하르트무트는 이제 신관장실에서 인수인계를 받아야 하죠? 힘내세요."

하르트무트와 잠을 신관장실로 보낸 나는 한숨을 쉬었다. 진지한 얘기가 시작되면 하르트무트는 언제 그랬냐는 듯이 열변을 멈추고 대화에 낀다. 좀 특이하고 폭주하는 구석은 있지만 기본적으로는 성실했다. 게다가 차기 신관장의 취임을 결심한 일로 수확제에도 따라

갈 수 없게 되었다. 하다못해 징세관 업무를 익혀 나를 도우려고 한 그의 노고에 대해 포상을 줘도 되지 않을까.

'다만 하르트무트가 뭘 요구할지 모르니까 더 무섭단 말이지. 성인식 축복을 조른 전적도 있고……'

나는 하르트무트가 기뻐했던 일이나 들떴던 때를 돌이켜 보며 그가 좋아할 만한 것을 찾아보았다.

'어? 잠깐? 이상하다. 전부 나랑 관련된 것 아냐?'

냉정하게 생각하다 보니 점차 소름이 돋기 시작했다. 포상 걱정이 아니라 하르트무트와 거리를 두고 싶어졌다.

'에이, 내가 모르는 다른 게 있겠지. 하르트무트와 친한 사람에게 물어보면 분명……'

나는 측근일 때의 하르트무트밖에 모른다. 하지만 기실 클라리사와 사귀고 있었던 것처럼 그에게도 그만의 사적 영역이 있다. 그쪽을 알아보면 분명 나 외의 다른 것과 관련된 취향이 있겠지.

나는 코르넬리우스를 쳐다보았다. 코르넬리우스와 하르트무트는 소꿉친구다. 둘의 모친인 엘비라와 오틸리에가 친족이면서 친하기도 해서 아들들도 세례 전부터 교류해 왔다고 들었다.

'코르넬리우스 오라버니라면 뭔가 아는 게 있을지도 몰라.'

"코르넬리우스, 하르트무트가 나와 관계되는 것 말고 뭘 좋아하는지 아나요? 수석 문관에 신관장직까지 겸하게 되어 바빠진 데다가 애써 징세관 업무도 배웠다는데 수확제에도 못 데리고 가게 되었거든요. 미안해서 포상이라도 주려고 하는데……"

나는 기대하며 그를 올려다보았다. 묵묵히 생각에 잠기던 코르넬리우스가 결국 절망적인 표정을 지었고, 뭔가 결심한 듯한 얼굴로 나를 바라보았다.

"……송구합니다만 전혀 생각나지 않습니다. 하지만 앞으로는 하르트무트를 경계하고, 지금보다 더욱 엄중하게 로제마인 님을 지켜야겠다는 결심이 섰어요."

'코르넬리우스 오라버니도 모르다니…….'

"필린느와 로데리히는 알아요?"

같은 견습 문관이라 함께 행동할 때가 잦은 두 사람에게도 하르트무트가 무엇을 좋아하는지 물어보았다.

"애석하게도 제가 하르트무트와 알고 지내게 된 지 반년이 지났지만, 그가 로제마인 님과 관련이 없는 일에 감정을 드러내는 모습을 본 적이 없습니다……."

로데리히가 송구해 하며 말했지만, 그다지 알고 싶지 않은 얘기였다.

"하지만 능력 있는 문관이니까 마술구나 마법진을 좋아하지 않겠습니까?"

듣고 보니 영지 대항전 때 페르디난드와 라이문트의 대화에 끼기도 했고, 타니스베팔렌 사건 때는 채집터에 떠오른 치유의 마법진을 보고 흥분하며 베껴 그렸었다.

필린느도 뭔가 짚이는 게 있는지 잠시 고민하더니 입을 열었다.

"하르트무트는 로제마인 님께 도움이 되는 문관이 되고 싶어 하는 것 같으니 마술구나 마법진 제작을 그에게 상담하면 좋아하지 않을까요?"

"……오히려 업무를 더 늘리는 거 아닌가 싶은데 정말 그게 포상이 될까요?"

"하르트무트인걸요. 분명 좋아할 거예요."

천진난만한 미소로 필린느가 단언했다.

"……매우 참고가 되었어요."

그 말을 끝으로 내가 아무 말 없이 생각에 빠지자, 다무엘이 씁쓸하게 웃으며 입을 열었다.

"로제마인 님과 관련된 것이긴 하지만 신구나 제사, 축문, 축복도 눈에 불을 켜고 연구하던데요. 귀중한 자료를 열람할 자격을 주는 건 어떨까요?"

"그거 좋은 생각이네요. 신전에는 자료가 넘쳐나니까요."

페르디난드처럼 비밀의 방에 틀어박힐 기세로 신구나 축복 연구에 빠져 준다면 조금은 나를 향한 관심을 돌릴 수 있을지도 모른다.

신관장실에서 업무를 끝낸 하르트무트가 보고하러 신전장실로 돌아왔다. 나는 얼른 물어보았다.

"……하르트무트, 신구를 직접 만들어 보고 싶은 적 없었어요?"

"로제마인 님께서 제게 신구를 주신단 말씀입니까?! 만약 그런 기적이 일어난다면 로제마인 님은 성녀가 아니라 여신이십니다……. 이런 감개무량한 일이! 신에게 기도를!"

혼자 착각한 하르트무트가 주황색 눈을 반짝이며 내게 기도를 올리기 시작했다. 잠깐 기다려 봐. 그런 말은 한마디도 안 했다고. 나는 허둥대며 그를 말렸다.

"아니니까 멈춰요! 신구를 만들게 된 이유라든지 만드는 방법을 알려주려는 거예요. 신구를 갖게 될지 어떨지는 하르트무트가 하기에 달린 거고요. ……이건, 노력해 준 것에 대한 포상과 수확제에 데

려가지 못한 사과 겸이긴 하지만…… 알고 싶어요?"

이것이 정말 포상이 될지 불안해하며 묻자, 하르트무트가 환한 미소로 내 앞에 무릎을 꿇었다.

"최고의 포상입니다. 이것으로 제 연구도 진척될 겁니다."

'역시 문관다운 게 하르트무트에게 최고의 포상이었네. 포상이네 아니네 하며 이상한 걸 요구하지 않아 다행이다.'

안심한 나는 신구를 얻는 방법을 설명하기 시작했다. 방법은 간단하다. 신전에 있는 신구에 계속해서 마력을 봉납하면 된다. 일정한 마력을 봉납하면 머릿속에 마법진이 떠오른다.

"난 청색 무녀일 때 반년 만에 슈첼리아의 방패를 다루게 되었어요. 하르트무트는 성인이 된 상급 귀족이니까 더 빠를지도 모르겠네요. 회복약도 쓸 수 있고요. 하지만 연구 때문에 약을 과다하게 복용하거나 일상생활에 지장이 생기지 않게 하세요."

"알겠습니다."

당장 시도해 보려고 하는 하르트무트의 뒤에서 다른 신관들이 흥미롭게 귀동냥을 하고 있었다. 자신들도 신구를 다루게 될 꿈에 젖은 모습들이다.

"기왕이면 저도 생명의 검에 도전해 보고 싶네요."

"아니, 이건 로제마인 님께서 내게 하사해 주신 포상인데, 왜 코르넬리우스가 도전합니까? 그쪽은 신전에 있는 동안 호위에나 집중하시죠?"

웃으며 서로를 노려보는 코르넬리우스와 하르트무트를 조마조마하게 쳐다보면서 필린느가 내게 의견을 구했다.

"……저기, 로제마인 님. 코르넬리우스의 봉납까지 허용하시면 하르트무트에게 포상을 주는 의미가 옅어지지 않을까요?"

필린느의 말에 하르트무트가 동의하며 고개를 크게 끄덕였다. 나는 잠시 생각했다. 신구에 봉납되는 마력이 많을수록 영지에도 좋고, 덩달아 마력이 적은 청색 신관들도 봉납의 의무에서 벗어날 수 있으니 인수인계에 더 집중하지 않을까? 결국 페르디난드의 부담을 덜 수 있고 말이다.

"업무에 지장이 생기지 않는 범위에서 신구에 봉납되는 마력이 늘어나는 건 두 팔 벌려 환영해요. ……하지만 그렇게 되면 하르트무트에겐 다른 포상이 필요하겠네요."

"다른 포상 말인가요……?"

"또 원하는 거 있어요? 내가 해줄 수 있는 범위 내에서요."

본인에게 희망을 묻자, 하르트무트가 잠시 고민하더니 뜬금 진지한 얼굴로 "그럼 제게 의지해 주십시오."라고 말하는 것이었다. 그건 또 무슨 소리래?

"난 하르트무트에게 꽤 의지하고 있다고 생각하는데요?"

측근 업무뿐만 아니라 신전 업무까지 맡아 주고 있다. 여기서 더 의지할 것이 뭐가 있단 말인가. 고개를 갸웃거리는 나를 바라보며 하르트무트는 분한 듯 주먹을 쥐었다.

"수석 문관이란 지위는 껍데기뿐이고 그에 상응하는 업무를 못 하고 있습니다."

하르트무트의 말을 듣자 하니 원래 자신 같은 문관이 해야 할 조합 준비나 소재 관리, 전문적인 조합 보조 등을 페르디난드와 그 측근들이 전부 하고 있다는 것이다.

'듣고 보니 수업 예습에 필요한 물건도 전부 신관장님이 챙겨 줬

었지.'

"귀족원이나 신전에서는 도움이 되고 있다고 느끼지만, 수석 문관으로서도 의지해 주셨으면 합니다."

여태까지는 내게 성인 문관 측근이 없었고, 하르트무트는 견습생이었다. 그래서 나의 후견인인 페르디난드가 지시해도 불만 없이 따랐다. 하지만 이제는 귀족원에서 측근으로 움직일 수가 없게 되었으니 에렌페스트에서라도 문관 업무를 하고 싶다는 것이었다.

"페르디난드 님의 부담도 덜어 드릴 수 있고요."

"하르트무트가 뭘 원하는지는 알겠는데, 그럼 하르트무트의 업무만 더 많아지잖아요. 정말 그게 포상이 돼요?"

"됩니다."

반짝거리는 눈빛을 보내 오자, 나는 무심코 뒷걸음질을 쳤다. 역시저 머릿속을 이해할 수가 없다.

"영 포상을 준 것 같지 않은데 말이죠……."

일거리를 떠넘긴 것 같아 괜히 찝찝하다.

"정 그러시면 귀중한 소재라도 주십시오. 자아, 그래서 뭘 할까요? 조합인가요? 마법진인가요? 보유 중인 소재 목록이라도 만들까요?"

하르트무트가 부담스럽게 몸을 내민다. 나는 뭐라도 부탁할 일이 없나 급하게 머리를 굴렸다.

"아, 음…… 페르디난드 님께 선물할 보호구 상담을 들어 줄래요? 영지 대항전에서 임멜딩크 학생에게 공격당했을 때 페르디난드 님의 보호구가 반응했잖아요. 그것처럼 무슨 일이 생겼을 때 페르디난드 님을 지켜 주는 물건을 만들고 싶어요."

나는 소매를 살짝 걷어 페르디난드가 채워 준 보호구 하나를 보여

줬다. 적지에 발을 들이는 셈이다. 몸을 지킬 때 필요한 물건을 이별 선물로 주고 싶었다.

"어떤 공격에도 반응하도록 여러 마법진을 보호구 하나에 담고 싶어요. 그리고 실패하면 다시 만들어야 하니까 최대한 빨리 제작에 들어갔으면 좋겠어요."

나는 페르디난드에게 받은 보호구로 몇 가지 고안해 둔 마법진을 보여주었다. 이것을 통틀어 집어넣고 싶었다. 여러 발상과 희망을 모아 그린 마법진을 보더니 하르트무트가 주황색 눈을 도전적으로 빛내며 재미있다는 듯 웃었다.

"그렇군요. 벌써 손이 근질근질한데요? 온 힘을 다해 보좌하겠습니다."

이리하여 하르트무트에게 보호구 제작 방법을 배우게 되었고, 신구에 마력을 봉납하는 일은 업무에 지장이 되지 않는 범위 내에서 누구나가 할 수 있게 되었다. 그러다 어느새 코르넬리우스와 하르트무트가 '누가 먼저 신구를 얻느냐'로 경쟁하기 시작했고, 거기에 나의 측근들이 하나둘 끼면서 신구에는 마력이 넘쳐나게 되었다.

수확제와 보고회

순식간에 수확제가 왔다. 나는 예년과 마찬가지로 수확제 기간에 구텐베르크를 데려오기 위해 직할지를 돈 뒤 라이제강으로 향했다. 작은 성배를 건네받을 때 기베 라이제강에게 차 대접을 받으며 증조부님의 얘기를 들었다.

"조부님께 들은 이야기입니다만…… 게오르기네 님이 에렌페스트에서 아렌스바흐로 돌아가시는 길에 게를라흐에 들리셨다는군요."

"당사자들은 기수를 타고 돌아가더라도 짐마차는 따로 움직이니까 마차가 게를라흐에 들릴 수도 있는 것 아닌가요?"

긴급 전별을 받고 아렌스바흐로 급하게 돌아가야 했으니 기수가 가장 빨랐을 터. 게오르기네 일행은 기수로 에렌페스트를 넘어갈 허가도 받았을 것이다. 그러나 그들은 다른 영지 귀족이라서 마을의 결계를 기수로 빠져나갈 수 없다. 일단 마차로 마을을 나간 뒤 기수로 갈아타야 한다. 하지만 기수로 옮길 수 있는 짐은 한계가 있다. 그렇기에 짐마차는 천천히 돌아가게 된다.

"묵을 곳도 있어야 했을 테니까 게를라흐에 마차가 들렀다고 해서 이상한 건 없습니다."

베로니카 파와 척을 진 라이제강은 게오르기네와도 친교가 거의 없었다. 그에 반해 게오르기네는 기베 게를라흐와는 상당히 우호적인 관계이니 숙소를 고를 때 조금 멀더라도 게를라흐를 선택했다고 해서 이상할 것은 전혀 없었다.

"그런데 조부님은 게를라흐에서 게오르기네가 수상한 모임을 했다고 하시는 겁니다."

"짐마차뿐만 아니라 본인이 직접 들린 거라면 매우 중요한 정보잖아요. 왜 아우브 에렌페스트께 보고하지 않으신 거죠?"

"게오르기네 님과 디트린데 님이 오셨을 때 저는 귀족가에 있었습니다. 그래서 게오르기네 님이 게를라흐에 들린 현장을 보지 못했습니다. 하물며 조부님의 말씀에는 근거가 없습니다. 게를라흐가 트집이라며 잡아떼면 뭐라 반론하겠습니까."

게오르기네가 에렌페스트에 와 있었음에도 아렌스바흐의 급전이 오기 전에 자신들의 영지로 돌아간 귀족들이 있는 점이며, 서둘러 아렌스바흐로 돌아가려면 반드시 라이제강을 지나가야 함에도 수확 중인 평민들이 게오르기네의 기수 무리를 보지 못한 점을 들며 수상한 모임이 있었던 게 틀림없다고 주장하는 모양이었다. 확실히 트집으로 들리긴 했다. 영주에게 보고하기에는 애매한 정보였다.

"일단 제 쪽에서 양아버님께 말씀드릴게요. 근거가 없다는 점도 포함해서……."

망상인지 사실인지는 잘 모르겠지만, 증조부님이 건강하시다니 천만다행이다.

"부디 잘 부탁드리겠습니다."

진위를 가리기 어려운 정보 외에 인쇄에 관련된 얘기도 들었다. 플루스 마을이 무사히 인쇄 환경을 갖추게 되었다고 한다.

"종이도 만들어냈다고 하고, 모자란 양은 일크너의 종이를 구입했다더군요. 영주민들도 올해 겨울에 인쇄를 해 보자며 의욕에 불타 있다는 보고를 받았습니다."

겨울에 눈 때문에 고립되는 평민들은 인쇄 작업을 오락의 일종으로 느끼는 듯했다.

"라이제강에서 어떤 책이 나올지 기대할게요."

나는 플루스에서 수확제를 치르고, 구텐베르크를 태워 에렌페스트로 돌아왔다. 곧장 기베 라이제강에게 들은 정보를 페르디난드에게 알리고, 질베스타에게는 마술구 편지를 보냈다. 페르디난드는 "그쪽을 한 번 뒤집어엎어 볼까?" 하고 중얼거리며 유스톡스를 불렀다.

수확제가 끝나자마자 길베르타 상회, 플랑탱 상회, 오트마르 상회를 불러 회의를 열었다. 구텐베르크의 라이제강에서의 활동과 다른 영지 상인들의 출입 상황 보고는 물론이고, 주문한 머리장식도 납품받아야 했다. 길베르타 상회에서는 오토, 테오, 투리가 몇 가지 상자를 들고 왔다. 플랑탱 상회에서는 벤노, 마르크, 루츠가, 오트마르 상회에서는 구스타프, 프리다, 시종, 이렇게 세 사람씩 왔다.

"그럼 보고를 들어 볼까요. 라이제강은 어땠나요? 구텐베르크로서 직접 관찰한 당신의 의견을 들려주세요."

"라이제강은 곡창지대라서 영지민 모두가 농업에 주력하느라 장삿속이 거의 없어 상당히 분위기가 느긋했습니다. 그래서 인쇄업을 겨우내 하는 약간의 용돈벌이 정도의 오락거리로 보는 듯했습니다."

다른 곳과 비교하면 인쇄업에 매달리는 분위기가 아니라는 말이었다. 그러나 곡창 지대라 땅도 비옥해서 새로운 소재가 많았는지 잉크 장인인 하이디가 반색하며 야단법석을 떨었고, 현지 대장장이는 이런 세심한 작업은 못 한다며 일찌감치 포기해서 활자를 사들이는 방향으로 가기로 했다고 한다.

"제지업 쪽에서도 새로운 종이로 만들기에 적합한 나무가 있는데, 연구에 투자할 시간이 없어서 그 나무를 일크너에 팔아 연구하게 하겠다고 합니다."

루츠와 다미안은 장사에 영 관심이 없는 영지민들 때문에 골머리를 싸맬 때가 많았는데 '더 벌려면 벌 수 있는데 왜 관심이 없어?!' 하고 소리친 적이 한두 번이 아니라고 한다. 그런 루츠의 얘기를 듣고 있던 구스타프가 주름을 새기며 부드럽게 웃었다.

"부에 집착이 없고 자신의 역할에 전력투구하는 것이 라이제강 사람의 특징이지요. 그래서 라이제강이 여태껏 에렌페스트의 식량 창고로 존재할 수 있었다……, 예전에 그렇게 들은 적이 있습니다."

식료 관련 장사를 쭉 해 온 오트마르 상회는 라이제강과 꽤 오래전부터 교류해 왔다고 한다. 그는 대상점을 망하지 않게 유지하려면 눈앞의 이익만 좇아서는 안 된다며 벤노를 힐끔 보며 말했다.

"구스타프, 다른 영지에서 온 상인들은 어땠어요? 전부 잘 해결됐나요?"

"여러 문제를 개선한 덕분에 작년보다는 큰 탈이 없었던 것 같습니다. 물론 아직 풀어야 할 문제도 많지만요."

단켈페르거와도 거래하게 되면서 전체 거래량이 크게 늘어난 점, 반대로 영주 회의에서 제조법을 판 탓에 린샴 거래량은 감소한 점, 상대적으로 식물 기름 가격도 조금 안정된 점 등이 보고되었다.

"벤노, 작년에 클라센부르크 상인이 두고 간 딸은 어떻게 됐어요?"

"물론 클라센부르크 쪽 상인에게 딸려 보냈습니다. 올해 거래처가 줄어서 카린의 부친도 상당히 상황이 어려워졌다더군요."

에렌페스트의 귀족이 상인들의 거래에 개입할 줄은 몰랐던 모양이다. 상위 영지를 상대로 대담한 짓을 벌인다는 둥 한 소리 들었다고 한다.

"좋은 인연이었는데, 아쉽게 됐군."

잘만 하면 클라센부르크의 상인과 강한 연줄을 만들었을 텐데, 하고 한숨을 흘리며 고개를 젓는 구스타프를 한번 꼬나본 벤노가 나를 보며 씩 웃었다.

"처음이 가장 중요합니다. 로제마인 님의 전속으로서 모든 유행을 담당하는 플랑탱 상회가 다른 영지 상인에게 얕보여서야 되겠습니까. 로제마인 님의 평판에도 영향을 끼치는 일이죠."

하르트무트가 이에 동의하듯 몇 번이고 고개를 끄덕인다. 그 모습을 시야 끄트머리로 보며 나는 길베르타 상회로 시선을 돌렸다.

"귀족원에서 납품하기로 한 디트린데 님의 머리 장식은 완성되었나요?"

"이겁니다. 확인해 보십시오."

오토가 나를 보며 그렇게 말한 뒤, 브륀힐데에게로 시선을 옮겼다. 도서실에서 책을 읽었던 나를 대신해 그녀가 대응했기 때문이다. 나무 상자를 연 브륀힐데가 머리 장식을 찬찬히 관찰했다.

"문제는 없습니다. 잘 만드셨네요."

"송구합니다."

오토와 투리가 어깨의 힘을 빼며 안심했다. 브륀힐데에게 듣자 하니 디트린데는 '작년에 아돌피네 님의 것보다 더 화려하게'라는 주문을 넣었다고 한다.

"왕족과 혼인하시는 분과 똑같이 만들어 드릴 수는 없다고 말씀드렸어요. 디트린데 님의 시종도 왕족을 존중하는 의미로 조금 레벨을 낮추는 편이 좋다고 제안하였는데……."

그러나 디트린데는 모두의 충고를 상큼하게 웃으며 거부했다. '난 차기 아우브니까'라는 한마디로.

머리 장식을 사용한 아렌스바흐는 물론이거니와 이를 만든 에렌페스트도 왕족을 무시한 것으로 오해받을지 모른다. 빌프리트도 차기 영주라면 오히려 자중해야 한다고 설득했지만, 그녀는 귓등으로도 듣지 않았다고 한다.

"그래서 제가 제안했습니다. 머리 장식을 여러 개 사용해서 화려하게 보이게 하면 어떠냐고요."

개별로는 조금 격을 낮춘 물건을 준비하여 왕족을 존중하고, 여러 개를 써서 화려하게 보이도록 한다. 에그란티느와 아돌피네는 머리 장식을 하나씩만 썼으니 여러 개를 사용하면 그만큼 화려해 보일 거라고 브륀힐데가 제안했다고 한다.

"그 제안이 만족스러우셨는지 이렇게 머리 장식을 다섯 개나 주문하신 겁니다. 왕족의 존중과 디트린데 님의 희망까지 모두 충족시켜 드릴 수 있었어요."

돈을 내야 하는 페르디난드는 속이 좀 아프겠지만, 디트린데가 조르자 페르디난드는 '원하는 대로 하시라'라고 웃으며 말했다고 한다.

'그러고 보니 아버님도 예전에 마음과 가정의 평화를 돈으로 살 수 있을 때가 좋을 때라고 하셨었어.'

작년 다과회에서 아돌피네에게 한소리 들은 것이 분했는지, 아니면 강한 앙심을 품고 있는지 모르겠지만 디트린데는 꽃 종류도 아돌피네와 같은 것을 골랐다고 한다. 나란히 착용하면 빨강에서 흰색으로 자연스럽게 색이 변하도록 디자인된 머리 장식을 보고 나는 한숨을 쉬었다.

"아무리 그렇다지만 이걸 머리에 다 꽂으면 촌스러울 것 같은데."

솔직히 말하면 '머리에 과하게 꽂지 말 것'이라는 주의 스티커라도 상자에 붙이고 싶은 심정이다. 브륀힐데가 곤란한 듯 웃으며 동의했다.

"머리 장식을 꽂을 때나 기숙사에서 나올 때 아렌스바흐 영주 부부께서도 보실 테니 상식적인 선에서 제지하시겠죠."

가짓수를 줄일 방법은 있으나 몇 개를 꽂을지는 우리가 관여할 부분이 아니라고 한다.

"그리고 이것이 2왕자께서 주문한 것이고, 이것이 단켈페르거에서 주문한 것입니다."

상인이 찾아와서 주문해 갔다고 한다. 상품의 인도는 귀족원에서 해 달라는 전언과 함께. 이것은 에그란티느의 새 머리 장식과 레스티라우트가 에스코트 상대에게 선물하는 머리 장식이다.

에그란티느의 새로운 머리 장식은 하얀 파란제였는데, 파란제는 이 세상 모든 것으로부터 여인을 지키겠다는 에이비리베의 독점욕을 한껏 드러낸 꽃이다. 실로 아나스타지우스다웠다.

레스티라우트의 주문은 가을 귀색에 맞춘 꽃이었다. 주문서에 그려 준 그림대로 만들어 달라는 지시였다고 한다. 투리가 보여 준 주문서에는 처음 보는 꽃이 그려져 있었다. 분명 단켈페르거에서만 피는 꽃들의 조합일 것이다.

"전부 처음 보는 꽃이어서 고생했겠어요."

내가 걱정 어린 시선으로 쳐다보자, 투리가 웃으며 고개를 좌우로 저었다.

"아뇨, 아주 즐겁게 만들었습니다. 어떻게 만들면 좋을지, 상인들이 머리를 맞대고 고민했어요. 예상외로 잘 나와서 다행입니다. 이런 꽃과 색의 조합은 에렌페스트엔 없는 것이라 공부도 많이 되었고요."

'누가 디자인했는지 몰라도 센스가 뛰어나네.'

다른 영지의 주문 상품을 넘겨받은 뒤에 또 다른 머리 장식이 나왔는데, 하르트무트가 클라리사를 위해 주문한 것이었다. 상자 속에 주황색에 가까운 노란 꽃이 들어있는 것을 보고 조금 의아했다. 왠지 모르겠지만 클라리사라면 라이덴샤프트의 가호가 있는 여름 태생일 것 같았기 때문이다.

"의외죠? 저도 처음에 클라리사의 탄생 계절을 들었을 때 놀랐습니다."

속마음이 얼굴에 드러났는지, 하르트무트가 나를 보고 피식 웃으며 그렇게 말했다.

그 뒤 투리는 내게 줄 머리 장식도 꺼냈다. 색깔은 겨울 귀색에 맞추고, 큼지막한 빨간 꽃 주위에 흰 꽃을 두른 머리 장식이었다.

"정말 겨울답고 귀엽네요. 마음에 들어요."

"좋아해 주시니 기쁩니다."

플랑탱 상회에서는 새로운 인쇄물도 주었다. 단켈페르거 역사서 1권이었다. 도무지 한 권에 전부 담을 수 있는 분량이 아니어서 몇 권에 나눠서 인쇄할 수밖에 없었다.

"단켈페르거의 역사서만으로 한동안 로제마인 공방이 지탱되겠네요."

"역사가 정말 방대하니까요."

나는 단켈페르거에 보낼 견본과 내가 가질 납본을 챙겨 로데리히에게 넘기고, 프리다에게로 시선을 돌렸다.

"프리다, 영지 대항전 때 냈던 카트르 카르를 또 주문하고 싶은데, 부탁해도 될까요?"

"네. 요리사와 재료를 준비해 두겠습니다. 그리고 이건 로제마인 님께서 개인적으로 주문하셨던 로우레입니다. 코시모."

프리다의 목소리에 오트마르 상회의 시종이 봉투 하나를 조심스럽게 테이블 위에 올려놓았다. 브륀힐데가 문제가 없는지 속을 살핀 뒤 내게 건네주었다. 건포도처럼 생긴 로우레를 확인하고 나는 싱긋 웃었다.

'이걸로 요리의 폭이 더 넓어지겠어.'

"다른 영지 상인들 사이에서 이탈리안 레스토랑의 평가가 매우 높아, 여름에 눈이 돌 정도로 바빴습니다. 요리사의 수도 조금씩 늘었고, 그만큼 스카우트 제의도 많습니다. 대영지 상인들이라 강압적인 분이 많지만……."

공동 투자자에 내 이름도 있는 셈이니 "요리사를 데려가고 싶으면 로제마인 님께 부탁해 보세요."라고 지금은 전부 거절하는 중이라고 한다.

"억지를 부린 클라센부르크에 어용 상인을 줄여 버린 페널티 대처 덕분에 저희 쪽 머리 장식 장인을 납치한다든지, 자기 상인을 두고 가는 피해는 아직 없습니다."

나의 지위를 이용해 평민들의 위험이 줄었다면 그보다 더 좋을 게 없다.

"프리다, 지금은 손님도 좀 줄었나요?"

"예. 타 영지 상인들은 겨울 전에 각자의 영지로 돌아갔거든요."

거상이 가끔 찾아올 뿐, 겨우 가게가 조용해졌다고 한다. 지금은 영지 대항전의 카트르 카르에 쓸 재료 확보와 장작 준비와 같은 겨울 준비에 힘쓰고 있다고 한다.

"이탈리안 레스토랑에 손님이 줄어서 방해가 되지 않는다면 조만간 방문할까 해요. 페르디난드 님이 봄이 오기 전에 아렌스바흐에 가시는데, 대접이라도 해 드리려고요."

내 말에 프리다의 얼굴이 활짝 피었다.

"영광입니다. 원하시는 메뉴는 있으세요?"

"더블 콩소메 말고는 전부 알아서 해주세요. 일제가 고안한 새로운 요리도 먹고 싶네요."

"맡겨 주세요."

이 회의가 끝나고 '이탈리안 레스토랑에 가자'고 페르디난드를 초청하자, 그는 '바빠 죽겠는데 무슨 소리냐'라며 매우 차가운 눈빛으로 노려보았다. 바쁘니까 더더욱 마음에 여유를 주는 맛있는 요리를 먹어야 하지 않나?

"맛있는 더블 콩소메도 준비하게 했고, 일제의 새로운 요리도 나올 거예요. 아렌스바흐로 떠나기 전에 맛있는 요리를 마음껏 드시고 가셔야죠."

요리사를 데려가지 않겠다고 하니 시간을 멈추는 마술구에 요리를 넣어 보낼 예정이지만, 아렌스바흐의 형편에 따라 계속 보낼 수 있을지 없을지는 미지수다. 이쪽에서 아무리 보내고 싶어도 아우렐리아처럼 접촉을 거부하면 소용이 없는 셈이다.

"제가 드리는 작별 선물이에요."

"……작별 선물이라. 그래. 생각하기에 따라서 좋은 타이밍일 수 있겠군. 알겠다. 열흘 후로 잡거라."

페르디난드가 깊은 한숨을 내쉬며 날짜를 지정해 주었다.

작별 식사 모임

나는 프리다에게 편지를 써서 이탈리안 레스토랑에 갈 날을 잡았다. 그 뒤에서는 누가 나를 따라갈지, 측근들의 조용한 눈치 싸움이 시작되고 있었다.

"누가 따라갈지 경쟁하는 모양인데, 이탈리안 레스토랑은 평민촌에 있으니까 신전까지밖에 동행 허가를 받지 못한 미성년자들은 못 가요."

"앗?!"

나는 측근들의 경쟁에 종지부를 찍었다. 신전에 자주 드나들어 깜빡하기 일쑤지만, 영주가 허가한 범위는 귀족가와 평민촌의 경계에 있는 신전까지다. 미성년자가 업무차 평민촌에 가는 것까지는 허락되지 않은 셈이다. 예전에 이탈리안 레스토랑에 갔던 코르넬리우스는 칼스테드와 에크하르트의 가족이라서 갈 수 있었던 것이지, 업무 때문은 아니었다.

그렇게 지적하자, 눈이 휘둥그레진 미성년자 그룹 속에서 레오노레가 느긋하게 고개를 갸웃거렸다.

"그럼 성인이 된 코르넬리우스, 하르트무트, 안게리카, 다무엘, 이렇게 네 사람을 데려가시는 건가요? 식사 시중을 들 시종은 오틸리에나 리카르다를 부르실 생각이세요?"

"아뇨. 이탈리안 레스토랑은 평민 부자가 주 고객층이라서 귀족들을 줄줄이 데려갈 만한 곳이 아니에요. 호위 기사는 교대로 식사하면 되니 두 명이면 충분하고, 시중을 들 시종으로는 프랑을 데려갈 거예요."

"그런 냉정한 말씀이 어디 있습니까, 로제마인 님."

충격을 받은 하르트무트와 다른 측근들에겐 미안하지만, 솔직히 말해서 이 귀족들을 측근으로 데려가면 가게 사람들만 곤란해진다. 고객이 아닌 측근은 시종용으로 마련된 방에서 교대로 식사를 해야 한다. 그러나 그 방은 귀족용으로 갖춰진 곳이 아닌 데다가 전임 급사도 없다. 또 시종이 시종을 데려올 것을 예상하고 만든 곳이 아니라서 공간도 좁고. 그런 곳에 내가 귀족 측근을 우르르 데려가면 혼란만 야기할 뿐이다.

"레스토랑에 가고 싶으면 소개해 줄 테니 고객 입장으로 가세요. 다들 시종들 시종도 없이 식사하기 불편하잖아요. 시종 전용 방에서 식사할 수 있겠어요?"

"저는 시종이 없어도 됩니다."

"저도 괜찮습니다, 로제마인 님."

단호한 얼굴로 즉답한 다무엘과 안게리카를 호위로 데려가기로 했다. 기원식이나 수확제에서 시종들 시종이 부족해도 아무 불만 없이 식사를 해결했던 두 사람이다. 그리고 어쩐지 본인 부담으로 가서 먹으라고 하는 것은 다무엘에게 너무 가혹하다는 생각이 들었다.

"한발 늦은 코르넬리우스 오라버니는 레오노레와 둘이서 오던가요. 우후훗."

나는 놀릴 생각으로 웃었는데, 코르넬리우스는 "그거 정말 좋은 생각이네요."라고 웃으며 뭔가 꿍꿍이속이 있는 얼굴로 하르트무트를 쳐다보았다.

"하르트무트. 측근이 아니라 손님으로 가는 건 어떻게 생각합니까?"

"실로 훌륭한 안이군요. 가능하다면 시종의 방이 아니라 로제마인 님과 한자리에서 식사하고 싶었거든요."

낭패다. 하르트무트와 코르넬리우스까지 따라올 생각이다. 프리다에게 변경된 인원수를 편지로 알려야 하나 고민할 때 코르넬리우스가 레오노레에게 말했다.

"호위 임무가 아니라 손님으로 가는 거면 미성년자라도 평민촌에 갈 수 있겠지? 레오노레, 나와 함께 이탈리안 레스토랑에 가지 않겠어?"

"좋아요, 코르넬리우스."

레오노레를 초청하라며 놀린 건 나였지만, 이렇게 덥석 무니 썩 유쾌하지 않았다. 면전에서 깨를 쏟으면 다무엘이 불쌍해지니까 거기까지만 했으면 싶었다.

"아무리 손님으로 가도 보호자의 허가나 동행이 있어야 하지 않아요?"

"코르넬리우스와 함께 가는 거라면 허락해 주실 거예요."

잠시 고민하던 레오노레가 염장질하는 행복한 미소로 말했다. 그러자 부모의 허락이라는 말에 브륀힐데가 황색 눈동자를 반짝였다.

"그레첼을 교역 도시로 키우려면 평민촌에 대해서 자세히 알아야겠죠? 전 평민촌이 어떤 곳인지 아무것도 모르니까 이번이 좋은 기회네요. 아버지께 허락받아 오겠습니다."

"로제마인 님의 활동 범위를 아는 것은 시종의 임무이기도 하고, 언니를 감시해야 한다고 하면 저희 부모님도 허락해 주실 거예요."

브륀힐데와 리젤레타까지 가기로 마음을 굳힌 모양이다. 부모를 설득할 명분을 열심히 고민하는 두 사람을 지켜보던 필린느가 손을 번쩍 들었다.

"제 보호자는 로제마인 님이세요. 저도 동행하게 해 주세요."

"제 보호자도 로제마인 님이십니다."

필린느와 로데리히가 눈을 반짝이며 그렇게 말했다. 듣고 보니 그랬다. 부모의 품에서 벗어난 두 사람의 보호자는 나였다.

'이래서 원, 다 데려가게 생겼네.'

이렇게 다들 원하는데, 이왕이면 고생하는 측근들에게 맛있는 요리를 대접하는 셈 치면 어떨까. 페르디난드의 작별식과 합치는 건 조금 마음에 걸리지만.

그런 생각을 할 때 유디트가 혼자만 글썽이는 눈으로 나를 빤히 보고 있었다.

"로제마인 님, 설마 또 저만 빠지나요?!"

유디트는 부모를 설득할 명분이 도무지 떠오르지 않는 듯했다. 아무리 그래도 혼자만 못 가면 너무 불쌍하지 않은가.

"……허락해 달라고 부모님껜 내가 연락해 볼게요."

"감사하게 생각합니다, 로제마인 님!"

이탈라인 레스토랑은 손님이 개인적으로 급사를 데려가야 하는 구조다. 다시 말해, 필린느와 로데리히에게도 급사가 있어야 한다. 보호자가 나이고, 성에 사는 두 사람에겐 이럴 때 데려갈 시종이 없었다. 나는 신전장실에 있는 시종을 둘러보며 말했다.

"프랑은 나, 잠은 로데리히, 모니카는 필린느의 급사로 함께 가죠. 로지나에겐 음악 연주를 맡길게요."

"알겠습니다."

로지나와 신전 시종들도 흔쾌히 동행해 주기로 하였다.

"그런고로 오늘은 여럿이서 식사를 하게 되었어요."

식사 시중을 들어야 하는 프랑과 시종들은 준비를 하러 일찍 출발해야 한다. 나는 그들의 출발 시간에 맞춰 신전장실의 문을 잠그고, 신관장실에서 집무를 도우며 호위 기사와 대기하고 있었다.

"왜 측근이 손님으로 가지? 데려가는 의미가 있는 건가?"

"무슨 의미냐고 물으시면…… 열심히 일해 준 포상의 의미죠. 귀족 손님이 늘어나면 가게에도 좋고, 앞으로 매상에도 도움이 되고. 오늘은 전부 제가 사는 거지만."

이별 선물이니까 페르디난드의 몫도 내가 낼 생각이었다. 내 말에 페르디난드가 아주 묘한 표정을 지었다.

"그대가 다? ……솔직히 말하면 그대와 같은 어린 여성에게 얻어 먹을 생각은 없다만."

"이별 선물로 제가 초대했으니 당연히 제가 비용을 내는 게 맞죠. 내친김에 열심히 일해 주는 측근들한테도 한턱내고요. 하지만 오늘의 주인공은 신관장님이세요."

그런 대화를 나누는 사이에 우리가 타고 갈 마차가 도착했다. 다무엘과 안게리카는 신전에서 나랑 페르디난드와 함께 마차를 타고 가지만, 다른 측근들은 성이나 귀족가에서 각자 마차를 타고 오기로 했다. 필린느와 로데리히도 성에서 다른 팀과 합승해서 오라고 말해 뒀다.

"방문해 주셔서 영광입니다."

프리다와 접대원이 무릎을 꿇은 채 우리를 맞이했다. 인사를 나누고 안으로 들어가자, 침샘이 고일 만큼 고소한 콩소메 냄새가 가게 안에 가득했다. 오랜 시간 푹 끓인 농후한 냄새다. 식당 쪽에서는 음악도 들려왔다. 로지나가 벌써 연주를 시작한 모양이다. 프리다가 홀을 앞지르며 미소를 지었다.

"다른 분들은 이미 착석해 계십니다. 이렇게 많은 귀족 손님을 모시게 된 건 처음이라 저희 모두 바짝 긴장하고 있어요."

"무리한 부탁을 해서 미안해요. 하지만 지금이 아니면 기회가 더 없어서요."

지금은 가을 수확기가 끝난 직후라 1년 중 시장에 나오는 식재료가 가장 풍부한 시기다. 겨울 사료를 한계까지 절약하기 위해 겨울을 넘기려고 통통하게 살찌운 가축을 잡아 고기로 내놓는다. 막 겨울이 지나 식량이 부족한 봄이나 다른 영지 상인의 방문으로 정신없는 여름에 비하면 지금이 귀족들을 데려오기 딱 적합한 계절이라고 판단했다.

"그리고…… 이 사람들이 제각기 먹으러 오면 다른 손님에게 민폐잖아요."

보통 평민이라면 귀족과 함께 식사하는 자리는 마다하고 싶으리라. 동석해서 연줄이라도 만들 수 있다면 모를까, 같은 공간에 있어도 말 한마디 붙일 수 없고, 혹여나 실수할까 긴장하면서 먹는 음식이 맛있을 리가 없다. 통째로 빌려서 한 번에 끝내는 게 백번 낫다.

"배려해 주셔서 감사합니다. 지난번에 일제의 요리를 드시고 싶다고 하셨지요? 일제도 지명을 받고 의욕을 불태우고 있어요."

식당으로 이동하자, 다들 어지간히 기대했는지 들뜬 표정이었다. 맛있는 요리에는 모두를 행복하게 하는 힘이 있다. 아렌스바흐로 떠나기 전에 페르디난드가 조금이나마 행복을 느껴 준다면 얼마나 좋을까.

"이쪽으로 오십시오, 로제마인 님."

오늘을 위해 준비한 옷을 입은 프랑이 상냥하게 의자를 빼 주었다. 나는 의자에 앉아 프리다에게 오늘의 메뉴에 관해 설명을 들었다. 페르디난드의 뒤에서는 에크하르트가 호위로 붙었고, 내 뒤에는 다무엘이 붙었다. 안게리카와 유스톡스는 호위 교대 요원이라 먼저 식사를 할 것이다.

"그럼 편안하게 즐겨 주시길 바랍니다."

설명을 끝낸 프리다가 식당을 나가자, 교대하듯 가게의 접객원들이 큰 접시를 실은 트레이를 밀며 들어왔다. 먼저 프랑이 내 접시에 음식을 덜고, 그다음에 이 자리의 주인공인 페르디난드의 시종이 음식을 던다. 그 뒤로는 앉아 있는 신분 순서대로 각 시종이 음식을 덜게 된다.

제일 먼저 나온 것은 셀베라고 하는 순무처럼 생긴 뿌리채소와 생햄 카르파초. 얇고 반듯하게 썬 셀베와 생햄이 접시 위에 원을 그리듯 활짝 꽃처럼 교대로 깔려 있다. 그 가운데에는 잘게 썰어 데친 푸르스름한 셀베 잎이 작은 산처럼 쌓여 있다. 그 주변에 뿌린 건 바싹 구운 마늘과 같은 리가이리라.

그 위에 완만한 곡선을 그리듯 끼얹은 카르파초 소스는 내가 가르쳐 준 식물유에 소금과 감귤류 과즙을 섞고, 거기에 잘게 썬 라니에와 허브를 추가해서 보기에도 썩 맛있어 보였다.

나는 모두의 앞에서 독 감별을 겸해 한 숟가락 먹었다. 햄의 짭짤함과 셸베의 깔끔한 맛에 소스의 산미가 이우러져 입맛을 돋우었다. 햄과 셸베의 부드러운 식감 속에 아삭아삭한 리가가 씹히면서 입 안에 새로운 맛이 퍼져 나갔다.

"……이 요리사는 정성이 대단하군. 내 요리사가 만드는 소스와 차원이 달라."

포크로 소스만 찍은 페르디난드가 감탄하듯 말했다.

"일제는 요리 연구에 열정적이에요. 더 좋은 마술구를 만들려고 하는 신관장님처럼요."

다들 요리를 즐기는 것 같았다. 내 자리와 떨어져 있어 대화 내용까지는 자세히 들리지는 않았지만, 하급 귀족들이 모인 자리에서 즐거운 목소리가 들려왔다.

다음 요리로는 페르디난드가 좋아하는 더블 콩소메가 나왔다. 조리 시간이 상당해서 어지간해서는 잘 먹기 어려운 요리다.

잠시 수프 색깔을 눈으로 즐기던 페르디난드가 한 숟가락 떠먹었다.

"페르디난드 님, 오늘의 더블 콩소메는 아름답나요?"

"음, 훌륭하다. 처음 먹었을 때 느꼈던 충격이 다시 떠오르는군."

살짝 눈을 감고 콩소메의 아름다움을 만끽하는 페르디난드에게 더 말을 걸지 못하고, 나는 가까이에 앉아 있는 상급 귀족들에게 감상을 물었다.

"더블 콩소메 맛이 어때요?"

"로제마인 님께서 고안하신 수프라는 것만으로도 놀라운데, 맛은 더 놀라워요. 이런 수프도 존재했었군요."

브륀힐데가 그렇게 말하자, 레오노레도 연신 고개를 끄덕였다.

"건더기가 전혀 없어 보이는데 색이 진한데다, 지금까지 먹었던 수프보다 깊은 맛이 나서 신기해요. 정말 맛있어요."

"훌륭함이 농축된 이 수프는 마치 로제마인 님 같군요."

하르트무트의 상큼한 미소를 보아하니 만족한 것 같기는 한데, 무슨 말인지 도통 모르겠다.

다음에 나온 요리는 갓 오븐에서 꺼낸 따끈따끈한 라자냐였다. 커다란 접시에서 아직도 지글지글 소리가 났고, 반지르르하게 구워진 치즈가 볼록볼록 움직였다. 미리 칼집을 내 뒀는지, 프랑이 조그마한 사각형으로 잘라 놓은 라자냐를 덜어 주었다.

접시에 올리자, 밀푀유처럼 라자냐 사이에 끼어 있던 화이트소스와 미트소스가 주르륵 녹아 흐르며 절단면에서 삐져나왔다. 음식을 자른 나이프를 따라 치즈가 쭉 늘어나자, 프랑이 낑낑대다가 겨우 치즈를 끊었다.

"이건 뜨거우니 먹을 때 조심하세요."

주의를 주려던 찰나에 로데리히가 혀를 데고 만 모양이다. 황급히 물을 마시는 모습이 눈에 들어왔다. 그 모습을 보고 비웃던 유디트가 첫입은 신중하게 식혀 먹어 놓고는 다음 숟가락을 급하게 입에 넣다가 후다닥 물로 손을 뻗어 필린느와 로데리히를 웃게 했다.

"시끌벅적하군."

"밥 먹을 땐 시끌벅적해야 더 맛있죠."

"……내게 끼니는 살기 위해 꼭 필요한 성가시기 짝이 없는 것이었지."

부친이 회식 등으로 자리를 비워 베로니카와 저녁을 먹어야 할 때면 음식에 지효성 독이 들어가 있거나, 언뜻 보면 같은 음식으로 보여도 자기 음식만 다른 재료로 만들어 놓았던 일이 부지기수였기에 페르디난드는 성에서 식사할 때마다 긴장해야 했다고 한다.

"아침과 점심은 같이 먹지 않아도 돼서 편하긴 했지만, 맛있다고 느낀 적이 거의 없었던 것 같군."

"너무 가혹한 어린 시절을 보내셨네요. 만약 그 자리에 제가 있었다면 베로니카 님 가만 안 뒀어요."

"어리석긴. 그 당시의 베로니카에게 손을 댔다간 큰일 나는 건 그대일 거다. 영주의 첫째 부인을 건드렸는데 목이 붙어 있을 리가 없지."

페르디난드가 멍청한 사람을 보는 듯한 눈빛으로 나를 보았다.

"무사할 수 없었을지는 몰라도 같이 죽을 각오로 한다면 해볼 만했을 거예요."

"너도 그렇게 생각해?"

"그런 위험 지향이 닮았을 줄이야……. 그 사람의 실각 후에 그대들이 만난 게 천만다행이군."

나와 에크하르트의 이상한 유사성을 발견한 페르디난드가 깊은 한숨을 쉬었다. 그런 그에게 코르넬리우스가 "페르디난드 님, 고생이 많으십니다."라며 위로의 말을 건넸다.

"남의 일이 아니다, 코르넬리우스. 내가 떠나면 로제마인과 하르트무트, 그리고 단켈페르거에서 올 클라리사를 막는 건 그대의 역할이다."

"터무니없는 임무에도 정도라는 게 있는 법인데요."

머리를 싸매는 코르넬리우스의 뒤로 접객원이 메인 요리를 날라

왔다. 오늘 메인은 송아지 커틀릿이다. 입자가 고운 빵가루에 치즈를 섞은 튀김옷이 버터로 고소하고 바싹하게 구워져 황금색으로 빛난다.

나는 이미 배가 꽤 부른 상태라 프랑에게 작게 썰어 달라고 했다. 접시에는 일제의 특제 소스도 올라가 있었다. 처음에는 감귤계에 산미가 강한 치네를 쭉 짜서 먹어 보고, 그다음에 소스에 찍어 먹는 순서인 듯하다.

"이 치네가 진한 풍미의 느끼함을 잡아 줘서 입안이 깔끔해지는군."

페르디난드는 치네를 끼얹어 먹는 쪽이 마음에 든 모양이지만, 한창 성장기라 식성이 대단한 측근들은 진한 소스 맛이 더 맛있었나 보다.

"이 소스는 어떻게 만드는 걸까요? 처음 먹어 보는 맛이에요."

리젤레타가 진지한 얼굴로 소스를 노려보자, 유디트도 "가족들에게도 먹여 보고 싶은데, 우리 집 요리사한테는 어렵겠죠?"라며 고개를 끄덕였다. 참고로 나는 깔끔하게 먹을 수 있는 치네 쪽이 맘에 들었다. 오로시폰즈까지 있었으면 금상첨화였을 텐데.

메인 요리까지 나오면 호위가 교대한다. 안게리카와 유스톡스가 들어오고, 에크하르트와 다무엘이 식사를 하러 나갔다.

"다들 만족했나 보네요, 안게리카. 맛있었어요?"

"네. 디저트가 정말 맛있었습니다."

안게리카의 말에 주변의 기대가 단숨에 올라갔다. 디저트는 밤과 같은 나무 열매, 타니에 크림을 쓴 몽블랑이다. 타니에라면 끔뻑 죽는 코르넬리우스가 칠흑 같은 눈동자를 빛냈다.

"타니에는 오랜만에 먹네요. 저희 집에서 부탁하면 어머니가 싫어하시거든요."

벌써 몇 년도 전에 '안게리카 성적 올리기 부대'의 포상으로 타니에 크림 레시피를 코르넬리우스에게 넘겨주었다. 코르넬리우스가 타니에가 열리는 계절만 오면 종일 그것만 주문해서 엘비라에게 혼이 났다고 한다.

"사흘 연속으로 이 디저트를 만들어 달라고 했더니, 이 크림을 만드느라 요리사도 고생하고, 어머님은 매일 똑같은 디저트를 먹고 싶진 않다며 한소리 하셨죠."

듣자 하니 코르넬리우스는 좋아하는 음식이라면 매일 그것만 먹어도 괜찮은 사람인 듯했다. 꽤 오래 함께 지냈는데도 몰랐던 사실이다.

"타니에 크림은 너무 달지 않아서 남성분들이 먹기 편할 텐데……."

"그건 그렇지. 그런데 여성에겐 아쉬운 맛이 아닐까?"

페르디난드가 필린느와 유디트가 있는 쪽으로 시선을 돌렸다. 카트르 카르도 꿀맛을 좋아하는 두 사람은 좀 더 달달한 디저트가 좋았던 모양이다. 기대에 못 미친 표정이다.

"걱정할 것 없어요. 일제가 그걸 놓칠 리가 없죠."

또 다른 디저트가 나왔다. 라펠 파이다. 라펠은 지금 계절에 열리는 사과와 배의 중간쯤 되는 과일이다. 파이 반죽 위에 얇게 썬 라펠을 올려 먹는 디저트는 예전부터 있었지만, 버터와 설탕으로 라펠을 푹 조린 레시피는 내가 가르쳐 준 것이다.

"이쪽은 엄청 다니까 신관장님은 맛볼 만큼만 잘라 드세요."

맛있다면 더 잘라 먹으면 된다. 페르디난드는 한입 먹더니 "맛있긴

한데 너무 달군. 한입이면 충분하다."고 말했다.

라펠 파이를 가장 마음에 들어 한 사람은 리젤레타였다. 얌전히 먹고 있어서 알아차리기 어려웠지만, 두 접시를 더 해치웠다.

작별 선물

"오늘 식사는 만족하셨나요?"

"그래, 만족스러웠다."

"프랑, 준비한 선물을 가지고 와 줄래요? 그리고 나면 식사하러 다녀와요."

프랑이 곧바로 나무 상자를 가지고 와서 내용물을 내게 넘겨주었다. 내 한 손에 잡히는 크기에 귀여운 무늬가 박힌 천 주머니다. 일단 선물처럼 보이도록 리본도 달았다.

"로제마인, 이 식사가 선물이 아니었는가?"

"식사도 선물이고, 이것도 선물이에요. 꼭 하나여야 할 필요는 없잖아요?"

"그건 그렇다만……."

이상한 것이라도 보는 눈빛으로 나를 본 뒤, 페르디난드는 내가 건넨 천 주머니를 손에 들었다. 이곳에서는 선물을 나무 상자에 넣어 주는 것이 일반적이라서 포장 문화가 없다. 내가 건넨 리본 달린 천 주머니가 이상한 물건으로만 보이는 모양이었다. 페르디난드가 천 주머니를 손에 든 채 어떻게 해야 할지 모르는 눈치로 고개를 갸웃거렸다.

"이 리본을 풀어 보세요. 안에 들어 있거든요."

"그럼 이 천 주머니는 뭐지?"

"뭐냐고 물으시면……. 포장이죠. 귀엽죠?"

"무슨 말인지 모르겠군. 굳이 왜 이런 귀찮은 짓을 하는 건지……."

페르디난드가 미간을 찌푸리고 투덜거리면서 리본을 풀어 속을 보았다. 그리고 못 믿겠다는 표정으로 굳어 버렸다.

"로제마인, 이건?"

"레기쉬 비늘로 만든 보호구예요. 하르트무트에게 배워서 만들었지요."

슈바르츠와 바이스의 옷에도 썼던 보호 마법진을 하르트무트에게 자세히 배워서 무지개색 마석으로 보호구를 만들었다. 꽤 힘든 작업이었다. 가르쳐 준 보상으로 하르트무트에게는 무지개색으로 빛나는 레기쉬 마석을 하나 주었다.

"몸에 지니고 다니면 분명 지켜 줄 거예요. 어때요, 저도 꽤 성장했죠?"

후후훗 하고 내가 떵떵거리자, 페르디난드가 천 주머니를 거꾸로 뒤집었다. 족히 5센티는 넘어 보이는 물방울 모양의 마석이 페르디난드의 손바닥 위에 툭 떨어졌다. 거기에 마력을 약하게 흘려보내면서 분석하듯 빤히 쳐다보았다.

"……딱히 문제는 없어 보이는군."

"그야 하르트무트한테 배웠으니까 당연하죠. 혼자 만들었다면 더 좋았겠지만."

"그대 혼자 만들었다면 작동할지 어떨지도 미심쩍었을 텐데, 하르트무트에게 잘 배웠군."

피식 웃으면서 페르디난드가 유스톡스를 올려다보았다. 유스톡스가 곧바로 기다란 나무 상자를 가져왔다.

"이건 내가 그대에게 주는 것이다."

"감사하게 생각합니다. 열어 봐도 돼요?"

설레는 마음으로 기다란 나무 상자를 조심스레 열어 안을 들여다본 나는 놀라움에 눈이 커졌다.

나무 상자에는 비녀가 하나 들어 있었다. 항상 사용하고 있는 투리가 만든 것처럼 실을 짠 꽃 모양 장식이 아니었다. 가느다란 금속으로 주위가 장식된 무지개색 마석 다섯개가 조금씩 길이가 다른 가는 사슬로 비녀 끄트머리와 이어져 있었다. 나는 여러 마법진을 채워 넣으려고 수중에 있는 것 중에서도 가장 큰 무지개색 마석을 골랐는데, 페르디난드는 작은 것부터 고른 모양이다. 전부 2센티미터 정도의 마석이었다. 머리에 꽃고 걸으면 물방울 모양의 무지개색 마석이 찰랑거려서 아주 귀여우리라.

'하지만 무지개색 마석. 무지개색 마석이란 건……'

나는 조심스럽게 비녀를 집어들어 미세한 마력을 흘려보냈다. 역시나 다섯 개의 무지개색 마석에는 보호 마법진이 새겨져 있었다. 평범한 머리 장식이 아니었다.

"신관장님, 이 무지개색 마석, 보호구죠?"

"이거로 장식품을 만들고 싶다지 않았느냐. 평범한 장식품으로 만들기엔 마석이 아까워서 보호구로 만들어 뒀다."

그 말마따나 '무지개색 마석을 장식품으로 만들고 싶다'는 말을 꺼내긴 했다. 하지만 '귀한 소재를 장식에 쓰지 마라'고 본인이 지적하지 않았던가. 그 페르디난드가 장식으로 쓰는 보호구를 만들어 줄 거라고는 꿈에도 생각지 못했다. 기쁨보다도 놀라움이 더 컸다.

"신관장님을 깜짝 놀라게 해 주려고 고생했는데, 오히려 내가 당한

기분이에요."

봐라, 무지개색 마석으로 보호구 만들어 주니까 고맙지? 하고 떵떵 거린 직후에 같은 종류의 물건으로 다섯 배나 더 좋은 선물이 돌아온 다면 놀라지 않을 사람이 어디 있을까. 더군다나 내가 준 보호구는 거 의 원석 상태에 불과한데 페르디난드가 준 건 완벽한 장식품으로 다 듬어져 있기까지 하다.

'엄청난 패배감을 맛봤어.'

"나도 놀랐다. 그대가 이만한 보호구를 만들게 됐을 줄은 몰랐 거든."

페르디난드는 내가 준 무지개색 마석을 보면서 희미하게 웃었다. 전혀 놀란 얼굴이 아니었다. 오히려 조금 기뻐하는 기색이다. 나는 패 배감에 뒤통수를 얻어맞았지만, 손톱만큼이나마 페르디난드가 놀라 고 좋아해 줘서 다행이다.

"후훗, 나도 제법 성장했죠?"

"……거의 하르트무트가 다한 것 같지만."

"그냥 솔직하게 칭찬해 주면 어디 덧나요?!"

내 주장에 측근들은 웃고, 페르디난드는 코웃음을 쳤다. 페르디난 드가 칭찬에 인색한 것이야 새삼스러운 일도 아니다. 나는 입술을 내 밀어 불만을 표출하는 것으로 넘어가기로 하고 비녀를 찬찬히 바라 보았다.

무지개색 마석은 오팔과 비슷하다. 마석을 살짝 기울이면 빛이 닿 는 위치에 따라 색깔이 오묘하게 바뀐다. 무지개색 마석을 보호하듯 가느다란 금속이 주변을 장식하며 감싸고 있는데, 그 덕분에 심플한 디자인이 화사하게 보였다.

"심플하지만 귀여운 디자인이네요. 역시 신관장님은 장식물을 보는 눈이 있으신 것 같은데?"

"디트린데의 그 머리 장식을 내가 골랐다고 의심받고 싶지 않거든. 반론할 소재를 준비해 둬야 할 것 같아서 말이다."

디트린데가 약혼자에게 머리 장식을 선물 받았다고 하면 보통은 약혼자가 골랐으리라 생각할 것이다. 페르디난드는 그런 일을 어떻게든 피하고 싶은 모양이었다. 자신의 미의식이 걸린 중대 사태라고 한다.

"그리고 매일 똑같은 꽃장식을 쓸 순 없을 테니, 보조 장식으로 꽂으면 그렇게 눈에 띄지 않을 것이다. 전에 머리 장식을 두 개 꽂는다고 한 적이 있었지? 그런 식으로 최대한 매일 꽂고 다니거라."

듣자 하니 매일 쓸 수 있도록 일부러 꽃장식 옆에 꽂을 수 있게 심플한 디자인으로 만든 듯하다. 굉장한 배려심이다. 브륀힐데와 리젤레타가 감탄하며 고개를 주억거렸다.

"로제마인 님, 받으신 비녀를 꽂아 보시겠어요?"

브륀힐데가 일어나 내게 다가왔다. 내가 비녀를 넘겨주자, 브륀힐데는 비녀와 나의 머리 스타일을 번갈아 보더니 이미 꽂혀 있는 머리 장식 옆에 살짝 꽂아 주었다.

내가 머리를 흔들자 찰랑찰랑 소리가 나며 머리카락과 무지개색 마석이 부딪치는 감촉이 느껴졌다. 새로운 머리 장식이 생겨 기분이 좋았다. 나는 후훗 웃으며 페르디난드를 올려다보았다.

"어울려요?"

"나쁘진 않군."

"신관장님, 그건 또 무슨 뜻인가요? 어울리지 않는데 억지로 칭찬하는 것처럼 들리거든요?"

이럴 때일수록 강하게 느꼈다. 페르디난드는 여성을, 아니, 상대가 여성이 아니더라도 칭찬이 매우 서툴다. 이러니까 한 여성과 오래 못 간다고 하지.

"이럴 때는요. 어울리지 않아도 귀엽다고 해야 하는 거예요."

"빛을 받아 색이 오묘하게 변화하는 무지개색 마석이 밤하늘과 같은 머리카락 위에 흔들리는 모습은 마치 찬란한 별 같으면서도 모든 신의 총애가 아른거리는 듯한 것이, 성녀인 로제마인 님께 아주 잘 어울립니다."

칭찬해 준 사람은 페르디난드가 아니라 하르트무트였다. 찬사가 과하다 못해 무슨 말인지 알 수가 없다.

"신관장님, 하르트무트의 1할이라도 충분하니까 칭찬 좀 해 줘요."

"어처구니가 없군. 왜 칭찬에 목을 매지? 내가 그대를 위해 만들었는데 어울리지 않을 턱이 있나."

'그거 자기 자랑이지? 칭찬이 아니지?'

자신만만하고 잘난 체나 하는 페르디난드에게 칭찬받는 건 그만 포기하는 편이 나을지도 모르겠다. 나는 몸을 돌려 브륀힐데를 올려다보았다.

"브륀힐데, 이 장식은 매일 써도 괜찮을까요?"

"네. 페르디난드 님 말씀대로 이 물건이면 꽃장식과 함께 써도 괜찮을 것 같아요. 로제마인 님께서 가지고 계신 어느 머리 장식과 조합해도 잘 어울릴 거예요. 다만 한 말씀만 올리자면, 무지개색 마석이 다섯 개나 있어 매우 눈에 띄긴 합니다."

'하아, 맞아. 신관장님은 핀트가 어긋날 때가 있지.'

브륀힐데가 곤란한 기색을 띠며 장식으로 달린 무지개색 마석을 손가락으로 살짝 흔들면서 말하자, 페르디난드가 어깨를 으쓱했다.

"어쩌겠나. 앞으로는 내가 로제마인을 지켜줄 수가 없으니."

"페르디난드 님은 로제마인을 너무 과보호하십니다. 보호구도 과하고, 귀한 소재를 아낌없이 부어 넣은 약도 항상 챙기시고⋯⋯."

코르넬리우스가 내 비녀를 보면서 눈을 게슴츠레 뜨자, 페르디난드가 아닌 하르트무트가 피식 웃었다.

"페르디난드 님께서 전력을 다해 로제마인 님을 지키시는 게 당연하지 않습니까. 세례식 전부터 아렌스바흐 귀족의 표적이 되신 것도 모자라, 영주의 성에서 독을 드시는 바람에 2년이나 잠드셨고, 감시할 수도 없는 귀족원에서는 왕족과 상위 귀족의 접촉이 끊이질 않죠. 보호구와 약을 다 상비해도 불안할 판입니다. 이제는 우리도 귀족원에 따라갈 수 없고 말이죠."

그러고 보니 보호구를 잔뜩 달고 다니게 된 것도 긴 잠에서 깬 이후부터였다. 그전까지는 채집처럼 밖으로 나갈 때나 빌려줬었다. 귀족원에 다니게 된 후로 매년 보호구가 늘고 있지만, 이건 다 내가 저지른 짓에 비례한 것이었던 모양이다.

"솔직히 말하면 저는 로제마인 님의 보호구를 지금보다 더 늘리고 싶을 정도입니다. 후견인도 가족도 아닌 문관이라 드릴 수 있는 것이 한정적이지만⋯⋯."

그때 하르트무트가 애석한 한숨을 푹 쉬고는 코르넬리우스를 노려보았다.

"그런데 코르넬리우스는 친오빠이고 가족이면서 왜 로제마인 님께 보호구를 선물하지 않는 겁니까? 로제마인 님이 걱정되지도 않습니까?"

"당연히 걱정됩니다. 하지만 내가 선물할 수 있는 보호구보다 훨씬 품질 좋고 효과도 높은 보호구를 갖고 계시는데 어차피 볼품없고 도움도 안 될 겁니다."

문관이 아닌 코르넬리우스는 페르디난드처럼 고성능 보호구를 만들지 못한다며 어깨를 으쓱거렸다. 그리고 남매지간이긴 하나, 영주의 양녀가 된 내게 가볍게 선물할 수도 없다고 했다. 그 단도직입적인 말에 왠지 코르넬리우스와 거리가 멀어진 것 같아 조금 쓸쓸했다.

"귀족원에서는 남매처럼 지냈는데, 코르넬리우스 오라버니가 졸업하면 더 이상 남매처럼 지낼 곳도 없어지겠네요. 조금 쓸쓸해요."

"그건 나도 그래."

내 말에 코르넬리우스가 쓰게 웃었다. 그때 하르트무트가 일부러 과장되게 한숨을 쉬며 가라앉으려는 분위기를 끊었다.

"하아, 그러게 말입니다. 더는 로제마인 님과 귀족원에 함께 있을 수 없다니, 졸업이 이토록 괴롭고 절망스러울 줄 누가 알았겠습니까. 왜 나는 졸업해 버린 걸까요. 귀족원에 계속 다녔더라면 로제마인 님께 더 도움이 되었을 텐데."

"도움이야 되었겠지만, 하르트무트는 로제마인 님이 귀족원에서 뭘 하시는지 옆에서 보기만 했잖아요. 타니스베팔렌 토벌 때도 그렇고, 채집터를 되살릴 때도 혼자 극도로 흥분하고 말이에요."

레오노레가 어이없어하며 말하자, 하르트무트가 정색하고는 "그걸 보고 어떻게 흥분을 안 해?"라고 했다.

"거무죽죽한 진흙으로 뒤덮인 채집터에 서서 신구 지팡이를 들고 마법진을 기동하자, 순식간에 땅이 되살아나는 광경은 정말이지……."

"하르트무트, 그 얘기는 귀에 박히도록 들었어요."

레오노레가 싱긋 웃으며 청산유수처럼 흘러나오는 하르트무트의
말을 싹둑 잘라 버렸다. 유디트와 필린느가 고개를 끄덕이는 걸 보니,
하르트무트가 똑같은 말을 얼마나 지겹게 하고 다녔을지 안 봐도 뻔
했다.

"그것보다 페르디난드 님께 여쭙고 싶은 게 있습니다."

돌연 진지한 표정이 된 레오노레가 페르디난드를 돌아보았다. 한
쪽 눈썹을 씰룩인 페르디난드가 '어디, 들어보지.'라는 듯 뒷말을 재
촉했다.

"이 보호구들을 로제마인 님께 주실 만큼 페르디난드 님께선 올해
귀족원에서 큰 위험이 있을 거라고 생각하시는 것이지요? 얼마나 큰
위험일지 알려 주실 수 있으실까요? 그저 막연하게 호위하는 것보다
경계 대상이 확실하면 효율이 더 높거든요."

보호구가 늘어났던 작년에는 타니스베팔렌이 나타났고, 영지 대항
전에서 디터 경기에 휘말리고, 습격까지 받았다. 올해는 어떤 위험이
있을 것이라 예상하느냐는 레오노레의 질문에 페르디난드가 심히 난
처한 표정을 지었다.

"레오노레, 로제마인에게 보호구를 준 건 그런 예측 불가능한 돌발
적인 위험이 연달아 일어날 것을 예상했기 때문이 아니다. 작년에는
아렌스바흐에서 시비를 걸거나, 단켈페르거의 디터 제안을 거절하지
못하는 상황이 걱정되었던 것뿐이지. 하나, 올해는……."

거기서 말을 끊은 페르디난드는 입을 다물었다. 꺼내도 될 말일지
고민되는지, 관자놀이를 톡톡 두드린 후, 천천히 한숨을 쉬었다.

"올해는 로제마인을 봉납식에 부르지 않을 생각이다."

"네? 그게 무슨 말이에요?"

"며칠 전에 그대의 보호자끼리 의논해서 그러기로 했다. 올해는 그대를 에렌페스트로 부르지 않고 귀족원에 머물게 하기로."

친자식과 양녀를 차별대우하는 못된 영주라는 소문을 불식시키기 위해, 그리고 내가 유레베로 마력 덩어리가 녹은 덕택에 기절하는 일이 줄었기 때문이라며 페르디난드가 그 이유를 손을 꼽으며 알려 주었다.

"그리고 신전에는 하르트무트와 내가 있고, 또 그대가 유레베에서 잠들었을 때 만들어 놓은 마석이 많아서 마력이 충분하다는 점이 가장 큰 이유지. 하지만 그것도 내가 떠나기 전인 올해까지다. 올해만큼은 다른 학생들처럼 귀족원 생활을 즐기고 오려무나."

굳이 나를 귀환시키지 않아도 마력이 충분하다면 한 번쯤은 평범한 귀족원 생활을 보내게 해주고 싶다고 페르디난드가 말했다. 그가 나를 위해 여러모로 생각해 주는 것이 느껴지자, 말로 설명하기 어려운 기쁨이 솟구쳤다. 눈시울이 뜨거워짐을 느끼며 나는 페르디난드를 바라보았다.

"신관장님……."

"귀족원에서 내내 로제마인과 함께 지내게 되면 측근들이 꽤 시달리겠지. 그래서 이 보호구를 준 거다. 조금이라도 그대들의 부담을 덜어 주기 위해서라고 생각하도록."

'뭐라고라고라?'

감동과 눈물이 쏙 들어갔다. 이렇게 좋은 일을 해 놓고 대체 왜 감동하게 두지 않는 걸까.

"신관장님, 마지막 한마디만 없었으면 전 고마움과 감동으로 울었을 거예요."

내가 째려보자, 페르디난드는 대수롭지 않은 얼굴로 고개를 끄덕였다.

"여기엔 비밀의 방도 없고, 달랠 수고도 덜었으니 더 잘 되었군."

"칭찬은 못 해 줄망정 잔인하게 감동을 짓밟는 말만 하다니, 못된 신관장님."

"날 뭐라고 평가하든 마음대로 해. 지금 난 전보다 더 오랜 시간을 그대와 귀족원에서 보내며 시달리게 될 그대의 측근들과 얘기 중이다."

귀족원에서 고생하게 될 것을 전제로 페르디난드와 측근들 사이에서 이야기가 진행되었다.

"약과 보호구는 넉넉하게 준비해 뒀다만, 급격히 성장한 에렌페스트에 순위가 뒤처져버린 임멜딩크 같은 영지 같은 곳으로부턴 더 심한 질시를 받게 되겠지. 그게 어떤 문제로 나타날지 예상이 안 되는구나. 내 혼인으로 아렌스바흐와의 관계도 바뀔 테지만 방심은 금물이다. 약혼을 반기는 것처럼 보이도록 웃으며 경계하도록."

페르디난드는 반드시 주의해야 할 영지들을 하나씩 꼽았다. 도대체 적을 얼마나 많이 만든 건지 진저리가 날 정도다.

"올해야말로 무탈하게 귀족원 생활을 끝낼 거니까 걱정은 접어 두세요."

"아무리 생각해도 그건 어려울 것 같군."

페르디난드의 즉답에 측근들도 하나같이 수긍한다. 알고 있던 일이지만, 아무도 나를 믿지 않았다.

"어쨌든 그대는 최우수를 따는 것만 생각해. 다른 영지는 그렇다 치고 중앙과는 절대 대립하지 않게 주의하고."

"전 지금까지 중앙과 대립한 적 없는데요."

"그대의 주관이 아니라 상대방의 주관이 중요한 거다."

페르디난드는 그렇게 말하며 관자놀이를 톡톡 두드렸다.

"아마도 올해는 그쪽에서 접촉해 오겠지. 생각만 해도 머리가 지 끈거리는 사항이 한둘이 아니다. 그대는 가족 같은 나에 관한 일이 나, 왕궁 도서관 얘기가 튀어나와도 정말 흥분하지 않을 자신이 있 는가?"

페르디난드의 말에 나는 반론도 못하고 내 손만 바라보았다. 아마 누군가가 페르디난드의 일로 협박한다면 마력이 원활하게 흐르는 몸 이 된 나는 금방 위압 상태에 들어가리라. 게다가 과거의 자신을 돌이 켜 보니 도서관 얘기가 나와도 흥분을 참을 수 있다는 말은 입이 찢어 져도 할 수가 없었다.

"……야, 약속은 못 해요."

"그야 그렇겠지. 하지만 그대는 차기 영주 부인이며 에렌페스트의 성녀로 귀족원의 유명 인사가 되었다. 모두의 주목이 쏠린 그대의 언 행에 따라 에렌페스트의 미래…… 아니, 아렌스바흐에서 나의 행동 가능 범위와 자유도가 달라지겠지."

막연한 에렌페스트의 미래보다 가족과도 같은 페르디난드 자신을 엮어야 나를 통제할 수 있다고 판단한 것이리라. 페르디난드는 '나를 위해 얌전히 있어 달라'고 설득하면서 찰랑 소리를 내며 흔들리는 비 녀를 툭 건드렸다.

"보호구만큼은 완벽히 갖췄다. 그러니 괜히 위압과 같은 공격성을 보이지 말도록. 알겠나?"

그러나 내가 "네." 하고 고개를 끄덕여도 그의 불안한 표정은 여전했다.

"그렇게 불안해하지 마세요. 제대로 하겠다니까요?"

페르디난드가 매의 눈으로 나의 측근들을 쭉 둘러보았다.

"로제마인, 그대의 측근들을 완벽히 신뢰하는가?"

"저는 신뢰해도 된다고 생각해요."

"비밀스러운 정보를 가슴에 묻을 수 있는가?"

"······귀족이라면 다들 그러지 않나요?"

내가 나의 측근들을 둘러보자, 모두가 일제히 고개를 끄덕였다.

"그럼 맹세해라. 귀족원에 가기 전까지 절대 발설하지 않겠다고."

귀족원에 가기 전까지라는 기한 설정에 눈을 끔뻑이는데, "페르디난드 님, 괜찮겠습니까?"라며 유스톡스가 확인하듯 물었다.

"그걸 잘 이해하고 로제마인을 지켜 준다면 그만큼 좋은 건 없지."

측근들이 발설하지 않을 것을 슈타프로 맹세하자, 페르디난드가 무겁게 입을 뗐다.

"올해 귀족원에서 가장 경계해야 할 대상은 구 베로니카 파 아이들이다."

"그쪽 애들과는 귀족원에서 좋은 관계를 쌓고 있는데요?"

유디트가 어리둥절해하며 고개를 갸웃거렸다. 그와 대조적으로 로데리히는 눈을 질끈 감고 천천히 숨을 내뱉었다.

"저희가 귀족원에 있는 동안 처리하시려는 거군요."

"그래."

무엇을 처리한다는 말인지 로데리히는 언급도 하지 않았는데 페르디난드는 긍정했다. 그러나 두 사람의 삼엄한 표정과 분위기에서 무슨 일이 일어나려는지 알 수 있었다.

'구 베로니카 파를 제거하려는 거구나.'

"증거는 찾으셨습니까?"

"……음. 다무엘이 발견한 부정 외에도 몇 가지가 있지."

페르디난드는 애매하게 대답했다. 확실한 증거라고 하기에는 조금 약한 걸까. 그래도 제거를 강행할 계획인 것이다. 페르디난드가 에렌페스트를 떠나기까지 여유는 없었다.

"구 베로니카 파를 제거하면 연좌로 처벌받게 될 자식도 있겠지. 귀족원에 있는 동안 이름을 바칠 건지 바치지 않을 건지 결단하게 해라. 아우브께선 귀족원에서 아이들이 우호적인 관계인 것을 아시는 만큼 영주 일족에 이름을 바친 자는 연좌시키지 않고 끝까지 책임지고 보호하기로 하셨다."

질베스타는 파벌을 넘어 협력하는 아이들의 모습을 귀족원에서 똑똑히 보았다. 부모의 파벌에서 벗어나고 싶다, 어서 성인이 되고 싶다는 목소리도 들었다. 구 베로니카 파 아이들은 람프레히트의 결혼 때 중요한 정보도 넘겨주었다.

"위험한 싹은 애초에 뽑아 버려야 마땅하지만, 자식들까지 연좌로 처벌하면 결국엔 에렌페스트의 미래를 짓밟는 것이 아닌가. 아우브께서는 그렇게 생각하신다. 하지만 지금까지 해 오던 것을 이번에만 눈감아 준다면 반발을 키우게 되겠지. 그러니 주변의 불만을 잠재우기 위해서라도 아이들이 이름을 바쳐야 해."

페르디난드는 '에렌페스트에 불온의 씨앗은 불필요하다'며 로데리히를 똑바로 바라보았다.

"구 베로니카 파 아이들을 한 명이라도 많이 끌어들일 수 있도록 그대가 도와 다오."

로데리히가 눈을 크게 뜨더니 천천히 고개를 끄덕였다.

"로제마인, 무슨 수를 써도 좋다. 꼭 잡아 둬야 할 유능한 인재가 있다면 확보해. 구 베로니카 파를 그대의 측근으로 삼을 수 있는 기회는 지금뿐이다."

나는 힘차게 고개를 끄덕였다.

"크윽, 저는 왜 졸업해 버린 걸까요. 저도 귀족원에 동행하고 싶습니다. 절실히요. 시종 코스를 선택했더라면 로데리히의 시종으로 귀족원에 따라갔을 텐데."

"상급 귀족인 하르트무트에게 시중을 받으면 전 하루도 못 살 겁니다."

로데리히의 비명과도 같은 소리에 필린느와 유디트가 키득거리며 웃었다.

"하르트무트가 시종 코스를 택하지 않아서 다행이야, 로데리히."

"제 말이 그 말입니다."

"……내 고뇌를 알아 주는 사람이 아무도 없다니."

정색하며 머리를 싸매는 하르트무트의 모습을 보고, 페르디난드가 의미심장한 미소를 띠었다.

"하지만 성인만이 할 수 있는 일도 있지. 귀족원이 아닌 곳에서 로제마인을 도우면 되지 않겠는가. 그대에게 딱 맞는 업무를 준비해 주마."

"하르트무트에게 딱 맞는 업무가 뭐죠?"

내가 의아해하자, 페르디난드는 잠시 고민하더니 훗 하고 웃었다.

"그대가 마음의 평안을 원한다면 모르는 게 약일 테지."

……여기 수상한 짓을 꾸미는 사람이 있어요!

도둑맞은 성전

즐거운 식사가 끝나고, 우리는 신전으로 돌아왔다.

"신관장님, 겨울 끝자락에 아렌스바흐에 가려면 눈 때문에 고생하시겠죠? 마차로 짐을 옮기지 못할 텐데 어떻게 이동하세요?"

페르디난드의 일행뿐이라면 기수를 타고 하늘을 가로질러 날아가면 갈 수 있다. 그러나 많은 짐은 어찌할 방도가 없다.

"기본 생필품이야 아우렐리아가 왔을 때도 램프레히트나 엘비라가 마련해 줬으니 그쪽에서도 갖춰 주겠지. 이렇게 약혼 기간도 없이 혼인하게 된 건 아렌스바흐의 사정 때문이다. 봄부터 여름에 쓸 옷가지나 필기구, 딱히 중요하지 않은 짐들은 한파가 오기 전에 보내고, 나머지 짐들은 눈이 녹으면 아우브가 보내 주기로 했다. 나는 귀족원 졸업식이 끝나면 몸만 가면 돼."

두 번째에 보낼 짐은 귀중품이 많아서 원래라면 자신이 직접 관리하며 이동해야 한다. 하지만 눈이 녹은 뒤에 떠나면 다음 영주 회의 전까지 절대 혼인 준비를 끝내지 못한다고 한다.

"……제가 레서 버스로 경계문까지 옮겨 드려요?"

"시간과 사정을 봐서 부탁하게 될지도 모르겠군. 그대가 옮겨 준다면 최소한 귀중품이나 식료품에 수상한 물건이 섞일 위험은 줄어들겠지."

페르디난드는 아렌스바흐가 있는 방향을 노려보는 듯한 시선을 한 채 중얼거렸다.

"신전장님, 신관장님. 돌아오시길 기다리고 있었습니다."

마차가 통과하도록 신전 정문을 열어 주는 문지기의 목소리가 마차 안에까지 들려왔다. 조금 안도하는 듯한 목소리여서일까, 나는 묘한 불안감을 느끼며 마차의 문을 바라보았다.

"신전에 무슨 일이 있었던 걸까요?"

"무슨 말이지?"

"평소에는 저런 말 하지 않거든요. 우리가 없으면 보고할 수 없는 일이 생긴 게 아닐까요?"

흠, 하고 페르디난드가 관자놀이를 가볍게 두드렸다.

"경비 담당 회색 신관들이 알 만한 일이라면 고아원을 맡은 그대의 시종들이 바로 보고하겠지. 곧바로 방에 돌아가서 기다려라. 실수라도 마차 문을 열고 회색 신관들에게 대놓고 물어보는 짓은 삼가도록."

사전에 쐐기를 박아 버린다. 나는 나가려다 말고 다시 자리에 앉았다.

문을 지나 정문에 마차가 서자, 페르디난드의 시종과 함께 신전에 남아 있던 니콜라가 마중 나오는 모습이 보였다.

"다녀오셨습니까, 로제마인 님."

마차에서 식기와 로지나의 악기 등 짐을 내리느라 분주한 프랑과 시종들을 곁눈으로 보며 나는 니콜라와 함께 걸었다. 신전장실에 도착할 때쯤이면 프랑과 시종들도 따라잡으리라. 나는 걸어가면서 내가 자리를 비운 사이의 상황을 니콜라에게 물었다.

"혼자서 마중 준비를 하느라 힘들었죠?"

"아뇨, 전혀요. 엘라가 어제 디저트를 다 준비해 둔 덕분에 저는 차만 끓인 게 다였는걸요. 고아원에 신의 은총을 나르는 게 더 힘들었어요."

오늘은 우리가 이탈리아 레스토랑에서 포식하고 올 예정이었기에 푸고와 엘라에겐 휴가를 주었다. 그래서 어제 미리 디저트를 만들어 두게 했다.

"모니카가 없으니까 점심은 길과 프리츠의 손까지 빌려 만들어서 일찌감치 고아원에 가져갔어요. 그리고 고아원에서 성인들과 다 같이 먹었습니다."

혹독한 겨울을 앞두고 고아가 몇 명 더 늘었다. 니콜라는 그 상황을 빌마나 델리아로부터 듣거나, 저녁 준비를 돕거나 하며 고아원에서 시간을 보냈다고 한다.

"고아원이나 회색 신관들 사이에서 뭔가 달라진 건 없었어요?"

"그러고 보니 오늘 웬일로 에그몬트 님의 시종이 고아원에 왔었어요. 새 시종을 들일 거라고 우선은 빌마한테 상담을 받고 싶다고 했어요."

에그몬트와 새 시종이라는 말에 내 머리가 재빠르게 하나의 결론을 도출했다.

"……설마 또 시종을 임신시켰대요?"

나는 신전 도서실을 엉망으로 만들고, 내가 유레베에서 잠든 사이 릴리를 임신시켜 고아원으로 내쫓은 청색 신관 에그몬트를 좋게 보지 않았다. 내 목소리가 날카로워진 걸 감지했는지, 니콜라가 서둘러 부언했다.

"아니에요. 하르트무트 님이 새 신관장으로 임명되시면서 업무량이 폭증하는 바람에 서류 업무를 할 신관을 한 명 넣고 싶다고 하셨어요."

시종을 임신시키거나 한 것은 아닌 모양이다. 릴리의 일로 혼란스럽고 슬픈 보고를 들었던 탓에 나도 모르게 색안경을 끼고 보고 말았다. 조금은 안심했다. 주어진 일을 똑바로 한다면 에그몬트의 평가를 아주 살짝 올려 주는 편이 좋을지도 모르겠다.

"새 시종에 관한 상담을 지금의 신관장님께 해야 할지, 새 신관장님께 해야 할지 고민 중이시래요."

하긴 지금은 인수인계 기간이라 양쪽 모두 신관장 업무를 보고 있다. 헷갈릴 법도 하지만 어느 쪽에 부탁하든 상관없는 일이다.

"에그몬트는 내가 극도로 싫어하는 청색 신관이라서 하르트무트한테 단단히 찍힌 사람이에요. 그러니 늦기 전에 신관장님 쪽에 신청해야 부탁을 들어줄 걸요?"

"알겠습니다. 에그몬트 님의 시종에게 그리 전달해 두겠습니다."

하르트무트의 성녀 예찬은 아무도 못 말린다. "하르트무트가 과하긴 해도 틀린 말은 아니니까 정정하기도 좀 애매하네요." 하고 니콜라가 키득거렸다.

"길과 프리츠는 어떻게 지내던가요?"

"두 사람도 고아원에서 회색 신관들과 서둘러 식사를 끝냈어요. 겨울 사교계 전까지 끝내야 할 인쇄가 있어서 지금 공방이 난리래요."

귀족원에 새로운 책을 몇 권 가져가야 해서 막판 스퍼트를 내는 시기다. 공방에서 일하는 두 사람은 신전장실에서 느긋하게 점심을 먹는 쪽보다 고아원에서 퍼뜩 해결하는 쪽을 고른 모양이다.

"프랑이 알면 보나 마나 잔소리할 테니 꼭 비밀로 해 주세요."

모름지기 시종은 주인의 방에서 식사를 해야 하며 시간 단축보다 시종의 몸가짐이 중요하다고 프랑이 혼을 낼 거라고 했다. 니콜라가 그렇게 속닥이는 그때 싸늘한 공기가 감돌았다.

"다 들립니다, 니콜라."

"꺅!"

니콜라와 둘이서 화들짝 놀라며 뒤돌아보자, 나무 상자를 품에 안은 프랑은 냉랭하게, 다무엘은 입가를 틀어막고 큭큭 웃고 있었다.

"잠깐만 눈을 떼도 멋대로 행동하니 기가 찰 노릇입니다. 로제마인 님도 주의해 주십시오. 주인의 품행이 단정치 못하면 아랫사람까지 그대로 따라 합니다."

시종들이 효율을 따지며 단정치 못한 생활을 하는 건 효율적으로 책을 읽으려고 불규칙하게 생활하려는 나 때문이라고 한다. 그건 몰랐다.

겸연쩍어진 나는 어깨를 으쓱하고 니콜라가 열어 준 문을 지나 방으로 들어갔다. 그 순간, 달콤한 향이 코끝을 스쳤다. 나는 우뚝 멈춰서서 방을 둘러보았다. 하지만 방에는 별다른 것이 없었다. 그 달콤한 향도 더는 나지 않았다.

"로제마인 님, 왜 그러세요?"

"······아니에요, 내 기분 탓인가 봐요."

나는 고개를 젓고, 모니카와 니콜라의 도움을 받으며 옷을 갈아입었다. 그리고 외출하고 들어온 시종들에게는 각자 방에 가서 신관복으로 갈아입으라며 물렸다.

모두가 옷을 갈아입는 동안, 나는 니콜라가 끓여 준 차를 마시며 방을 천천히 둘러보았다. 묘한 위화감이 든다. 이게 다르다고 콕 집어 말하기는 어렵지만, 이상하게 신경이 쓰였다.

이를테면 우라노 때 엄마가 서고에 들어와 산처럼 마구잡이로 쌓인 책더미에서 두 번째에 꽂힌 책을 슥 빼 간 느낌이랄까. 전체적으로 싹 청소한 거라면 누군가 들어왔음을 한눈에 알 수 있다. 그런데 누가 들어온 흔적도 없고, 물건들의 위치도 거의 그대로였다. 어디가 다른지 모르겠지만, 내가 마지막에 방을 나왔을 때와는 아주 작은 뭔가가 다른 것 같다는 묘한 불쾌감이 신경을 긁었다.

'뭐가 다른 거지?'

내가 위화감을 떨치지 못한 채 차를 마시고 있을 때 회색 신관복으로 갈아입은 프랑이 돌아오자마자 니콜라를 불러 물었다.

"니콜라, 내가 없는 사이에 내 방에 들어왔었나요?"

그러나 니콜라는 전혀 아는 바가 없다는 듯 고개를 갸웃했다.

"아니요. 제가 프랑의 방에 들어갈 이유가 뭐 있어요? 만약 볼일이 있었대도 남성의 방이니까 길이나 프리츠에게 부탁했을 거예요."

"그것도 그러네요. 알겠습니다."

그때 꺼림칙한 표정을 짓는 프랑에게서 지금의 내 심경과 비슷한 무언가를 감지한 나는 무심코 물어보았다.

"프랑, 무슨 일 있어요?"

"제 방에 여성의 향수 냄새가 나는 것 같았습니다."

"사실은 나도 방에 들어온 순간에 달콤한 향기를 맡았어요. 뭔가 이상하단 말이죠. 내가 없는 동안 누가 들어온 것 같아요. 일단 짐을 풀고, 없어진 물건이 없는지 확인한 후에 신관장님께 알려야겠어요."

"알겠습니다."

프랑은 열쇠를 가지러 갔고, 잠은 페르디난드에게 연락하러 방을 나갔다. 다무엘은 즉시 이탈리안 레스토랑에서 성으로 돌아간 호위 기사들을 올도난츠로 소집했다. 순식간에 신전장실이 발칵 뒤집어졌다.

"누군가가 침입한 것 같다고?"

"뭐가 없어졌거나 물건 위치가 달라졌다고 콕 집어 말하기는 어려워요. 하지만 분명 어딘가 이상해요."

방에 들어왔을 때 느낀 위화감과 쭉 둘러본 범위 안에는 없어진 물건이 없다는 얘기도 덧붙였다. 페르디난드가 복잡한 표정으로 생각에 잠길 때쯤 올도난츠로 호출된 호위 기사와 문관들이 기수를 타고 도착했다.

"로제마인 님."

페르디난드에게 설명하는 사이에 모니카가 다가와 조심스럽게 말을 걸었다.

"빌마가 급하게 면담을 요청해 왔어요."

"그대가 의아해하던 경비 일이 아닐까. 얘기를 듣고 싶군. 들어오게 해라."

페르디난드의 말에 나는 고개를 끄덕이고 입실 허가를 내렸다. 빌마는 들어온 순간, 많은 인원수에 눈이 커졌고, 남성들의 숫자에 순식간에 몸이 굳어 버렸다. 최근 들어 아무렇지 않게 신전장실에 드나들기에 괜찮은 줄 알았는데, 상대와의 거리나 인원수에 따라 아직도 무서운 모양이다.

"빌마, 이쪽으로 와요. 저녁 보고까지 기다리지 못한 걸 보니 중대한 일이 생긴 거죠?"

나는 여성이 많이 몰려 있는 쪽으로 그녀를 유도하며 얘기를 재촉했다. 빌마는 퍼렇게 질린 얼굴로 내 의자 옆에 무릎을 꿇고, 정면에 앉은 페르디난드와 나를 번갈아 보며 보고를 올렸다.

"오후에 경비를 서던 회색 신관들이 사라졌어요."

교대 시간이 된 신관이 문에 갔더니 아무도 없었다는 것이다. 보통 평민촌과 마주하는 뒷문에 네 사람이 경비를 선다. 귀족 구역에 볼일이 있는 마차가 들어오면 우선 마부가 뒷문 경비에게 약속한 상대방의 이름을 대거나, 신전에 출입하는 용건을 댄다. 그러면 경비 중 두 명이 정문을 열러 가고, 한 사람은 방문을 알리러 귀족 구역에 가고, 한 사람은 뒷문에서 대기하는 식이다. 어떤 상황이든 누군가는 반드시 문 앞을 지켜야 했다.

"경비를 서던 회색 신관들이 갑자기 사라지는 일은 지금까지 단 한 번도 없었어요. 그리고 점심 후에 교대하러 간 회색 신관들이 말하기를 정문도 제대로 잠겨 있지 않은 상태였다고 합니다."

정확히는 문이 평소와 다른 방식으로 닫혀 있었다고 한다.

"그러니까 우리가 부재중일 때 마차를 타고 들어온 손님이 있었다는 말이지요?"

"그것도 아주 비밀리에."

"회색 신관을 넷이나 숨긴 걸 보면 아주 대놓고 들어온 거죠."

내가 어이없어하며 한숨을 내쉬자, 페르디난드가 고개를 저었다.

"아니, 그대가 고아원 원장이 되기 전에는 고아원에 있는 회색 신관들의 말들이 청색 신관에게 닿는 일이 거의 없었다. 예전이었다면 경비만 없어지면 비밀이 지켜졌겠지."

미심쩍어도 물어보기 전까지 자기 의견을 낼 수도 없었던 회색 신관들. 방이 비는 기회를 노려 신속히 목적을 달성하는 재주. 묘한 위화감만 들 뿐, 티도 나지 않게 물건에 손대는 교묘한 방식. 이전의 신전이었다면 수면 위로 드러나지도 않았을 거라고 페르디난드가 말했다.

　"그대도 묘한 위화감을 느꼈다고 했지만, 만약 빌마의 보고도 없고, 며칠 내내 아무 일도 일어나지 않았다면 작은 위화감 따위 일상에 묻혀 금방 잊혔겠지."

　하기야 기분 탓으로 착각할 만큼 작은 위화감이었다. 자고 일어나면 싹 잊으리라.

　관자놀이를 톡톡 두드리는 페르디난드의 표정이 점점 복잡해졌다.

　"아마 회색 신관 몇 명 사라졌다고 해서 관심을 가질 사람은 없을 거라 생각했을 테고, 흔적도 없이 제거할 만한 힘을 가진 귀족의 소행이겠지."

　나는 페르디난드가 전 신전장인 베제반스의 시종들을 증거인멸차 처리했던 그때의 광경을 떠올리고 등에 식은땀을 흘렸다. 경비 네 사람도 그런 식으로 흔적도 없이 사라진 걸까.

　'범인이 이곳에 있다면 나 눈 돌아갔어.'

　"청색 신관과 내통하고 있으면서도 고아원의 책임자가 매일 그대에게 보고한다는 사실은 모르는 자가 틀림없겠군. 어느 청색 신관의 손님이 왔었는지, 신전에 출입한 마차를 목격한 사람은 없는지 당장 조사해야겠다. 범인은 분명 완벽하게 증거를 인멸할 시간을 벌었다고 생각하고 있을 거다."

　페르디난드의 말에 나는 벌떡 일어나 다무엘을 돌아보았다. 내가 놓칠까 보냐.

"다무엘, 안게리카. 두 사람이 분담해서 평민촌 입구를 지키는 병사들에게 연락을 넣으세요. 내 방에 잠입한 범인을 수색 중이니 평민촌에서 마차를 목격한 증언을 모으고, 오늘 마을을 드나든 마차의 정보를 가져오라고 전하세요. 지금 북문에 있는 권터에게 연락하면 발빠르게 움직여 줄 거예요. 이건 시간 싸움이에요. 서두르세요."

"네!"

다무엘과 안게리카가 쏜살같이 방을 뛰쳐나갔다. 나는 무릎을 꿇고 있는 빌마에게로 시선을 돌렸다.

"알려줘서 고마워요, 빌마. 길에게 침입자가 있었다고 알리고, 상업 길드, 오트마르 상회, 길베르타 상회, 플랑탱 상회에도 전갈을 넣어 줘요. 귀족이 타는 마차를 목격했다는 사람은 없는지 물어봐주고요."

특히 오트마르 상회는 신전 근처에 있으니 증인이 있을지도 모른다. 내 지시에 빌마가 여러 번 고개를 끄덕이고 일어났다.

"그리고 고아원 사람들에게도 물어봐요. 청소할 때나 물을 길 때 출입한 마차를 본 사람이 있는지, 방문객 도착을 알리러 귀족 구역에 가는 회색 신관을 본 사람이 없는지, 뭔가 대화를 나누던 사람은 없었는지요. 그것만 알아도 시간 범위를 줄일 수 있어요. 지금은 작은 정보라도 간절해요."

"로제마인 님, 저도 고아원에 가겠습니다. 빌마 혼자서 모든 얘기를 듣기 어려울 테고, 이렇게 캐묻는 건 문관이 할 일이거든요."

필린느가 자신의 필기구를 품에 안으며 앞으로 나섰다. 할 일을 포착한 연두 빛 눈동자에는 걱정의 기색도 엿보였다. 콘라트의 상태를 직접 확인하고 싶은 것이다.

"그럼 부탁할게요, 필린느. 디르크와 콘라트가 겁먹지 않았는지 확인해 주세요."

"알겠습니다."

최악의 경우 콘라트가 사라졌을 가능성도 있었다. 필린느에겐 남의 일이 아닌 셈이다. 살짝 딱딱한 미소를 보인 필린느는 빌마와 함께 방을 나갔다. 그 모습을 본 로데리히가 다급하게 자신의 필기구를 덥석 잡았다.

"로제마인 님, 저도……."

"로데리히는 안 돼요. 고아원에 간 적 없는 사람이 가면 오히려 모두를 겁주는 꼴이에요. 이번 일은 고아원에 익숙한 필린느에게 맡기는 게 좋아요."

상대적으로 막강한 힘을 가진 귀족 앞에 서면 회색 신관들은 입이 무거워진다. 어디까지 말해도 되는지, 자기 얘기에 귀를 기울여 줄 상대인지, 완벽히 파악된 상대가 아니면 그들은 침묵한다. 그런 마당에 로데리히가 가 봤자 무슨 소용이겠는가.

"아……."

신음하며 새파랗게 질린 로데리히를 보면서 하르트무트가 자신의 필기구를 손에 들었다.

"그러니까 내가 말했지. 고아원도, 공방도, 평민 상인도, 전부 로제마인 님의 수족이니까 신전 모든 곳을 뚫어 놓지 않으면 도움이 되긴 글렀다고."

"하르트무트는 뭘 할 겁니까?"

로데리히의 질문에 하르트무트가 훗 하고 기세등등하게 웃었다.

"그들과 나의 신뢰 관계라면 고아원에서 탐문도 쉽게 하겠지만, 난 내가 할 수 있는 일을 해야지. 청색 신관을 불러 이야기를 들으려면 신관장이라는 지위가 필요하니까."

하르트무트의 말대로 청색 신관을 불러낼 수 있는 건 신관장이나 신전장 정도다. 또 불러내도 여기에 오기까지 시간이 걸리는 데다 어물쩍 넘어가려고 할 테고. 귀족이면서 능력 있는 문관인 하르트무트라면 청색 신관으로부터 사정 청취를 하기에 제격이었다.

"하르트무트만 믿고 있을게요."

"맡겨 주십시오. 페르디난드 님, 로제마인 님을 잘 부탁드립니다. 로제마인 님의 영향이 평민촌의 어디까지 미쳐 있는지 전 아직 가늠이 안 되어서요."

하르트무트의 말에 페르디난드가 인상을 썼다.

"제일 귀찮은 일을 떠맡은 것 같지만 여하튼 알겠다. 방과 시종은 자유롭게 쓰거라."

"감사합니다. 가자, 로타르."

페르디난드가 데려온 시종 하나를 데리고 하르트무트는 방을 나갔다. 나는 프랑에게로 시선을 돌렸다.

"프랑, 이 방의 어디가 바뀌었는지 철저하게 조사해야겠어요. 상대는 회색 신관들을 없애서라도 이루고 싶은 목적이 있었을 거예요. 프랑의 방에도 침입한 낌새가 있었다면서요? 없어졌거나 위치가 달라진 물건은 없었나요?"

"제 방엔 귀족이 가져갈 만한 건……."

프랑이 말을 꺼내려고 하자, 잠이 손을 들어 말허리를 끊었다.

"혹시 열쇠 보관 상자를 여는 열쇠를 노린 게 아닐까요? 수석 시종인 프랑이 관리하는 중요한 물건이라면 그게 답니다. 다시 말해 자물쇠를 채워야 하는 곳에 있는 물건을 노렸을 가능성이 크다고 생각합니다."

"로제마인 님, 조금 전에도 확인했지만, 이번에는 자물쇠가 걸린 물건을 중점적으로 다시 확인하겠습니다."

모니카가 고개를 홱 치켜들며 프랑을 올려다보자, 프랑은 얼른 자신의 방에 돌아가 열쇠 보관 상자를 가져왔다. 반드시 찾아내고야 말겠다는 고양감이 가슴에 차올랐다. 내가 다시 서류함을 확인하려고 자리에서 일어나려는데, 페르디난드가 "잠깐." 하고 제지했다.

"눈에 보이는 곳은 시종에게 맡기고, 그대는 눈으로 봐도 알 수 없는 곳을 조사하거라."

"눈으로 봐도 알 수 없는 곳이 어딘데요?"

영문을 몰라 내가 고개를 갸웃거리자, 페르디난드가 천천히 손을 움직였다.

"침입자가 귀족이라면 뭔가를 뺏어 가는 게 아니라 위험한 마술구를 설치해 놨을 가능성도 있다는 말이다. 조사해 봐."

침입자가 도둑일 거라고만 생각했지, 위험한 마술구를 놔뒀을지도 모른다는 생각은 하지도 못했다. 대강 훑어봤을 때, 이 방에 줄거나 늘어난 물건은 없었다.

"저기 신관장님. 마술구는 어떻게 찾으면 돼요?"

"본인의 마력을 아주 얇고 넓게 방출해 보거라. 타인의 마력이 묻은 마술구나 마력의 흔적이 있으면 이물질로 감지할 수 있을 거다. 소재 속에 든 타인의 마력을 감지하는 것과 같은 이치다."

그거라면 얼마 전에 배워서 방법은 알고 있었다.

"일정 마력을 감지한 순간 작동하는 마술구도 있으니 아주 미세한 마력을 물로 희석하는 느낌으로 얕게 방출해야 한다."

코르넬리우스는 물론이고, 나의 측근들까지 놀란 얼굴로 눈을 껌뻑이며 페르디난드의 주의 사항을 들었다.

"페르디난드 님은 어떻게 저런 마력 사용법까지 알고 계시는 걸까요? 살면서 남의 마술구인지 아닌지 샅샅이 뒤져 볼 일도 별로 없는데."

그러자 측근들을 차갑게 내려다보며 "내겐 일상이었으니까."라며 페르디난드는 중얼거렸다. 늘 타인의 마술구를 경계해야 하는 그의 생활환경이 대체 누구의 손에 의해 만들어진 것인지 금방 알아챈 나는 한숨을 숨길 수 없었다.

"자, 측근들은 모두 그쪽 벽면에 서 주세요."

이곳에 있는 모두의 마력 역시 내게는 이질적인 것이다. 최대한 한쪽에 모아서 감지에 걸리지 않도록 했다. 그런 후 나는 한 번 크게 호흡하고, 마력을 되도록 얕고 넓게 방출했다. 페르디난드가 시키는 대로 마력을 물에 희석하듯 농도를 낮춰 바닥 전체를 샅샅이 뒤지기 시작했다.

벽면에 모여 서 있는 측근들과 페르디난드의 뒤에 서 있는 에크하르트와 유스톡스에게서 내 것이 아닌 마력을 느꼈다. 얕게 퍼트려도 묘한 반발이 느껴졌다.

그런데 신기하게도 맞은편 의자에 앉아 있는 페르디난드의 마력에는 그런 반발 반응이 거의 없었다. 어쩌면 조금 전에 선물 받은 비녀와 몸에 찬 마술구들 때문에 페르디난드의 마력에 너무 익숙해져서일까.

바닥에 마력을 얕게 방출해도 특별한 반응은 없었다. 나는 마력을 천천히 위로 끌어 올렸다. 벽면에 모여 있는 측근들, 정면에 있는 페르디난드의 측근들, 그 외에 다른 마력의 반발을 느꼈다. 나는 그 반발이 느껴진 곳을 지그시 바라보며 천천히 다가갔다.

"로제마인 님?"

나는 프랑의 손에 들린 열쇠 보관 상자를 응시했다. 나란히 놓인 여러 열쇠 중에 딱 하나, 반발이 느껴지는 열쇠가 있었다. 그리고 반발이 느껴지는 곳은 한 군데가 더 있었다. 나는 제단으로 시선을 돌리고는 입술을 꾹 다물었다.

"……있어요, 신관장님."

"어디냐."

페르디난드가 마력을 차단하는 가죽 장갑을 꺼내 손에 끼면서 다가왔다.

"성전과 그 열쇠, 제 것이 아니에요."

어디가 다른지는 모르겠다. 보기에는 똑같았다. 그러나 등록된 마력이 달랐다. 선반 위에 있는 성전도, 보관 상자에 당연하듯이 놓여 있는 열쇠도 나의 마력과 충돌했다.

"성전과 열쇠라고? 대체 목적이 뭐지?"

"범인의 목적은 모르겠지만 제 목적은 확실해졌어요."

……범인, 잡히기만 해봐라.

평민의 증언

"일단 제 책이 사라졌으니 찾아야겠어요. 다녀오겠습니다."

내가 문으로 가려고 하자, 페르디난드가 슥 팔을 들었다.

"어디에 가려는 거지? 단서는 있고?"

"아뇨, 아까처럼 마력으로 마을을 마구잡이로 뒤져 보려고요."

평민촌부터 귀족가까지 통틀어 마력으로 찾아다니겠다고 주장하자, 페르디난드가 기가 찬다는 시선으로 나를 보았다.

"마력으로 찾으면 남의 마력인지 아닌지는 알아도 자기 마력은 못 찾아. 게다가 귀족가는 온통 타인의 마력으로 이뤄져 있는데 어떻게 찾겠다는 건가. 마력 낭비다, 어리석긴."

"윽……."

"그것보다 범인의 목적이 뭔지 생각해. 목적을 알면 용의자 추정이 쉬워질지도 모르지."

나는 고개를 갸웃거렸다.

"무슨 말씀이세요? 범인의 목적이라면 하나뿐인데 고민할 필요가 어디 있어요?"

페르디난드는 정말 모르는 것인지 미간을 찌푸리며 "흐음?" 하고 나를 보았다.

"성전을 노리는 자의 동기는 하나예요. 보나 마나 에렌페스트의 하나뿐인 귀중한 성전을 읽고 싶었던 거예요!"

정식으로 부탁했다면 열람 허가를 내줬을지도 모른다. 그러나 회색 신관들을 숨기고, 멋대로 침입해 바꿔치기하는 범죄자에겐 참작의 여지도 없다.

그러나 페르디난드는 나의 완벽한 이유를 한숨 한 번으로 흘려 넘겼다.

"성전을 읽는 것이 목적이라면 굳이 그대의 방에 숨어들어 바꿔치기할 필요가 없겠지. 신전 도서실에 있는 사본으로 충분한데. 청색 신관에게 필사를 시키면 그만 아닌가."

"윽, 도서실 사본에 없는 어둠의 축사 부분을 읽고 싶었을 수도 있고, 하르덴첼의 기적에 관한 부분을 읽고 싶었을 수도 있고, 이유야 얼마든지 있죠."

머리를 싸매며 내 성전의 우수한 점을 열심히 찾아냈다. 청색 신관 중에서 신전장을 선출하는 다른 영지의 성전보다 읽을 범위가 넓단 말이다. 읽고 싶어 하는 사람이 천지에 널려 있을 터.

'내 성전이 얼마나 대단한데!'

"그대의 말처럼 하르덴첼의 기적에 관해 자세히 알고 싶은 귀족이나 어둠의 신의 축사를 알고 싶은 중앙 신전이 탐낼 동기가 있다고 치자. 하지만 바꿔치기한 이유도 불분명하고, 그대의 마력이 등록된 성전은 허가 없이 아무나 읽지도 못하는데 뭐하러 훔쳐 가겠는가."

"소유자를 재등록하면 되는 거잖아요."

나도 신전장이 되고 나서 열쇠를 재등록했고, 방법도 그렇게 어렵지 않았다.

"그러면 읽을 수 있는 범위가 달라지지 않은가."

"……자신의 마력으로는 읽을 수 없는 부분을 읽고 싶어서 바꿔치기한 걸까요?"

중앙 신전의 성전과 비교했을 때 열람 범위가 소유자인 신전장의 마력이냐 열람자의 마력이냐로 달라진다는 것을 우리는 안다. 하지만 이 사실을 많은 사람이 알고 있지는 않을 터였다.

'성전이 없으면 곤란해질 일이 뭐가 있었더라?'

의식을 치를 때 예배실에 가져가긴 하지만, 솔직히 말해서 나한텐 폼 잡기용이다. 축사도 달달 외우고 있어서 성전은 있으나 마나다. 의식 말고는 쓸 일이 없으니 신전장실을 꾸미는 장식품이나 마찬가지다. 없어도 곤란할 일이 떠오르지 않았다.

반대로 성전이 꼭 있어야 할 일은 무엇일까? 그렇게 고민한 순간, 성전이 예전과 달라진 점이 퍼뜩 떠올랐다.

'설마 그 마법진과 문자가 목적이라면?'

왕이 되기 위한 지침서라 할 수 있는 성전이지만, 떠 있는 마법진과 문자가 보이는 사람은 나와 페르디난드뿐이다. 왕족인 힐데브란트도 보지 못했으니 더는 없을 터였다.

"에렌페스트의 성전 자체가 목적일 가능성은 없을까요?"

나는 그 마법진의 언급을 피하며 페르디난드를 올려다보았다. 페르디난드는 턱을 짚은 손에서 검지만 살짝 폈다. 그것이 입술에 닿으면서 '조용히 해'라는 신호가 되었다. 의도는 전해진 모양이다. 페르디난드는 내 질문에 대답하는 대신 자신의 추측을 늘어놓았다.

"……그대에게 오점을 남기는 것이 하나의 목적일 수는 있지. 각 영지에 하나뿐인 성전을 잃었다. 관리 소홀을 들먹이며 신전장 자격에 이의를 제기할 테지. 그대뿐 아니라 후견인이면서 신관장인 나에게도 이 성전 분실이 충분한 오점이 될 수 있다."

"대, 대신할 성전이 있잖아요."

내가 제단 위에 놓인 성전을 가리키자, 페르디난드는 성전을 노려보듯 쳐다본 후 고개를 저었다.

"……저것이 진짜 성전이 아니라면? 외관만 똑같이 만든 마술구 소품이면 어쩔 건가? 만약 다른 영지의 진짜 성전이라고 치자. 그렇게 증명했는데, 범인이 우리가 다른 영지의 성전을 훔쳤다고 몰아 가면 어쩔 텐가. 분실죄로도 모자라 도난 누명까지 쓸 텐가? 어쩌면 그것도 하나의 목적이겠지."

자기도 모르는 새에 도둑으로 몰릴 수도 있다는 말에 핏기가 싹 가신다.

"이게 진짜 성전인지 아닌지 당장 조사해야겠어요!"

"섣불리 만지지 마!"

제단을 향해 뻗은 내 손을 페르디난드가 찰싹 때려 치워 버렸다. 손끝에 찡한 통증이 스쳤다. 나는 억세게 맞아 욱신거리는 손끝을 보았다.

"아야야……"

"성전 분실, 도난 누명, 그리고 그대의 암살. 그것이 내가 생각하는 범인의 목적이다."

페르디난드가 날카로운 시선으로 제단 위의 성전을 보았다. 뜬금없이 튀어나온 섬뜩한 단어에 나는 눈이 휘둥그레졌다.

"아, 암살이요?"

"그대를 유괴해서 감금해 놓고 마력을 자유자재로 뽑아 쓸 수 있으면 제일이겠지만, 유괴보다 죽이는 게 훨씬 더 쉽지."

"살해가 간단한 거였나요."

"이렇게나 정교한 물건을 준비해 비밀리에 바꿔치기한 걸 보거라.

나였다면 암살도 고려했을 거다."

페르디난드가 에크하르트를 힐끗 보자, 에크하르트가 앞가슴에 있는 약품 주머니로 손을 뻗어 하얀 열매를 꺼냈다. 슈타프를 소환해 메서로 바꿔 열매에 조그만 칼집을 냈다. 그리고 그 열매를 쭉 쥐어짰다. 성전 쪽으로 즙이 튀었다.

"으아아! 뭐 하는 거예요?! 더러워지…… 어?"

즙이 튄 순간, 성전은 마치 피라도 묻은 것처럼 벌겋게 바뀌었다. 에크하르트가 짜증스러운 표정으로 성전을 보면서 하얀 열매 찌꺼기를 유스톡스에게 건넸다. 페르디난드는 "역시." 하고 중얼거렸다.

"이 빨간 얼룩은 아렌스바흐와 에렌페스트의 경계면에서 나는 독물이다. 만지면 손부터 침투하는 희귀한 독이지. 평소 자주 만지는 물건에 발라 두면 중독된 줄도 모르고 사망하기도 해. 만약 이 성전이 가짜인 줄 몰랐다면 가을 성인식 때 이걸 만졌을 그대도, 의식을 준비하는 프랑도, 그대를 돕는 하르트무트도 얼마 못 가 독에 당했겠지."

페르디난드가 그렇게 말하며 휙 손을 흔들자, 유스톡스가 자기 허리에 찬 약주머니에서 통 하나를 꺼냈다.

"하아, 또 이걸 쓸 날이 올 줄은 몰랐네요."

한숨 섞인 말을 내뱉으며 유스톡스가 거즈 같은 천에 배어들도록 약을 묻혔다. 그 사이에 에크하르트는 가죽 장갑을 단단히 끼고, 당연하다는 얼굴로 그 천을 건네받아 성전을 닦았다. 약을 묻힌 천으로 닦자, 빨간 독 얼룩이 서서히 지워졌다.

"독에 관한 지식을 습득해서 주인을 지키는 것 또한 측근의 역할이야. 너흰 지식도, 위기감도 없는 거냐? 실제로 이렇게 주인의 신변에 독물이 판을 치는데, 해독약을 종류별로 가지고 있긴 하냔 말이다."

에크하르트의 추궁에 코르넬리우스를 비롯해 내 측근들이 모두 숨을 삼켰다.

"로제마인은 마력이 풍부한 에렌페스트의 성녀이고, 유행을 선도하는 차기 영주의 첫째 부인이 될 몸이야. 놈들의 목적이 에렌페스트의 세력을 꺾는 것이라면 암살 대상 1순위겠지. 호위 기사에게 각오가 부족하군."

에크하르트가 성전을 닦으며 나지막하게 말했다. 코르넬리우스가 주먹을 꽉 쥐는 모습이 보였다. 늘 목숨의 위험을 느껴 온 페르디난드의 측근이 얼마나 매의 눈으로 주변을 감시하고, 얼마나 철저하게 준비하는지 온몸으로 실감한 기분일 것이었다.

"코르넬리우스, 넌 과감함과 반사속도가 안게리카보다 떨어지니까 주변을 보는 눈과 위험을 제거하는 힘을 키워. 지금까지 로제마인의 주변 위험 요소를 없애 주셨던 페르디난드 님은 곧 떠나. 그게 어떤 의미인지 아직 완전히 이해를 못 한 것 같은데?"

안게리카는 매사에 아무 생각이 없으니 망설임도 없다. 상대가 누구든 무기를 들고 주인을 지킨다. 그래서 몸을 던지는 것 외에 주인을 지킬 줄 아는 호위 기사가 필요한데, 코르넬리우스에겐 그것이 부족하다는 말이었다.

"지금까지 페르디난드 님께서 해 오신 일을 너 혼자 하라는 말이 아니야. 페르디난드 님과 똑같이 해낼 턱이 없으니까. 하지만 로제마인의 호위 기사들 여럿이서 페르디난드 님 한 사람 몫만큼은 할 수 있도록 노력은 해야 하지 않나?"

해독된 성전에 마석을 갖다 대고, 다른 약을 뿌려 위험이 없는지 꼼꼼히 확인한 에크하르트는 페르디난드에게 성전을 내밀었다. 페르디난드는 건네받은 성전에 마법진을 겹치고 고개를 저었다.

"······성전을 아주 비슷하게 본떠 만든 마술구지만, 성전은 아니군. 만약 이걸 의식에 가져갔다면 펼쳐지지도 않아서 관중 앞에서 못난 꼴을 보일 뻔했다."

"그 말은 이게 책이 아니라는 거예요?"

"겉만 베껴 만든 마술구다. 내용도 없다."

"내 성전이······."

성전끼리 바꾼 것도 아니라는 사실이 드러나자, 나의 분노는 한계를 넘었다. 마력을 꾹꾹 누른 뚜껑이 확 열리더니 분노에 휩쓸려 마력이 넘쳐흐르는 것이 느껴졌다. 몸은 고열을 내는 것처럼 뜨거운데 머리는 차가워졌다.

"로제마인 님, 눈동자 색깔이······!"

유디트의 놀라움과 공포에 찬 목소리가 들린 다음 순간, 커다란 손이 나의 시야를 막았다.

"로제마인, 감정을 억눌러. 여기 있는 사람들을 다 죽이고 싶은가?"

그 목소리로 내 시야를 가린 사람이 페르디난드라는 것을 알았다.

"이런 추잡하고 더러운 수법을 보니 하얀 탑 사건이 떠오르는군. 지금 그대는 그때의 빌프리트와 같은 입장에 서 있다. 여차하면 주변 사람까지 휘말려. 그대는 누가 처형되길 바라는가?"

어떤 식으로 걸리든 타격을 입게 만드는 수법과, 어떤 실수가 주변에 어떤 실점을 입히게 되는지 차근차근 설명을 들은 나는 심호흡하며 마구 날뛰려는 마력을 억지로 억제했다.

"그대의 말처럼 성전을 되찾아야지. 그건 말할 것도 없다. 찾지 못

했을 때는 피해가 가장 적은 방법을 선택해야 하겠지. ……조금은 진정했나?"

"네."

페르디난드의 손이 떨어지고, 시야에 놀라움이 서린 측근들의 얼굴이 들어왔다. 얼빠진 표정의 측근들을 보면서 페르디난드가 한숨을 쉬었다.

"놀라기는. 로제마인이 다른 데는 무관심해도 책이나 본인의 소중한 사람이 위험에 처하면 바로 폭주한다. 그걸 말리는 것도 측근의 역할이다."

"……페르디난드 님께서 떠나시는 순간이 고생길의 시작임을 뼈저리게 실감했습니다."

코르넬리우스가 멍하니 그렇게 말하자, 레오노레와 유디트도 덩달아 고개를 끄덕였다.

성전 분실의 해결 대책을 페르디난드가 여러 방면으로 고민하는 사이, 고아원에 증언을 모으러 간 필린느가 뛰어 들어왔다.

"로제마인 님! 콘라트의 상태가 이상해요. 이불 속에서 몸을 떨면서 로제마인 님께 도와 달라는 소리만 하고 나오질 않아요."

"……뭔가 알고 있을 가능성이 높겠군. 가자."

페르디난드가 자신의 측근들을 둘러보았다. 유스톡스와 에크하르트가 고개를 끄덕였다.

모니카가 열어 준 고아원 문을 통해 식당으로 들어가자, 델리아와 디르크가 나를 보고 안도하며 무릎을 꿇었다.

"델리아, 콘라트의 상태는 어때요?"

"몸 상태가 좋지 않아 보여서 오늘 낮잠을 재웠었는데, 그때 뭔가를 봤나 봐요. 필린느 님께서 얘기를 들으러 가니 몸을 바들바들 떨면서 이불에서 나오질 않았어요."

델리아의 이야기를 들으며 나는 식당 안쪽에 있는 계단으로 향했다.

"이 아래는 여자들만 출입할 수 있으니 남성분들 출입은 식당까지입니다. 여기서부터는 레오노레와 유디트가 호위로 붙고, 필린느와 모니카가 따라오세요."

페르디난드와 남성들을 식당에 두고, 나는 안쪽 계단을 내려갔다. 1층에 있는 세례 전 아이들의 방에 들어갔다. 빌마와 어린아이들이 콘라트를 어르고 있었다.

"미안하지만 모두 나가 있어 줄래요? 나와 필린느와 호위 기사만 남게 해 줘요."

세례 전 아이들이 지내는 방은 그리 넓지 않다. 빌마와 아이들이 나가자, 나는 콘라트가 몸을 숨긴 이불에 대고 말을 걸었다.

"콘라트, 나예요. 무슨 일이 있었는지, 누구를 누굴 어떻게 도와야 하는지 아는 대로 말해 줄래요?"

이불에서 콘라트의 얼굴만 빼꼼 나왔다. 그 얼굴은 두려움에 잔뜩 굳어 있었다.

"회, 회색 신관들을 구해주세요."

"그들은 살아 있어요?"

콘라트는 이를 딱딱 부딪치며 연신 고개를 끄덕였다. 페르디난드가 제거당했을 거라고 해서 반 포기 상태였는데, 다행히 죽지는 않은 모양이다. 희망이 솟자 흥분되기 시작했다.

"구할게요. 자세히 알려 줘요, 콘라트."

"문을 지키던 회색 신관들을, 슈타프로, 돌돌, 무서운 여자가……."

공포심이 강한지, 시선이 불안하게 흔들리고, 몇 번이나 눈을 끔벅이면서도 콘라트는 띄엄띄엄 말을 이었다. 눈동자에서는 눈물이 뚝뚝 떨어졌다.

"요나사라 님 같은 무서운 사람이! ……모두에게 끔찍한 짓을."

"콘라트!"

필린느가 콘라트를 와락 껴안았다. 안심한 듯 필린느에게 매달려 울면서도 콘라트는 말을 이었다.

콘라트는 점심을 먹고 델리아와 빌마가 '오늘은 낮잠을 자도 된다'고 해서 혼자 방에 들어왔다고 한다. 창문을 내다봤더니 마침 마차가 드나드는 정문이 열리는 것을 보았다고 한다. 마차가 들어오는 건 오랜만이라 콘라트는 그 모습을 창문에서 지켜보았다.

"문이 열리고, 들어오던 마차가 갑자기 서더니……."

이상해서 가만히 지켜봤더니, 마차에서 내린 한 여자가 슈타프를 소환해 빛의 띠로 회색 신관들을 포박했다. 그리고 남자 세 사람이 그들을 마차 안에 밀어 넣었다. 남자들은 문을 닫고 다시 마차에 올라탔다. 귀족 여성만 기수를 타고 귀족 구역이 있는 정문 쪽으로 날아갔다는 것이다.

"아직 구할 수 있을 거예요. 저를 요나사라 님으로부터 구해 주신 것처럼 그분들도 구해 주세요."

회색 신관들을 빛의 띠로 포박해 납치하던 그 광경은 슈타프로 학대를 받았던 콘라트의 마음 속 상처를 자극했을 것이다. 나는 땀에 흠뻑 젖어 축축해진 콘라트의 머리를 살살 쓰다듬어주었다.

"구할게요. 이미 마차 목격 정보를 모으도록 문 병사들에게 지시를 내렸으니 어느 문으로 빠져나갔는지 금방 알아낼 거예요. 안심하고 기다리고 있어요."

나는 콘라트를 안심시키고자 최대한 부드러운 미소를 지어 보였지만, 오장이 뒤틀릴 정도로 화가 치밀었다. 놈들은 내 성전을 훔치고, 독을 묻힌 가짜를 올려둔 데다, 회색 신관들을 납치해 콘라트의 트라우마를 자극하기까지 했다. 그래도 죽었을지도 모른다고 생각했던 회색 신관들이 살아있다는 정보는 아주 큰 수확이었다.

"필린느, 여기에 남아 있을래요?"

내가 묻자, 필린느는 품에 안은 남동생과 나를 번갈아 보았다. 그 팔에 힘이 실린 순간, 콘라트가 필린느의 몸을 밀었다.

"누님은 로제마인 님과 함께 가요. 그리고 모두를 구하세요. 난 디르크와 함께 모두가 무사히 돌아오길 기다릴게요."

"……알았어."

나는 콘라트를 델리아와 디르크에게 맡기고 식당으로 돌아갔다. 필린느가 "콘라트가 늠름해져서 기쁘긴 하지만 누나로선 조금 섭섭하네요."라며 조그맣게 웃었다.

식당에서는 유스톡스가 프리츠에게 얘기를 듣고 있었다. 나는 그쪽으로 걸어갔다.

"많이 기다렸죠? 신관장님. 경비하던 회색 신관들은 살아 있어요."

"정말인가?"

"슈타프의 빛의 띠로 포박되어서 마차 안으로 끌려가는 걸 콘라트가 목격했대요. 문에서 정보가 들어오는 즉시 구하러 가요."

"납치는 좀 의외로군. 제거하는 편이 증거도 안 남기고 간단했을 텐데."

턱을 쓸면서 중얼거리는 페르디난드의 말에 유스톡스가 어깨를 으쓱했다.

"구 베로니카 파는 제지업과 인쇄업에서 제외되었으니 회색 신관들을 납치해 지식을 갈취하려는 수작일 수 있습니다. 그쪽의 목적이 지식이라면 아직 살려 뒀겠군요."

"그렇군. 하나, 잡아간 걸 보면 신식병처럼 만들려는 가능성도 있다. 빠르고 은밀하게 구출할 작전을 짜야겠군. 신전장실로 돌아가자."

우리는 고아원을 뒤로하면서 필린느와 유스톡스가 고아원에서 모은 정보를 들었다. 콘라트의 중요한 증언 외에도 몇 가지 증언을 얻은 모양이었다. 필린느가 메모를 보면서 보고했다.

"청소하던 회색 무녀가 귀족 구역에 연락을 넣으러 가던 경비와 얘기를 나눴다고 합니다. 청색 신관에게 손님이 찾아왔으니 빨리 정리하라고 했대요."

경비는 '회색 무녀와 회색 신관에게 매우 엄격한 분이셔서'라는 말을 했다고 한다. 마치 아는 사람이 온 듯한 표현이다. 유스톡스가 뒷말을 이었다.

"프리츠에게 들은 얘기로는 그 경비는 시키코자의 시종 출신이라고 합니다. 그가 아는 귀족은 시키코자의 가문 사람일 가능성이 큽니다. 콘라트가 무서운 귀족 여성을 봤다고 했으니, 아들을 죽게 했다며 로제마인 님을 원망하고 있는 달돌프 자작 부인이 유력하겠군요."

'달돌프 자작 부인.'

내가 청색 무녀였을 때 토론베 토벌 사건으로 처형된 시키코자의 모친이다. 일족이 연좌제로 멸족당하지 않게 당주가 나와 엮이는 일이 없도록 할 것이라 약속까지 했을 텐데, 그녀는 연좌로 처벌되어도 상관없었던 걸까? 아니면 뭔가 회피할 방법이 있는 걸까.

고민하는 그때 다무엘과 안게리카가 달려왔다.

"로제마인 님, 각 문의 병사장에게 정보를 듣고 왔습니다. 지금부터 드나드는 마차를 주의 깊게 봐 달라고 당부해 뒀습니다."

마차 출입을 관리하는 문의 정보는 긴요하다. 모두의 시선이 두 사람에게 향했다.

"보고하세요."

"네!"

"곧 겨울 사교 시즌이라 북쪽 지역에서 귀족들이 모여들 때이긴 합니다. 오늘만 해도 귀족의 마차가 열 대나 에렌페스트에 들어왔습니다. 다만 빠져나간 귀족의 마차는 없었습니다."

북방은 이미 눈이 내리기 시작했다. 남쪽 지역은 아직 내리기 전이라서 아무래도 겨울 사교 시즌에 맞춰 귀족가에 몰려오는 시기에 차이가 생긴다.

"일반적으로는 귀족문을 통해 귀족가에 들어가는데, 신전에 경비가 없어 신전으로 들어갈 수 없다며 불평하면서 북문을 통과한 마차가 네 대 있었다고 합니다. 시간은 점심 무렵에 집중해 있다고 귄터가 그러더군요."

다무엘은 북문의 정보를 알려주었다. 아빠가 얼른 정보를 모아 준 모양이다.

"빠져나간 마차가 없다면 회색 신관들을 귀족가로 데려간 걸까요?"

"귀족문을 통과해서 귀족가에 갔다면 개문했을 때 마력 인증을 했을 테니 누가 귀족문을 썼는지 성에 문의하면 알 수 있겠군."

페르디난드는 그렇게 말했지만, 답이 돌아오기까지 며칠이나 걸리는 귀족의 느린 대응을 기다리는 건 고문이나 마찬가지다.

"로제마인 님, 저, 아니, 슈팅루크가 보고하겠습니다."

안게리카는 슈팅루크를 슥 쓰다듬었다. 페르디난드의 목소리로 슈팅루크가 말하기 시작했다.

"서문에서 의심스러운 마차가 들어왔다는 정보가 있었다. 마차만 보면 꽤 부유한 평민이 쓸 만한 것이었는데, 마부의 말투나 태도가 아무리 봐도 귀족을 모시는 사람 같았다더군. 세 점 종이 울리기 전에 들어와서 남문으로 빠져나간 것이 확인되었다."

"남문……?"

"남문 측 병사의 증언으로는 마차 안에서 무슨 소리가 나서 확인하려고 했더니 귀족 문장이 박힌 반지를 들이밀며 건드리지 못하게 했다고 한다. 아직 시간이 많이 흐르지 않았어."

슈팅루크의 말에 나는 페르디난드를 보았다. 이건 너무 의심스럽지 않은가.

"아직 멀리 가지 못했을 거예요. 확인만 하고 올게요."

"같이 가자. 그대 혼자 보낼 수는 없지."

페르디난드가 그렇게 말하며 방 안을 둘러보았다.

"평민촌의 정보 수집 능력에 솔직히 놀랐다. ……하지만 귀족에겐 평민의 증언은 큰 가치가 없지. 확실한 증거가 될 문장 박힌 반지나 납치된 회색 신관들을 찾아내야 한다. 알겠나?"

"네!"

구출

"필린느와 로데리히는 필사하면서 신전장실에서 대기하세요. 곧 길도 돌아올 시간이고, 평민촌에서도 계속 보고가 올라올 테니까 그 정보를 정리하고 있으세요. 프랑은 두 사람과 함께 여기서 대기하고, 잠과 모니카는 청색 신관의 시종들로부터 정보를 캐도록 하고요. 하르트무트에게 말하지 못한 정보가 있을지도 몰라요."

전력이 되지 못하는 필린느와 로데리히는 데려가는 대신 신전 시종들과 함께 정보를 모으도록 지시했다. 필린느와 로데리히는 고개를 끄덕였고, 잠과 모니카는 정보를 얻으러 방을 나갔다.

그 모습을 바라본 나는 일렬로 선 호위 기사들을 둘러보았다. 신전장실에 한 사람은 두고 싶었다. 돌격파 안게리카, 신식병의 마력을 감지하는 다무엘, 호위 기사 중 가장 마력이 큰 코르넬리우스는 데리고 가야 한다. 유디트와 레오노레 중 누구를 남길까?

"유디트는 내 기수를 타고 호위와 사격을 맡으세요. 레오노레는 이곳에 남아서 평민촌, 하르트무트, 우리의 모든 연락을 받으면서 신전장실을 지키세요. 상황이 바뀌거나 새로운 중요한 정보가 들어오면 올도난츠를 보내고요."

"알겠습니다."

"다무엘과 안게리카와 코르넬리우스는 신관장님의 지시에 따르세요."

"네!"

호위 기사들에게 지시를 다 내렸을 무렵, 페르디난드와 에크하르트와 유스톡스가 출격 준비를 끝내고 돌아왔다. 그 인원수를 보고 불안해졌는지 레오노레의 얼굴에 그늘이 졌다.

"기사 수가 너무 적지 않을까요? 아우브 에렌페스트께 연락해서 기사단을 동원하는 게 어떨까요?"

"레오노레, 기사단을 움직여야 하는 이유는 뭐지?"

"에렌페스트의 성전을 탈환해야 하니 이유는……."

그러자 페르디난드가 레오노레의 말허리를 자르며 고개를 저었다.

"우린 누군가가 회색 신관들을 마차에 태워 갔다는 정보를 평민촌으로부터 우연히 입수했기 때문에 구출하러 가는 것이다. 그리고 남문을 빠져나간 수상한 마차에 회색 신관들이 타고 있다고 예상만 했지, 사실인지는 아닌지는 가보지 않으면 모르는 상태고. 게다가 우리가 구출하려는 대상은 회색 신관이다. 기사단에 의뢰할 내용이 아니야."

기사단을 움직일 이유로 충분치 않다며 페르디난드가 딱 잘라 말했다. 레오노레는 남색 눈동자를 내리깐 후, 다시 턱을 홱 들고 페르디난드를 올려다보았다.

"하지만 로제마인 님과 페르디난드 님의 호위 의뢰는 할 수 있다고 봅니다. 기사단은 영주 일족을 위해 존재하니까요."

"그래, 영주 일족의 호위를 붙여 달라고 아우브를 통해 기사단에 의뢰할 수는 있지. 한데, 올도난츠로 긴급 사태를 알리면 아우브의 측근 중에 있을 구 베로니카 파의 귀에 새어나갈 위험이 있다. 시간이 있다면 전갈을 보냈겠지만, 그럴 여유도 없어. 무엇보다 나는 실점이 될 수 있는 이 분실 사건을 공표할 생각은 추호도 없다."

성전 분실이 알려져 실점이 되게 하지 않으려면 이곳에 있는 사람들끼리 모든 상황을 해결해야 한다.

"우리가 찾는 마차 안에 회색 신관들과 성전까지 있으면 더할 나위 없겠지만, 그럴 가능성은 희박하다. 몇 번이고 목적을 달성하려고 하는 상대다. 아마 회색 신관들과 성전을 따로따로 옮겼겠지. 또 회색 신관들을 하대하는 귀족 여성이 과연 같은 마차에 탔을까. 기수로 따로 이동했을 게 분명해. 그리고 지금은 달돌프 자작 부인이 관여했다는 증거도 없으니 아직 추측에 불과하다. 그걸 잊지 말도록."

페르디난드의 말에 모두가 고개를 끄덕였다. 이번 일의 제일 큰 목표는 회색 신관들의 발견과 구출이다. 거기에 더해 가능하다면 관계된 귀족을 특정할 수 있는 증거를 손에 넣고 싶었다.

문득 생각난 듯이 코르넬리우스가 고개를 들었다.

"페르디난드 님, 신식병이 폭발하지 않게 할 방법이 있습니까?"

청색 무녀 때의 기원식 습격도, 샤를로테가 유괴당했을 때도, 습격자가 반지와 함께 폭발하여 산산이 흩어지는 바람에 증거가 하나도 남지 않았다고 들었다. 이번에도 폭발을 강행하면 증거는커녕 회색 신관들까지 휘말릴 위험이 있다.

'하긴 자폭 대책은 있어야 해.'

뭔가 있을까, 하고 나는 페르디난드를 올려다보았다. 마찬가지로 대답을 기다리는 모두의 시선이 그에게 집중되었다. 페르디난드는 나란히 서 있는 호위 기사와 나를 힐끗 본 후, 천천히 숨을 뱉었다.

"폭발하기 전에 죽이는 게 가장 확실한 방법이다. 반지에 마력을 넣지 못하면 폭발도 할 수 없으니까. 다만, 숨통을 끊으면 반지는 손에 넣어도 기억을 뒤지지는 못하게 되지. 양쪽을 다 얻고 싶다면 반지 낀 팔을 잘라낸 후, 죽지 않게 치유 마법을 걸어 포박하거나, 시간을 멈추는 마술구에 집어넣든지 하면 된다."

담담한 어조로 말하고 있지만, 상상만 해도 끔찍하고 무섭다. 나는 으윽, 하고 무심코 신음했다. 그것이 상상이 아니라 눈앞에서 벌어진다니. 잔뜩 겁먹은 나를 보고, 페르디난드가 미간을 살짝 찌푸렸다.

"현장에서 겁먹고 비명을 지르거나 패닉을 일으켜서 기사들의 발목을 잡으면 안 되니 그대는 남아 있거라."

끔찍한 장면을 보지 않도록 하려는 배려인 줄은 알지만, 나는 콘라트와 약속했다. 회색 신관들을 구하겠다고. 그리고 회색 신관들을 책임지는 고아원 원장으로서, 신전장으로서, 여기서 도망치면 안 된다고 생각했다.

"……아뇨, 갈게요."

기수를 타고 남쪽으로 향했다. 마차와 기수의 속도는 비교도 되지 않는다. 종이 두 번 울릴 시간이면 금방 따라잡을 수 있다. 우리는 외벽을 넘어 수확이 끝나 흙이 다 헤집어진 밭 위를, 낙엽 진 나무들이 보이는 숲 위를, 마차가 달리는 길을 따라 날아갔다.

"어딜 가는 건지만 알아도 편할 텐데……."

뒷좌석에 앉아 있는 유디트의 말에 나는 잠시 생각했다.

"네 점 종이 울리고 나서 한참 뒤에 남문을 빠져나갔다고 했으니까 직할지를 넘지는 못했을 거예요. 아마 숙소에 들리겠죠."

나의 레서 버스라면 회색 신관들을 포함해 모두를 숙소 걱정 없이 목적지까지 옮길 수가 있다. 하지만 평범한 귀족은 탑승형 기수를 가진 사람이 거의 없어서 회색 신관들을 자신의 기수에 태우지 못한다. 어쩔 수 없이 숙소에 들러야 할 것이었다.

"로제마인 님은 그들이 어디로 가는지 아세요?"

"포박한 회색 신관들을 데리고 있으니까 아마 겨울 저택이 있는 마을엔 가지 않겠죠. 지금은 수확제가 끝나서 농민들이 겨울 저택에서 지내요. 그래서 빈집이 많을 거예요. 아마도 거길 쓸 거라고 생각해요."

겨울이 오고 있어 밤이면 추위가 극심해진다. 여름처럼 느긋하게 목적지까지 이동할 여유는 없다. 필연적으로 최대한 멀리 가서 농촌의 빈집에 멋대로 들어가 숙박할 수밖에 없다. 빈 농촌에 마차가 보이면 눈에 띌 터였다.

"잠자리를 찾기엔 아직 이르니까 그 전에 방향을 틀거나 배로 갈아타지 않는 이상, 슬슬 나타날 때가 됐는데. 다만 조금만 더 가면 두 갈래로 갈라지는 갈림길이 나와요. 양쪽 다 남쪽으로 갈 수 있으니까 갈림길에 도착하기 전에 따라잡아야 할 텐데요."

그런 대화를 하고 있을 때, 유디트가 소리쳤다.

"마차예요!"

나는 신체 강화를 써서 한곳을 응시했다. 마침 얘기했던 분기점에 접어드는 지점에 짐마차와 마차가 보였다. 농민의 짐마차를 마차가 쫓고 있는 것처럼 보였다. 짐마차의 고삐를 쥔 농민이 뒤를 힐끔거리며 마차를 피해 왼쪽으로 꺾자, 마차는 '드디어 길이 트였다'라고 하듯 오른쪽 길로 들어가더니 속도를 올렸다. 마차가 앞지르자, 짐마차는 안심한 듯 속도를 늦춰 달렸다.

'뭐지? 좀 느낌이 이상한데.'

커다란 천으로 짐칸을 덮은 짐마차를 내려다보면서 고개를 갸웃거리자, 페르디난드의 날카로운 소리가 들렸다.

"다무엘!"

이름을 불린 다무엘은 집중하듯 짐마차와 마차를 빤히 응시했다. 미약한 마력을 감지하는 능력은 마력이 올라간 지금도 다무엘이 가장 뛰어났다. 자신의 마력 조절부터 상대방의 마력 양을 파악하는 감각이 뛰어나다고 보니파티우스가 말했었다.

"마차 쪽에서 약한 마력이 여럿 느껴지는 걸 보니 신식병인 것 같습니다. 저쪽 짐마차에서는 신식병이라고 하기에는 아주 미약한 마력밖에 느껴지지 않습니다. 분명 농민일 겁니다."

"알겠다. 그럼 작전대로 움직여라."

"네!"

'지금은 구출 작전 중이야. 집중해야 해.'

짧은 대화로 작전을 확인하는 모두의 목소리에 귀를 기울인 후, 나는 모두를 둘러보았다.

"회색 신관들의 구출이 먼저예요. 증거는 나중에라도 찾을 수 있지만, 목숨은 되돌릴 수 없으니까."

모두가 고개를 끄덕이는 모습을 보고, 나는 슈타프를 소환했다. 무용의 신 앙리프에게 기도하는 것이 나의 가장 큰 역할이었다.

"불의 신 라이덴샤프트의 권속, 무용(武勇)의 신 앙리프의 가호가 모두에게 있기를."

슈타프에서 푸른빛이 뿜어져 나왔다. 모두에게 축복이 골고루 간 것을 확인하고, 운전대를 꺾어 모두에게서 떨어졌다.

"유디트, 이쯤이면 돼요?"

"조금만 더 고도를 낮춰 주세요. ……됐습니다. 그대로 대기해 주세요."

나는 그 자리에 정차한 후, 뒷좌석으로 시선을 돌렸다. 유디트가 무기를 들고 마부를 겨냥하고 있었다. 우선은 마차를 멈춰 세워야 한다. 마부와 말을 마차에서 떼어 놓는 것이다. 선봉을 맡은 유디트의 옆얼굴은 긴장감으로 굳어 있고, 입술은 파르르 떨고 있었다.

"유디트, 실패해도 다음 작전이 있고, 믿음직한 동료들이 있어요. 실패를 두려워하지 말고 공격하세요."

"로제마인 님, 이 사격에 실패하면 제 존재 의의가 없을뿐더러 마술구를 준 하르트무트한테도 혼나요."

그렇게 말하면서 한결 긴장이 풀린 모양이다. 유디트는 무기를 다시 고쳐 잡고, 자신감 넘치는 보라색 눈동자를 반짝였다.

"이게 얼마 만에 온 기회인데요. 괜찮습니다. 절대 안 놓칠 거예요."

준비를 마친 유디트의 든든한 말에 나는 긴장하며 슈타프를 꺼냈다. 유디트가 공격하면 내가 하늘을 향해 로트의 빛을 쏠 것이고, 그것을 신호로 다른 이들이 구출 작전에 돌입한다.

"가랏!"

유디트가 우렁찬 목소리와 함께 마석을 쏘았다. 하르트무트가 만든 장거리용 마술구다. 내 눈에 명중하는 순간이 보이지는 않았지만, 마부의 몸이 옆으로 흔들리는 것을 포착했다.

"로트."

나는 얼른 상공을 향해 빨간빛을 쏘았다. 그러자 슝 하고 커다란 마력이 빛의 꼬리를 물면서 레서 버스를 넘어 전방으로 날아갔다. 마차를 세우기 위한 코르넬리우스의 마력 공격이었다.

후방에서 날아온 빛 덩어리가 땅과 충돌하자 쿵 하는 굉음과 함께 주위로 흙먼지가 일었다. 갑작스러운 폭음과 흙먼지에 말이 깜짝 놀라 앞발을 들고 서는 것이 보였다. 유디트의 공격이 명중한 건지, 마부가 마부석에서 굴러떨어졌다. 그 타이밍에 한 마리의 기수가 돌진한다. 하지만 도중에 기수의 모습이 사라졌다. 신체강화를 한 안게리카가 뛰어내리면서 기수를 회수했기 때문이다.

"하압!"

낙하하는 순간에 맞춰 안게리카가 날카로운 공격을 연속으로 내질렀다. 눈에 보이는 건 은은하게 빛나는 푸른빛뿐이다. 슈팅루크가 푸르스름하게 빛나며 궤적을 그린다. 제비 같은 속도로 망토를 휘날리며 돌진한 안게리카는 순식간에 고삐와 끌채를 잘랐다. 마차가 덜컹하고 크게 한번 휘청이며 서자, 자유를 얻은 말은 흥분한 채 어디론가 달아났다.

안게리카가 매우 간단하게 잘라낸 것처럼 보이지만, 절대 그렇지 않다. 적어도 내겐 불가능한 일이다. 끌채를 자르려다가 말까지 없애 버릴 정도로 큰 마력을 쏟을 게 뻔하다.

"역시 안게리카예요. 저러면 말이 날뛰든 달리든 마차엔 지장이 없겠네요."

자기 할 일을 끝낸 유디트가 밝은 목소리로 말했다. 나는 움직임을 멈춘 마차를 향해 레서 버스의 고도를 낮췄다.

그 사이에도 마차를 향한 공격은 계속되고 있었다. 코르넬리우스와 에크하르트가 마차의 측면을 잘라, 신식병을 끌어내리려고 했다. 하지만 그들의 손이 멈췄다.

"다가오면 이 사람 죽소."

마차에 있던 신식병은 단 한 명. 나머지는 줄에 꽁꽁 묶인 두 명의 회색 신관이었다. 한 사람은 옆구리를 찔렸는지 신음을 흘리고 있었고, 다른 한 사람은 신식병에게 붙잡혀 목에 칼을 들이밀어지고 있었다.

"사, 살려주세요, 신전장님!"

자기 목에 들이민 칼을 보며 그가 히익, 하고 숨을 삼켰다. 우리가 다가가면 그 전에 죽임을 당하리라. 에크하르트와 코르넬리우스가 망설임을 보이며 움직임을 멈추고 신식병의 주의를 끄는 사이, 페르디난드가 마차 반대편으로 돌아 들어간다.

'어?'

고개를 갸웃거리며 내가 레서 버스를 지면에 착륙시킨 것과, "실례합니다." 하고 에크하르트와 코르넬리우스를 밀치고 다무엘이 마차에 다가가는 건 거의 동시였다.

"다, 다, 다가오지 마시오. 이 사람이 죽어도 좋소? 자애로우신 성녀의 눈앞에서 회색 신관이 죽는 꼴을 보고 싶소?"

당황한 신식병의 목소리가 울렸다. 칼끝이 피부에 닿았는지, 회색 신관이 비명을 질렀다. 하지만 다무엘은 아무 대답 없이 조용히 무기를 거머쥐었다. 그러더니 망설임 없이 회색 신관을 찌르고, 신식병의 목덜미를 잡아 마차에서 던져 버렸다.

"뭐야?!"

"다무엘?!"

경악하는 주변의 목소리가 들리지 않는지, 다무엘은 물 흐르듯 자연스럽게 무기에 찔려 신음하는 회색 신관의 무기를 뺏어 그것으로

숨통을 끊었다.

"로제마인 님께서 청색 무녀이셨을 때부터 호위를 했기에 고아원에 있는 회색 신관의 얼굴을 전부 기억한다. 너희는 회색 신관이 아니야. 진짜 회색 신관들은 어디 있지?"

'어쩐지 낯익은 얼굴이 아니다 했어.'

신식병이 회색 신관들의 옷을 입고 변장한 것이었다. 우리가 회색 신관의 얼굴을 전부 기억할 줄은 예상하지 못했으리라. 에크하르트에게 눌려 꼼짝을 못하고 있는, 살아남은 신식병의 안색이 새파래졌다.

"나를 죽이면 녀석들을 못 찾을 걸?"

자기 목숨으로 거래하려는 신식병을 레서 버스에서 지켜보던 나는 가볍게 한숨을 쉬었다.

"굳이 당신한테 묻지 않아도 알아요. 갈림길에서 왼쪽으로 간 짐마차에 살짝 위화감이 들었거든요. 농민들은 모두 수확제를 끝내고 겨울 저택에 있어요. 수확한 대량의 식료를 가공하거나 초를 만들며 다함께 겨울을 넘길 준비를 해야 하니까요. 그런 중요한 시기에 웬만해서는 겨울 저택에서 떨어진 길에 짐마차를 끌고 나갈 일이 없죠. 그리고 그 길목엔 텅 빈 농촌은 있어도 겨울 저택은 없어요."

귀족과 계약하여 귀족의 밑에서 사는 신식병은 농민의 생활을 모르는 것이 분명했다. 최대한 눈에 띄지 않으려고 사람들이 모인 겨울 저택이 있는 마을을 피한 탓에 오히려 짐마차의 위화감이 커졌다.

"회색 신관들을 구하러 가요."

내가 레서 버스를 움직이자, 호위 기사들이 깜짝 놀라며 서둘러 달려왔다.

"잠깐만요, 로제마인 님!"

"나와 에크하르트는 이자를 취조한 후 이곳을 정리하겠다. 유스톡스는 따라가! 가서 로제마인이 날뛰지 못하게 해."

"네!"

뒤편에서 페르디난드의 목소리가 들렸다. 날뛴다니, 그런 실례되는 말이 어디 있어?

갈림길로 돌아가자, 짐마차는 금방 발견되었다. 여전히 느긋한 속도로 움직이고 있었다. 지금이 여름이었다면 농민이 집으로 돌아가는 평범한 광경이었으리라. 마부도 정말 여느 평범한 농민으로밖에 보이지 않았다.

"로제마인 님, 조금 전과 같은 방식으로 공격해도 되겠습니까?"

코르넬리우스의 목소리에 나는 천천히 고개를 끄덕였다.

"아까 잡은 신식병은 반지를 끼고 있지 않았으니 이쪽이 끼고 있을지도 몰라요. 문을 통과할 때 틀림없이 반지를 썼을 거예요. 반드시 증거품을 잡아요."

신식병을 잡자마자 반지 낀 손을 절단하려고 했던 에크하르트는 반지가 보이지 않자 당황했었다. 그렇다면 이쪽 짐마차에 분명 있을 것이다.

내가 손을 흔들어 신호를 보내자, 코르넬리우스가 마력 공격을 퍼부었다. 조금 전과 마찬가지로 커다란 폭발음과 흙먼지가 일었고, 이에 말이 흥분했다. 안게리카가 돌진해서 고삐와 끌채를 끊은 것도 아까와 같았다.

"으악! 뭐야? 무슨 일이야?!"

훈련받은 신식병으로 느껴지지 않는 딱한 비명이 들려왔다. 슈팅 루크를 쥐고 마부석에 착지한 안게리카를 본 남자가 기겁하며 뒷걸음질 쳤다.

"이런 말은 없었잖아! 당신, 뭐야?! 나는 그냥 이 녀석들을 옮겨 달라는 부탁을 들었을 뿐이야! 이렇게 위험한 일일 줄은 정말 몰랐어……!"

신식병이 연기하는 건지, 정말 평범한 농민인 건지 금방 판단이 서지는 않았다.

"누가 무엇을 부탁했죠?"

안게리카가 슈팅루크를 들이밀고 경계한 채 물었다. 칼끝이 자신을 향하자, 남자는 바들바들 떨면서 "사, 살려 줘!" 하고 소리쳤다.

"누가 무엇을 부탁했는지 물었습니다."

"부탁한 사람은…… 크악!"

뭐라고 말하려던 순간, 남자의 몸에 가시 같은 섬광이 나타났다. 그 빛이 남자의 몸에 파고들더니 점차로 금색 불꽃으로 바뀌었다. 동시에 남자의 가슴에 걸려 있던 반지가 번쩍였다.

"안게리카!"

폭발의 조짐을 깨닫고 내가 소리치자, 안게리카는 즉각 보호 자수를 새긴 망토를 몸에 둘러 그 자리를 날쌔게 벗어났다.

"으아아아아아악!"

그 비명은 금색 불꽃에 휩싸여 점차 사라졌다. 그리고 빛이 완전히 사라졌을 때 남성의 모습은 어디에도 없었다.

"방금 그건 뭐지……?"

"매우 강력한 계약 마술에 묶여 있었나 봅니다. 의뢰자나 목적지에 관해 발설하면 안 된다는 계약을 맺은 거겠지요."

다무엘이 그렇게 말하며 짐칸으로 향했다. 계약 마술 위반자의 말로를 처음으로 목격한 나는 눈을 크게 떴지만, 다른 이들은 '그렇군' 하며 납득할 뿐 딱히 동요를 보이지 않았다.

"……계약 마술을 위반하면 다 저렇게 돼요?"

"저도 처음 봅니다만, 이미 자멸한 자를 걱정해도 소용없습니다. 그것보다 회색 신관들이 있는지가 더 중요합니다."

다무엘은 무기를 들어 경계하며 짐칸을 덮은 천을 벗겨 냈다.

"……아."

아뿔싸, 하는 표정으로 다무엘이 천을 도로 덮었다. 그 움직임에 모두가 일제히 무기를 거머쥐었다. 주변 분위기가 순식간에 긴박해지자, 다무엘이 자신의 무기를 회수하더니 손을 흔들어 곤란한 듯한 미소를 지었다.

"괜찮습니다. 여기에 회색 신관 네 사람이 다 있어요. 다만, 여성분들은 가까이 오지 마십시오. 그게, 옷을 몽땅 빼앗겨서 여성분들께 보일 수 있는 모습이 아니거든요."

천을 걷었더니 다들 알몸 상태였던 모양이다. 그건 확실히 곤란했다. 이 추위엔 감기에 걸리기에 십상이다.

"신관장님, 회색 신관들을 구출했어요. 그런데 옷을 다 빼앗겨서 그런데, 그쪽 신식병이 입고 있는 옷을 회수해 주실래요? 피가 묻은 건 제가 바셴으로 깨끗하게 씻을게요."

나는 올도난츠를 날려 옷을 확보해 달라고 부탁했다. 다소 찢어진 부분이 있더라도 알몸보다는 나으니까.

유스톡스는 옷을 가지러 마차가 있는 쪽으로 갔고, 코르넬리우스와 다무엘은 천으로 가린 상태로 회색 신관들의 포승을 끊고, 그들에게 사정을 들었다. 안게리카는 주변 경계를 했고, 나와 유디트는 레서 버스에서 대기했다.

"……로제마인 님, 저, 미성년자인데 귀족가에서 나와 버렸어요. 처벌을 받게 될까요?"

회색 신관들을 다 구한 지금에 와서 유디트가 미성년자는 아무리 임무라도 귀족가를 나와서는 안 된다는 것을 떠올린 듯하다. 하지만 걱정할 필요는 없었다.

"우린 귀족가를 나온 적이 없는데, 무슨 소리에요?"

"예? 예?"

"신관장님이 그러셨잖아요. 이번 일은 절대 공표하지 않겠다고. 회색 신관들은 납치되지 않았고, 우리도 신전을 나온 적이 없는 거예요."

성전을 도둑맞은 것부터 일절 없었던 일인 셈이다. 신전에서 나오지 않았는데, 벌칙이라니 어림도 없는 소리다.

"그것보다 신전에 올도난츠를 날려 주세요. 무사하다고 알려야죠."

"네!"

"레오노레, 유디트입니다. 무사히 회색 신관들을 구출했습니다."

하얀 새가 날아간다. 이것으로 프랑부터 고아원 모두에게도 회색 신관들의 무사가 전해지리라.

"발가벗겨졌지만 모두 무사한 게 중요하죠 뭐."

유스톡스가 가져와 준 회색 신관의 옷은 신식병에게서 벗기느라 애를 먹었다는데, 두 벌은 완전히 앞면이 잘려 덜렁거렸다. 나머지 두 벌은 회색 신관들이 도망가지 못하게 벗긴 것인지, 아니면 나중에 자기들이 입으려고 한 건지, 돌돌 만 채 마차 안에 처박혀 있었다.

넝마 같은 옷을 입게 된 두 사람은 벌어진 앞을 여미느라 쩔쩔맸지만, 없느니보다는 낫다. 고아원에 돌아가면 빌마에게 새로운 옷을 내오라고 부탁해야겠다.

"설마 로제마인 님께서 기사들을 이끌고 구하러 오실 줄은 몰랐는데, 정말 황송합니다."

"콘라트가 고아원 창문에서 경비가 납치되는 걸 목격했다고 해서 바로 구하러 올 수 있었어요. 돌아가면 콘라트에게 무사한 모습을 보여주세요."

"네."

계약 마술 위반자의 말로와 같은 무서운 일도 있었지만, 구출은 성공했다. 회색 신관들을 레서 버스 뒷좌석에 태우고, 유디트를 조수석에 앉혀 신전으로 돌아갈 준비를 할 때, 올도난츠가 날아왔다.

"레오노레입니다. 무사히 회색 신관들을 구출하셨다면 최대한 빨리 돌아오셔야겠습니다. 저희 힘으로는 하르트무트를 말릴 수가 없어요."

'응? 하르트무트가 왜?!'

증거품

페르디난드 일행과 합류하고 서둘러 신전으로 돌아갔다. 정문까지 레오노레와 프랑, 빌마가 마중을 나와 있었다.

"빌마, 회색 신관들은 모두 무사해요. 그런데 옷이 너덜너덜해졌으니 새로운 옷을 준비해 주세요. 그리고 오늘은 바로 쉴 수 있게 해 줘요."

"알겠습니다. 로제마인 님, 여러분. 모두를 구해 주셔서 정말 감사합니다."

빌마가 기쁨에 방긋 웃으며 자리에 있는 모두를 둘러보았다. 마치 자신이 구조된 것처럼 기뻐하는 미소였다.

"여러분은 회색 신관들뿐만 아니라, 자신의 신변에 무슨 일이 생겼을 때 버려질 것을 걱정하던 모든 고아의 마음을 구해 주셨습니다. 진심으로 감사드립니다."

빌마의 말에 나의 측근들은 복잡한 미소를 띠었다. 빌마와 회색 신관들이 고아원으로 돌아가는 모습을 바라보며 다무엘이 조그맣게 중얼거렸다.

"우린 로제마인 님의 명령에 따랐을 뿐이라, 다음에 비슷한 일이 생겼을 때 명령 없이 회색 신관들을 구할지는 모르겠습니다. 하지만 이렇게 고마워해 주니 기쁘긴 하네요."

"어머, 난 다음에도 똑같은 명령을 내릴 건데요? 그건 내가 장담해요."

나는 나의 측근들을 둘러보며 그렇게 말한 뒤, 보고 타이밍을 재고 있는 레오노레에게서 시선을 멈추었다.

"그래서 레오노레, 대체 하르트무트에게 무슨 일이 있었다는 거예요?"

"직접 보시는 편이 더 빠를 것 같습니다."

레오노레가 피곤한 표정으로 그렇게 말하고, 신전장실이나 신관장실이 있는 곳과는 조금 다른 청색 신관의 방이 있는 곳으로 걷기 시작했다. 내 걸음 속도에 맞추느라 답답할 법도 한데, 그렇게 급한 안건은 아닌 모양이다.

"아, 신관장님도 따라오시게요?"

"내 시종들을 하르트무트에게 빌려줬으니 아주 관계가 없진 않지. 마중 나온 사람 중에 내 시종들이 보이지 않으니 조금 불안하군."

페르디난드가 함께 와 준다고 하니 천군만마를 얻은 기분이다.

"제가 감당할 수 없을 지경이면 하르트무트 좀 부탁드릴게요."

"그대의 측근이니 그대가 해결하도록."

페르디난드가 냉정하게 거절할 때 목적지에 도착했다. 회색 신관한 명이 어떤 문 앞에 서 있는 것이 보였다. 그는 우리를 보더니 대놓고 안도의 한숨을 쉬고, 얼른 등 뒤의 문을 열어주었다.

"아. 돌아오셨군요, 로제마인 님. 흉한 꼴을 보여 드려서 죄송합니다."

하르트무트가 우리를 돌아보며 매우 상쾌한 미소를 지어 보였다. 온몸이 칭칭 감긴 청색 신관을 엉덩이로 깔고 앉아, 슈타프를 변형시킨 단검을 치켜든 자세로. 그런 하르트무트의 주변에서는 회색 신관몇 명이 진땀을 흘리며 다른 시종들을 포박하고 있었다.

'이게 무슨 일이야?'

"살려 주세요, 신전장님! 얘기가 끝나자마자 하르트무트 님이 갑자기 이런 난동을!"

하르트무트에게 깔려 있는 청색 신관이 우리의 얼굴을 보더니 버둥거리며 도움을 요청했다. 그러자 하르트무트에게 단검 손잡이로 퍽 얻어맞았다.

"어디서 뻔뻔하게 로제마인 님께 도와 달라고 해?"

"죄, 죄, 죄송합니다!"

예상치 못한 상황에 모두가 경악을 금치 못할 때 누구보다 먼저 소리친 사람은 레오노레였다.

"뭐 하는 거예요, 하르트무트?! 정보가 유출되지 않게 그냥 묶어 두기만 한다면서요!"

레오노레가 말하길, 취조하려고 호출하면 도망치거나 혹은 한 편인 귀족에게 도움을 요청할 우려가 있으니 청색 신관의 방에 예고 없이 들이닥쳐 물어보기로 했다는 것이다.

"정보 유출을 방지하는 것도 중요하다 싶어서 알겠다고 했는데 이렇게 될 줄은 몰랐어요."

나도 레오노레와 마찬가지로 사전 약속이 당연한 귀족 사회에서 너무 막 나간 것 아닌가 싶었는데, 하르트무트와 동행한 페르디난드의 시종들에겐 전대미문의 황당무계한 사태였다. "이래도 정말 괜찮을까요?"라는 질문부터 프랑에게는 "청색 신관을 포박하는 건 저희 같은 회색 신관들에겐 정신적 부담이 큽니다."라며 어려움을 호소하는 사람도 있었다고 한다.

"그래서 로제마인 님께 올도난츠를 보낸 건데, 설마 청색 신관을 묶어 무기를 들이밀고 있을 줄은 몰랐습니다. 하르트무트, 대체 무슨 일이에요? 뭔가 유익한 증거라도 있었던 거예요?"

레오노레가 엄격한 눈빛으로 하르트무트와 청색 신관을 내려다보았다. 하르트무트는 오싹할 정도로 차가운 눈으로 청색 신관을 내려다본 뒤, 나를 돌아보며 싱긋 웃었다.

"딱히 도움 되는 정보는 없었습니다. 하지만 로제마인 님의 귀에 들어가게 할 수 없는 폭언을 퍼붓기에 어떤 의도와 증거로 그런 헛소리를 하는지 묻는 중이었어요."

구 베로니카 파 청색 신관이 할 법한 폭언이라면 '평민 출신'이라고 했겠지. 지금까지 신전 내에서 그런 말이 나오면 '지겹게 또 그 얘기냐' 하고 한 귀로 넘겼을 테지만, 하르트무트에게는 무기를 들어 심문할 정도로 심한 폭언으로 들린 모양이다. 페르디난드가 '바보같으니……'라고 중얼거리며 가볍게 손을 저었다.

"하르트무트, 정보 유출을 경계한 건 잘 했다. 이번 같은 일엔 특히나 더 중요하지. 하지만 방법이 좀 거칠었구나. 신관장실에 청색 신관을 소집해 감시를 세우고 일을 시켜라. 이렇게 바닥에 굴리고 있을 시간이 아깝지 않으냐. 그리고 로제마인에게 폭언한 일은 나중에 심문하도록. 지금은 시간이 없다. 알겠나?"

"그렇군요."

하르트무트는 "그럼 나중에 찬찬히 물어보겠습니다."라고 하며 고분고분하게 몸을 일으켰다. 페르디난드는 힘없이 축 늘어져 있는 청색 신관을 가만히 내려다보았다.

"청색 신관 전원의 심문이 끝날 때까지 여기서 계속 묶여 있을지, 신관장실에서 하르트무트의 감시하에 일할지, 둘 중 하나를 골라라."

페르디난드의 말에 청색 신관은 한심한 얼굴로 내게 도움을 청하는 시선을 보내 왔다. 그렇게 쳐다봐도 어찌해줄 수가 없다. 두 가지 모두 야박한 선택지지만, 페르디난드와 하르트무트가 이렇게까지 정보 누설을 걱정하는 마당에 내가 끼어들 수는 없었다. 나는 조그맣게 고개를 저었다.

'못 구해 줘서 미안해.'

청색 신관은 절망적인 표정을 지으며 고개를 툭 떨구고 "……이, 일하게 해 주십시오."라고 조그맣게 대답했다.

"좋다. 그렇게 하도록. 하르트무트, 그대가 책임을 지고 일을 시켜라. 지금부터는 내가 청색 신관들을 조사하겠다."

그의 지시에 따라 페르디난드의 시종들이 즉시 움직였다. 청색 신관을 묶은 줄을 풀어 주고 신관장실로 데려갔다. 이제는 하르트무트의 지시로 포박당했던 청색 신관들에게도 선택지를 줘야 한다. 쉴 틈이 없다.

"다른 정보는 있던가?"

"아직 특별한 건 없었습니다. 점심시간에 누군가가 복도를 지나가는 기척을 느꼈다는 것 정도입니다. 다만, 청색 신관들이 로제마인 님의 훌륭함도, 공방에서 인쇄하고 있는 회색 신관들의 가치도 전혀 이해하지 못한다는 것은 아주 잘 알게 됐습니다. 집무 시간에 똑똑히 가르칠 생각입니다. 그럼 뒤를 잘 부탁합니다."

하르트무트는 몸을 움찔움찔 떠는 청색 신관들을 소몰이하듯 몰아내며 신관장실로 향했다. 그 뒷모습을 바라본 페르디난드가 나를 내려다보았다.

"자, 이제 그대에게 폭언을 퍼부을 법한 청색 신관들만 남았군. 폭주할 우려가 있는 하르트무트는 운 좋게 떼어 놨는데, 누구 방부터 가야 할까……. 시키코자 가문과 친밀했던 청색 신관은 세 명이 있다. 집안이 모두 구 베로니카 파벌이지."

그렇게 말하며 페르디난드는 세 사람의 이름을 언급했다. 에그몬트라는 이름을 듣는 순간, 내 귀가 꿈틀거렸다.

"에그몬트예요. 그 사람이 범인이에요."

"근거는?"

"여자의 직감이죠. 그 사람은 내 도서실을 엉망으로 만든 전과가 있거든요."

"못 살겠군. 그건 그냥 개인적인 원한 아닌가. 전혀 근거가 안 돼."

페르디난드가 미간을 찌푸리며 나를 쏘아보았다. 하지만 나는 믿어 의심치 않았다. 에그몬트밖에 없다. 틀림없다.

내 주장에 코르넬리우스가 어깨를 으쓱했다.

"페르디난드 님, 에그몬트에게 먼저 물어보심이 어떠십니까? 아니라 해도 순서만 바뀔 뿐입니다."

"흠. 하긴 이런 논쟁이나 벌일 시간이 없지."

페르디난드가 에그몬트의 방에 갈 마음이 생기도록 설득해 준 코르넬리우스를 감사하는 마음으로 올려다보자, 코르넬리우스가 씩 웃으며 나를 내려다보았다.

"그리고 전 로제마인 님이 말씀하신 여자의 직감을 믿고 있거든요. 어려도 여성이니까요."

"그 말 지금 당장 잊어 주세요, 코르넬리우스 오라버니. 신관장님 말처럼 이건 개인적인 원한이에요!"

페르디난드처럼 핀잔을 주는 대신 의미심장한 미소로 수긍하며 말을 되풀이하면 구멍에 숨고 싶어진다. 스스로 구멍을 파 들어가고 싶을 정도로 부끄러워졌다. 머리를 싸매는 내 어깨를 코르넬리우스가 애써 웃음을 참으며 가볍게 두드렸다.

"신전장님과 신관장님께서 급히 할 말씀이 있으시다. 문을 열어라."

"사전에 약속을 잡지 않으신 걸로 알고 있습니다."

문 너머에서 시종 여성의 목소리가 들렸다. "오늘은 돌아가 주십시오."라는 대답에 페르디난드가 뒤따라온 호위 기사 중에서 코르넬리우스와 에크하르트를 불러 문을 가리켰다.

"방에 피해가 가지 않을 정도로만 부숴라."

"네? 그래도 되겠습니까?"

코르넬리우스가 곤란한 얼굴로 페르디난드를 올려다보았지만, 에크하르트는 이미 슈타프를 변형시키고 문 앞에 서 있었다.

"저 혼자로 충분합니다."

에크하르트는 그렇게 말하며 검을 들어 올려, 정말 가볍게 휘둘렀다. 그러자 가느다란 선이 생기며 문이 천천히 방 안쪽으로 쓰러져 넘어갔다. 훌륭한 솜씨에 눈을 끔뻑거리는데, "코르넬리우스에게 경험을 쌓도록 해 주려고 했더니, 뭐 됐다."하고 페르디난드가 혀를 내두르며 중얼거렸다.

문짝이 쓰러졌으니 당연한 일이지만 방 안이 훤히 드러났다. 무슨 일이 일어난 건지 모르겠다는 벙찐 얼굴로 쓰러진 문을 바라보는 시종 무녀의 모습이 눈에 들어왔다. 안쪽에는 소파에 앉아 있는 파란 옷과 회색 옷이 보였다.

"할 얘기가 있다고 했을 텐데."

문 근처에 있는 시종을 무시하고, 페르디난드는 쓰러진 문을 밟으며 성큼성큼 방으로 들어갔다. 에크하르트와 유스톡스도 태연한 얼굴로 따라가기에 나도 헐레벌떡 나의 호위 기사들을 데리고 뒤따라갔다.

소파 위에서 시종과 애정행각을 벌이고 있던 에그몬트가 "으악!" 하고 소리 지르더니, 페르디난드의 뒤에 있는 나를 발견하고 소리쳤다.

"무, 무, 무례하다! 미리 약속을 잡는 예법도 모르나? 이래서 천출은!"

에그몬트의 고함에 주변 측근들의 분위기가 싸해졌다.

"아, 정말 하르트무트를 데려오지 않길 잘했군."

"예, 저도 하마터면 슈팅루크를 꺼낼 뻔했습니다."

코르넬리우스와 안게리카가 후후후 하고 웃었다. 페르디난드는 에그몬트와 그 뒤에 몸을 숨기며 옷을 추스르는 시종을 차갑게 내려다보면서 코웃음을 쳤다.

"그 회색 무녀를 시종으로 들일 때 사전 약속도 없이 신전장실로 들이닥쳤던 그대가 할 말은 아닌 것 같다만?"

페르디난드가 말하고 있는 건 아마 내가 유레베에서 잠들 때 얘기이리라. 그러고 보니 릴리가 임신하자 그녀를 대신할 무녀를 들였다는 보고에서 에그몬트가 무례하게 굴었다는 얘기도 있었던 것 같기도 하다.

페르디난드가 지적하자, 에그몬트는 잠깐 말문이 막힌 듯하더니 갑자기 나를 척 가리키며 적반하장으로 나왔다.

"너 같은 조그만 계집이 모두를 속이는 것도 지금뿐일 거다. 당장 그 가면을 벗겨 주마."

'어라?'

나를 향해 들이댄 에그몬트의 검지 옆, 중지를 접고 있어서일까. 마석 박힌 반지가 반짝이는 것이 보였다. 나도 모르게 가문 문장이 그려진 반지에 시선이 못 박혔다.

'저런 반지, 전에는 없었던 것 같은데?'

왼손 중지에 반지를 끼는 사람은 세례를 받은 귀족의 자제뿐이다. 귀족의 자식으로서 세례를 받지 못하는 청색 신관은 마술구 반지를 끼지 못한다. 가족에게 받은 반지를 끼는 사람은 있다고 들었지만, 에그몬트는 지금까지 끼지 않았었다. 그 외에 내가 아는 한, 중지에 반지를 낀 사람은 종속 계약을 맺은 신식병들이었다.

"에그몬트, 그 반지는……."

내 말에 모두의 시선이 반지로 향했다. 그 순간, 내 시야는 페르디난드의 망토에 가려져 버렸다.

"어?"

고개를 들었을 땐 페르디난드가 슈타프를 검으로 바꿔 휘두른 참이었다.

모두가 숨을 삼키는 소리가 유난히 크게 울린다. 그리고 한 박자 늦게 울린 비명과 함께 주변에 피가 튀었고, 망토 너머에서 무언가 무거운 물건이 바닥에 떨어지는 소리가 들렸다.

"으…… 으아아아아아아악!"

에그몬트가 절규했고, 뒤이어 에그몬트의 시종들이 비명을 내질렀다. 망토 너머에서 무슨 일이 일어났는지 상상은 되었지만, 내 시야에

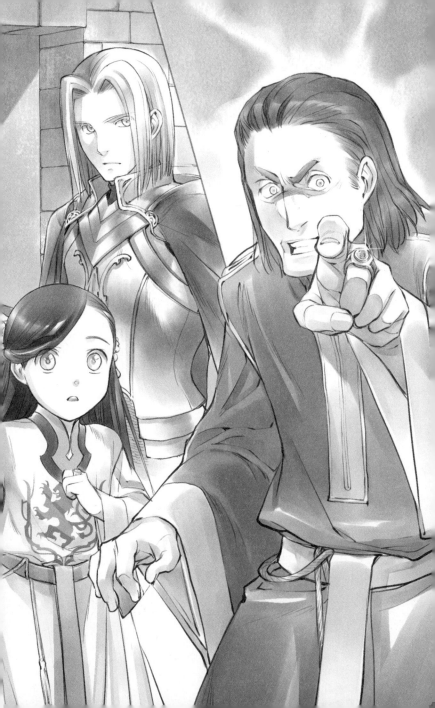

는 페르디난드의 망토와 갑옷밖에 보이지 않았다. 그러는 가운데 페르디난드는 슈타프를 거머쥔 채 에그몬트를 향해 조용히 지시를 내렸다.

"유스톡스, 에크하르트. 로제마인의 공방에 가서 마술구를 가져와라! 유디트와 레오노레는 로제마인을 호위하며 신전장실에서 대기하고, 내가 부르기 전까지는 나오지 마라. 코르넬리우스와 다무엘, 안게리카는 시종들을 전원 포박하라."

"네!"

에크하르트와 유스톡스가 재빠르게 움직였다. 에크하르트는 프랑의 어깨를 두드리고 "문을 열어 줘."라고 하며 발 빠르게 나갔고, 유스톡스는 페르디난드를 올려다본 채 굳어 버린 나를 번쩍 들어 올렸다.

"서둘러야 해서 실례 좀 하겠습니다, 공주님. 유디트, 레오노레, 갑시다."

유스톡스는 나를 안아 든 채 달리기 시작했다.

도착했을 땐 프랑이 열어 줬는지 이미 신전장실 문이 활짝 열려 있었다. 에크하르트가 공방으로 이어지는 문 앞에서 대기하고 있었다.

"로제마인, 마술구를 빼내야 하니까 공방을 열어 줘."

나는 문을 열어 에크하르트와 유스톡스가 들어갈 수 있도록 허가를 내렸다. 두 사람은 시간을 멈추는 마술구를 안아 들고 공방을 나왔다.

"괜찮으세요? 가까이서 목격하셔서 충격받으셨죠?"

레오노레가 걱정스럽게 나를 들여다보았다. 나는 천천히 고개를 저었다.

"난 아무렇지 않아요. 신관장님의 망토밖에 안 보였거든요……. 레오노레와 유디트는 괜찮아요?"

"이래 봬도 기사니까요."

씩씩하게 웃는 우리의 앞에 따뜻한 차와 과자가 나왔다. 니콜라가 평소처럼 웃으며 "맛있는 거 드시고 기운 차리세요."라고 했다. 그 미소에 일상으로 돌아온 기분을 느끼며 나는 차를 홀짝였다.

"로제마인 님, 무슨 일 있으셨습니까?"

로데리히가 불안한 얼굴로 물어 왔다. 나는 "수상한 반지를 낀 자가 청색 신관 중에 있었거든요."라고만 대답했다.

"그를 잡는 건 신관장님과 호위 기사들에게 맡기고, 난 내가 할 일을 해야죠. 평민촌에서 새로 들어온 정보가 있나요?"

범인을 잡거나 심문하는 일은 내게 맞는 일이 아니다. 내가 얘기를 바꾸자, 필린느가 즉시 메모지를 들고 보고를 시작했다.

"평민들에게 얻은 정보인데, 신전 경비가 자리에 없어서 마차 안에서 대기해야 했던 주인을 위해 오트마르 상회에 디저트를 사러 온 마부가 몇 명 있었다고 합니다. 네 점 종이 울리기 조금 전에 첫 마부가 왔었대요."

이것은 오트마르 상회의 유테를 통해 입수한 정보였고, 신전 경비가 없어진 시간에 관한 내용이었다. 그 시각은 우리가 이탈리안 레스토랑으로 출발한 직후였다.

"그리고 그날 귀족으로 보이는 남자가 이탈리안 레스토랑에서 식사를 하고 싶다는 문의를 했다고 합니다. 로제마인 님과 페르디난드 님께서 와 계셔서 거절했다는데, 그와 비슷한 분위기의 남자가 주변을 어슬렁거리는 것을 가게 사람이 봤다고 합니다."

"어쩌면 그 남자가 우리의 움직임을 감시했을 수도 있겠네요. 우리가 자리를 비우는 시간을 정확히 파악하고 있었던 것을 보면요."

이탈리안 레스토랑의 수상쩍은 목격 정보에 관해 필린느가 보고를 마치자, 이번에는 로데리히가 보고했다.

"저는 길베르타 상회에서 얻은 정보입니다. 세 점 종과 네 점 종 사이에 귀족의 심부름꾼으로 보이는 남자가 찾아와 새로 유행하는 염색물을 주문하더랍니다. 상인인 척 꾸미고 왔지만, 행동이나 말투, 점원을 대하는 태도가 귀족과 밀접한 관계에 있는 사람에게서 받는 느낌과 비슷했다고 합니다. 로제마인 님께서 좋아하시는 원단을 원한다고 했다더군요."

새로운 염색물에 관해서는 자신의 취향을 추구하는 것이 주류가 되었다. 귀족은 주문할 때 염색 샘플을 보고 취향에 맞는 원단을 자택에 보내도록 한 후 공방이나 장인을 지명한다. '로제마인과 똑같이'라고 주문하는 사람은 플로렌치아 파 귀족 중에는 없다.

"무슨 목적일까요? 길베르타 상회에도 뭔가 오명을 씌우려고 음모를 꾸미고 있는 걸까요?"

그때 내 뇌리에 길베르타 상회의 다프라 견습생인 투리가 떠올랐다. 머리 장식 장인인 투리를 노릴 가능성도 염두에 두어야 했다.

그런 보고를 듣고 있는데, 얼마 지나지 않아 유스톡스가 찾아왔다.

"공주님, 송구스럽습니다만, 페르디난드 님께서 성까지 기수를 몰아 달라고 하십니다."

마차로 옮기지 못할 건 없지만, 시간을 멈추는 마술구와 에그몬트의 측근들을 눈에 띄지 않게 신속히 이동시키려면 레서 버스가 제격이다. 레서 버스라면 그대로 성에 들어갈 수 있지만, 마차로 옮기면

성 관문에서 한 번 검문을 거쳐야 한다.

나는 호위 기사들을 데리고 가서 성에 갈 채비를 했다. 시간을 멈추는 마술구와 포박한 시종 네 사람을 호송해야 해서다. 호위 기사들이 마술구와 시종들을 하나둘 태웠다. 페르디난드가 그 모습을 지켜보면서 중얼거렸다.

"이런 일을 시켜서 미안하구나, 로제마인."

"괜찮아요. 제 성전을 되찾기 위해서인걸요."

보호받기만 하는 나보다도 페르디난드나 호위 기사들이 더 고생이 많다.

"성까지만 옮겨 다오. 그리고 곧장 신전에 돌아가거라. 그대는 고아원의 상황을 살피고, 신관장실에서 일하고 있는 청색 신관들을 풀어 줘야 하고, 할 일이 산더미니까."

시종이 날뛰지 않게 감시하기 위해 조수석에는 유디트, 뒷좌석에는 안게리카와 레오노레를 태우고 나는 페르디난드의 기수를 뒤따라 성으로 이동했다. 평소와 달리 영주 일족의 주거 구역이 아닌 곳으로 가려는 모양이었다. 겨울의 주인을 토벌할 때 집합했던 훈련장 같은 건물이 보였다. 기사들이 사용하는 건물일까?

"……페르디난드 님이 어디로 가시는 걸까요?"

그러자 안게리카가 목적지에서 대기 중인 기사 몇 명을 가리키면서 간결하게 대답했다.

"범죄자를 다루는 곳입니다."

호위 기사들이 레서 버스에서 시간을 멈추는 마술구와 시종들을 내리는 사이 칼스테드가 내 머리를 쓰다듬어 주었다.

"고생 많았다, 로제마인. 증거나 단서는 우리에게 맡기고 좀 쉬렴."

"하지만 다들 고생하는데 저만⋯⋯."

혼자만 쉬기 미안하다고 내가 말을 끝내기도 전에 칼스테드가 내 이마를 가볍게 튕겼다.

"⋯⋯나중을 대비해야지. 청색 신관을 잡았다고 끝난 게 아니지 않느냐. 오히려 이제부터 시작이야."

각자가 본 것

칼스테드에게 설득된 나는 짐을 내려놓자마자 곧장 신전으로 돌아왔다. 에그몬트가 관여했음은 명백하지만, 다른 청색 신관들도 조금씩 관여했을지 모를 일이다. 나는 신관장실에 들러 하르트무트에게 말했다.

"하르트무트, 신관장님이 성에 가셨으니 남은 두 청색 신관의 심문을 부탁해도 될까요?"

"로제마인 님의 부탁이라면 기꺼이."

하르트무트는 페르디난드의 시종을 데리고 방을 나갔다. 그 순간, 하르트무트의 감시를 받으며 일하던 청색 신관들이 일제히 어깨에 힘을 뺐다.

"긴장을 놓을 때가 아닐 텐데요? 신관장이 정식으로 교대하면 지금 같은 상황이 일상이 될 거예요. 정신 바짝 차리고 집무에 임해 주세요."

무능한 청색 신관 따위 필요 없다는 방침은 페르디난드도 하르트무트도 같았다. 그러나 그들을 방치하는가 아니면 배제하는가로 처리 방식이 많이 달랐다. 베로니카로부터 벗어나기 위해 신전의 신관이 되어야 했던 페르디난드와, 귀족의 신분을 유지한 채 나를 도우러 신전을 드나드는 하르트무트는 신전과 신관을 바라보는 의식 자체가 아예 다른 셈이다.

하르트무트는 전형적인 상급 귀족이다. 그래서 귀족원을 졸업하지 않은 청색 신관은 자신과 같은 귀족으로 보지 않는다. 신전장인 나와 페르디난드를 제외하면 신전 내에서 가장 신분이 높아서일까. 청색이든 회색이든 낮은 신분의 신관으로 한데 싸잡아 보는 경향이 있다. 하르트무트에게 중요한 건 취임 인사 때도 말했듯이 '로제마인의 도움이 되느냐 아니냐'이다. 어쩌면 회색 신관들의 가치를 더 높이 사고 있어도 전혀 이상할 게 없다.

'게다가 이번 겨울이 지난 뒤에도 청색 지위를 유지하고 있을 신관이 얼마나 있을지도 모르고.'

페르디난드는 구 베로니카 파 제거 작업이 시행될 거라고 했다. 가문의 후원이 없으면 청색 신관은 청색 신관으로 지내기 어렵다. 크게 변화하는 것은 귀족들만이 아니다. 귀족 사회의 영향을 가장 심하게 받는 신전 역시 무관하지 않다.

'귀족원에 다니는 학생들은 이름을 바치면 목숨은 건지겠지만, 어린아이들은 어떻게 되는 걸까? 고아원에서 거두나? 전부 거두면 예산이 엄청 부족해지겠지?'

하지만 귀족을 키우지 않으면 결국 곤란해지는 건 에렌페스트다. 질베스타는 그 문제에 관해서 어떻게 생각하고 있을까? 귀족원에 가기 전에 한번 얘기해 봐야 할지도 모른다.

그런 생각을 하면서 일하는 사이, 하르트무트가 돌아왔다. 나머지 두 청색 신관은 침입한 귀족과 큰 관여가 없었다고 한다. 모든 청색 신관의 조사가 끝났기에 감시도 끝났다.

"모두 협력해 줘서 고마워요. 이제 각자 방에 돌아가도 좋아요."

청색 신관들과 시종들을 해방시켜 주고, 하르트무트에게 잡혀 있었던 신관장실의 시종들에게도 노고를 치하한 후 방으로 돌려보냈다. 그 즈음 되자 미성년자 측근들이 집에 돌아갈 시간이 되었다.

"로제마인 님, 몸단속 꼭 하셔야 해요."

걱정스러운 얼굴로 레오노레, 유디트, 로데리히, 필린느가 돌아갔다. 그들을 배웅하자, 코르넬리우스가 천천히 숨을 뱉었다.

"전 로제마인 님이 독살당할 뻔한 것도 알아차리지 못했습니다. 사방을 주의하라는 말을 들어도 어떻게 조심해야 좋을 지도요……. 전 아직 한참 멀었습니다."

조만간 에크하르트 형님에게 배워야겠다고 중얼거리며 칠흑 같은 눈동자에 강한 빛을 띠는 코르넬리우스의 어깨에 하르트무트가 손을 턱 얹었다.

"코르넬리우스, 로제마인 님이 독살당할 뻔했다는 게 무슨 말입니까?"

독살 소동이 일어났을 때에는 자리에 없었던 하르트무트의 주황색 눈동자가 번뜩였다. 그러고 보니 가짜 성전의 전말에 관해 하르트무트에게 아직 말하지 않았었다. 나는 그에게 따로 행동했을 때 일어난 일을 설명했다.

"호오, 가짜 성전에 독이 발려 있었고, 로제마인 님과 제가 독살당할 뻔했다. 그 물건을 달돌프 자작 부인이 들여왔다는 것이지요?"

가짜 성전에 독이 발려 있었다는 말에 하르트무트가 섬뜩한 미소를 지었다. 청색 신관 위에 올라타 찍어 누르고 있던 모습이 뇌리를 스치자, 나는 당황했다.

"아직 자작 부인이 범인이라고 단정할 순 없어요. 적어도 경비 네 사람에게 사정을 들은 빌마의 보고를 들은 후에 판단하세요."

"그럼 보고가 들어오기 전까지 자주 사용되는 독물과 그 대처법을 설명해 드리겠습니다."

하르트무트는 다무엘, 안게리카, 코르넬리우스에게 독의 종류와 대처법을 강의하기 시작했다. 안게리카는 슈팅루크에 마력을 단단히 주입하며 들었다.

"하르트무트는 어디서 그런 걸 배웠어요?"

"신전에서 일하는 짬짬이 유스톡스 님에게 배웠죠. 영주 일족의 측근이라면 알아야 하는 지식이라더군요. 하지만 지금의 영주 일족은 사이가 좋아서 쓸 날이 없을 수도 있다고 했는데, 이렇게 빨리 써먹게 될 줄은 몰랐습니다."

그렇게 말하며 하르트무트는 프랑에게 열쇠 보관 상자를 가져오게 하고는 가죽 장갑을 끼고 성전 열쇠를 집어 들었다. 그리고 호위 기사들에게 설명하면서 에크하르트가 했듯이 여러 약을 바르고, 마석을 갖다 대기 시작했다.

"……로제마인 님, 이 성전 열쇠도 가짜입니까? 겉만 베낀 성전에는 없는 매우 복잡한 마법진이 새겨져 있는데요."

"그건 내 마력으로 등록한 열쇠가 아니라서 잘은……."

열쇠는 진짜일까? 나는 고개를 갸웃거렸다. 하르트무트가 성전 열쇠를 집어 들어 마석 부분을 뚫어지게 관찰했다.

"이곳에 침입한 귀족이 마력만 새로 재등록했을 가능성은 없습니까? 그걸 알아도 어디서부터 어디까지가 가짜인지 즉각 판단하기 어렵습니다. 성전이 가짜니까 열쇠도 가짜일 거라 단정하고 야단법석을 떨며 뒤지는 우리를 보고 범인들이 비웃고 있을 수도 있으니까요."

하르트무트의 말에 나는 열쇠를 바라보았다. 정교한 위조품이냐,

마력만 새로 덮어쓴 진짜냐, 내 눈으로는 알 수가 없다.

"……어차피 성전을 되찾지 않는 한 이게 진짜인지 아닌지 확인할 수 없어요. 신관장님은 언제 돌아오시죠?"

"아무도 모르게 신속히 기억을 엿볼 거라고 하셨으니 내일이나 모레 정도면 돌아오실 겁니다."

다무엘은 그렇게 말했지만, 다음 날이 되어도 페르디난드는 돌아오지 않았다. 그래서 나는 조금이라도 정보를 더 모으려고 회색 신관네 사람을 불러 자초지종을 들었다.

"처음에 마부가 플랑탱 상회의 이름을 대며 에그몬트 님을 연결시켜 달라고 했습니다."

그러나 경비들은 금방 이상함을 눈치챘다고 한다. 플랑탱 상회는 항상 같은 마부를 썼다. 그런데 마차도 달랐다. 길에게 사전 연락도 받지 못했다. 무엇보다 마부의 태도가 귀족스러웠다는 것이다.

"아무리 부호라도 평민이지 않습니까. 귀족 자제인 청색 신관을 만나러 오면 플랑탱 상회든 길베르타 상회든 오트마르 상회든 아주 정중하게 부탁하죠. 됐으니까 퍼뜩 통과시키라고 닦달하지 않습니다."

"저희가 그렇게 지적하자, 마차에서 달돌프 자작 부인께서 얼굴을 내미시더군요. 약속하고 왔으니까 빨리 통과시키라면서요. 전 시키코자 님을 모신 적도 있어서 달돌프 자작 부인의 얼굴을 기억하고 있습니다. 그래서 면담 예약을 하셨는지 물어보고 오겠다고 하고 에그몬트 님께 찾아갔지요."

시키코자도 그렇고, 그 친족도 회색 신관을 벌레 다루듯 하는 사람들이었다. 여기서 그들의 성질을 잘못 건드렸다간 일이 커지겠다고 판단했다는 것이다. 에그몬트에게 손님의 방문을 전하자, 면담 예약이 있었다며 마중을 나가겠다는 답을 받았다.

"문에 돌아가 면담 예약 확인을 경비에게 전하고 마차 전용 문을 열러 갔습니다. 저희가 마차를 들여보낸 후에 문을 닫으려고 할 때 순식간에 당해서, 당시에는 무슨 일이 일어났는지 알 수가 없었습니다."

"꼼짝 못 하는 상태로 마차에 실렸고, 마차 안에서 한 번 더 평범한 끈으로 묶였습니다. 그때 마을을 나가면 마력의 포승줄이 사라진다는 말이 들렸고, 그제야 저희를 마을 밖으로 데리고 나가려는 속셈이라는 걸 알았죠."

"저희도 완강히 저항했습니다. 마을 문을 통과할 때 병사의 주의를 끌어 보려고 발버둥 쳤는데, 흠씬 두들겨 맞기만 했을 뿐, 병사들의 시선을 끌진 못했습니다."

그렇게 마차는 마을을 벗어났다. 그 뒤 어느 농가에 들렀는데, 짐마차와 농민 마부가 기다리고 있었고, 거기로 갈아타게 했다는 것이다. 그리고 쉽게 도망치지 못하게 자신들의 옷을 벗겼고, 다시 꽁꽁묶어 짐마차에 태웠다고 했다.

"그 농민은 고용된 사람인 것 같았습니다. 계약서에 피도장을 찍고 반지를 받더군요. 처음엔 손가락에 끼려고 했는데, 그 사람이 마력이 없어 반지 크기를 조절하지 못하니까 끈에 매달아 옷 속에 숨기더군요."

그 뒤로 짐칸에 천을 씌워 이동한 것 말고는 아무것도 모른다고 했다.

"알려줘서 고마워요. 달돌프 자작 부인에게는 주의를 줄게요."

나는 회색 신관들을 고아원으로 돌려보냈다.

"……침입한 귀족 여성은 달돌프 자작 부인, 침입을 도와준 청색 신관은 에그몬트인 것이 밝혀졌네요."

"회색 신관의 증언은 귀족 사회에서 받아들여지지 않지만, 틀림없 겠지요. 페르디난드 님께서 에그몬트의 기억에서 정보를 얼마나 찾 아내실지가 관건이겠군요."

에그몬트의 반지가 누구와 이어져 있는지 알아보는 것도 중요하지 만, 귀족에게 통용되는 증거를 찾는 데 시간이 얼마나 걸릴지 모른다. 범인을 아는데도 움직이지를 못하니 답답하기 그지없었다. 나는 1초 라도 빨리 성전을 되찾고 싶은데 말이다.

"로제마인 님, 성전을 찾겠다고 함부로 뛰쳐나가시면 안 돼요."

"영주의 양녀라는 권력을 휘두르려면 형식적인 절차를 거쳐야 하 는 것쯤은 아니까 이렇게 신전에서 얌전히 있는 거잖아요."

신전에서 할 수 있는 일을 하는 수밖에. 다행히 지금의 나는 힐데 브란트 백작 때와 달리 평민들이 귀족의 횡포에 휘둘리지 않게 움직 일 수 있다.

"길을 보내서 길베르타 상회와 플랑탱 상회에 사정을 설명하게 했 습니다. 상호를 도용당할 위험성을 알려주고, 길베르타 상회에서 수 상한 귀족의 심부름꾼이 사간 원단 샘플도 가져왔고요……."

나는 길이 가져온 원단을 펼쳤다. 내가 애용하는 원단은 엄마에게 선주문한 후 염색에 들어가므로 금방 만들지는 못한다. 게다가 불량 한 태도가 비슷한 심부름꾼에게 다른 장인이 비슷한 염색물을 팔았 다고 들었다.

"그나저나 내가 좋아하는 원단을 사들여서 어쩌려는 걸까요?"

내가 고개를 갸웃거릴 때 올도난츠가 날아왔다. "페르디난드다. 지금부터 돌아가겠다. 호위 기사를 소집해라."라는 간결한 말을 세 번 반복한 하얀 새는 노란 마석으로 되돌아갔다.

"다무엘, 호위 기사를 소집하세요. 잠은 신관장실에 연락을 넣어 주고요."

"알겠습니다."

"결론부터 말하자면 충분한 증거를 얻었다."

성에서 돌아와 신관복으로 갈아입은 페르디난드가 신전장실에 찾아왔다. 나는 물론이고, 호위 기사들도 딱딱하게 긴장한 얼굴로 이야기를 들었다.

"이번 일은 에그몬트의 집안에서 보낸 문의로부터 시작된 것 같더군."

페르디난드는 조용히 얘기하기 시작했다. 에그몬트의 집안에서 '신전장과 신관장이 둘 다 자리를 비우는 날이 없는가?'라고 물어 왔다고 한다. 우리는 성을 드나들고 있어 자리를 비우는 날이 꽤 있다. 하지만 에그몬트는 그날이 언제인지 알 수 있는 위치가 아니었다.

그런 문의를 받고 얼마 뒤, 신전장과 신관장이 신전을 비운다는 연락을 받았다. 이탈리안 레스토랑에 식사를 시중들 시종들을 데려가게 되어 신전장실을 닫는다는 통달이 온 것이다.

"에그몬트는 이 정보를 곧장 가족에게 알렸다. 그 뒤 가족을 통해서 달돌프 자작 부인이 면담을 요청해 왔다는군."

달돌프 자작 부인으로부터 '신전장과 신관장이 부재중인 날을 지정한 면담 요청'이 들어왔다. 가문의 위치상 거절할 수 없었다. 에그몬트는 곧바로 승낙하는 답장을 보냈다고 한다.

"에그몬트는 '은밀하게 부탁할 것이 있으니 당일 플랑탱 상회의 이름을 대고 방문하겠다'는 편지를 받았더군. 가족들도 달돌프 자작 부인의 부탁을 최대한 들어 주라고 거듭 주의를 줬다고 한다. 지시대로 편지를 불태워 없앤 탓에 그걸 증거품으로 내긴 글렀지만……."

당일, 에그몬트는 대체 무슨 일일까 조마조마하며 기다렸다. 그때 문에서 손님의 방문을 알려 왔고, 마중을 나갔다고 한다.

"에그몬트의 기억에서 나타난 건 틀림없는 달돌프 자작 부인이었다. 경비를 섰던 회색 신관들이 유괴된 것까지는 몰랐던 것 같더군."

달돌프 자작 부인은 에그몬트에게 '신전장실에 남아 있는 시종도 핑계를 대고 밖으로 유인해 달라. 신전에서 험한 짓은 하고 싶지 않으니까'라고 부탁했다고 한다. 그는 시키는 대로 자신의 시종을 신전장실에 보냈는데, 때마침 니콜라와 길, 프리츠가 신의 은총을 고아원에 옮기려는 참이었다고 한다. 에그몬트는 시종 하나를 시켜 세 사람을 고아원에 붙들어 놓도록 했다.

"세 사람이 나갔을 때 신전장실에 숨어든 거군요."

"그래. 에그몬트는 다른 시종을 시켜 시종의 방을 통해 신전장실에 잠입토록 했지. 안쪽에서부터 방문을 열어 성전 열쇠를 가져오게 했다는군. 열쇠 보관 장소야 어디든 비슷하니까."

열쇠는 수석 시종이 관리한다. 신전장실의 문을 잠그더라도 남아 있는 시종들의 방까지는 잠그지 않는다. 내부 사정에 빠삭한 자가 돕는다면 잠입도 손쉽다.

에그몬트의 시종이 프랑의 방에서 열쇠 보관 상자를 찾는 동안, 달돌프 자작 부인은 성전을 바꿔치기했다.

"내 아들이 죽고, 내 일족이 아우브의 눈 밖에 나게 한 원인은 전부 그 평민 출신 계집 때문이야. 약간의 복수는 눈감아 주겠지."

주먹만 한 마술구를 성전에 갖다 대니 진품과 똑같은 물건이 완성된다. 그 가짜와 성전을 바꿔치기했다. 그 자리에서 지켜보던 사람도 어느 쪽이 진짜인지 모를 만큼 정교한 위조품이었다고 한다.

"이거로 가을 성인식과 겨울 사교계 때 주변을 속여 영주의 양녀가 된 그 간교한 계집이 허둥대는 꼴을 볼 수 있겠군. 진짜 성전을 잃어버린 걸 깨달았을 땐 이미 늦었어. 누가 어떻게 바꿔치기했는지도 모를걸?"

달돌프 자작 부인은 독기를 품은 미소를 지은 후, 에그몬트의 시종이 가져온 열쇠 보관 상자에서 열쇠 하나를 꺼내 줘었다. 자신의 마력을 새로 등록해 성전의 열쇠까지 가짜인 것으로 착각하게 만들 셈이었다.

"그 계집과 후견인인 페르디난드 신관장도 관리 소홀로 문책과 처분을 받게 될 거야."

바꿔치기한 가짜 성전으로 의식 자리에서 창피를 준다. 잘만 하면 영주의 양녀나 신전장의 자리에서 끌어내릴 수 있는 절호의 기회라며 달돌프 자작 부인은 말했다.

에그몬트는 그 장면을 상상하며 웃었다고 한다. 평민 출신의 청색 무녀로 신전에 들어온 주제에 신전장이 되어 떵떵거리는 꼬맹이가 의식 중에 가짜 성전으로 쩔쩔매는 꼴을 본다니. 이보다 더 속 시원한 광경이 어디 있을까. 전 신전장이 죽은 뒤로 기부금 할당액도 줄었고, 기원식이나 수확제에서 얻었던 짭짤한 재미도 감소했다. 조금은 속이 후련해지겠지. 그렇게 생각했다고 한다.

"평민의 의식이 얼마나 엉망이 됐는지 내게 꼭 알려 줘요."

달돌프 자작 부인은 에그몬트에게서 등을 돌려 가짜 성전을 장갑 낀 손으로 한번 슥 쓸어 만진 뒤 열쇠를 보관 상자에 넣었다고 한다.

"성전을 바꿔치기한 에그몬트와 달돌프 자작 부인은 침입 흔적이 남지 않게 최대한 조심스럽게 신전장실을 나왔고, 에그몬트의 방으로 이동했다. 그리고 계약 마술을 맺었지."

방을 옮긴 달돌프 자작 부인은 앞으로 일어날 일과 처분에 대해 얘기한 후, '그 아이가 신전장직에서 잘리면 적극적으로 협력해 준 당신을 다음 신전장으로 추천할게요'라며 웃었다.

"에그몬트는 웃어넘기면서도 귀족의 말 따위 누가 믿느냐고 생각했지. 하지만 그 생각을 간파한 듯, 달돌프 자작 부인은 구두만으로는 믿기 어려운 줄 안다며 한 장의 계약서를 꺼냈다."

그 계약서에는 '다음 신전장으로 에그몬트를 추천한다'는 문장이 똑똑히 쓰여 있었다.

"계약 마술을 맺는다는 건 약속을 반드시 지키겠다는 것을 뜻하지. 에그몬트는 차기 신전장이라는 꿈에 부풀어 계약서에 서명하고 피도장을 찍었다. 그렇게 계약 마술이 체결되었지. 자작 부인은 신뢰의 증거로 마석이 박힌 반지를 주며, 이로써 당신도 귀족의 일원이 되었다, 라고 했다."

귀족의 자제는 세례식 때 마석 박힌 반지를 부모에게 받는다. 청색 신관이라서 반지를 받지 못한 에그몬트는 달돌프 자작 부인에게 받은 반지를 당연하게 왼손 중지에 꼈다.

"이제 당신도 자신의 마력을 다룰 수 있게 되었네요. 이젠 평민 출신 신전장이 끌려 내려오기만을 기다리면 됩니다."

달돌프 자작 부인의 말에 에그몬트는 반지에 박힌 마석을 바라보며 씩 웃었다. 둘이서 평민 출신 신전장을 한참 헐뜯은 후, 달돌프 자작 부인은 성전을 안은 채 기수를 타고 돌아갔다. 마차와 따로 행동함으로써 자신이 신전에 간 것을 주변이 모르게 하려는 잔꾀였다.

"흔적도 없겠다, 조용히 가을 세례식이 오기를 기다리기만 하면 끝난다며 자기 방에서 축배를 들려던 차에 우리가 강제로 들이닥쳐 붙잡은 거다. 그대에게 폭언을 퍼부은 건 달돌프 자작 부인에게 좋은 소리도 들었겠다, 술기운에 대범해졌었나 보지."

페르디난드는 천천히 숨을 내뱉더니 나를 보고 냉소를 지었다.

"로제마인, 빈데발트 백작이 고아와 종속 계약을 맺었던 일, 기억하는가?"

그때 델리아가 양자로 들여 주겠다는 그의 말을 믿고 계약을 맺었는데, 그것은 사실은 이중 종속 계약이었다.

"설마……."

"그래. 계약서는 이중이었다. 에그몬트가 맺은 건 종속 계약이었고, 반지는 신식병에게 주는 것과 같았지. 아마 볼일만 끝나면 제거할 생각이었을 게다. ……신병을 확보해 천만다행이지. 청색 신관인 에그몬트의 기억은 반박할 수 없는 결정적인 증거다. 달돌프 자작 부인과 그 일족을 처벌할 수 있게 되었어. 또 에그몬트가 끼고 있던 반지의 문장도 게를라흐 가문의 것이어서 그들의 관여도 명백해졌다."

페르디난드는 "겨울이 아주 기대되는군." 하고 입꼬리를 올렸다. 구 베로니카 파를 잡아들일 확실한 증거를 확보해서 그런지 매우 신나 보였다. 칼스테드도, 보고를 들은 질베스타도 "용케 함정을 피했군." 하고 칭찬했다고 한다.

"이번 일은 그대의 직감보다 책에 대한 집착에 감동했다. 어찌 보면 그대가 느낀 위화감 덕에 발견한 셈이군. 몰랐다면 큰일 날 뻔했어."

"책에 대한 제 집착을 조금이라도 이해하셨다면 이제 그만 갈까요?"

내가 일어나자, 페르디난드는 미간을 찌푸리며 나를 보았다.

"어디에 가려고?"

"성전을 되찾아야죠. 그것 말고 뭐가 있어요?"

달돌프 자작 부인이 가져간 것을 알았고, 귀족들이 납득할 증거도 잡았으니 성전을 되찾으러 가는 일 외에 뭐가 있단 말인가. 내 말을 들은 페르디난드는 마치 바보를 보듯 한쪽 눈썹을 씰룩이며 나를 보았다.

"질문에 대한 대답이 아니다. 나는 어디에 가느냐고 물었다. 안 들어도 뻔한 그대의 목적을 물은 게 아니야."

"달돌프 자작 부인이 있을 법한 곳이요. 우선은 귀족가에 있는 겨울 저택. 그곳에 없으면 달돌프에 있는 여름 저택으로 돌격해야죠. 이 세상 끝까지 쫓더라도 반드시 내 책을 찾고야 말겠어요. 죽어도 안 놓쳐."

내가 주먹을 불끈 쥐며 선언하자, 페르디난드도 몸을 일으켰다.

"성전을 찾긴 찾아야지. 그럼 달돌프 자작의 저택에 가자. 누가 무슨 기억을 가지고 있을지 모르니 저항하는 자는 모조리 포박하도록."

나는 성전을 되찾기 위해 페르디난드와 호위 기사들과 함께 귀족가에 있는 달돌프 자작의 겨울 저택으로 돌격했다.

달돌프 자작의 저택

달돌프 자작 부인을 잡을 수 있는 결정적 증거를 애타게 기다렸던 나는 페르디난드로부터 허락이 떨어지는 즉시 신전장실을 뛰쳐나갔다. 호위 기사와 더불어 '로제마인 님의 소중한 성전을 되찾으러 가는 일에 새 신관장인 제가 빠지면 되겠습니까'라고 주장하는 하르트무트도 함께했다.

"내 책, 꼭 되찾아야 하는 거 맞죠?"

"그럼요. 성녀에게 성전은 절대 빠질 수 없죠."

이럴 땐 하르트무트가 참 든든하다. 나는 마력으로 신체 강화를 더욱 높이며 전속력으로 달려 밖으로 나왔다. 밖으로 나온 순간 숨이 차 할딱거렸지만, 여기서 주저앉을 순 없었다.

'나, 성전을 되찾기 위해서라면 피의 축제도 불사할 테니까!'

기수에 올라타 핸들을 꽉 쥐고, 자, 가자! 하고 소리친 순간, 움직임을 멈췄다. 아뿔싸. 당장 성전을 되찾으러 가고 싶은데, 달돌프 자작의 저택이 어디였더라?

"저기, 신관장님. 달돌프 자작의 저택은 어디에 있어요?"

"엥? 로제마인 님, 장소도 모르시면서 뛰쳐나오신 거예요?"

"성전을 되찾겠다는 마음가짐이 중요한 거랍니다, 유디트."

주변 호위 기사들의 어깨가 축 처지는 가운데, 나의 전속력에 빠른 걸음으로 뒤쫓아 온 페르디난드가 질린 표정을 지으며 기수를 몰았다.

"혼자 앞서 가다 길 잃기 싫으면 날 따라와라."

달돌프 자작의 저택을 기사들이 감시하고 있었는지, 우리의 도착과 동시에 두 기사가 페르디난드에게 다가와 "역시 자작 부인만 계십니다."라고 귀띔했다. 달돌프는 아직 눈이 내리는 지역이 아니다. 그녀의 가족들은 지금도 여름 저택에 있는 모양이다.

"가족에게 누가 되지 않도록 피하려는 건지, 아니면 방해받지 않으려고 혼자 움직인 건지 모르겠군……."

그렇게 중얼거린 페르디난드는 기사들에게 다음 지시를 내렸다. 그 모습을 곁눈질하며 나는 현관 앞에 서서 하르트무트에게 현관 도어노커를 두드리게 했다.

'내가 노크하면 숙녀답지 않다고 신관장님한테 혼나니까 하르트무트에게 시킨 거지, 결코 노커에 팔이 닿지 않아서가 아니야. 진짜 아니라니까!'

높이 달려 있는 소처럼 생긴 도어노커를 노려보면서 그렇게 생각할 때, 문이 열렸다. 수석 시종으로 보이는 중후한 중년 남성이 눈을 동그랗게 뜨고 측근들을 둘러보았다. 그리고 내게 시선을 멈추고 눈을 재차 끔뻑였다.

"로제마인 님 아니십니까? 기베께서는 아직 오지 않으셨습니다. 부인께 약속이 있다는 얘기도 못 들었습니다만, 무슨 일로 방문하셨는지요?"

미리 얘기하고 포박하러 오는 사람이 어디 있나. 나는 방긋 웃었다.

"달돌프 자작 부인을 뵙고 싶어요. 방으로 안내해 주겠어요?"

"약속을 잡지 않으신 분은 안으로 들일 수 없습니다. 아시지 않습니까, 로제마인 님."

공손한 태도로, 그러나 엄격한 얼굴로 거절하는 그 시종을 나는 재빨리 슈타프의 빛의 띠로 결박했다. 페르디난드가 저항하는 자는 묶어도 좋다고 했다. 성전을 찾아야 하는 나를 방해하는 사람은 봐줄 것도 없다.

"로제마인 님?!"

갑자기 결박당해 균형을 잃고 바닥에 쓰러진 수석 시종은 어안이 벙벙한 얼굴이었다. 나는 다시 시종에게 물었다.

"자, 달돌프 자작 부인의 방은 어디에요?"

"대답해 드릴 수 없습니다."

몸이 묶여도 시종은 고집스럽게 입을 다물었다. 투철한 직업의식이다. 이건 물어 봤자 시간 낭비다. 나는 대번에 캐묻기를 포기했다. 쓰러진 시종의 옆을 지나 곧장 저택 안으로 발을 들였다.

"못 가르쳐 준다니 아쉽네요. 하지만 귀족의 저택이야 다 비슷하지 않겠어요? 집주인의 거주 구역을 샅샅이 뒤져 보면 알겠죠."

"당주도 부재고, 약속도 없이 남의 집에 들어와 사용인에게 폭력을 행사하다니. 아무리 영주의 양녀라도 이런 무례함은 용납되지 않습니다!"

묶인 상태에도 강한 빛을 띠는 눈으로 그는 나를 올려다보며 윽박질렀다. 나는 바닥에 누운 그를 내려다보고 피식 웃으며 몸속에 마력을 서서히 채웠다.

"어머, 그럴리가요. 달돌프 자작 부인은 약속도 없이 내가 부재중인 신전에 침입해서 경비를 포박하고, 내 소중한 물건을 훔쳐 갔어요. 내 특별히 달돌프의 방식에 맞춰 드린 건데, 당신한테 비난받을 이유가 어디 있죠?"

"뭐라고요?!"

눈을 크게 뜬 시종을 마력으로 가볍게 짓눌렀다. 아주 가볍게. 이 시종은 내 적이 아니다. 중요한 정보원이다.

"달돌프 자작 부인의 방은 어디죠? 대답해 줄래요?"

"크…… 크헉?!"

아주 가볍게 위압을 줬을 뿐인데, 그는 거품을 뿜으며 의식을 잃고 말았다.

'에고, 기절했네.'

그가 기절한대서 내가 할 일이 달라지지는 않는다. 나는 안주인의 방이 있는 3층을 목표로 계단을 열심히 올라갔다.

"로제마인, 기수를 쓰던가 해라."

페르디난드가 짜증을 참으며 그렇게 말했을 때, 갑자기 위층에서 쿵! 쿠궁! 하고 귀족의 저택에서는 절대 들을 일이 없는 굉음이 울렸다.

"안주인의 방이 있는 쪽이다! 서둘러!"

"유디트와 안게리카는 로제마인을 호위해라!"

내 호위로 둘만 남기고, 페르디난드는 호위 기사들을 이끌고 계단을 달려 올라갔다. 속도가 차원이 다르다. 나는 서둘러 레서 버스를 소환해 올라타고 모두를 쫓아갔다.

"에크하르트, 가라!"

"네!"

호위 기사들이 슈타프를 거머쥐는 가운데, 에크하르트가 검으로 문을 석둑 잘라 발로 걷어차는 타이밍에 나는 모두를 따라잡았다.

그 순간, 구역질이 날 정도로 비릿한 냄새가 방에서 흘러나왔다. 문 앞에 서 있는 페르디난드와 에크하르트의 눈이 커지는 모습이 보였다.

"로제마인, 오지 마!"

"네!"

날카로운 목소리에 나는 그 자리에서 당장 레서 버스를 후진시켰다. 방 내부가 보이는 위치에 있던 코르넬리우스와 다무엘의 안색도 새파랬다.

"뭐가 있어요?"

"시체입니다. 온 방이 피칠갑이고, 피 웅덩이 위에 여성 세 명이 죽어 있습니다. 모두 머리가 날아간 상태예요."

"꺅! 그렇게까지 자세히 설명하지 않아도 돼요!"

나는 얼른 고개를 돌리고 눈을 질끈 감았다. 내가 생각했던 '피의 축제'도 이렇게까지 잔인하지는 않았다.

'엄청난 피의 축제가 이미 벌어져 있었다니!'

"우리가 들이닥친 걸 알고 자결했군. 결단력 하나는 대단해."

페르디난드가 한숨을 쉬면서 방 안으로 발을 들였다. 유스톡스와 에크하르트, 그리고 나의 남성 측근들이 그 뒤를 이었다. 여기사들은 방 안이 보이지 않는 복도 구석에서 바들바들 떠는 나를 호위하느라 자리에 남았다.

'진짜 피의 축제라니, 너무 무서워.'

"로제마인 님, 이건 달돌프 자작 부인의 유서 같습니다."

하르트무트가 가져온 것은 마구 휘갈겨 쓴 낙서 같은 유서였다. 일족을 향한 원한과 '내 기억은 절대 넘기지 않겠다. 뒤질 수 있으면 뒤져 보던가'라며 도발하는 글이 쓰여 있었다.

우리가 성전을 못 찾으면 시키코자가 처형당한 원인을 제공한 신전장과 신관장의 얼굴에 먹칠을 할 수 있고, 영지에 하나뿐인 성전을 잃은 영주에게도 골탕을 먹일 수 있다. 그것을 이룬 것만으로도 한이 풀렸다고 한다. 시키코자가 처형당할 때 가족이 던진 말에 절망한 그녀는 가문이 망하는 한이 있어도 자식을 잃게 만든 나와 페르디난드에게 복수하고 싶었다. 피로 얼룩진 종이에서 그녀의 격한 증오심과 분노가 느껴졌다.

"……일족은 얼떨결에 휘말린 거네요."

"그녀와 함께 죽은 시종들도 그렇겠죠. 기억을 들여다보지 못하게 죽인 걸 보면 시종들도 이번 일에 가담했을 겁니다."

자신뿐만 아니라, 성전 바꿔치기에 엮인 자들까지 죽었다. 이로써 성전을 더욱 찾기 어려워지고 말았다.

"……성전의 행방을 알 수 없게 되었네요."

달돌프 자작 부인만 잡으면 찾을 수 있을 줄 알았건만, 그 실마리마저 사라지고 말았다. 성전이 어디에 있는지 묘연해졌다.

"돌발적인 자결로 봐서는 우리가 들이닥칠 줄 몰랐던 것 같습니다. 어쩌면 아직 이 저택에 있거나, 어딘가 옮긴 흔적이 남아 있을 가능성이 있겠군요."

하르트무트는 그렇게 말했지만, 솔직히 아무 단서도 없이 성전을 찾기란 건초더미에서 바늘 찾기다. 달돌프 자작 부인의 조력 없이는 그녀의 비밀의 방도 열지 못할뿐더러 직업의식이 투철해 보이는 사용인들에게 증언을 받아 내기도 어려우리라. 닥치는 대로 기억을 들여다보는 방법도 있지만, 그렇게 되면 이번 사건이 세상에 알려진다.

'어쩌지? 성전을 찾으려면 달돌프 자작의 도움을 받아야 하는데, 도와줄 리 없겠지?'

"로제마인, 밖에 있는 기사를 이쪽으로 들여보내고 그대는 호위 기사를 데리고 먼저 성에 가 있거라. 아우브와 면담을 잡아 사정을 설명하고, 기베를 호출해야 한다. 난 이 자리를 보존하고 정보를 얻는 대로 출발하마. 사망은 확인됐지만, 이 시체가 정말 달돌프 자작 부인인지도 확인해야 하니."

페르디난드는 지시를 내리고 다시 방으로 돌아갔다. 여기서 고민한다고 해서 성전이 나타나는 것도 아니다. 나는 얼른 질베스타에게 '급히 면담하고 싶다'고 올도난츠를 날렸고, 마찬가지로 리카르다에게도 귀환 소식을 알렸다. 그리고 밖에서 망보고 있는 기사들에게 페르디난드를 도우라고 부탁한 후, 내 호위 기사들을 이끌고 성으로 향했다.

성전을 도둑맞은 일과 에그몬트를 붙잡은 일은 페르디난드가 비밀리에 보고했고, 에그몬트의 기억을 뒤지는 중에 칼스테드가 보고했기 때문이리라. 질베스타는 나의 올도난츠를 본 순간 긴급 사태를 직감했다. 페르디난드가 성에 도착하자마자 그를 호출하고, 영주의 집무실에 도착했을 때는 이미 시종들을 모두 물린 상태였다.

"무슨 일이 있었지?"

질베스타가 날카로운 진녹색 눈으로 우리를 둘러보았다. 페르디난드가 한 걸음 앞으로 나가 입을 열었다.

"달돌프 자작 부인과 그 시종이 사망했습니다. 기억을 뒤지지 못하게 머리를 터트려 자결. 타살은 아니며 함께 있던 시종들도 자작 부인의 마력으로 살해되었음을 확인하였습니다."

"뭐라고?"

페르디난드의 보고를 들은 질베스타는 눈을 질끈 감은 뒤, 천천히 숨을 뱉었다.

"당장 기베를 호출해서 일족이 관여했는지 조사하고 처벌해야겠군. ……겨울 일정이 틀어지겠어."

구 베로니카 파의 처분은 겨울에 치러질 예정이었다. 이번에 달돌 프 일족을 처분한다면 구 베로니카 파에도 뭔가 영향이 갈 수 있다. 그것 때문에 겨울 일정에 어떤 차질이 생길지 모르겠다며 질베스타 가 떫은 표정을 지었다.

"양아버님, 달돌프 일족을 전부 처벌하실 거예요?"

"성전을 훔친 것도 모자라 영주의 양녀 암살 미수까지 더해졌으니 그들에게도 연대 책임이 있어."

"당연……한 거겠지만, 그런 식으로 직접적인 죄가 없는 사람들까 지 처벌하면 지금의 유르겐슈미트처럼 귀족이 부족해지고, 그만큼 영지 경영도 어려워지지 않을까요?"

과도한 숙청으로 나라가 휘청거릴 만큼 귀족을 죽이다니 바보들이 따로 없다며 비판하던 짓을 자신들이 하다니, 이 얼마나 어리석은 짓 인가.

"……그럼 어쩌란 말이냐?"

"슈첼리아의 방패로 적의와 악의가 있는지 확인하고, 이름을 바치 도록 해서 일족을 남겨 줄 수는 없나요?"

아우브에게는 아우브만이 작동시킬 수 있는 마술구가 있듯이, 땅 을 다스리는 기베에게도 기베만이 작동시킬 수 있는 마술구가 있다.

마력 압축 방법을 통해 마력이 커진 사람은 늘었지만, 에렌페스트에는 여전히 귀족이 부족한 실정이다.

"귀족원 아이들은 이름을 바치면 처벌을 면할 수 있잖아요. 그럼 적의가 없다는 것만 판단된다면 어른도 처벌을 면할 기회를 줘도 괜찮을 거라고 생각해요."

내 말에 엄격한 얼굴로 고개를 저은 사람은 질베스타가 아니라 기사단장인 칼스테드였다.

"하지만 그러면 지금까지 연좌로 처분당한 자들과 평등하지 않아."

"아버님, 가족 중 한 사람에게 적의가 있다고 해서 가족 모두에게 적의가 있다고 보면 안 돼요. 죄는 그 개인에게 물어야죠. 그러지 않으면 악의와 증오가 끊이지 않을 거예요. 슈첼리아의 방패로 적의의 여부를 확인할 수 있으니 더 이상 불필요한 처분으로 악감정을 심어주지 마세요."

상대가 머릿속으로 무슨 생각을 하는지 모른다면 별수 없지만, 슈첼리아의 방패를 쓰면 상대방이 적의를 품었는지 아닌지 구별이 가능하다. 적극적으로 이를 활용해서 구할 수 있는 귀족은 구하고 싶었다.

"하지만 영주 일족을 암살하려고 한 놈들에게 그런 미적지근한 처분은……."

"아버님, 잊으셨어요? 성전만 되찾으면 이번 일은 덮을 수 있어요. 그럼 괜히 공공연하게 죄를 물을 필요도 없잖아요. 비밀리에 이름을 받으면 끝이에요."

내 말에 잠시 고민에 빠져 있던 질베스타가 뭔가 확인하듯 나를 빤히 바라보았다. 영주의 표정이 된 질베스타의 얼굴에 나도 모르게 자세를 바로했다.

"로제마인, 달돌프 자작 부인에게 죽을 뻔해 놓고 그렇게 그 일족을 감싸는 이유가 뭐지? 이대로 방치하면 똑같은 일이 또 생겨. 네 안전을 위해서는 처벌해야 마땅해."

"일족을 구제할 길이 있어야 그들이 성전을 진지하게 찾으러 나설 테니까요."

사용인의 취조, 자작 부인의 비밀의 방이나 저택 내부의 수색까지 구제의 길이 있다면 분명 적극성이 아예 달라질 터이다. 아마 일족이 총출동해서 찾아 주지 않을까. 그녀에 대해 전혀 모르는 우리가 닥치는 대로 뒤지는 것보다 그녀의 교류 관계나 성격, 취향을 아는 사람들이 더 쉽게 찾아낼지도 모른다.

"지금 이 상황에서 적의가 없는 사람을 처벌하는 건 악수(惡手)예요. 살 기회를 줘서 죽을힘을 다해 움직이게 하는 게 제일 좋은 방법이에요."

처형하면 불안의 씨앗을 쉽게 제거할 수 있으나 불이익도 크다. 연좌제로 일족 모두가 처형당할 처지에 놓이면 이판사판으로 폭주하는 사람이 생길지도 모르지만, 살길이 있다면 일족과 토지를 지켜야 하는 사명이 있는 기베는 무슨 수를 써서라도 일족을 구하려고 할 터이다.

내 주장에 칼스테드는 어이없다는 표정을 지었지만, 질베스타는 재미있다는 듯이 입꼬리를 씩 올렸다.

"……좋아. 솔직히 구 베로니카 파를 제거하면 귀족의 수가 급감하는 것 때문에 고민이었거든. 네 바람의 방패로 가려내서 구제의 길을 열어 주마."

성전 절도 사건을 표면화하기 싫었으므로 달돌프 자작과는 내밀히 접촉해야 했다. 질베스타는 자신도 자작의 저택에 가겠다고 했다. 몰래 빠져나올 테니 어느 방에서 만나자고 했다.

"아우브께서 측근을 따돌리고 오겠다고 하셨는데, 어떻게 하시는 걸까요?"

궁금한 얼굴로 레오노레가 물었지만, 나 역시 질베스타의 탈출 기술에 대해서는 모른다. 시키는 대로 지정된 방에서 대기하며 밖을 바라보았다. 만나기로 한 곳은 객실이었는데, 큰 발코니 너머로 활짝 갠 하늘이 펼쳐져 있었다.

"많이 기다렸지? 가자."

문이 열리는 기척도 없이 갑자기 질베스타와 칼스테드가 나타났다.

"두 사람 다 어디로 들어오신 거예요?"

"사용인이 쓰는 지름길과 영주 전용 탈출구를 썼지. 너희는 말해 줘도 몰라."

후훗, 하고 질베스타가 의기양양하게 말했다. 그게 자랑할 일인가? 어이없어하는 내 앞에서 질베스타가 발코니로 이어지는 창문을 활짝 열며 뒤돌아보았다.

"자, 로제마인. 기수를 소환해. 내 기수는 눈에 띄거든. 나와 칼스테드는 네 기수를 타고 갈 거다."

하긴 머리 셋 달린 사자는 질베스타의 전용 기수다. 눈에 띄어서 영주의 출타를 광고하는 꼴이 된다. 나는 레서 버스의 크기를 조금 키

워서 질베스타와 칼스테드를 태웠다.

"오오!"

질베스타는 눈을 반짝이며 요리조리 구경했지만, 조수석에 앉아 있는 유디트 때문에 영주다운 위엄을 잃지 않게 상당히 조심하는 듯했다. 유디트가 없었다면 질문을 퍼부었을 기세다.

둘에게 안전띠를 매게 하고, 나는 레서 버스를 출발시켰다.

성전의 행방

"아우브 에렌페스트, 이게 대체 무슨 일이옵니까?"

긴급 호출을 받고 여름 저택에서 기수를 타고 귀족가로 날아온 달돌프 자작과 그의 아들은 자신의 저택 응접실에 영주가 있는 것을 보고 눈이 휘둥그레졌다. 아무렴 놀랄 만하다. 그 영주가 투명한 반구형 방패 속에 있으니 말이다.

"자네의 부인이 신전에 침입해 도둑질을 했다. 성전을 가짜와 바꾸고, 독을 발라 로제마인을 암살하려 했지. 증거도 있어. 예전에 내가 로제마인을 두 번 다시 건드리지 말라고 했을 텐데. 일족을 그렇게 아끼면서 왜 자기 부인은 방치했나, 기베 달돌프?"

질베스타의 말에 달돌프 자작은 새파랗게 질린 얼굴로 그 자리에서 냅다 엎드리더니 입술과 온몸을 파르르 떨었다. 그 옆에 무릎을 꿇은 차기 기베로 보이는 남성이 이를 바득 갈며 자신의 부친을 힐난했다.

"이래서 제가 뭐라고 했습니까, 아버님. 그 여자는 너무 감정적이어서 귀족답지 않다. 시키코자처럼 아무짝에도 쓸모없는 자이니 가문에 피해를 주기 전에 유폐하시라고요. 어머님이 돌아가신 후 그 여자를 첫째 부인으로 삼아선 안 된다고 그렇게 제가 반대하지 않았습니까."

"넌 차기 기베인가?"

"……예레미아스라고 합니다. 그 여자가 이런 불상사를 일으키기 전까지는 차기 기베였습니다."

그는 쏟을 곳 없는 분노를 삼키는 표정을 짓더니, 곧 모든 것을 내려놓듯이 힘없이 웃었다.

"아직 차기 기베일지도 모르지."

질베스타의 말에 예레미아스의 눈이 휘둥그레지더니 곧 자세를 바로잡았다. 달돌프 자작도 경악한 표정으로 질베스타를 바라보았다.

"에렌페스트의 성녀는 매우 자비로워. 죄는 죄를 범한 개인에게 물어야 마땅하다. 다른 이가 연좌로 목숨을 잃지 않을 방법이 없겠느냐며 내게 탄원하였다."

"설마, 정말…… 저희를 살려 주신단 말씀입니까?!"

두 사람이 놀란 얼굴로 나와 질베스타를 번갈아 보았다. 자신들을 속이는 게 아닐까 의심하는 눈치다. 이대로 뒀다간 진척이 없겠다 싶어 나는 최대한 성녀다워 보이는 미소를 지으며 입을 열었다.

"기베 달돌프, 난 도둑맞은 성전만 돌아온다면 그것으로 충분합니다. 자작 부인이 사망한 마당에 죄가 없는 일족 모두에게까지 죄를 묻는 일은 원치 않아요."

나의 성녀다운 미소가 먹혔는지, 두 사람은 놀라움과 환희와 희망에 찬 표정으로 나를 올려다보았다. 그러나 방문과 동시에 내 손에 포박당해 위압에 짓눌렸던 수석 시종은 놀라움과 의심과 불안에 찬 표정을 지었다.

'속이려는 거 아니니까 이상한 소리 하지 마.'

내가 싱긋 미소를 지어 보이자, 그는 흠칫 놀라며 한 발짝 뒷걸음질 쳤다.

"그러나 지금까지 연좌로 처벌된 자들을 고려하면 아무리 성녀의 탄원이라도 무조건으로 요구를 받아들이긴 어렵다. 그건 자네들도 이해할 테지."

질베스타는 두 사람을 보면서 느긋한 어조로 그렇게 말했다.

"연좌를 피하고 싶다면 성전을 되찾고, 적의와 악의가 없음을 보여 준 후 아우브인 내게 이름을 바쳐라."

"이, 이름을 바치라고요?"

"그렇다. 어중간한 각오로는 할 수 없는 일이지. 하지만 기베 달돌프, 그리고 차기 기베인 예레미아스, 자네들에게 이름을 바칠 각오가 있다면 나는 자네들을 용서하고 이번 일을 자작 부인 개인의 죄로 처리할 생각이다."

이름을 바치는 건 오로지 한 사람에게 목숨을 바쳐 충성을 맹세하는 것이다. 생사여탈권을 주군에게 넘기고, 스스로 절대적 신하임을 보여 주는 행위다. 원래는 이렇게 조건으로 내밀어 재촉하는 것이 아니다. 또한 그 속박됨의 의미를 안다면 아무나 쉽게 결심하지 못한다. 두 사람이 침을 꼴깍 삼키는 소리가 크게 울렸다.

"아우브 에렌페스트, 저는…… 저희 일족에게 살길을 열어 주신 아우브께 감사와 충성을 맹세하겠습니다."

예레미아스가 그렇게 고백하자, 잠시 침묵하던 달돌프 자작이 주먹을 꽉 쥐었다. 눈을 질끈 감은 그는 무릎을 꿇은 채 힘없이 고개를 떨궜다.

"……아우브 에렌페스트. 배려는 감사합니다만 저는 이름을 바칠 수 없습니다."

"아버님?!"

예레미아스가 눈을 크게 떴다. 나도 마찬가지였다. 기베가 스스로 일족을 구할 길을 끊을 줄이야. 놀라서 눈을 크게 뜬 우리의 앞에서 달돌프 자작은 괴로운 신음을 흘렸다.

"제겐 바칠 이름이 이미 없습니다."

그는 이미 누군가에게 이름을 바쳤다고 한다. 페르디난드와 측근들은 이름을 바치는 일이 흔치 않다고 했는데, 꼭 그렇지만은 않은 걸까? 나는 의아한 마음으로 달돌프 자작을 내려다보았다.

"바칠 이름이 없다면 당신은……."

"하지만! 일족을 위해 제가 할 수 있는 최대한의 성의를 보여드리겠습니다. 반드시 성전을 찾아내, 저희에게 적의도 악의도 없다는 것을 증명해 보이겠습니다."

그러니 처벌을 피할 길을 막지 말아 달라고 달돌프 자작은 간청했다. 질베스타는 눈을 가늘게 뜨며 그를 노려보았다.

"……누구에게 이름을 바쳤지? 믿을지 말지는 대답 여하에 달렸다."

"베로니카 님이십니다."

달돌프 자작이 설명하길, 베로니카의 모친인 가브리엘레는 아렌스바흐에서 시집와 에렌페스트에 적응하지 못했다. 자기 자식의 뒷배가 되어 주고 지키기 위해 배신하지 않을 신하를 원했던 그녀는 자신의 충신과 그 자식들에게 이름을 바칠 것을 요구했다고 한다.

"아렌스바흐에서는 에렌페스트보다 이름을 바치는 경우가 흔하다고 하셨습니다. 저는 가브리엘레 님과 함께 넘어온 제 모친에게 항상 이름을 바치지 못하는 신하는 충신이 아니라는 말을 들으며 자랐습니다."

달돌프 자작이 이름을 바칠 나이가 되자, 그의 모친은 이름을 바칠 상대로 베로니카와 게오르기네를 거론했다. 아직 질베스타가 태어나기 전의 일이다. 달돌프 자작은 이미 영주의 첫째 부인이 된 베로니카에게 이름을 바치게 되었다고 한다.

"그러니까 자네처럼 아렌스바흐의 피를 이은 자는 전부 이름을 바쳤다는 건가? 어머님과 누님에게……."

"네. 라이제강에 대항하려면 아렌스바흐의 피를 이은 베로니카 님을 보좌하여 결속을 다져야 했습니다."

구 베로니카 파의 중심인 중급 귀족들이 파벌을 바꾸지 않는 이유를 알게 되자, 나는 기분이 복잡해졌다. 아무래도 아렌스바흐와 에렌페스트 사이에서는 이름을 바치는 것의 의미에 큰 차이가 있는 듯했다.

"그런데 본인 자식에게는 강요하지 않았나 보군."

질베스타는 이름을 바치겠다던 예레미아스에게로 시선을 보냈다.

"아들이 성인이 되었을 때는 베로니카 님께서 라이제강을 통제할 만큼 권력을 쥐셨고, 결속을 다질 필요가 없을 정도로 파벌이 커졌기에 큰 필요성을 느끼지 못했습니다. ……아우브 에렌페스트, 제가 할 수 있는 일은 뭐든 하겠습니다. 부디 저희 일족에 자비를……."

간청하는 달돌프 자작을 조용히 내려다보던 질베스타가 손을 휙 저었다.

"도둑맞은 성전을 찾아라. 모든 건 그 이후부터다. 자네들의 진심을 보여주길 바란다."

"감사합니다."

연좌에 관해서는 잠시 보류한 상태로 성전 수색이 시작되었다. 달돌프 자작은 즉각 주변 귀족들에게 '먼저 귀족가로 간 아내의 행방이 묘연해졌는데, 아는 게 있다면 알려 달라'는 내용의 올도난츠를 차례로 날렸다.

그리고 방에서 죽어 있는 세 사람의 장례를 페르디난드가 극비리에 치르고, 유체에서 나온 마석으로 그 시체가 달돌프 자작 부인 본인임을 확인했다. 그 뒤 그녀의 방과 비밀의 방을 개방케 하여 샅샅이 뒤지도록 허가했다.

"전 올도난츠로 대처하겠습니다. 예레미아스에게 탐색 명령을 내려 주십시오."

달돌프 자작은 잇달아 돌아오는 올도난츠에 대응했다. 나는 성전을 찾기 전, 예레미아스에게 달돌프 자작 부인의 행동에 대해 아는 대로 얘기했다. 그는 "어떻게 그런 짓을……." 하고 분노를 표출하면서도 여러 가지 질문을 던졌다.

"로제마인 님, 성전이란 건 어떤 물건입니까? 사용인들에게도 찾아보게 할 생각인데, 가까이서 본 적이 없는지라 아마 사용인들도 잘 모를 텐데요."

나는 성전의 표지는 어떻게 생겼으며 크기는 얼마만 한지 설명했다. 그 후 수석 시종이 사용인들에게 지시를 내려 저택 내에서 대규모 수색이 시작되었다.

"성전은 어디에 사용하는 것입니까? 사용 목적을 알면 숨겨 둔 장소를 알 수 있을지도 모릅니다."

"의식할 때 써요. 난 축사를 달달 외우고 있어서 없어도 의식에 지장은 없어요. 하지만 각 영지에 하나뿐인 성전을 잃으면 난감해지거든요. 다음 신전장이 축사를 외울 때도 필요하고요. 에그몬트의 기억과 자작 부인의 유서로 보건대 우리에게 골탕을 먹이려고 훔쳤대요."

"의식 외에 다른 쓰임새는 없습니까?"

'나한테는 전혀 필요도 없는 쓰임새지만, 왕이 되기 위한 입문서래.'

"다른 용도는 딱히 없어요."

내 대답에 예레미아스가 복잡한 표정을 지을 때, 저택을 뒤지던 수석 시종과 페르디난드 일행이 돌아왔다. 저택을 이 잡듯 뒤졌지만, 발견되지 않았다고 한다. 내가 위화감을 느끼지 않았더라면 한참 뒤에야 가짜 성전임을 알아차렸을 테니, 아직 수중에 있을 거라고 생각했는데, 이 저택 어디에도 없는 듯했다.

"다른 곳으로 옮겼을 확률이 높겠군. 달돌프 자작 부인은 전이 마법진을 갖고 있나?"

"아뇨, 가지고 있지도 않고, 가문이 관리하는 전이 마법진도 사용 허가를 내린 적이 없습니다."

암살이나 습격 등을 경계한 결과, 사람의 이동 수단인 전이 마법진은 영주만이 설치할 수 있다. 더군다나 영주가 독단으로 설치하는 전이 마법진의 전송 범위는 영지 내로 한정되어 있다. 귀족원을 오갈 때 쓰는 전이 마법진처럼 영지를 넘을 때는 영주의 허가 없이는 불가능하다.

물건을 옮길 때 사용하는 전이 마법진도 영지 내의 전송만 가능할 뿐, 영지를 넘을 수 없다. 정확히는 양측 영주가 서로 합의하면 설치는 가능한데, 그런 얘기는 잘 나오지 않는다. 대가 바뀌거나 시대에 따라 상황이 변했을 때 골치 아파지기 때문이다.

개인이 사용하는 전이 마법진은 페르디난드가 쓰듯이 발송용 마법진과 수취용 마법진이 한 쌍인데, 대체로 일방통행이다. 게다가 발송, 수취 모두 제작자의 마력이 없으면 발동하지 않거나, 수령처의 허가 없이 보내지 못하는 등 여러 제약이 있다. 위험물을 불쑥 보내는 사태를 막기 위함이라나. 즉, 어떠한 방법으로 전이 마법진을 손에 넣었다 한들, 에렌페스트 내에서만 발송이 가능하다는 말이다.

"기베 달돌프, 부인의 지인 중에 성전을 탐내는 자나, 그런 위험물을 맡아 줄 만큼 친한 사람은 누구지?"

구 베로니카 파를 조사했었던 페르디난드가 달돌프 자작 부인의 교우 관계를 모를 리가 없었다. 그런데도 구태여 물어본 건 달돌프 자작에게 정말 협력 의지가 있는지 시험하기 위함이리라.

"기베 게를라흐로 알고 있습니다. 그와 제 아내는 게오르기네 님께 이름을 바친 동지입니다. 이렇게 일족 몰래 성전을 훔쳤다면 아마 게오르기네 님 때문에 저지른 짓일 겁니다. 기베 게를라흐는 문관 출신 기베라서 스스로 전이 마법진을 제작할 수도 있고요."

"흠."

달돌프 자작의 대답을 들은 페르디난드는 만족스럽게 고개를 끄덕였다. 페르디난드가 아는 정보와 거의 일치하는 모양이다.

"하지만 자작 부인이 평소에 지내는 방에도, 비밀의 방에도, 시종의 방에도 전이 마법진은 없었다. 그 마법진 없이는 발송도 못 할 텐데. 기베 게를라흐 외에 짐작 가는 사람 없는가?"

"……마님은 이 저택에 돌아오신 이후로 외출 한번 나가지 않으셨습니다. 면담 예약도 없었고, 누구와도 만나지 않으셨습니다."

수석 시종이 그렇게 말했다. 자작 부인의 방에는 발코니도 없어서 기수로 몰래 드나들 수도 없다고 한다. 그런 수석 시종의 증언뿐 아니라, 달돌프 자작의 올도난츠가 모은 정보로 보아 그녀는 외출하지 않은 것으로 판단되었다. 에그몬트를 체포해 성으로 연행할 때 페르디난드가 감시로 붙여 둔 기사의 증언으로도 당일 폐문 이후로 외출하지 않은 건 확실한 듯했다.

에그몬트의 기억 속에 신전을 빠져나간 시각과 수석 시종이 기억하는 귀족가 저택에 돌아온 시각은 거의 일치했다. 다른 곳에 들릴 시간은 거의 없었고, 위험하게 성전을 안고 어슬렁거리는 짓도 하지 않았으리라.

'전이 마법진도 없고, 어디에도 나간 적이 없다니……. 귀족가에 들어오기 전까지 빨빨거리고 돌아다녔으면서.'

그녀는 자신의 수하를 시켜 이탈리안 레스토랑과 길베르타 상회에서 정보를 모으고, 원단을 구매했다. 그건 대체 왜 그랬을까? 달돌프 자작 부인의 행동을 곰곰이 따져 보던 나는 수석 시종을 돌아보았다.

"그러고 보니 길베르타 상회의 원단이 도착한 건 언제죠?"

성전 외에도 확인해야 할 것들이 생각나 물어봤다. 평민촌이 휘말릴 가능성이 있는 원단과 관련된 정보도 모아야 했다.

"길베르타 상회의 원단 말씀입니까?"

"네. 달돌프 자작 부인의 심부름꾼으로 보이는 사람이 에렌페스트의 새로운 유행인 염색물을 길베르타 상회에서 구입했어요. 성전을 훔친 날과 동일한 날, 낯선 상인이 원단을 사 간 것과 뭔가 관련이 있지 않을까 해서……."

"원단이 도착한 건 마님께서 귀가하시기 전이었습니다. 점심나절에 한 상인이 마님께서 주문하신 물건이라며 가지고 왔었지요. 처음 보는 상인이었는데, 마님의 필적으로 쓰인 편지를 보여주기에 돈을 지불하고 상품을 받았습니다. 그 원단은 오후에 시종이 가지고 나갔습니다."

"예?"

오후라면 달돌프 자작 부인이 돌아온 이후가 아닌가. 만약 시종이 길베르타 상회의 원단으로 성전을 싸서 가지고 나갔다면 길베르타 상회까지 이 분실 트러블에 휘말리고 만다.

"그 시종은 어디로 갔는데요? 성전을 그 원단에 싸서 가지고 나갔을 가능성은요?"

내 말에 모두의 시선이 수석 시종에게 집중되었다. 마차를 수배한 사람도 그였다고 한다. 대답은 즉각 돌아왔다.

"시종을 태운 마차는 성으로 간 것으로 기억하고 있습니다."

"성이요?!"

생각지도 못한 장소가 튀어나와 나는 눈을 동그랗게 떴다. 성에 성전을 가져간 이유가 뭘까? 애초에 원단까지 가져가서 어쩔 셈일까?

의아해하는 내 앞에서 예레미아스가 뭔가 생각난 듯 고개를 홱 들었다.

"……아. 페르디난드 님의 혼인 예물."

"네?"

"페르디난드 님의 혼인 예물로 원단을 성에 보내면 기베 게를라흐를 통하지 않고도 아무 의심 없이 짐 속에 숨겨 아렌스바흐로 보낼 수 있지 않습니까? 전이 마법진이 없어도 되고요. 만약 성전을 게오르기네 님께 보낼 속셈이라면 이게 가장 의심받지 않는 방법이 아니겠습니까?"

영주 일족의 결혼이다. 아렌스바흐에서도 여러 예물을 보내오지만, 에렌페스트 역시 많은 예물을 가져간다. 각지의 기베와 귀족들이 겨울 사교계를 앞두고 성에 축하 선물을 보내는데, 그것을 쌓아 두는 방이 따로 있다는 것이다.

"새로운 에렌페스트의 염색물이라면 혼인 축하 선물로 생각하기 쉽지요. 특히 여성이 쓰는 원단이라면 아우브 아렌스바흐나 페르디난드 님이 아니라 디트린데 님이나 게오르기네 님께 바로 넘어갈 테고요."

이미 제조법을 판 린샴이나 졸업식 선물로 귀족원에 가져가기로 한 머리 장식이 아닌 새로운 유행이고, 디저트 등과 다르게 출발 시기인 봄까지 성에 보관해 둬도 썩거나 상하지 않는다. 성전을 넣을 만한 상자도 준비할 수 있다. 신랑이 신부에게 새 원단을 선물하는 일도 흔하기에 아무도 의심하지 않을 거라고 예레미아스가 말했다.

'그러고 보니 아우렐리아에게 원단을 선물하려고 했을 때 그건 램프레히트 오라버니가 신부에게 줘야 하는 예물이라고 브뤼힐데가 가르쳐 줬었어.'

겨우 찾은 실마리에 나는 벌떡 일어났다.

"성으로 가야겠어요."

달돌프 자작과 그의 일행에게는 감시를 붙인 상태로 또 다른 단서가 없는지 찾아보게 했다. 페르디난드는 성에 있을 문관에게 '예물을 확인하러 성에 가겠다'라고 올도난츠를 날려 보냈다. 나도 동행해서 예물을 보관하는 방에서 길베르타 상회의 원단을 찾기로 했다.

성에 있는 페르디난드의 집무실로 향하자, 올도난츠를 받은 문관이 기다리고 있었다. 항상 성의 집무를 돕는 문관인 듯했다. 신전에

온 적이 없는 측근이라고 한다.

"혼인 예물을 확인하신다기에 열쇠를 가져왔습니다. 저희에게 명령을 내려 주셨더라면 이렇게 페르디난드 님께서 직접 확인하지 않으셔도 됐을 텐데……."

한창 바쁠 텐데 왜 또 자기 일을 만드느냐는 불만이 살짝 묻어 있는 대사였다. 페르디난드의 업무량을 줄이려고 고군분투하는 문관인 모양이다.

"축하 선물이 산더미처럼 들어왔다고 아우브가 연락해서다. 일일이 확인하기 힘들겠지만, 겨울 사교계 때 한 분씩 감사 인사와 답례를 드려야지. 무슨 선물을 줬는지도 모른 채 어찌 감사 인사를 꺼내겠는가. 신전 의식이 없는 지금 확인해야 나중에 편하다."

예물을 보관하는 방의 열쇠를 문관에게 넘겨받으며 페르디난드는 그의 앞에 일거리를 착착 쌓기 시작했다.

"예물은 유스톡스와 로제마인도 함께 확인할 테니, 그대는 이 일을 처리해라."

"페르디난드 님, 로제마인 님은 데려가시면서 저는 왜 데려가지 않으십니까?"

남아서 일하라는 명령에 문관이 페르디난드를 원망스럽다는 듯이 쏘아보았다.

"그건 내가 억지로 부탁해서 그래요. 디트린데 님과 레티치아 님께 선물을 보내고 싶은데, 이미 각지의 기베들이 보낸 선물과 겹치면 안 되잖아요. 그래서 어떤 선물이 있는지 확인하고 싶었거든요. 곧 귀족원에 가야 해서 서두르다 보니 그렇게 됐어요. 미안해요."

내가 문관에게 사과하자, 페르디난드는 "이제 알겠지. 우리도 시간이 없어." 하고 발걸음을 돌렸다. 내가 힐끗 돌아보니, 문관은 홀로 쓸쓸히 어깨를 떨구며 서류를 집어 들고 있었다.

"……좀 가여워요. 혼자 남아서 업무라니."

"별수 없지. 만약 찾는 물건을 발견하면 뭐라고 설명할 텐가?"

"그건 그렇지만……."

나는 레서 버스를 타고 페르디난드의 옆을 운전해서 선물이 보관된 방에 도착했다. 페르디난드에게 받은 열쇠로 유스톡스가 문을 열자, 어마어마한 선물들이 수북이 쌓인 것이 보였다.

"나무 상자가 엄청 많네요."

"물품이 삐져나오면 마차로 옮길 때 더러워질 수 있으니까."

물건을 쌓아 보관하니 나무 상자에 넣어서 주는 것이 제일 안전하다고 한다.

"어서 찾아. 어떤 원단인지 아는 사람은 그대뿐이다."

길베르타 상회에서 팔린 원단을 아는 내가 확인 작업을 맡았다. 시종들이 나무 상자를 가져오면 내가 속을 확인한다. 그 사이 페르디난드도 누가 무엇을 보냈는지 확인하기로 했다.

"확인이 끝난 상자는 여기에 쌓으세요. 미확인 상자와 섞이지 않게 주의하고요."

호위 기사들이 컨베이어 시스템처럼 나무 상자를 가져와 주었다. 페르디난드는 그것을 하나하나 확인하고, 유스톡스가 이를 기록했다. 나는 새로운 염색물이 나올 때만 찬찬히 살폈다. 비슷해 보여도 전부 같은 염색물이 아닌 셈이다.

"페르디난드 님, 이거예요! 길베르타 상회가 판 원단이에요!"

몇 개가 지나갔을 때 눈에 익은 원단을 발견했다. 엄마가 물들인 천과 비슷한 꽃무늬가 들어가 있었다. 봄에 받았을 때 재단해 쓰기 좋도록 여름의 귀색으로 물들인 천이다.

"간단한 독물 검사는 했겠지만, 만지기 전에 확인해라. 가짜 성전에 묻힌 독을 묻혀 놓았을 위험을 배제할 수 없다."

페르디난드의 말에 나의 호위 기사들이 하르트무트의 지시에 따라 독극물 검사를 시작했다. 유스톡스가 "배운 건 확실하게 써먹는군요." 하고 감탄하듯 중얼거렸다.

독이 묻어 있지 않음이 확인되자, 나는 원단을 꺼내려고 했다.

"무, 무거워⋯⋯."

말대에 말린 원단은 크고 무거워서 도무지 내 힘으로 꺼낼 수가 없었다. 레오노레와 안게리카에게 꺼내게 하고, 말대에 돌돌 말린 천을 풀게 했다.

"⋯⋯어?"

천을 풀면 성전이 나올 줄 알았는데, 모습을 드러낸 건 웬 나무 상자였다.

"또 상자네."

"말대로 쓰기엔 너무 무거워요, 이 상자. 안에 뭔가 들어 있는 게 틀림없어요."

두 사람은 그렇게 말하며 천을 마는 말대로 사용된 상자를 열었다. 움직이지 않게 원단을 채워 넣은 나무 상자 속에 내 성전이 있었다.

"있어요! 내 성전!"

"만지시기 전에 독물 검사부터 하겠습니다, 로제마인 님."

"완전히 똑같은 모조품에 독이 묻어 있었던 걸 그새 잊으셨어요?"

두 사람에게 혼이 난 나는 또다시 독 검사가 끝날 때까지 안절부절

못하며 기다렸다.

"이제 만지셔도 됩니다."

성전을 꺼낸 하르트무트가 내가 잡기 편하도록 내밀어 주었다. 눈앞에 내밀어진 성전을 품에 꼭 안은 나는 표지와 장식을 찬찬히 훑어보고 킁킁 냄새를 맡으며 확인했다.

"생김새로 보나, 냄새로 보나, 무게로 보나, 내 성전이 맞아요."

그렇게 확신한 내가 웃으며 올려다보자, 페르디난드는 께름칙한 걸 보는 눈빛으로 나를 내려다보았다.

"그런 거로 진품이라고 확신하다니 엽기적이군."

'뭣이라고?!'

"책을 사랑하는 마음이 있으면 이 정도는 다 한다구요."

"그런가. 뭐 그건 그렇고."

그렇게 말한 페르디난드는 가볍게 손을 젓고는 천천히 숨을 내뱉었다.

"그나저나 이번엔 참 손이 많이 가게 해 뒀군."

"만약 아렌스바흐에서 이걸 발견했다면 신관장님이 에렌페스트의 성전을 훔쳤다고 의심을 살 뻔했네요."

내 말에 페르디난드는 천천히 고개를 저었다.

"아니, 아렌스바흐에 누명을 씌우려고 에렌페스트가 꾸민 짓이라며 비난했겠지."

"그거나 저거나 마찬가지 아니에요? 이상한 계획은 우리가 망쳤으니까."

성전은 찾았다. 실점도 없는 데다 이번 일은 애초에 없던 일로 넘길 수 있고, 페르디난드가 함정에 걸려들 가능성까지 없앴다.

"이번 일, 게오르기네 님과 관련된 증거는 없는 거죠?"

"현재로서는 하나부터 열까지 달돌프 자작 부인 개인이 저지른 짓이니까. 아렌스바흐에 있는 그녀와 연결된 증거는 하나도 없다. 에그몬트의 반지라도 없었다면 기베 게를라흐도 못 잡아냈을 거다."

배후에 게오르기네가 있는 건 틀림없지만, 신중하다고 할까, 교활하다고 할까. 정말 성가신 상대였다.

"하지만 성전은 찾았다. 나도, 그대도 실점이 생길 위험도 덜었고, 독살도 미연에 방지했지. 이 원단만 회수하면 길베르타 상회가 엮일 일도 없다. 차기 기베 달돌프가 아우브께 충성을 맹세하기로 했으니 결과만 따지면 썩 괜찮지 않은가?"

"이게 다 위화감을 느낀 제 덕분이죠. 더 칭찬해도 돼요."

도중에 전혀 도움이 되지 않은 건 빼고 내가 잘한 부분만 더 강조했다.

"그렇게 말하면 인정하기 싫다만, 뭐 그렇다고 할 수도 있겠지."

"그거, 칭찬이 아니잖아요."

"그대가 본인 실점을 만들지 않으려고 움직인 건데, 굳이 칭찬할 게 있나."

페르디난드에게 칭찬받지는 못했지만, 성전과 길베르타 상회의 원단은 무사히 회수할 수 있었다.

그 뒤에도 페르디난드는 우리를 실컷 부려 먹었고, 모든 선물을 확인한 후에 신전에 돌아갔다.

"열쇠가 진짜인지 확인하게 성전을 열어 보거라."

"알겠어요.."

페르디난드가 시키는 대로 열쇠에 마력을 등록해서 성전에 찔러 넣었다. 열쇠 보관 상자에 남아 있던 성전 열쇠는 진짜였다. 문제없이 열렸다.

표지를 펼치자, 변함없이 마법진과 문자가 떠올랐다. 성전이 진짜임을 확인하였기에 곧바로 질베스타와 달돌프 자작에게 보고했다.

"무사히 찾았어요. 그리고 문제가 일어나면 안 되니 길베르타 상회의 원단도 회수했어요."

이름을 바치는 일이나 연좌 등등은 질베스타가 할 일이지 내가 관여할 일이 아니다. 달돌프 일족도 열심히 성전을 찾는 모습을 보여 주었고, 아렌스바흐 측 귀족에 관한 정보도 여러 가지 손에 넣었으니 썩 나쁜 결과는 아닐 터였다.

"성전을 되찾아서 다행입니다. 한때는 어째야 하나 조마조마했습니다."

신전에서 애태우며 기다린 프랑이 돌아온 성전을 보더니 기쁜 듯 얼굴에 웃음을 띠었다. 나는 크게 고개를 끄덕이며 다시 한번 성전을 꽉 껴안았다.

"잘 왔어, 내 성전아."

예정 변경

성전도 되찾았고, 가을 성인식도 무사히 끝났다. 귀족 중 누군가 성전을 확인하러 올 줄 알았는데, 신전의 확인 담당은 에그몬트였던 모양이었다. 성인식 때 내가 성전을 펼쳤는지를 묻는 편지를 에그몬트의 가족이 그의 앞으로 보낸 것이다.

"신관장님, 이 편지는 어쩔까요?"

"의식에 들고나오긴 했지만, 성전을 펼치지는 않았다고 에그몬트의 이름으로 답장하면 된다. 겨울 사교계에서 얼마나 많은 귀족이 줄줄이 낚여 나올지 참으로 기대되는군."

페르디난드가 유쾌하게 입꼬리를 올리며 웃었고, 하르트무트도 "로제마인 님께 위험이 되는 귀족은 싹 쓸어 버려야죠." 하고 덩달아 고개를 끄덕였다.

'어떻게 보면 제일 위험한 귀족은 하르트무트가 아닐까?'

나는 모니카에게 에그몬트의 시종인 척 답장을 쓰게 했다. 마술구 편지였는지, 내가 내용을 확인하고 봉투에 넣자 하얀 새가 되어 날아갔다.

"겨울 세례식이 끝나는 대로 성에 가서 사교계에 대비해야 하는데, 또 신전에 귀족이 숨어 들어올까…… 걱정돼요."

우리가 이동한 뒤에도 겨울 사교계에 참여하는 귀족들이 남쪽에서 올라와 신전 내를 통과한다. 찝쩍거리려는 자가 나올지도 모른다. 그래서 이번에는 겨울 사교계가 시작하기 직전까지 다무엘을 남겨 두기로 했다. 나와 페르디난드는 영주 일족의 회의에 출석하기 위해 겨울 세례식이 끝나면 곧바로 성에 가야 해서다.

이번 영주 일족의 회의는 달돌프 자작이 입수한 정보를 기사단 상층부와 공유하고, 겨울 숙청 계획을 세우는 것이 목표다. 극비리에 이루어지는 회의라서 입이 무겁고 가장 신뢰하는 문관, 시종, 호위 기사를 각 한 명씩 데려갔다. 내가 데려간 사람은 하르트무트, 리카르다, 코르넬리우스, 세 사람이다.

질베스타에게 겨울 숙청에 관한 일정과 체포할 귀족이 누구인지 설명을 들었다. 지금까지 숙청 계획에 관해 전혀 듣지 못했던 빌프리트와 샤를로테, 멜키오르는 놀랐는지 안색이 노래졌고, 그 측근들도 바짝 긴장하는 것이 느껴졌다. 그런 가운데 구 베로니카 파에게 이름을 바치도록 요구하는 일에 대한 얘기가 나왔다. 빌프리트가 긴장한 얼굴로 입을 열었다.

"아버님, 이미 이름을 바친 귀족은 어쩌실 생각이십니까?"

지금까지 편입시키지 못한 구 베로니카 파의 수를 생각하면 이미 이름을 바친 자가 에렌페스트의 상식으로는 상상하지 못할 정도로 많다는 것은 쉬이 알 수 있다.

"선대 영주의 첫째 부인인 베로니카에게 이름을 바친 자는 부정을 저지르지 않은 한, 따로 처벌하지 않을 생각이다."

이름을 바치는 돌을 하얀 탑에 가지고 들어가지 못한 베로니카는 그들에게 명령을 내릴 수 없다. 그래서 그들도 이름을 바치지 않은 다른 귀족들과 진배없다고 질베스타는 판단한 모양이다.

"그럼 베로니카 님에게 바친 이름을 되찾을 수는 없는 건가요?"

페르디난드가 신전에 들어올 때 에크하르트와 유스톡스에게 이름을 돌려주려고 했다는 말을 들은 적이 있다. 그처럼 베로니카에게 이름을 돌려받으면 되지 않을까? 하지만 내 제안을 거절한 사람은 페르디난드였다.

"로제마인, 이름을 바친 자신의 충신을 과연 그녀가 손쉽게 놓아줄까? 이름을 되돌려 달라고 했다가는 이상한 거래를 꺼내서 상황만 더 복잡해지겠지."

"그리고 그런 중요한 물건은 대부분 비밀의 방에 보관해. 어머님이 멀고 높은 곳에 오르면 그 마석으로 비밀의 방을 열 수 있겠지만, 그렇게 되면 이름을 바친 귀족들까지 함께 멀고 높은 곳에 오르게 되지. 지금으로선 괜한 사상자를 내고 싶지 않아. 에렌페스트를 위해 일하겠다고 맹세한다면 그것으로 충분해."

질베스타는 거기서 말을 한 번 끊더니 "다만." 하고 진녹색 눈동자를 번뜩였다.

"누님에게 이름을 바친 자는 별개다. 아렌스바흐의 첫째 부인인 누님은 다른 영지를 위해 움직이는 사람이지. 그 명령에 불복하지 못하는 귀족은 에렌페스트에 있어 위험 분자에 불과해. 스스로 파벌을 정하지 못하는 어린아이들은 최대한 구할 생각이지만, 이미 누님에게 이름을 바친 자는 봐줄 수 없지."

달돌프 자작은 모친의 강요로 이름을 바쳤다고 했다. 어쩌면 지난 방문 때 게오르기네에게 이름을 바칠 것을 강요당한 아이가 또 있을지도 모른다. 내 뇌리에 구 베로니카 파 아이들의 얼굴이 떠올랐다.

'다들 괜찮을까?'

"작년 표창식 습격 때 로제마인의 방패가 모두를 받아들인 걸 보면 영주 일족에 적의나 악의를 품은 아이는 없다. 관례를 따른다면 연좌로 처벌했겠지만, 나는 최대한 살려 두고 싶군. 너희가 영주 일족에 이름을 바쳐 연좌를 피할 수 있게 아이들을 설득해 주도록 해라."

귀족원에서는 모두가 힘을 합쳐 헤쳐 나갔다. 숙청 때문에 이 단단한 관계가 부서지는 일은 원치 않았다. 질베스타의 말에 빌프리트와 샤를로테가 결의에 찬 눈으로 고개를 끄덕였다.

"저도 최대한 모두를 구하겠습니다."

"저도 노력할게요, 아버님."

"양아버님, 귀족원 아이들은 스스로 판단할 수 있으니까 괜찮을 거예요. 하지만 아직 입학하지 않은 아이들은 어쩌죠?"

내 질문에 플로렌치아가 싱긋 웃었다.

"어린이 방은 내가 담당할 거예요. 신변을 보호해서 성의 기사 기숙사에 거처를 마련해 주려고 합니다. 그 과정에서 부모의 죄와 위험성을 설명하고, 부모를 따라 처벌받을지, 다른 아이들과 기숙사에서 살지 선택하게 하려고 해요."

귀족원에 입학하지 않은 어린아이에게는 이름을 바칠 돌이 없으니 의심할 필요가 전혀 없다. 또 세례는 받은 상태라서 귀족으로 생활할 만큼 최소한의 마술구나 반지는 가지고 있다. 귀족원에 입학하기 전까지의 몇 년 동안만 생활을 보장해 주면 이후에는 견습생으로 일하며 급료를 받을 수 있으니 어떻게든 귀족으로 살 수 있다고 플로렌치아는 말했다.

남은 친족이 거둬 갈지도 모르고, 그렇지 않더라도 귀족으로 자립할 수 있게 뒷바라지할 계획을 세웠다고 했다. 안심한 것도 잠시, 나는 그 계획에 포함되지 않은 아이들이 걱정되었다.

"그럼 아직 세례를 받지 않은 아이는 어떻게 돼요? 세례를 받기 전에는 정식으로 에렌페스트의 아이로 인정받지 못하는데, 그 아이들을 어떻게 취급하느냐에 따라 몇 년 뒤 귀족의 인구에 큰 차이가 날 거예요."

"흐음, 인구에 포함하지 않아 깊이 생각해 보지 않았군. 마력이 높은 아이면 거둬 키우려는 귀족도 있겠지만, 범죄자로 처벌받은 자의 자식을 거두려는 사람은 적겠지. 또 너무 어리면 어미 없이 키우기 어렵지 않겠어?"

세례를 받지 않으면 귀족의 아이로 정식 등록되지 않는다. 귀족의 저택에는 콘라트처럼 마술구를 빼앗기거나 받지 못한 아이도 있을 테니 정확히 몇이나 있을지 예측할 수도 없다. 목숨을 구해 봤자 귀족이 되지 못하는 아이들은 성에 필요하지 않다고 질베스타는 말했다.

"실태를 파악하지 못하니 그들의 교육에 인원과 예산이 얼마나 필요한지, 또 모두가 귀족에 적합한 마력량을 가졌는지도 알 수 없다. 그러니 세례를 받지 않은 아이는 아예 태어나지 않은 것으로 쳐야 겠지."

"그렇다면 그 아이들을 고아원에서 거둬도 될까요? 마술구가 없는 아이라도 신구에 봉납하면 수명을 늘릴 수 있고, 마력이 있는 아이가 늘면 의식도 조금은 편해지고요. 겨울 숙청으로 가문의 상황이 바뀌면 청색 신관이 줄어들 수도 있잖아요."

"청색 신관이라……. 거기까진 생각해 보지 않았군."

대부분의 귀족이 청색 신관을 귀족의 범주에 넣지 않는 탓이리라.

"신전장의 입장으로 의견을 내자면 지금보다 청색 신관이 더 줄면 금전으로 보나 마력으로 보나 신전 경영이 어려워져요. 적어도 마력이 있는 아이는 신전에서 확보하고 싶어요."

정변으로 급감한 청색 신관과 청색 무녀의 구멍을 나와 주변인들로 메꿀 수는 있었다. 하지만 조만간 페르디난드가 빠진다. 그의 구멍을 어떻게 메꿀지 고민해야 했다. 이래서 청색 신관이 줄면 곤란해지는 셈이다.

"양육 비용은 어쩌려고? 귀족 아이를 키우려면 돈이 많이 들어. 여러 명을 거두지는 못할 거야."

그 지적에 나는 싱긋 웃었다. 아이를 키우는 비용은 당연지사 부모에게 받아야 하지 않겠는가.

"숙청된 부모의 재산에서 양육비를 빼 주세요. 그들을 키우려고 축적한 재산이니까 고아원이 받아서 써도 크게 곤란할 것 없죠?"

"······하긴 그렇겠군. 너라면 생각 없이 펑펑 쓰지 않을 테니 그렇게 해 주마."

질베스타가 피식 웃으면서 승인해 주었다.

"제 고아원에서 키우면 세례 전까지 중급 귀족의 자제 못지않은 교육을 받을 수 있어요. ······아무래도 태어날 때 받는 어린이용 마술구가 없으면 귀족으로 살아남기 어려울 거예요. 하지만 마술구가 있는 유능한 아이에게는 장학금을 주든지 해서 귀족 아이로 세례를 받게 해 주면 좋을 것 같아요."

부모 없이 세례를 받고, 영주와 고아원 원장이 후견인이 되고, 세례를 받으면 성에 있는 기숙사에서 생활하며 귀족의 상식을 배우게 하면 어떠냐고 나는 제안했다.

"귀족이 되지 못한 아이는 어쩌려고?"

"마력이 있는 아이는 마술구를 다룰 수 있어요. 귀족으로 살지는 못해도 신전에서 신구에 마력을 주입하는 일은 할 수 있죠. 마력을 봉납하고 받는 청색 신관의 보조금과 비슷한 금액을 아우브께서 내주신다면 그들도 충분히 생활할 수 있어요."

꼭 청색 신관과 똑같은 수준으로 생활할 필요는 없다. 전 신전장이 내게 시키려고 했던 것처럼 고아원에서 살면서 마력을 봉납하는 일을 하면 된다. 성에서 나오는 보조금으로 마차나 요리사를 구하면 기원식이나 수확제 업무도 가능할 터였다.

"만약에 청색 신관의 수가 늘어서 봉납 일거리가 없어져도 제 책을 마법진으로 보내거나, 마력 편지를 쓰는 일도 할 수 있고요. 언젠가는 고아들도 평민촌 상인 밑에서 일할 수 있게 할 생각이거든요."

마력을 사용하는 일거리를 주면 평민으로 살 수는 있다. 아무 죄 없는 어린아이를 죽일 필요도 없을뿐더러 반드시 귀족으로 키울 필요도 없다.

"……오호라. 그대도 아무 생각이 없는 게 아니었군."

페르디난드의 무례한 언사에 울컥해서 입술을 삐죽거렸지만, 아예 틀린 말도 아니었기에 할 말은 없었다.

"알겠다. 어린아이를 돌볼 수 있다면 고아원에서 데려가도 좋아."

"감사합니다."

질베스타의 허가도 받았고, 어린아이들의 처우도 대충 정해졌을 때 문관이 입실 허가를 요청해 왔다. 모두가 발언을 중지하고 방에 들어온 문관을 주시했다.

"아우브 에렌페스트, 아우브 아렌스바흐로부터 긴급 서한이 들어왔습니다."

그렇지 않아도 아렌스바흐 파 귀족의 제거 계획을 짜던 중이었다. 완벽한 타이밍에 긴장감이 일었다. 모두가 불길한 예감을 느낀 것이 분명했다.

"빠른 답신을 기다리겠다고 합니다."

질베스타가 엄격한 얼굴로 서한을 받아들더니 그 자리에서 슥 훑어보았다. 그러자 미간에 주름이 생기고, 안색이 싹 변했다. 천천히 시선을 들어 곤란한 표정으로 페르디난드를 보았다.

"아우브, 저와 관련된 내용이라면 서한을 읽어 봐도 괜찮겠습니까?"

"……그래."

서한을 대강 읽은 페르디난드가 관자놀이를 톡톡 두드리며 천천히 숨을 뱉었다. 골칫거리가 생겼을 때 나오는 그의 버릇에 심장이 덜컹했다. 아렌스바흐에서 벌이는 짓이라면 이젠 진절머리가 나는데, 또 무슨 일이 일어난 것일까?

질베스타가 눈을 질끈 감은 후, 감정을 배제한 무표정으로 페르디난드를 보았다.

"페르디난드, 사흘 이내에 답장해야 해. ……내 입장에선 거절했으면 하지만 네 결정에 맡기겠다."

"감사합니다. 찬찬히 생각하게 해 주십시오."

"페르디난드 님, 무슨 일이에요?"

회의가 끝나고 퇴실하면서 나는 페르디난드의 소매를 붙잡았다. 페르디난드가 주위를 둘러보고 잠시 침묵하더니 "그대들에게도 아예 관계없는 얘기는 아니지."라고 중얼거리고는 집무실로 우리를 불렀다. 나는 하르트무트와 코르넬리우스, 리카르다를 이끈 채 페르디난드의 집무실로 갔다.

"······아우브 아렌스바흐가 위독하다는군. 겨울 내에 그쪽 귀족과 조금이라도 교류해 둬야 하니 가능하면 서둘러 아렌스바흐에 들어와 달라는 내용이었다."

"가뜩이나 에렌페스트에 있을 기간이 짧은데 더 짧아진다고요?"

일반적인 약혼 기간으로 따지면 이번 아렌스바흐의 경우는 터무니없이 짧은 편이었다. 그런데 더 짧아진단 말인가.

"'가능하면'이라고 쓰여 있으니 거절하지 못할 건 없지. 다만 개인적으로는 아렌스바흐에 갈까 한다."

"왜요?"

"우선 게오르기네에게 이름을 바친 귀족의 정보, 숙청 이유, 증거 등 겨울 숙청에 필요한 건 전부 모았지. 굳이 내가 없어도 기사단과 아우브가 문제없이 처리할 거다. 그리고 신전의 인수인계도 거의 끝났다."

자신이 떠나면 비록 전력은 떨어지겠지만, 어떻게든 해결 방안을 마련했다고 페르디난드는 말했다.

"또 게오르기네는 아우브가 게를라흐를 추궁하기 전에 나를 떼어놓으려는 심산이 있는 것 같다. 달돌프 자작 부인이 행방불명이 된 사실은 귀족 사이에 이미 퍼졌고, 납치한 회색 신관도 예정된 장소에 도착하지 않았으니 예상치 못한 사태가 일어났다고 추측했겠지."

신전 계획이 막혔다면 분명 페르디난드가 움직였다는 것을 그쪽도 인식했으리라. 실제로 에그몬트의 기억을 뒤질 때도, 달돌프 자작의 저택에 들이닥쳤을 때도 대놓고 움직인 건 내가 아니라 페르디난드였다.

"저쪽은 아주 용의주도하게 움직이고 있다. 정보를 얼마나 손에 넣

없는지는 몰라도 자기들 계획을 속속들이 망치는 나를 빼낼 생각이겠지. 정말 계획을 망치는 사람이 그대인 줄도 모르고……."

페르디난드만 없으면 쉽게 해결될 줄 아는 모양이다. 사실 꼭 틀린 말도 아니다. 나는 위화감만 느꼈지, 나머지는 거의 페르디난드가 처리했으니까.

"이렇게 겹겹이 함정을 쳐 놓는 성가신 상대예요. 난 페르디난드 님이 그런 곳에 가지 않았으면 좋겠어요."

"숨어 있는다고 가만히 있을 상대가 아니지. 우리도 행동으로 옮겨야 마땅하다. 에렌페스트에 있으면 방어전밖에 할 수 없지만, 저쪽에 가면 게오르기네의 동태를 파악해 정보를 흘리든, 견제하든, 뭐든 할 일이 있겠지."

연고도 없는 대영지를 상대로는 이쪽에서 뭘 할 수가 없다. 방어전만 하게 된다는 페르디난드의 말도 맞는 듯했다.

"……하지만 바로 출발하지 않아도 봄에 가면 되잖아요."

"그땐 늦어. 아우브 아렌스바흐가 위독하니, 영지 귀족과 조금이라도 더 교류를 만들어 두자는 말은 거짓이 아닐 거다."

하긴 귀족의 연줄을 만들려면 영지 귀족이 소집되는 겨울 사교계 기간에 아렌스바흐에서 지내는 편이 여러모로 낫다. 아우브가 살아 있는 동안이라면 그의 주도로 귀족 연줄을 만들 수 있지만, 아우브가 멀고 높은 곳에 올라 버리면 게오르기네의 권력이 커진다. 다른 영지에서 넘어온 신참이 할 수 있는 일은 얼마 없으리라.

"첫째 부인의 권력이 비대해지면 여차할 때 대응하지 못할 수 있다. 무엇보다 겨울이라면 디트린데가 귀족원에 가서 자리를 비울 때다. 아무런 방해 없이 움직일 수 있지. 그 이유가 크다."

여름에 그들이 왔을 때 게오르기네의 움직임을 주시하고 싶어도 디트린데가 시종일관 따라다녔다. 아렌스바흐에서까지 그런다면 답이 없다. 디트린데가 자리를 비우는 기간이 있어 천만다행이라며 페르디난드가 딱 잘라 말했다.

"페르디난드 님은 이미 결심하셨군요?"

"그렇다. ……한 가지 마음에 걸리는 게 있지만, 그것만 문제없으면 가야겠지."

이미 결심했다면 말려 봤자 소용없다. 최소한 걱정거리가 없어지도록 협력하고 싶었다. 나는 페르디난드를 올려다보았다.

"뭐가 걸리는데요?"

"내가 떠나면 그대를 봉납식 때문에 귀환시켜야겠지. 올해는 귀족원에서 지낼 수 있도록 하겠다고 했는데 그 약속을 지켜 주지 못하는 게 마음에 걸리는군."

페르디난드가 복잡한 얼굴로 그렇게 말했다. 솔직히 그런 일로 걱정하지 않길 바랐다. 봉납식 때문에 귀환하는 건 매년 있는 일이다. 이렇게 바쁜 시기에 염려할 거리가 아니다.

"괜찮아요, 페르디난드 님. 매년 하던 일이니까 전……."

"괜찮습니다, 페르디난드 님. 올해는 마력이 풍부한 죄인도 잔뜩 들어올 예정이고, 저를 도와줄 의욕 넘치는 청색 신관도 수두룩합니다. 마석과 회복약을 먹이면서 의식을 치르면 문제없습니다. 그래도 부족할 때를 대비해 다른 협력자도 확보해 뒀지요."

나와 하르트무트의 말이 깔끔하게 겹쳤다. 물론 앞만 똑같고 뒷말은 아예 반대지만.

"로제마인 님은 귀족원 생활을 즐기십시오. 봉납식은 어떻게든 청색 신관에게 해결시킬 겁니다."

하르트무트가 상큼한 미소를 보였다. 어쩐지 청색 신관들이 걱정되기 시작했다.

"그냥 돌아오는 편이 좋을 것 같은 예감이 드는데요……."

"아니, 그럴 필요 없다. 하르트무트가 그대를 위해 하겠다면 무슨 일이 있어도 처리하겠지."

페르디난드는 가볍게 손을 저으며 하르트무트에게 신전 봉납식을 맡겼다. 이상하게 하르트무트에 대한 무한 신뢰가 느껴졌다. 나한테는 절대 안 맡기면서.

"로제마인, 신전과 그대에게 큰 문제가 없다면 아렌스바흐에 가겠다. 다만, 생필품을 챙겨 주겠다는 그쪽 말을 믿을 수가 없군. 바쁜데 미안하지만 경계문까지 짐을 옮겨 줄 수 있겠나? 답장 기한은 사흘, 마차 대신 그대의 기수를 타고 가면 며칠은 더 벌 수 있다. 그 기간에 최대한 약과 마술구를 준비할까 한다."

페르디난드가 가겠다고 결심했다면 나는 할 수 있는 한 돕고 싶었다.

"……알겠어요. 저도 최대한 도울게요."

"고맙다."

결단한 페르디난드의 행동은 빨랐다. 자신의 저택에 있는 시종 앞으로 편지를 써서 의류나 생필품을 준비하도록 명령했다. 그리고 올도난츠의 마석을 기동시켜 질베스타에게 보내 "아렌스바흐에 갈 테니 답장은 사흘 후에 보내도록." 하고 못을 박았다.

알겠다는 답장의 올도난츠가 날아오자, 내게 짐을 옮길 일정과 준비를 하러 신전에 동행할 거라는 연락도 넣었다. 그동안 하르트무트는 신전 시종들에게 귀환 통지를 날려 보냈다.

"로제마인의 동행을 허가한다. 적지에 발을 들이는 것과 마찬가지이니 완벽히 준비하도록."

"알고 있습니다."

말하지 않아도 안다, 라는 얼굴로 올도난츠를 돌려보낸 페르디난드가 자리에서 일어났다. 그때 또 다른 올도난츠가 날아왔다. 이번에는 내 앞으로.

"로제마인, 페르디난드가 짐을 잘 챙기는지 리카르다와 엘비라에게 확인시켜. 페르디난드한테는 여성의 꼼꼼함이 필요하거든."

질베스타의 올도난츠에 페르디난드가 인상을 팍 찡그렸다. 나 역시 입술을 삐죽거렸다.

"양아버님은 나한테 꼼꼼함이 없다는 걸 강조하고 싶은 걸까요?"

"하긴, 없긴 하지."

'너무해!'

나로는 부족하다고 판단한 페르디난드는 내 뒤에 있는 리카르다를 보았다.

"리카르다, 그렇게 됐는데 아렌스바흐에 가져갈 선물을 골라 줄 수 있겠나? 많이 실어 갈 순 없지만 빈손으로 갈 순 없지. 이건 품질이 좋은 물건과 선물할 대상을 대충 정리한 목록이다. 이걸 참고하거라."

페르디난드가 '일손이 부족하면 내 문관을 데려다 써'라고 하며 미리 정리한 선물 목록을 리카르다에게 건넸다.

"맡겨 주세요, 페르디난드 도련님. ……아니지, 이제 혼인하시니 앞으로는 페르디난드 님이라고 불러야겠네요."

그 말에 페르디난드가 눈을 크게 떴다. 리카르다는 씁쓸해하며 키득 웃었다.

"호칭을 바꿀 때가 오면 기쁠 줄 알았어요, 저는. 이렇게 불안한 마음으로 쫓기듯이 보내드리게 될 줄은 요만큼도 생각하지 못했네요."

"나 역시 리카르다에게 도련님이라고 불릴 때가 좋은 시절이었다는 걸 이제 알았다."

페르디난드는 쓴웃음을 지은 뒤, 리카르다에게서 등을 돌렸다.

"신전 공방도 폐쇄하고, 개인 저택에서 짐도 싸야 하니 미안하지만 내 대신 성에 있는 선물을 골라 다오."

"알겠습니다, 페르디난드 님."

출발 준비

신전에 돌아오자마자 페르디난드는 기수를 회수하고 곧장 자신의 방으로 가려고 했다. 나는 "잠깐만요, 신관장님." 하고 그를 불러 세웠다.

"신관장님, 시간을 멈추는 마술구가 필요해요. 음식과 디저트를 꽉꽉 채워서 아렌스바흐에 가져가셔야죠."

"……그대는 남은 기간 내내 음식을 준비할 작정인가?"

"당연하죠. 신관장님은 바쁘면 식사도 거르니까 이번에도 음식만 쏙 빼고 챙기려고 했죠?"

정곡을 찔렀는지, 페르디난드가 눈을 살짝 가늘게 뜨고 입을 닫았다.

"제가 준비할 테니까 시간을 멈추는 마술구만 빌려줘요."

"나중에 유스톡스를 보내마. 그러면 되겠나?"

성큼성큼 걸어가며 시종에게 지시를 내리는 페르디난드를 바라보면서 나는 기수를 회수하고 프랑에게 고아원과 공방에 가서 시종들을 불러 달라고 했다. 모니카와 함께 신전장실에 돌아가서는 니콜라까지 도와 둘이서 내 옷을 갈아입혔다.

"니콜라, 디저트와 음식을 잔뜩 만들어 줘요. 페르디난드 님이 출발하기 전까지 시간을 멈추는 마술구를 꽉 채울 만큼 만들어야 해요. 이탈리안 레스토랑에도 부탁할 거지만, 이쪽 주방에서도 만들어 줬으면 해요."

"알겠습니다."

니콜라가 주방으로 달려가자, 나는 곧장 평민촌 앞으로 편지를 썼다. 편지를 다 썼을 무렵에 프랑에게 호출된 시종들이 내 방에 집결했다.

"길, 이걸 벤노에게 전달해요. 신관장님이 자크에게 장의자를 의뢰했는데, 진척 상황을 알고 싶다고 하세요. 이건 길베르타 상회에 전달하세요. 레티치아 님께 드릴 선물인데, 디트린데 님 같은 금발에 잘 어울리고, 판매하는 머리 장식 중에 최고급으로 구매하고 싶거든요. 이건 오트마르 상회에 건네줘요. 신관장님이 가져갈 음식과 디저트 준비를 도와 달라고 부탁해 주세요."

"알겠습니다."

프리츠에게는 레티치아에게 선물할 교재와 책 세트를 준비하도록 하고, 빌마에게는 겨우내 고아원에 사람이 더 들어올 수 있을 것이라 전했다. 그리고 로지나에게는 신곡을 악보에 옮겨 쓰게 했다. 사실은 귀족원에서 몰래 완성할 생각이었는데, 시간이 없었다. 악보에 주선율만 써서 선물하고, 편곡은 알아서 하라고 하자.

다음 날, 신전장실에 시간을 멈추는 마술구가 들어왔고, 푸고와 엘라가 만든 음식과 오트마르 상회에서 보낸 디저트와 음식을 차곡차곡 채워 넣었다. 유스톡스가 하나하나 기미를 보고, 무슨 음식이 들어있는지 꼼꼼하게 메모하는 모습이이 보였다.

세 점 종 무렵부터 내 방에 신관장실 소속 시종이 들락날락하며 페르디난드의 공방에서 꺼낸 나무 상자 몇 개를 내 공방으로 옮겼다.

그러는 와중에 벤노의 답장이 도착했다. 자크에게 주문한 장의자는 내구성이 강한 원단이 도착하지 않아 아직 완성하지 못했다는 것이다. 그래도 겨울 안에는 완성하겠다고 쓰여 있었다.

나는 평소대로 업무를 도울 겸 보고도 하러 신관장실에 갔다. 그런데 짐을 옮기고 옷을 정리하느라 시종이 줄어든 방에 그의 모습이 보이질 않았다.

"에크하르트 오라버니, 신관장님 어디 갔어요?"

"페르디난드 님은 공방을 정리하신다고 나무 상자를 밖에 낼 때 말고는 나오질 않으셔. 급한 일이면 불러 봐. 기왕 왔으니 페르디난드 님을 도와드려도 좋고."

에크하르트는 그렇게 말하며 소통 마술구를 가리켰다. 내가 시키는 대로 "신관장님, 보고할 게 있으니 들여보내 주세요."라고 말을 걸자, 페르디난드가 공방에서 얼굴을 내밀었다. 내가 말을 하려고 입을 열기도 전에 에크하르트가 나를 공방으로 떠밀었다.

"페르디난드 님, 로제마인이 꼭 돕고 싶답니다."

"네? 그런 말은……. 아, 제발 돕게 해 주세요."

에크하르트의 미소에 지고 만 나는 도우미를 자청했다. 페르디난드의 허가로 방에 들어가 서류 정리를 도우면서 나는 내가 준비한 음식과 디저트, 머리 장식, 교재에 더해 벤노에게 받은 편지에 대해 그에게 공유했다.

"그렇게 됐으니 봄이 되면 장의자와 새로운 음식을 보낼게요. 그전까지 이번에 가져가는 음식을 남기지 말고 다 드세요."

이거면 페르디난드의 건강 라이프도 해결됐다, 하고 내가 안심할 때 페르디난드는 잠시 생각하더니 천천히 고개를 저었다.

"안 보내도 된다. 새 장의자는 그대가 두고 써."

"왜요?"

매트리스를 마음에 들어 하길래 주문했는데, 하고 나는 눈을 끔뻑였다. 푹신푹신한 의자가 있으면 페르디난드도 조금은 편히 쉴 터였다. 내 입장에서는 꼭 아렌스바흐에 가져갔으면 했다.

"……내가 가져가는 물건은 전부 몰수당할 우려가 있다. 뺏길 바에는 그대가 쓰는 게 낫지."

페르디난드의 뇌리에 불쾌한 과거의 정경이라도 스쳐 지나간 걸까. 나는 '설마요'라고 부정하지도 못하고 입을 닫았다.

"그리고…… 기댈 장의자가 없으면 그대가 편하게 쉴 곳이 없어지지 않겠는가."

"네?"

내 장의자는 방에 있다. 어디에 옮긴 것도 아니고, 없앨 예정도 없다. 무슨 말인지 몰라 나는 페르디난드를 올려다보았다. 그러자 페르디난드는 연한 금색 눈을 게슴츠레 뜨고 인상을 찌푸리더니 나를 내려다보며 가볍게 숨을 내뱉었다.

"나를 장의자로 예를 든 건 그대 아니더냐. ……굳이 말하자면 내 대용이다."

페르디난드는 "말하면 좀 알아들거라."라며 내 정수리를 가볍게 툭 치더니, 나무 상자를 공방 밖으로 가지고 나갔다. 그렇게 어렵게 돌려 말하면 내가 무슨 수로 알아? 하고 속으로 투덜거리며 페르디난드의 뒷모습을 보았다. 신전에 들어온 이후로 줄곧 보아 온 등이다.

'저 등 뒤에 있는 동안은 참 든든했는데.'

신전에 들어온 이후부터 지금까지의 추억이 주마등처럼 스쳐 지나갔다. 갑작스럽게 떠날 준비로 바쁜 페르디난드가 내게 남겨 준 상냥

함에 가슴이 찡했다.

페르디난드가 공방을 나선 순간, 사라진 듯 눈앞에서 모습을 감췄다. 이젠 이렇게 내 앞에 방패처럼 서 줄 사람이 없구나. 안내자도 없는 길을 스스로 걸어가야 한다는 생각에 불안감이 가슴에 퍼졌다.

"로제마인, 그쪽 서류를 정리해 다오."

나무 상자를 밖에 내고 온 페르디난드는 금방 돌아왔다. 아직 눈앞에 페르디난드가 있다는 안도감에 울고 싶어졌다.

'대신할 장의자 따위 없어도 되니까 그냥 봄에 가요.'

그 말이 목구멍까지 올라왔다. 절대 입 밖에 내지 못할 철없는 내 고집이다. 하고 싶은 말을 삼키며 나는 눈가를 훔쳤다.

"로제마인, 왜 그래?"

"……있죠, 신관장님. 너무 바빠서 시간도 없는데 다른 사람도 들어올 수 있게 공방 입실 제한을 풀면 안 돼요?"

일단은 떼를 쓰는 대신 유익한 제안을 꺼내 보았다.

"괜찮은 생각이군."

입실 제한을 해제해서 공방에 다른 사람도 들어올 수 있게 되었다. 그렇게 되자 키 작고 힘없는 나는 당장에 쫓겨났다. 싱글벙글하며 공방에 들어간 에크하르트가 페르디난드를 돕는 것을 보며 가볍게 어깨를 으쓱했다.

아렌스바흐에 가져갈 물건과 내 공방으로 옮길 물건, 개인 저택에 가져갈 물건으로 나눈 짐들이 하나둘 밖으로 나왔다. 지금까지 한 것만으로도 조금은 정리가 되었지만, 여전히 끄집어낼 짐이 산더미다.

"집 정리도 남아 있으니 여기 작업은 오늘 안에 끝내 다오."

페르디난드의 말을 들은 신관장실 시종들의 눈이 휘둥그레졌다.

평소 업무도 해야 하는데, 여태껏 출입한 적도 없는 잡다한 공방을 전부 정리하라고 하니 눈앞이 깜깜한 것이다.

"신관장님의 시종만으론 절대 오늘 안에 못 끝내요. 고아원에서 회색 신관들을 부를게요."

"거둘 수도 없는데 시종도 아닌 자를 부르잔 말인가?"

"굳이 시종으로 거두지 않아도 적당한 보수만 주면 돼요. 모니카, 고아원에 가서 힘 잘 쓰는 회색 신관을 열 명만 불러와 줘요."

"알겠습니다."

모니카가 몸을 홱 돌려 고아원 쪽으로 걸어갔다. 나는 곤란해하는 페르디난드를 올려다보며 조그맣게 웃었다.

"낯선 사람이 만지게 하고 싶지 않은 짐은 에크하르트 오라버니와 시종들을 시키시고, 지원하러 온 회색 신관들에겐 정리된 짐을 옮기도록 하면 어때요?"

"……남에게 일을 시키는 건 정말 잘하는군."

"전 누군가에게 부탁하지 않으면 아무것도 할 수 없으니까요. 계속 잘하는 사람한테 맡겨 왔어요. 신관장님은 뭐든지 스스로 하려고 하지만, 조금은 조력자를 만들어서 맡길 줄도 아셔야 한다고 생각해요."

그렇게 말하면서 나는 페르디난드도 쉽게 조력자를 만들 방법을 생각해 보았다. 몸을 지키는 기술은 뛰어난데, 경계심이 심해서 적극적으로 조력자를 만들지 않는다. 지금 곁에 있는 사람만으로 어떻게든 해결하려고 했다. 하지만 조력자라고는 라이문트 외에는 없는 아렌스바흐에서 믿을 사람이 에크하르트와 유스톡스밖에 없으면 어찌 산단 말인가.

"페르디난드 님, 이왕 귀족들이 전부 소집하는 겨울에 아렌스바흐에 가시니까 환영의 사례라는 핑계로 페슈필을 연주해서 귀족 여성들을 우리 편으로 끌어들이면 어때요? 엄청 쉽고 간단하잖아요. 참신한 곡을 들으면 분명 흥미를 느끼는 사람이 있을 거예요. 실력과 목소리와 얼굴도 다 가졌는데 좀 유용하게 써먹읍시다."

에렌페스트에서도 페슈필 연주로 페르디난드에게 설렌 귀족 여성이 많았으니 아렌스바흐에서도 해 볼 가치가 있지 않을까?

"아, 그리고 디저트도 준비했거든요. 레티치아 님의 교육 담당이 되실 거니까 목표를 달성하면 상으로 디저트를 주세요. 혼만 내면 교육이 안 돼요. 칭찬을 잊지 마세요. 그리고 레티치아 님의 측근과도 교육 방침에 대해 자주 상담하세요. 자기 계획만 몰아붙이면 안 돼요. 그리고……."

"거기까지 하고, 본인 할 일이나 하지."

내가 기껏 생각나는 대로 주의를 주려는데, 페르디난드는 귀찮다는 듯이 한숨을 내쉬면서 손을 흔들었다. 하지만 할 일이 없는데 뭘 하라는 말인가. 이미 페르디난드에게 주어 보낼 물건은 이미 절차가 끝났다. 이젠 그것들이 들어오기만 기다리면 된다. 요리는 계속해서 만들어지고 있고, 오트마르 상회에서 도착한 물건은 유스톡스가 확인하며 담고 있다. 레티치아에게 선물할 머리 장식은 길이 사 두었고, 교재는 프리츠가 챙겼다. 로지나는 이미 주선율을 전부 악보에 옮겨 썼고, 마지막까지 편곡하겠다며 페슈필을 안고 고군분투 중이다.

"신관장님, 제가 뭘 해야 하나요? 전 신관장님을 도우려고 신전에 돌아온 거잖아요."

"시종들과 도서실에 가서 내 개인 책들을 회수해 와라."

"책을 회수하라고요……?"

페르디난드의 개인적인 책이니 신전을 떠날 때 가져가는 건 당연하지만, 책이 줄어든다고 생각하니 너무 슬펐다. 나는 내 시종들을 데리고 터벅터벅 신전 도서실로 향했다.

난로도 없는 도서실은 냉랭한 공기로 가득했다. 나는 부르르 몸을 떨며 "이거랑, 이거랑, 그거랑……." 하고 페르디난드의 책을 손가락으로 가리키고, 프랑에게 자물쇠를 따도록 지시를 내렸다.

독서대와 책을 이은 두꺼운 쇠사슬이 철컹 소리를 내며 떨어지고, 독서대에서 한 권, 또 한 권 분리되었다. 나는 쓸쓸한 마음으로 잠과 프랑의 손에 들린 책을 바라보았다.

'아, 저 책…….'

이 신전 도서실은 내가 처음으로 들어온 도서실이고, 이곳에 비치된 책들은 내게 자유로운 관람이 허가되었던 첫 책이다. 청색 견습 무녀로 들어온 첫날에 읽은 책도 페르디난드의 책이었다.

"왜 그러십니까, 로제마인 님?"

"프랑이 들고 있는 그 책, 내가 이곳에서 처음 읽은 책이었구나, 라는 생각이 나서요."

프랑은 책을 내려다보고 뭔가를 떠올렸는지 조그맣게 웃었다.

"길을 살짝 위압하시면서 점심보다 독서가 먼저라던 로제마인 님의 모습을 저도 기억하고 있습니다. 점심을 거르셔서 그 뒤 쓰러지셨지요?"

프랑이 그렇게 말하자, 잠도 키득 웃으며 나를 보았다.

"길베르타 상회가 기부금을 가져왔을 때였죠. 그때 신관장님이 얼마나 놀라시던지. 로제마인 님이 회복하셔서 신전에 오시기 전까지 매일같이 프랑에게 물어보셨답니다."

"……둘 다 그런 건 그냥 깨끗하게 잊어주세요."

프랑과 잠은 페르디난드와 얽힌 추억을 하나둘 꺼내면서 한 권씩 소중하게 천으로 싸서 옮겼다. 그 추억들의 대부분은 나의 못 말리는 언행에 골머리를 앓는 페르디난드였다. 좀 더 괜찮은 추억은 없는 걸까? 자신의 실패담만 줄줄이 나오니 부끄러웠다.

"로제마인 님은 모니카와 여기서 기다리십시오. 신관장님께 가져다드리고 오겠습니다."

프랑과 잠은 여러 권을 한꺼번에 옮기지 않고, 여러 번 왕복하면서 한 권씩 조심스레 옮길 생각인 듯했다. 페르디난드는 내게도 시종과 같이 책을 회수하라고 했지만, 그의 개인 책은 너무 두껍고 무거운 것들뿐이었다. 도무지 내가 들 수 있는 무게가 아니었다.

나는 두 사람의 뒷모습을 배웅한 뒤, 책이 빠져 휑해진 도서실을 쭉 둘러보았다.

"……이 책장에 메스티오노라가 새겨져 있었네."

신전장의 열쇠 없이는 열지 못하는 문짝 달린 책장에는 주변 책장에 없던 조각이 공들여 새겨져 있었다. 구르트리스하이트를 품에 안은 여신 조각이다. 나는 책장을 찬찬히 바라보았다.

"벌써 몇 년이나 이곳에 와서 책장을 봤는데도 눈에 책밖에 안 들어왔나 봐."

"로제마인 님다우시네요. 아까 프랑과 잠이 해준 얘기도 재미있었어요. 전 고아원을 구해 주시기 전의 로제마인 님은 거의 모르거든요."

모니카가 키득키득 웃으며 말했다.

"책장 조각도 눈치 채지 못하실 정도이니 아마 모르시겠지만, 사실 신전 여기저기에 이런 조각들이 있어요."

모니카는 예전부터 책장 조각을 알고 있었던 모양이다. 사실은 신전 구석구석에 여러 신들이 숨어 있다고 한다. 처음 알았다. 깨끗하게 쓸고 닦지 않으면 잘 보이지 않는다고 한다.

"로제마인 님, 기다리셨지요? 신관장님께서 기수를 준비해 달라고 하십니다."

프랑과 잠이 책을 전부 옮기고 나면 이제 귀족가로 운송할 차례다. 도서실을 나온 나는 방으로 돌아가 옷을 갈아입었다. 그러자 호위를 하고 있던 안게리카가 내게 다가왔다.

"로제마인 님은 페르디난드 님의 저택에 짐을 옮겨드리면 성으로 돌아가시지요? 오늘은 제가 신전에 남을 테니 다무엘은 퇴근시키셔도 됩니다."

"그럼 다무엘은 내일 쉬어요. 겨울 사교계 준비도 해야 하죠?"

"감사합니다."

매일 신전 호위에 발이 묶이면 겨울 사교계를 대비하지 못한다. 오늘은 다무엘을 퇴근시키고, 안게리카를 남기기로 했다.

"그러고 보니 안게리카는 준비 다 끝났어요?"

"유능한 여동생이 제 몫까지 빈틈없이 해 줬을 겁니다."

"리젤레타한테 떠넘기지 말고 스스로도 할 줄 알아야죠."

"사실은 저도 그렇게 생각합니다."

부끄러운 듯 안게리카가 뺨을 감싸며 미소를 지었다. 해야 하는 줄은 알지만 할 마음이 없을 때 나오는 대답이다. 이 대답이 나오면 고칠 마음이 없다고 생각하는 편이 낫다.

"안게리카, 계속 그러다가 리젤레타가 결혼하면 어쩌려고요."

"그 말씀은 아직 2년 정도는 괜찮다는 말씀이지요?"

"그런 의미가 아니에요."

안게리카의 의식 개혁은 일찌감치 포기하고 나는 정문 앞에 커다란 레서 버스를 소환했다. 짐을 잔뜩 실을 것을 감안하고 소환해서 그런지 레서 버스가 아니라 레서 트럭이다. 출입구가 출렁 하고 열리자, 회색 신관들이 차례차례 짐을 싣기 시작했다.

"신관장님, 기수를 소환했어요."

"그럼 그대는 난로 앞에서 대기하고 있거라. 아무리 조금 건강해졌어도 이 독한 추위엔 감기에 걸리기 십상이다."

페르디난드에게 주의를 들은 나는 난로 앞에 준비된 의자에 앉아 일하는 이들을 바라보았다. 수많은 회색 신관이 움직여 준 덕분에 진행도 순조롭다. 유스톡스가 지시를 내리자, 시간을 멈추는 마술구를 여러 명이 들고 옮기는 모습도 보였다.

점심을 먹고 잠시 휴식을 취한 뒤, 또다시 작업이 시작되었다. 페르디난드의 공방은 텅텅 비었고, 옷장에 있던 옷도 청색 신관 의상을 빼고 전부 실려 나왔다.

텅 빈 공방 문을 닫고, 페르디난드가 문에 손을 대고 마력을 흘려보내자, 마석의 색이 사라졌다. 이로써 페르디난드의 공방은 완전히 소멸하였다.

"이거로 내 마력은 해제했다. 이젠 그대 마음대로 써도 좋다."

"감사합니다."

하르트무트가 감사의 말을 하고, 자신의 마력을 등록해 자신만의 비밀의 방을 생성했다.

"이제 난 자택에 돌아가서 그쪽을 정리하고 짐을 꾸리고 나면 아렌스바흐로 출발하겠다. 앞으로 신전에 올 일은 없겠지. 이 신관복은 깨끗이 씻어서 대여복과 함께 두도록 해라."

페르디난드는 청색 의상을 시종에게 건넸다. 이제는 눈에 익은 저 청색 신관복을 페르디난드가 입을 일이 없다. 느낌이 매우 이상했다. 페르디난드는 귀족이 입는 겉옷을 걸치고 파란 망토를 둘렀다.

"로제마인, 멍하니 있지 마. 내 저택에 짐을 옮겨야지. 가자."

"아, 네!"

나는 페르디난드와 함께 레서 버스가 있는 정문으로 향했다. 그곳에는 신관장실의 모든 시종이 배웅하려고 모여 있었다. 귀족 측근들이 신전을 나와 기수를 소환하는 가운데, 신관장실 시종들이 일렬로 서서 기도를 올리기 시작했다.

"신관장님께서 가시는 곳에 신들의 가호가 있기를. 높고 정정한 천공을 관장하는 최고신, 넓고 호호막막한 대지를 관장하는 다섯 분의 대신, 물의 여신 플류트레네, 불의 신 라이덴샤프트, 바람의 여신 슈첼리아, 흙의 여신 게두르리히, 생명의 신 에이비리베께 기도와 감사를 바칩시다."

일제히 신에게 기도를 올리고 단체로 무릎을 꿇는다. 양손을 가슴 앞에서 교차하고 고개를 숙이는 자신의 시종들을 매우 복잡한 표정으로 내려보던 페르디난드의 입꼬리가 슬쩍 올라간다.

"……내게 충성을 다해 섬긴 그대들에게 내리는 마지막 명령이다. 앞으로는 하르트무트를 주인으로 섬기고, 신전장인 로제마인을 돕거라."

"분부대로 하겠습니다."

고개를 끄덕여 시종에게 마지막 인사를 남긴 페르디난드는 나를 배웅하려고 나온 프랑과 잠에게로 몸을 돌렸다. 두 사람 모두 내 시종이 되기 전엔 페르디난드의 시종이었다. 충성심이 매우 높고 유능해서 내게 붙였다고 들었다.

"프랑, 잠. 로제마인을 부탁한다."

먼저 무릎을 꿇은 건 잠이었다. 고개를 숙여 눈을 감는 그 모습에서 페르디난드를 향한 경의가 넘쳐흘렀다.

"명심하고 있습니다. 신관장님께서도 부디 몸조심하십시오."

"신관장님을 모신 건 제 평생의 영광입니다."

"……그런가."

만감이 서린 프랑의 말에 살짝 기쁜 듯이 웃은 페르디난드는 파란 망토를 펄럭이며 신전을 뒤로했다. 기수를 타고 줄지어 서 있는 시종들을 한번 쳐다본 후 하늘을 달리기 시작했다. 나는 레서 버스의 핸들을 쥐고, 앞서가는 파랑 망토를 뒤따랐다.

'이제 신관장님은 더 이상 신관장님이 아니구나.'

페르디난드의 저택에 도착하고, 이번에는 레서 버스의 짐들을 내리기 시작했다. 아렌스바흐에 가져갈 물건과 이 저택에 둘 물건으로 나눠서 각 방에 옮겼다.

짐 옮기기에 도움이 되지 않는 나는 유디트의 호위를 받으며 얌전히 차를 마시면서 기다리고 있을 수밖에 없었다. 사실은 도서실에 가고 싶었지만, 도서실에도 옮길 짐들이 있어 방해된다는 핀잔을 들어 버렸다.

'모두가 바삐 움직이는데 혼자만 차를 홀짝이고 있으려니 좀 불편

하네.'

그런 생각을 하며 파란 망토를 두른 채 지시를 내리는 페르디난드를 보고 있던 나는 어? 하고 고개를 갸웃거렸다.

"그런데 페르디난드 님, 그 망토는 어쩔 거예요? 아렌스바흐에 갈 때 단켈페르거 망토를 두르고 가는 건 좀 그렇잖아요. 에렌페스트의 망토를 두르실 건가요?"

"……잊고 있었군."

페르디난드는 미간을 찌푸리더니 관자놀이를 톡톡 두드렸다. 에렌페스트의 새 망토에는 보호 마법진이 없다고 했었다. 아렌스바흐에 두르고 가기엔 불안하리라.

"로제마인, 공방에 가서 잉크를 만들어라. 자수를 넣을 시간이 없으면 그려야지."

하긴 출발을 며칠 앞두고 복잡한 마법진을 자수하는 건 말도 안 되는 소리다. 그리고 예의 사라지는 잉크라면 나중에 사라지므로 어떤 보호 마법진이 새겨져 있는지 상대방은 알 수 없어 딱이었다.

"그런데 왜 제가 잉크를 만들죠?"

"내 것을 쓰면 빛이 나니까 그렇지. 그리고 그대는 한가하지 않은가. 다무엘, 그대가 로제마인에게 붙어라. 잉크를 만들게 해야겠다."

선생 역할을 할 수 있는 다무엘이 유디트와 호위를 교대하고, 나는 페르디난드의 저택에 있는 공방에 던져졌다.

"어차피 할 일도 없어서 상관은 없긴 한데 좀 이상하잖아요. 다른 사람의 잉크로 마법진을 그려도 발동이 돼요?"

망토의 자수는 보통 부모자식이나 부부만 넣을 수 있다고 들었다. 잉크로 그린다고 뭐가 다를까?

"효력은 약하겠지만, 다른 사람의 마력이 들어간 마법진이라도 효과는 있습니다. 자신과 비슷한 마력일수록 효과가 더 높을 뿐이에요."

"하긴 듣고 보니 페르디난드 님의 망토도 다른 사람의 물건이니까 남의 것이라고 완전히 효력이 없는 건 아니겠네요."

"그리고 페르디난드 님께선 성결식 전까지만 에렌페스트의 망토를 쓰신다고 합니다. 그 후에는 아렌스바흐의 망토를 두르실 테니 간단한 마법진이면 된다고 생각하신 것 아닐까요?"

다무엘의 설명을 들으면서 나는 잉크 제작에 필요한 소재를 준비했다. 페르디난드는 어느 공방이든 항상 같은 위치에 소재를 두는 덕분에 찾기가 수월했다. 성격이 여기서 드러나는구나 싶었다.

"그나저나 페르디난드 님도 결혼하시는군요. 저는 언제쯤 결혼할 수 있을까요?"

소재를 휘적이는 동안 나는 다무엘의 한탄을 들었다. 평생 독신으로 있을 줄 알았던 페르디난드가 결혼해서 충격이 큰 듯했다.

"나의 마력 압축 방법으로 마력을 키운 하급 귀족 영애가 있으면 다무엘도 결혼하게 되지 않을까요? 마력 압축을 배우는 조건을 충족했다면 파벌도 문제없을 테고, 마력과 계급만 맞으면 분명 내 어머님이 소개해 줄 거예요. 다만, 어머님 소개면 다무엘은 거절하기 어려울 텐데 그건 괜찮아요?"

"……자력으로 찾는 건 포기했습니다."

들어가는 소재를 하나씩 내밀며 다무엘이 어깨를 떨구었다. 도와주고 싶은 마음은 굴뚝같지만 나로선 방법이 없다. 내가 소개해 줄 수 있는 사람은 필린느 정도였다.

"아니면 필린느의 남편 자리를 잡아 두는 건요? 동료니까 파벌에도 문제없고, 마력 압축도 노력하고 있잖아요. 같은 하급 귀족이니까 계급도 맞고요."

내 제안에 다무엘이 난처한 얼굴로 "그러진 마십시오." 하고 고개를 저었다.

"……제가 보기에 필린느는 로데리히에게 호감이 있습니다."

"네? 그랬어요?!"

"예전에 로데리히의 편지를 몰래 받은 적도 있고, 그가 측근이 된 이후로는 살뜰하게 돌보더군요. 얼마 전엔 마음에 둔 사람이 자신을 여자로 보지 않는다고 제게 연애 상담도 했는데, 아마 그 상대가 로데리히가 아닐까 합니다."

'다무엘한테 연애 상담을 했다고? 필린느, 아무리 생각해도 상대를 잘못 잡았어.'

하지만 실례가 될 마음의 소리는 입 밖에 내지 않았다.

"필린느가 내게는 연애 상담을 한 적이 없어서 로데리히를 좋아하는지 몰랐어요. 다무엘의 결혼 상대로 밀면 안 되겠네요."

그런 대화를 나누며 나는 마지막 가루를 뿌렸다. 표면이 번쩍 빛났고, 잉크가 완성되었다.

"페르디난드 님, 완성했어요!"

완성된 잉크를 가져가자, 페르디난드는 얼른 커다란 테이블 위에 에렌페스트의 망토를 펼쳐서 곧바로 마법진을 그리기 시작했다. 조금 번질 것을 감안해서 큼지막하게 그려 넣는 그의 움직임에는 망설임이 없었다.

"……흠. 성결식까지 남은 기간이 짧으니 이거면 충분하겠지."

복잡한 마법진을 다 그린 페르디난드는 만족스럽게 고개를 끄덕이며 펜을 내려놓고 잉크병 뚜껑을 닫았다. 성결식을 치르면 아렌스바흐의 새 망토를 받는다. 그 망토에는 약혼 중에 신부가 자수한 마법진이 새겨져 있을 거라고 한다. 과연 디트린데의 자수 실력은 페르디난드의 합격 기준을 통과할 수 있을까. 나는 심히 걱정이 되었다. 동시에 약간 안심이 되기도 했다.

'신관장님의 신부가 내가 아니라 천만다행이야. 잉크로 그리면 몰라도 저런 복잡한 마법진을 자수로 넣어야 한다니, 죽어도 못해.'

"페르디난드 님, 그 망토 돌려주는 거 잊지 마세요."

디터 경기의 전리품으로, 유레베를 만들 수 있는 귀한 소재를 주고 넘겨받은 하이스히체의 소중한 망토다. 쓰지 않을 거면 돌려줘야 마땅하리라.

"……아렌스바흐의 상황도 모르는데 남의 소중한 물건을 그쪽에 가져갈 순 없지. 귀족원에서 단켈페르거 영주 후보생을 통해 돌려주든, 영지 대항전 당일에 내가 그대에게 받아서 돌려주든 둘 중 하나겠지."

"알겠어요. 본인에게 직접 돌려주는 편이 나을 테니 제가 가져갈게요."

"그럼 부탁한다."

유스톡스가 페르디난드의 망토를 벗겼다. 그리고 바셴을 걸어 깨끗하게 씻고, 반듯하게 개어서 필린느에게 건넸다.

"필린느, 귀족원에 가져갈 짐 꾸러미에 넣으라고 리카르다에게 말해 둬요."

"알겠습니다."

그로부터 페르디난드는 출발 전까지 정신없이 보냈다고 한다. 그 동안 성에서 지낸 나는 그와 마주칠 일 없이 며칠이 흘렀다.

나는 출발 당일까지 아프지 않게 몸조심하면서 빌프리트와 샤를로테, 멜키오르와 함께 플로렌치아의 집무실에 가서 구 베로니카 파 아이들 일로 의논하거나, 고아원에 필요한 예산을 짜거나, 에크하르트와 유스톡스에게 줄 보호구를 만드는 등 귀족원에 갈 채비를 하며 지냈다.

이별

"로제마인, 오늘은 숙부님이 떠나시는 날이야. 몸 상태는 괜찮아?"

"그럼요, 빌프리트 오라버니. 페르디난드 님의 짐을 옮기는 중요한 임무가 있는데 아무리 아파도 가야죠."

페르디난드를 배웅하는 인원은 영주 부부, 빌프리트, 나, 각자의 측근들, 기사단 멤버들이다. 샤를로테와 멜키오르는 보니파티우스와 함께 성에 남는다.

출발 당일, 페르디난드의 저택에서 짐을 싣고 출발한 마차 두 대가 도착했다. 그리고 성에서 보관 중인 예물 중에서 리카르다와 엘비라가 선별한 물건이 실려 나왔다.

"이 기수에 짐을 실으세요."

하인들은 거의 마차 세 대에 들어갈 만한 짐들을 거대해진 레서 버스에 싣기 시작했다. 아렌스바흐에는 사전에 짐 양을 알려 두어서 마차 세 대 이상이 나와 있기로 했다고 한다.

짐을 옮겨 싣는 동안 나는 에크하르트와 유스톡스에게 열심히 만든 보호구를 건넸다.

"두 분은 페르디난드 님을 지키는 가장 위험한 위치에 있으니까 이 보호구를 가지고 다녀 주세요."

"감사합니다, 공주님."

"에크하르트 오라버니, 페르디난드 님을 꼭 지켜 줘요."

"그래, 약속하마."

두 사람이 약속해도 불안이 사그라지지 않는 내 어깨를 안게리카가 안심시키듯 가볍게 두드렸다.

"걱정하지 마십시오, 로제마인 님. 에크하르트 님은 아주 강하세요. 분명 페르디난드 님을 지켜 주실 겁니다. 전 에크하르트 님의 힘과 주군을 향한 충성심을 믿습니다."

안게리카의 깊은 파란 눈동자에서 에크하르트를 향한 신뢰가 묻어나왔다. 에크하르트도 부드러운 표정으로 안게리카를 내려다보았다.

"나도 강해지고자 하는 너의 욕심과 로제마인에 대한 충성심은 대단하다고 생각해. 로제마인에게 무슨 일이 생기면 페르디난드 님이 가슴 아파하실 거야. 반드시 로제마인을 지켜 줘."

"네!"

안게리카가 주먹을 불끈 쥐며 팔을 접었다. 에크하르트도 마찬가지로 팔을 접어 주먹을 가볍게 맞췄다. 병사가 서로의 건투를 빌 때 하는 행동과 똑같았다. 나도 주먹을 쥔 팔을 접었다.

"에크하르트 오라버니, 나도! 나도 에렌페스트에서 열심히 할게요."

"그래, 간간이 페르디난드 님께 음식을 보내 주면 고맙겠어."

기껏 팔을 접으며 맹세했는데 내 머리만 쓱쓱 쓰다듬고 끝내 버린다. 아니야. 함께 건투를 빌어 달라니까.

"뭐 하고 있나?"

"페르디난드 님…… . 에크하르트 오라버니와 안게리카가 서로 건투를 빌어 주길래 끼려고 했는데 무시당했어요."

팔을 들어 주먹을 툭 치는 걸 하고 싶었다며 페르디난드에게 하소연하자, 에크하르트가 인상을 찌푸렸다.

"지킬 주인도 없는 네가 무슨 건투를 비냐. 이건 기사가 자신의 긍지를 걸 때 하는 동작이지, 영주 후보생이 할 행동이 아니야."

아쉽게도 병사가 건투를 비는 것과 조금 의미가 다른 모양이다. 거절당해서 입술을 삐죽 내밀자, 페르디난드가 어이없다는 표정을 지었다.

"그럼 그대는 나와 약속하자."

"……무슨 약속이요?"

또 이상한 소리를 꺼내는 건 아닐까. 내가 무심코 경계하자, 페르디난드는 그 자리에서 무릎을 꿇어 나와 시선 높이를 맞췄다. 연한 금색 눈동자가 진지하게 나를 똑바로 바라본다. 갑작스러운 행동에 놀라는 내 앞에서 페르디난드가 입을 열었다.

"난 아렌스바흐에 가서도 에렌페스트를 지키마. 그러니 로제마인. 그대는 에렌페스트의 성녀로서 이곳을 지켜 다오. 중앙이나 다른 영지의 감언이설에 넘어가지 않고, 한눈팔지 않고, 에렌페스트를 지키겠다고 약속하거라."

예상 밖의 진지한 말에 나는 침을 꼴깍 삼켰다. 주변이 쥐 죽은 듯 조용해지고, 시선이 집중되었다. 시선도 따갑고 분위기도 무겁다. 그런 주변이 신경 쓰이지도 않는지 페르디난드는 살짝 입꼬리를 올렸다.

"……어차피 구두 약속이니까 상대방이 책과 도서관을 미끼로 흔들면 생각이 짧은 그대는 또 좋다고 달려가겠지. 나와의 약속 따위 잊어버리고 달려들 그대의 모습이 눈에 아른거리는군."

"윽……."

뭐라고 대꾸를 못 하는 나를 보고, 페르디난드는 눈을 감은 후 가볍게 한숨을 쉬었다. 그리고 허리에 차고 있던 가죽 주머니에서 열쇠 하나를 꺼냈다. 노란 마석이 박힌 금속제였다. 열쇠가 눈앞에서 흔들렸다.

"나는 이거로 그대를 에렌페스트에 묶어 둘 수 있지."

"그 열쇠로요?"

눈앞에서 흔들리는 열쇠를 나는 빤히 바라보았다. 무슨 열쇠지? 책이나 도서관에 눈이 뒤집히는 나를 그것으로 어떻게 잡아 둔다는 말일까?

페르디난드는 내 손을 잡아 그 열쇠를 손바닥 위에 올렸다. 손바닥 위에 놓인 금속 열쇠는 꽤 묵직했다.

"이건 내 자택 열쇠다. 내 공방, 소재, 책, 재료, 마술구, 건물, 그곳 사용인들……. 내가 에렌페스트에 남기고 가는 모든 것을 그대에게 주마."

예상치 못한 발언에 나는 눈을 크게 떴다. 페르디난드는 진지한 눈빛으로 나를 보면서 한 마디, 한 마디 귓가에 잔음을 남기는 깊은 목소리로 천천히, 그리고 조용히 말했다.

"예전에 그대가 마력을 주는 대가로 개인 도서관을 갖고 싶다고 했었지. 기억하는가?"

"네. 페르디난드 님은 마목 연구를 하고 싶다고 하셨잖아요……."

에렌페스트의 마력에 여유가 생길 십여 년쯤 훗날의 얘기다. 내 마력으로 키우면 독특한 소재가 나올 것 같으니 연구에 마력을 기부해 달라고 페르디난드가 부탁했었다. 거기에 나는 '마력을 주는 대가로 도서관을 주세요'라고 대답했던 것 같다.

"그래. 그러니 내 저택을 도서관으로 쓸 수 있게 해 주마. 대신에 내게 주기로 한 그대의 마력을 에렌페스트를 지키는 데 쓰거라. 에렌페스트가 나의 게두르리히다. 그대가 지켜 다오."

페르디난드가 내 손을 접어 열쇠를 쥐어주더니 "엔딘." 하고 주문을 외웠다. 마력이 쑥 하고 열쇠로 빨려 들어갔다. 열쇠의 소유자가 바뀐 것이 느껴졌다.

내 손을 감싸던 커다란 손이 떨어진 순간, 매우 차가운 바람이 스쳤다. 지금까지 지켜 주던 페르디난드가 떠난 뒤의 내 모습이 떠오르자, 갑자기 한기가 느껴졌다.

"지켜야 할 도서관이 생기면 감언이설에 덜 넘어가겠지."

훗 하고 자신 있게 웃으며 일어나는 페르디난드를 나는 찌릿 쏘아보았다. 날 너무 믿어 주지 않으니 답답했다. 평민촌엔 가족도 있고, 루츠와 벤노도 있고, 프랑과 길이 있는 신전도 있고, 제지업과 인쇄 공방은 계속 늘어나는 중이다. 그런 에렌페스트를 지키는 건 영주 후보생인 나의 사명이다.

"굳이 주지 않아도 지킬 거예요."

"로제마인, 나는 에렌페스트를 완벽하게 지키길 바라는 것이다. 선불이라고 생각해. 아니면 뭐. 내 저택으로는 그대의 도서관으로 부족하다는 말이 하고 싶으냐? 필요 없으면 돌려줘도 돼."

"누가 그렇대요? 책이 잔뜩 생겨서 기분 좋네요!"

나는 열쇠를 뺏기지 않으려고 내 가슴 앞에서 꽉 쥐었다. 차라리 울며불며 '제발 가지 마세요!'라고 말할까. '왕명 따위 그냥 무시해!'라고 말할 수 있다면 얼마나 속이 후련할까.

하지만 그것은 페르디난드가 바라는 영주의 양녀의 모습이 아니다. 나는 북받쳐 오르는 눈물을 억지로 삼켰다. 하지만 가슴속에서 차오르는 감정을 쉽게 억누를 수 없었다. 불합리한 명령에 대한 분노와 여전히 나를 믿어 주지 않는 것에 대한 억울함과 사소한 약속을 기억해 준 것에 대한 기쁨과 페르디난드가 사라지는 것에 대한 외로움과 개인 도서관을 갖게 되었다는 흥분의 감정이, 넘쳐흐르는 마력과 함께 몸속을 헤집기 시작했다.

'다른 사람 앞에서 울면 안 된다면 차라리 이 눈물이 마력이 되어 버렸으면 좋겠어.'

"로제마인 님?!"

"눈동자가 무지개색이 됐어요!"

측근들의 당황한 목소리가 울리고, 페르디난드가 "로제마인, 자제해라."라며 나를 향해 손을 뻗었다.

"못 참겠어요."

나는 왼손에 나타난 슈타프를 쥐고는 "스틸로." 하고 외쳤다. 펜 형태가 된 슈타프를 움직이자, 넘치는 마력이 빛이 되어 허공에 마법진을 그려 갔다.

"로제마인, 뭐 하는 것이냐?!"

"이건 도서관을 주신 답례예요. 에렌페스트를 떠나는 페르디난드 님에게 축복을."

가족을 향한 사랑을 터트리기만 했던 그때의 축복과는 다르다.

현재 나는 신전장이 되었고, 축복을 내리는 올바른 방법을 알고 있다.

귀족원에 다니면서 마력을 다룰 수 있는 슈타프도 얻었다.

마법진에 관한 지식을 배웠다.

내게 모든 것을 준 스승에게 최고의 축복으로 보답하고 싶었다.

"전 속성의 마법진? 이 마법진은 대체?"

페르디난드의 말에 나는 입꼬리를 올렸다.

"성전 마지막 페이지에 실려 있는, 신전장에게만 전수되는 마법진이에요."

귀족원에서 배우고, 나 개인의 욕심을 채우기 위한 복잡기괴한 마법진이 아니다. 성전을 펼치면 떠오르는, 왕좌를 차지하기 위한 마법진도 아니다. 신전장이 된 자가 오로지 모든 신에게 기도를 올릴 때 쓰는 마법진이다. 자신이 아닌, 다른 누군가를 위해 신들에게 기도할 때 쓰는 마법진인 셈이다.

나는 기억에 의지해 손을 움직여 마법진을 그렸다.

"높고 정정한 천공을 관장하는 최고신은 어둠과 빛의 부부신."

기도문과 함께 마법진이 눈부신 금색으로 빛났다. 그 빛의 둘레를 어둠과 같은 검은색이 에워싸기 시작했다. 주변의 술렁임이 귀에 들어왔지만, 나는 개의치 않고 기도문을 이었다.

"넓고 호호막막한 대지를 관장하는 다섯 대신이신 물의 여신 플류트레네. 불의 신 라이덴샤프트. 바람의 여신 슈첼리아. 흙의 여신 게두르리히. 생명의 신 에이비리베여."

신의 이름을 외칠 때마다 슈타프에서 마력이 흘러나왔고, 각 신들을 나타내는 기호가 귀색으로 빛나기 시작했다.

"나의 기도를 들으시어 당신의 축복을 내려주소서. 당신께 나의 힘과 기도와 감사를 바치오니 거룩한 가호를 내려 주소서. 추악함을 씻어내는 물의 힘을, 누구도 끊을 수 없는 불의 힘을, 재앙을 막아 주는 바람의 힘을, 이 모든 것을 받아들이는 흙의 힘을, 결코 포기하지 않는 생명의 힘을, 여로에 오르는 그대들에게."

마법진이 둥실 움직이더니 페르디난드와 에크하르트, 유스톡스에게 축복의 빛이 쏟아져 내렸다. 모든 귀색이 섞인 무지개색 축복이다.

멍한 얼굴로 마법진을 올려다보며 축복을 받는 페르디난드를 보며, 나는 의기양양하게 웃어 보였다.

"나도 성장하고 있다구요. 옛날처럼 어린애가 아니에요."

이것으로 조금은 그의 헌신에 보답이 되었을까.

조금은 성장했다고 인정해 줄까.

조금은 안심하고 아렌스바흐로 떠날 수 있을까.

지긋이 바라보는데, 페르디난드가 나를 내려다보며 피식 웃었다.

"그대에게 에렌페스트를 맡기마. 나를 대신해서 꼭 지켜 다오."

"네."

우리는 경계문으로 이동했다. 이미 아렌스바흐에서 마중을 나와 있었고, 짐을 옮겨 실은 후 그들과 인사를 나눴다. 페르디난드는 질베스타와 작별 인사를 나누고는 에렌페스트의 망토를 펄럭이며 경계문 너머로 떠났다.

페르디난드에게 '에렌페스트를 맡기마'라는 말을 들은 그날은 눈발이 날리는 추운 날이었다. 나는 최대한 환한 미소로 신관장을 배웅한 후, 비밀의 방에 들어오기 전까지 눈물을 참아 낸 스스로를 칭찬했다.

에필로그

"기다리고 있었습니다, 아우브 에렌페스트. 그리고 페르디난드 님. 이미 아렌스바흐의 영애께서는 안에서 기다리고 계십니다."

경계문의 보초가 에렌페스트 일행이 도착하자 안도의 표정을 보였다. 칼스테드와 기사 몇 명이 먼저 경계문에 들어갔고, 질베스타와 플로렌치아가 각자의 측근을 이끌고 그 뒤를 이었다. 페르디난드는 자신의 호위 기사인 에크하르트를 데리고 경계문에 들어갔다. 짐을 나르는 하인들에게 지시를 내려야 하는 유스톡스는 경계문 밖에 남았다. 페르디난드가 뒤를 힐끗 돌아보았다. 로제마인이 기수에서 몸을 내미는 모습이 보였다.

"유스톡스, 짐을 옮기려면 기수를 어디에 세워야 편해요?"

"이쪽에 세워 주십시오, 공주님."

'바보 같긴. 목소리가 커. 아렌스바흐 녀석들이 품위 없게 보면 어쩌려고.'

보는 눈들이 있어 지적할 수도 없다. 페르디난드는 심히 거슬렸지만 한숨 한 번으로 포기했다. 출발 전에 모든 속성의 축복을 내려 주던 성녀의 모습은 온데간데없었다. 환상적으로 아름다웠던 그 광경은 에렌페스트를 떠나기 직전 어울리지도 않게 감상적이 된 자신의 눈이 일으킨 착각이었는지도 모른다고 페르디난드는 생각했다.

'그 아름다운 마법진을 꼭 연구해 보고 싶군.'

전 속성 마법진이면서도 순백의 아름다움을 지닌 마법진이었다.

뇌리에 박힌 마법진을 손가락으로 손바닥 위에 그리다가 페르디난드는 문득 사고를 멈췄다. 머리를 좌우로 흔들어 머릿속에 떠오른 마법진을 떨쳐 버렸다. 지금부터 가려는 곳에서는 그런 연구를 할 여유가 없다. 자신은 앞으로 아우브 아렌스바흐, 게오르기네와 싸우면서 디트린데, 레티치아와 부딪히며 살아야 한다.

"이렇게 뵙게 되어 영광입니다."

아렌스바흐 일행이 대기하고 있다는 방에 에렌페스트 일행이 도착하자, 제일 먼저 들려온 건 앳된 목소리였다.

"……레티치아 님께서 대리로 오신 겁니까?"

페르디난드를 마중 나온 아렌스바흐의 대표는 레티치아였다. 그녀가 설명하길 아우브 아렌스바흐의 상태가 위독하여 한창 영주 교육에 박차를 가하는 중인 디트린데는 나올 수 있는 상황이 아니었다고 한다. 당초의 예정으로는 게오르기네가 대표로 나와야 했지만, 건강이 나빠지는 바람에 급하게 레티치아가 대리를 맡게 되었다는 것이다.

"아직 귀족원에 입학하지 않았지만, 아우브의 대리로서 의무를 다하겠습니다."

어리지만 질베스타에게 똑부러지게 인사하는 레티치아를 내려다보며 페르디난드는 관자놀이를 꾹 눌렀다. 아우브가 위독한 것도, 급하게 영주 대리를 맡게 된 디트린데가 벼락치기 교육을 받고 있는 것도 사실이리라. 그러나 제일 마음에 걸리는 건 이곳에 없는 게오르기네의 동향이었다. 건강이 나빠졌다는 말이 사실인지 의심스러웠다.

'또 뭘 꾸미는 건지 심히 염려되는군.'

페르디난드는 성전에 관련된 여러 사건들의 배후에 그녀가 있다고 생각했다. 어쩌면 아직 끝나지 않았을지도 모른다.

"아우브 에렌페스트의 요청대로 마차를 준비해 뒀습니다. 에렌페스트의 마차는 어디에 있나요? 짐을 옮기라고 할게요."

"……마차는 없습니다. 에렌페스트에서 기수를 타고 왔습니다."

이해하지 못한 듯한 표정을 짓는 레티치아와 함께 일단 밖으로 나왔다. 짐을 옮기기 편하게 기수를 옮긴 로제마인이 마침 기수 뒷부분을 활짝 여는 참이었다.

"저기, 아우브 에렌페스트. 저게 기수란 말인가요?"

"그렇습니다. 아렌스바흐에선 탑승형 기수를 본 적이 없습니까?"

"……이야기는 들었어요. 귀족원에서 저학년생이 탑승형 기수를 타는 것도 봤고요. 하지만 저렇게 큰 기수는 처음 봐요."

"아마 크기를 자유자재로 바꾸는 건 로제마인만 할 수 있을 겁니다."

질베스타가 피식 웃으면서 로제마인의 기수에 대해 설명했다. 레티치아는 흥미진진하게 그 얘기를 들었다. 아무래도 디트린데와 달리 다른 사람의 말에 귀를 기울일 줄은 아는 모양이다. 교육 담당자로 임명받은 페르디난드는 그 점에 조금 안심했다.

"페르디난드 님의 짐을 옮겨 싣도록 하세요."

함께 온 기사들과 경계문 기사들이 레티치아의 지시에 따라 짐을 옮겨 싣기 시작했다. 에렌페스트 사람들에겐 익숙한 로제마인의 기수지만, 아렌스바흐 기사들에게는 신기한지 놀란 눈으로 쳐다봤다. 에렌페스트에서는 너무나 익숙해진 탓에 살찐 그륀으로 보이는 로제마인의 기수를 기사들이 경계하며 짐을 싣는 모습이 페르디난드에겐 우스꽝스러워 보였다.

유스톡스와 로제마인이 지시를 내리고 있었다. 하지만 눈발이 날리는 추운 날씨다. 로제마인을 얼른 경계문에 들여놓지 않으면 감기에 걸린다. 주치의의 입장인 페르디난드는 그렇게 판단했다.

"지시는 내가 내릴 테니 로제마인을 경계문에 들어오게 해라."

"네!"

기사 한 명이 달려가 로제마인에게 그 말을 전했다. 뒤돌아본 로제마인과 페르디난드의 시선이 얽혔다. 로제마인이 천천히 그에게 다가왔다.

"페르디난드 님은 아렌스바흐 분들과 조금이라도 대화하셔야죠. 지시는 저도 내릴 수 있어요."

"눈이 내리잖아. 건강한 사람도 감기에 걸리는 날씨에 그대가 나와 있으면 어떡하는가. 얼른 안에 들어가."

"……모처럼 도움이 될 기회였는데."

자기를 생각해서 배려해 줘도 투덜거리는 로제마인의 볼을 페르디난드는 아무 말 없이 꼬집었다. 몰랑몰랑한 탄력에 그만 힘이 들어갔다. 볼을 꼬집은 손이 멋대로 쭉쭉 잡아당긴다. 이건 다 꼬집기 쉽게 생긴 로제마인의 뺨이 문제다.

"아흐다그여!"

"그대가 들어가지 않으면 빌프리트도 못 들어가지 않느냐. 레오노레, 안게리카. 로제마인을 얼른 안으로 들여보내. 브륀힐데, 리젤레타. 몸이 차가워졌을 테니 따뜻한 차를 끓이도록. 남자들은 짐 옮기는 걸 도와라."

입술을 쭉 내밀고 뺨을 문질거리는 로제마인을 얼른 안으로 데려가도록 그녀의 측근들에게 명령하고, 페르디난드는 계속해서 옮겨지는 짐들을 힐끗 보았다. 로제마인과 티격태격하는 사이에도 짐들은 갈수록 줄고 있었다. 이는 그가 에렌페스트에 있을 시간이 시시각각 줄어들고 있음을 여실히 보여주었다.

"페르디난드."

질베스타가 뭔가 말하고 싶은 기색으로 입을 열더니, 어금니를 빠득 갈며 눈을 내리깔았다. 복받쳐 오르는 감정을 억누를 때 나오는 그의 버릇을 본 페르디난드도 살짝 시선을 깔았다.

"며칠 전에도 말했지만, 혼인으로 그쪽에 가면 앞으로는 널 누님처럼 아렌스바흐 사람으로 대해야 해."

'눈물 집어넣어, 질베스타. 아우브가 감정을 드러내면 어떡하나.'

할 수만 있다면 그렇게 놀리고 싶었지만, 어째서인지 페르디난드는 말문이 막혔다. 목구멍이 불에 타는 것처럼 따끔거려서 침을 삼키는 것밖에 할 수 없었다.

질베스타는 그런 그를 원망스럽게 노려보며 입을 열었다.

"페르디난드, 그날 밤 내가 하고 싶은 말은 전부 했어. ……네가 기억하는지는 모르겠지만…….."

질베스타 그리고 칼스테드와 마지막으로 술잔을 기울였던 그날 밤을 페르디난드는 떠올렸다.

몇 년은 더 늙어 보이는 칼스테드가 "요즘 내내 녀석에게 시달리느라 죽을 맛이다. 이젠 이 일의 원흉이 하소연을 좀 들어 주라고."라며 끌고 간 곳은 질베스타의 방이었다. 이미 거나하게 취한 질베스타가 페르디난드를 기다리고 있었다.

"왔구나, 페르디난드. 자, 마셔!"

질베스타가 술이 든 잔을 기세 좋게 내미는 바람에 페르디난드의 옷에 술이 튀었다. 살짝 인상을 찌푸린 그는 "떠날 준비 때문에 시간이 없는데." 하고 질베스타를 쏘아보았다. 솔직히 말하면 질베스타의 술주정을 받아 주면 끝이 없을 것 같아 얼른 도망치고 싶었다.

그러나 질베스타에게 "로제마인한테 보호구를 만들어 줄 시간은 있고 나랑 술 한 잔 마실 시간은 없냐." 라며 원망 섞인 말을 들으니 도무지 잔을 받지 않을 수 없었다. 로제마인의 부탁이 떠올랐기 때문이다.

"야속한 녀석."

"이제 알았나? 너무 느리군."

"그런 점이 하나도 안 귀여워. 난 믿음직스러운 형이 되고 싶었단 말이다."

그 말투는 꼭 샤를로테의 든든한 언니가 되고 싶어서 바보처럼 노력하던 로제마인의 말과 흡사했다. 저도 모르게 페르디난드의 입에서 웃음이 새어 나왔다.

"믿음직스럽고말고."

"대충 넘어갈 생각 마!"

"……취했는데도 말은 잘 알아듣는군. 하지만 완전 거짓말도 아니다."

페르디난드는 그렇게 말하면서 천천히 술잔을 입가에 가져갔다. 잘 숙성된 캐스크를 떠올리게 하는 나무향이 피어올랐다. 한 모금 머금으니 그 향은 더욱 강해졌다. 동시에 깊은 풍미가 입속에 퍼지며 알

싸한 맛과 함께 목구멍으로 넘어간다.

입가에 미소를 띠며 한 모금 더 마시자, 질베스타가 자랑스럽게 웃었다.

"어때? 맛있지?"

"음, 내가 좋아하는 맛이다. 손에 넣느라 애썼겠군."

칭찬에 기분이 좋아졌는지, 질베스타가 후훗 하고 웃으며 자신도 잔을 기울였다. 조금 진정된 질베스타를 본 칼스테드도 쓰게 웃으며 잔을 들었다. 페르디난드는 천천히 술을 맛보면서 두 사람을 보았다.

"내가 떠나면 로제마인을 지킬 수 있는 사람은 그대들이다. 줄 수 있는 보호구는 다 줬고, 다른 영지에 홀홀 떠나지 못하게 내 저택을 도서관으로 쓰게 해서 에렌페스트에 발을 묶어 둘 생각인데, 아무리 그래도 역시 빌프리트만으로는 불안해."

페르디난드의 말에 질베스타가 눈을 크게 떴다.

"……그건 아버님께서 주신 저택이잖아. 내가 관리하려고 했는데, 로제마인에게 넘길 거야?"

"내겐 자식도 없다. 피후견인인 로제마인에게 주는 것이 맞지."

"그건 그렇지만, 자네가 다른 사람에게 그 집을 넘길 줄은 몰랐네."

질베스타와 칼스테드의 놀란 시선에 페르디난드는 괜히 무안해져서 한숨을 쉬었다.

"아버님께 받은 집을 양도하는 건 나도 고민했다. 하지만 중앙의 유혹을 로제마인이 거절하게 하려면 눈에 보이면서도 잡아 둘 게 필요해. 빌프리트와의 약혼으로는 부족하다."

로제마인은 귀족 중에 가장 자신을 걱정해 주는 사람이 페르디난드라고 단언했다. 다시 말해 여태껏 귀족 사회에 로제마인을 묶어 두기 위해 온갖 고생과 노력을 했지만, 성과가 없었다는 것이다.

"녀석의 출신도 출신인지라 귀족의 상식으로는 감당하기 어렵다. 그렇다면 로제마인이 가족으로 생각하는 나 스스로가 사슬이 되어야 했지. 그래서 최대한 녀석이 원하는 대로 가족처럼 행동해 왔던 것이다."

"······그 결과가 그 머리 장식이로군."

기가 막힌 듯 칼스테드가 한숨을 쉬었다.

"요즘 졸업식 에스코트 상대에게 머리 장식을 선물하는 게 유행이더군. 로제마인의 외모가 지금보다 덜 앳됐으면 구혼으로 소문이 났을 거야."

"난 아직 녀석의 후견인이고, 겉모습이 저렇게 어리니 문제없겠지. 목걸이도 아닌데 누가 뭐라고 하겠나. 약혼자인 빌프리트가 그 보호구를 만들 줄 알았다면 최선이었겠지만, 조합이나 마법진을 가르칠 시간도 없었고, 마력이며 소재도 부족했다."

"턱없는 소리다!"

반사적으로 버럭한 질베스타에게 페르디난드는 고개를 끄덕였다.

"나도 어려운 줄 아니까 빌프리트에게 시키지 않았던 거다. 그리고 겨울 계획 때문에 정신없는 그대들을 시키는 것도 아닌 것 같아서 내가 만들었지. 구혼 마석처럼 보여서 불편하면 빌프리트가 어서 자라만들어 주면 그만이고, 귀족원을 졸업해서 혼인해 버리면 중앙에서 찝쩍댈 걱정을 하지 않아도 된다. 그때 보호구를 떼면 되지 않겠나."

로제마인을 지키려고 최선을 다했는데, 돌아오는 것은 불평불만뿐이다. 성가셔진 페르디난드는 가볍게 손을 저으며 불만을 차단했다.

"······네가 왕명과 아렌스바흐의 압력을 거절하지 못한 건 나 때문이야."

질베스타가 또다시 궁시렁대기 시작했다. 자신과 일절 의논하지 않은 페르디난드를 야속하다며 책망하고, 뜻대로 하지 못하는 자신의 위치에 분개하고, 마지막에는 믿음직하지 못한 형이라며 정색하더니 '네가 가면 내가 힘들어지니까 가지 마라'라며 꼴사나울 정도로 감정적으로 군다. 최근 반년 내내 들었던 푸념이 또 나오자, 페르디난드는 기가 찼다.

"……그대도 그렇고, 로제마인도 그렇고, 정말 사람을 못살게 구는군."

"순수한 호의니까 그냥 받아들여, 페르디난드. 비뚤어진 자네도 그렇게 웃게 하잖아. 다들 널 좋아한다는 걸 너도 조금은 느끼고 있지?"

칼스테드의 지적에 페르디난드는 발끈한 표정을 지었지만, 사실은 자신을 이토록 필요로 하는 것에 조금 낯간지럽기도 했다. 스스로는 인정하고 싶지 않지만, 다른 사람의 호의에 둔하다는 로제마인의 지적이 맞을지도 모르겠다.

"페르디난드, 너의 게두르리히는 에렌페스트다. 난 네 형으로서 그것 외엔 절대 인정 못 해! 똑똑히 기억해 둬!"

질베스타는 그렇게 소리친 후 잠들고 말았다.

◆

"……기억하고말고."

페르디난드가 기억하고 있는 건 그날 밤의 일뿐만이 아니다. 부친이 데려온 낯선 그를 동생으로 받아들여 준 것, 형이라며 자기 고집대로 억지로 끌고 다닌 것, 힘도 없으면서 눈을 부라리는 베로니카에게서 막아 주려고 한 것도, 에렌페스트에 필요한 인재라는 그의 제안을 받아들여 평민 아이를 양녀로 거둬 준 것도 기억하고 있다. 영주 회의에서 아렌스바흐에 보내기 싫다고 상위 아우브에게 대들고, 왕에게도 대놓고 거절할 작정이었던 것도 알고 있다.

부친인 선대 영주가 타계한 지금, 페르디난드에게 가족이라 할 수 있는 사람은 질베스타뿐이다. 그런데 아렌스바흐로 떠나면 질베스타는 페르디난드를 아렌스바흐 사람으로 대해야 한다. 몰래 기수를 타고 방에 넘어와 술을 마시고, 시시콜콜한 얘기를 떠들고, 책략을 짜고…… 지금까지 당연하게 해 왔던 것들을 할 수 없게 된다.

'다 각오했던 일 아닌가. 이제 와서 상실감을 느끼는 게 더 이상하지.'

페르디난드가 빈정대는 듯한 미소를 짓는 모습을 질베스타는 진지하게 지켜보고 있었다. 그 눈빛을 깨닫자마자 표정을 고치는 페르디난드를 염려해 슬쩍 숨을 내뱉었다.

"그럼 이젠 에렌페스트 걱정은 말고 아렌스바흐에서는 네 행복을 최우선으로 했으면 한다. 내가 바라는 건 그뿐이야."

지금까지 페르디난드는 한 번도 자신의 행복에 대해 생각한 적이 없었다. 그런데 질베스타도, 로제마인도 '자신의 행복'에 집착했다.

'우습군. 그런 것보다 에렌페스트가 더 중요하다.'

평소의 페르디난드였다면 그렇게 한소리하며 거부했겠지. 그런데 이상하게도 지금은 그 말을 차마 꺼낼 수가 없어서 입을 닫았다.

"……그 조언, 잊지 않겠습니다, 형님."

페르디난드는 질베스타와 작별 인사를 하고 발걸음을 돌렸다. 경계문 안에 들어가자, 레티치아에게 무어라 말하고 있는 로제마인의 모습이 보였다. 아직 귀족원에 입학하지 않은 레티치아와 로제마인의 체격은 큰 차이가 없었다.

'지금은 로제마인이 조금 더 큰가?'

램프레히트의 성결식에서는 로제마인이 조금 더 작아 보였다. 이렇게 비교해 보니 크게 달라지지 않아 보였던 로제마인도 조금은 자랐다는 것을 알 수 있었다.

레티치아의 금발에 로제마인의 것과 비슷한 머리 장식이 찰랑거렸다. "이건 페르디난드 님께서 주는 선물이라고 하세요."라며 로제마인이 준비했던 물건이다.

'그걸 자기가 주면 어떡하나?'

여전히 똑똑한 건지, 어리석은 건지 모를 로제마인의 행동에 페르디난드는 한숨을 멈출 수가 없었다. 그가 다가가자, 또래로 보이는 두 사람을 둘러싼 측근들이 웃음을 참는 모습이 보였다. 페르디난드의 모습을 발견한 빌프리트가 정색하며 로제마인을 말리려고 했지만, 페르디난드는 그걸 제지하고 로제마인의 뒤에 서서 무슨 얘기를 하는지 귀를 기울였다.

"……그래서 솔직하지 못한 사람이라 배려해줘도 알아채기가 어려워요. 그리고 교육열이 대단해서 엄격하게 굴겠지만, 그건 레티치아 님이 성장하길 바라서 그러는 거예요. 너무 심하면 저한테 언질을 주세요. 상냥하게 대하라고 부탁해 볼 테니까 편하게 말씀하세요."

"로제마인, 무슨 말을 하는 거지?"

"꺅?!"

페르디난드가 말을 건 순간, 로제마인이 화들짝 놀라며 글자 그대로 펄쩍 뛰었다. 그러더니 어색한 미소를 지으며 슬금슬금 뒷걸음질 쳤다.

"욕은 안 했어요. 페르디난드 님이 오해받지 않게 생각나는 주의점을 미리 말씀드렸을 뿐이에요. 그쵸? 레티치아 님?"

"네? 아, 그럼요."

레티치아는 누가 봐도 '저는 아무 것도 몰라요' 하는 표정이었지만, 로제마인은 쓸데없는 짓을 하다가 걸렸을 때의 표정이었다.

'아닌 척 웃고 있어도 다 안다, 어리석은 녀석.'

평소라면 무슨 말을 했는지 솔직하게 털어놔, 하고 볼을 꼬집었겠지만, 아렌스바흐 사람들 앞이라 그건 관두기로 했다.

"레티치아 님. 로제마인이 하는 말을 너무 곧이듣지 마시길. …… 그리고 로제마인. 짐을 다 옮겨 실은 것 같더군."

그렇게 말한 순간, 로제마인의 손이 페르디난드의 소매를 붙잡았다. 자신을 올려다보는 금색 눈동자에는 질베스타와 똑같은, 그가 걱정되어 죽겠다는 감정이 일렁거렸다.

"라이문트를 통해서 편지하마. ……나도 약속을 지킬 테니, 그대도 거듭 주의하도록."

페르디난드가 자신의 소매에서 로제마인의 손을 떼어 내며 말하자, 그녀는 가만히 고개를 끄덕이고는 한 발짝 뒤로 물러났다. 그곳에는 빌프리트가 있었다. 질베스타를 빼닮은 그라면 이리저리 휘둘리면서도 로제마인을 지켜 줄 것이다.

"빌프리트, 뒤를 부탁한다."

"네, 숙부님. 숙부님도 건강하십시오."

작별 인사를 끝낸 페르디난드는 뒤도 돌아보지 않고 경계문을 지나, 아렌스바흐의 마차에 올라탔다. 그 옆에는 에크하르트, 맞은편에는 레티치아와 그 호위가 탔다.

마차는 천천히 움직이기 시작했다. 그리고 잠시 뒤 창 너머로 에렌페스트 측 기수들이 일제히 날아오르는 모습이 보였다. 로제마인의 기수는 멀리서도 눈에 띄었다. 저 무리 속에 자신이 없다는 사실이 실감이 나지 않았다.

"……저기, 페르디난드 님. 로제마인 님은 어떤 분이세요?"

창밖을 바라보는 그에게 레티치아가 조심스레 말을 걸어 왔다. 애써 생각해 낸 화젯거리가 조금 전까지 얘기를 나눴던 로제마인에 대한 것인 듯했다. 레티치아와 디트린데는 친분이 없는 걸까. 그런 생각을 하며 페르디난드는 시선을 레티치아에게로 돌렸다.

"당신의 눈엔 로제마인이 어떻게 비칩니까? 예전에 경계문에서 열린 성결식 때도 만나셨을 텐데, 직접 얘기를 나눈 건 오늘이 처음이겠군요."

"귀족원에서 2년 연속 최우수를 딴 에렌페스트의 성녀로 불리는 유능한 영주 후보생이고, 페르디난드 님께서 키우셨다고 들었어요. 성결식 때 신전장으로서 의식을 진행하는 모습이 정말 아름답다고 생각했었는데, 오늘 대화를 해 보니 제가 상상했던 것보다도 더 상냥하고 친숙한 분이신 것 같아요. 그리고 페르디난드 님을 진심으로 걱정하고 계셨어요……."

그 멍청이는 거의 초면이나 다름없는 레티치아에게 '페르디난드 님을 잘 챙겨 달라'고 누차 부탁하며 주의 사항을 줄줄이 늘어놓았다고 한다.

"그리고 페르디난드 님의 선물이라면서 이걸 주셨어요. 하지만 사실은 로제마인 님께서 준비하신 물건이지요?"

머리 장식을 살짝 쓸면서 레티치아가 파란 눈동자로 기쁜 듯 눈웃음치며 말했다. 겨울 사교계에서 쓸 수 있게 겨울 귀색인 빨간 꽃이 레티치아의 금발을 빛내고 있었다.

'쓸데없는 소리나 하고, 부탁하지도 않은 짓을 멋대로 하는군, 로제마인은.'

왠지 모르지만 괜히 무안하고 낯 뜨거웠다. 키득키득 웃으며 로제마인에 대해 얘기하는 레티치아의 말을 부정하고 싶어 손발이 근질거렸다.

"내가 자기 후견인이고, 가족처럼 생각해서 걱정하는 것이겠지만, 최근에는 걱정이 과해져서 조금 성가실 때도 있습니다."

로제마인의 주의 사항을 떠올렸는지, 레티치아가 픽 웃었다. 그 뒤 쓸쓸한 미소로 조그맣게 중얼거렸다.

"가족처럼 생각한다. ……조금 부럽네요."

그 중얼거림을 듣고, 페르디난드는 이 아이도 가족과 소원하다는 얘기가 떠올렸다. 어릴 때 조부모의 양녀로 아렌스바흐로 옮겨왔기에 그녀의 부모는 드레반헬에 있다. 그런데 양모가 된 조모는 세상을 떴고, 지금은 양부인 조부가 멀고 높은 곳에 오르기 직전이다. 주변에 남은 친족이라곤 원래 조부의 셋째 부인이었던 게오르기네와 양모가 될 예정인 디트린데, 그리고 디트린데와 결혼해서 양부가 될 예정인 페르디난드. 본인도 주변도 불편하기 짝이 없는 환경이리라.

"레티치아 님은 매우 고된 위치에 있습니다. 꼭 저를 믿을 필요는 없지만, 왕명은 믿으셔도 되지 않겠습니까. 레티치아 님을 교육해서 성인이 되면 아우브 아렌스바흐로 임명하라. 그것이 왕과 아우브 아렌스바흐께서 부여한 제 의무입니다."

그 말에 레티치아뿐만 아니라 옆에 앉은 호위 기사까지 미심쩍은 표정을 지었다.

"의무? ……디트린데 님이 아우브 자리를 고집하면 어쩌실 셈입니까?"

"왕께 청원하면 되지요. 왕명을 거스르는 아우브는 중앙이 처벌할 겁니다."

왕명이 쉽게 어겨도 되는 것이라면 페르디난드가 이곳에 있지도 않았을 것이다. 가령 디트린데가 아우브 자리를 고집한다 해도 왕명이 내려진 이상, 어쩔 도리가 없다.

"매우 의아하다는 표정이군요."

"아뇨, 페르디난드 님이 아내의 바람이라면 최대한 들어주시는 분이라고 디트린데 님한테 들은지라 조금 놀랐어요."

'하긴 그렇게 말하긴 했지. 최대한, 을 전제로 붙였으니 거짓은 아니다.'

페르디난드는 대답 대신 사교용 미소를 지었다.

"아내의 바람과 왕명, 어느 쪽이 중요한지 말하지 않아도 아실 겁니다."

"……그러네요."

레티치아가 그렇게 말하며 창밖으로 시선을 던졌다. 에렌페스트 방향을 보며 조금 안심한 듯 웃었다.

"디트린데 님과 결혼하셔서 제 양부가 되실 분이 어떤 분이신지,

귀족원 시절의 활약은 익히 들었지만 인품까지는 아무도 알려 주지 않았어요. 하지만 왕명을 우선할 줄 아시고, 다정한 분이 진심 어린 걱정을 하고, 헤어짐을 슬퍼하며 존경하는 분이라면 전 로제마인 님의 말씀을 믿고 싶어요."

'아니, 로제마인의 말은 믿지 않아도 돼.'

목구멍까지 올라온 말을 억지로 삼켰다. 모처럼 만든 호의적인 분위기를 짓밟을 필요는 없었다. 아렌스바흐에서 조금이라도 편하게 지내려면 레티치아와 그 주변의 신용을 얻는 편이 나으니까.

어떻게 하면 신의를 더 얻을 수 있을까 생각하던 차에 로제마인이 꺼낸 여러 제안이 떠올랐다.

'아니야. 분명 다른 게 더 있을 거다.'

페르디난드의 솔직한 심정으로는 로제마인의 제안을 그대로 받아들이고 싶지 않았지만, 일부 제안은 일리가 있었다. 이동 시간도 아깝고, 아렌스바흐 성에 도착하면 또 언제 대화를 할 수 있을지 알 수 없다. 어차피 해야 할 얘기라면 지금 해 두자 싶었다. 페르디난드는 레티치아에게 앞으로의 교육 계획에 관해 말해 주기로 했다. 그리고 숙소에 들리면 레티치아의 수석 시종과 의견을 교환하며 식사를 하기로 마음먹었다.

마차 이동 시간에 조금씩 신뢰를 쌓아 가면서 페르디난드는 로제마인이 제안한 것 외의 '조력자를 만드는 방법'을 고민했다. 하지만 지금까지 살면서 적을 피한 적은 있어도 적극적으로 조력자를 만들려고 한 적이 없어서 묘안이 퍼뜩 떠오르지 않았다.

"공주님이 시킨 대로 그냥 페슈필을 연주해 버리시죠?"

유스톡스는 대안을 내기는커녕 웃음을 참으며 놀려댔고, 덩달아 에크하르트까지 "페르디난드 님의 페슈필 연주라니 저도 듣고 싶군요."라며 만족스럽게 수긍했다.

'이대로는 로제마인의 말대로 페슈필을 연주하는 꼴이 되겠군.'

내내 고민했지만 며칠이 지나도 묘안을 짜내지 못한 채, 페르디난드는 아렌스바흐의 귀족가에 도착했다. 에렌페스트와 달리 제법 따듯했다. 이제 슬슬 겨울 사교계가 다가올 시기인데도 마치 한가을 날씨 같았다.

"어서 와요, 페르디난드 님."

성에서 마중을 나와 준 사람은 그의 약혼녀인 디트린데였다. 외모가 베로니카와 빼닮았다. 그것만으로도 그에겐 강한 혐오감이 들었다. 게다가 아둔하고 고집쟁이다. 그녀가 에렌페스트에 체류하는 동안 페르디난드는 그것을 깨달았다. 그녀를 살살 구슬러서 게오르기네와 대치하지 않으면 에렌페스트와 질베스타를 지킬 수가 없다.

「시간의 여신이 이끌어 준 너에게 에렌페스트와 질베스타를 부탁한다.」

갑자기 부친의 유언이 페르디난드의 귓가에 들렸다. 알겠다는 말과 동시에 사라진 것은 자신을 감싸던 마력이었다. 자신의 손안에 쥐여진 작은 덩어리, 자신의 손을 꼭 쥔 여윈 손가락, 필사적으로 매달리는 금색 눈동자……. 여전히 선명하게 기억한다.

"온 힘을 다해 지키겠습니다."

돌아가신 부친을 향한 페르디난드의 맹세에 손을 내민 디트린데가 싱긋 웃었다.

"본인의 처지를 잘 알고 계신 듯해 참으로 기쁘옵니다."

이별 뒤 찾아온 겨울 생활

메워지지 않는 구멍

영주 집무실은 펜을 움직이는 소리와 확인을 주고받는 속삭임으로 가득 차 있다.

"아우브 에렌페스트, 여기 서명 부탁드립니다."

나는 문관이 쌓아 올린 서류를 집어 들고 확인하는 족족 서명했다. 눈에 보이는 광경은 평소와 같았지만, 페르디난드가 떠난 이후로 업무량이 단숨에 늘었다. 게다가 휴식이 조금만 길어져도 측근들이 눈을 부라려서 마치 일거수일투족을 감시당하는 것처럼 숨이 막혔다.

"아우브, 이것도 확인해 주십시오."

집무실에 들어온 문관이 내민 서류는 기베의 진술서였다.

"아, 이건……."

페르디난드에게, 라고 하려다가 말을 삼켰다. 이제 이곳에 없는 상대에게 어찌 맡긴단 말인가. 며칠이 지났는데도 아직도 페르디난드를 찾게 되는 스스로를 자조하면서 나는 서류를 훑어보았다. 지금까지 기베의 진술서는 페르디난드가 확인하고, 웬만해서는 그가 대리로 처리했었다.

'자, 어쩔까나.'

기베가 보낸 진술서는 영주가 처리해야 하는 아주 중요한 안건도 있지만, 확인으로 끝나는 사소한 안건도 있다. 이번에는 담당 문관에게 연락해 확인만 하면 끝나는 안건인데, 모든 것을 내가 처리하려니 오히려 시간 낭비 같았다. 조만간 작은 안건을 처리할 사람을 들여야 했다. 페르디난드는 영주의 업무도 도와주고 있었다. 그건 원래 내가 할 일이니 내가 하면 그만이다. 그러나 페르디난드가 처리하던 영주 일족의 업무는 어떻게 해야 할까. 혼인으로 그가 빠지면서 생긴 구멍이 너무 컸다.

"보니파티우스 있나? 조금 도와줬으면 하는데……."

우선 나는 보니파티우스의 집무실에 있을 문관 앞으로 올도난츠를 날려 보았다. 백부님이신 보니파티우스는 연세가 있어 은퇴했지만, 여전히 영주 일족의 집무를 도와주고 있었다. 앞으로는 영주 후보생의 교육도 맡아 주기로 했다. 아마 손녀딸인 로제마인과 있고 싶어서 그런 것이겠지만, 현재 에렌페스트에는 성인 영주 일족이 턱없이 부족하기에 도와준다면야 두 팔 벌려 환영이었다.

"보니파티우스 님은 기사 훈련소에 계십니다. 로제마인 님께서 귀족원에 가시기 전까지 기사 견습생들을 단련시킨다고 하셨습니다."

작년에 디터 경기에서 연대가 강해진 것을 들어 로제마인이 '할아버님 덕분이에요'라며 띄워 줬더니, 다음 영지 대항전에서도 손녀딸에게 칭찬받으려고 폭주 중이었다.

"올해는 페르디난드 님께 성을 맡기고 영지 대항전에 가시려고 했는데, 출발이 앞당겨지면서 일정이 변경되지 않았습니까. 적어도 로제마인 님께 칭찬이라도 들으려면 수지에 안 맞으시다고……. 그리고 지금은 기사단장과 간부들이 회의 중이라 훈련을 말릴 사람이 없다고 합니다. 아우브께서 말려 주시렵니까?"

문관의 쓴웃음 섞인 말이 올도난츠로 도착했다. 보니파티우스가 영지 대항전에서 로제마인과 지낼 날을 얼마나 손꼽아 기다렸는지 나는 잘 안다. 훈련을 핑계로 기사들에게 분풀이하고 있는 사람에게 접근하고 싶지 않았다. 그리고 기사단 간부들이 회의 중이라고 했다. 그렇다면 보니파티우스는 숙청 정보를 몇몇 기사들이 듣지 못하게 주의를 끄는 역할을 맡고 있을 터였다.

"서류 업무를 도와달라고 하면 거절하실 게 뻔하군. 또 주야장천 투덜거리며 날 괴롭히실 테니 그냥 직성이 풀릴 때까지 훈련에 집중하시라고 해."

나는 부자연스럽지 않게 조심히 말하고 올도난츠를 날렸다. 겨울 숙청에 관해 몰라야 하는 자가 주변에 득시글하다. 아무리 조심해도 부족할 정도다. 이 숙청도 사실은 페르디난드가 지휘봉을 잡을 계획이었다. 정보를 숨기려면 구 베로니카 파와 가장 거리가 먼 그가 최적이었기 때문이다. 갑자기 지휘관이 된 칼스테드가 꽤 애를 먹는 중이다. 군데군데 드러난 페르디난드의 구멍을 다들 어떻게든 메꾸려고 고군분투하고 있었다. 그것을 느낄 때마다 나는 이복동생의 존재가 얼마나 컸었는지를 깨달았다.

"보니파티우스 님이 부재중이시라면 이분은 어떻습니까?"

"……빌프리트에게 시켜 볼까."

나는 차기 영주가 될 아들에게 올도난츠를 날렸다. 새로운 일거리를 맡기겠다고 하자, 빌프리트는 신이 나서 찾아왔다.

"공부하는 중에 불러서 미안하구나."

"아닙니다. 이론 예습은 이미 끝났고, 인쇄 일은 샤를로테에게 맡기면 됩니다. 제가 아니면 할 수 없는 차기 영주의 업무가 더 중요하지요."

들뜬 것이 한눈에 보이는 아들의 모습에 나는 웃음이 나오려는 것을 이를 악물고 참았다. 정말 빌프리트는 나를 빼닮았다. 나도 아버님이 새 일거리를 맡기면 어른으로 인정받았다는 생각에 들뜨곤 했다. 새로운 일은 자극적이면서 재미있게 느껴지기 마련인데, 이는 미지에 대한 기대감 때문일 뿐, 일상이 되면 지루하기 짝이 없는 일로 바뀐다는 것을 잘 안다.

'어찌 됐건 의욕이 있다는 건 좋은 일이지.'

싫증을 잘 느끼는 빌프리트에겐 질리기 전에 계속 새로운 일을 시켜서 하나둘 손에 익게 하는 것이 중요하다. 조금 이른 나이이긴 하지만 교육의 일환으로 영주의 업무를 다양하게 맡겨 보는 편이 좋을지도 모른다.

'죽음은 갑자기 찾아오니까.'

나는 아버님이 갑자기 타계하셔서 예상보다 훨씬 일찍 영주의 자리에 앉게 되었다. 처음 참가한 영주 회의에서는 나보다 어린 영주가 없었다. 영주의 집무도 제대로 인수인계를 받지 못해 보니파티우스가 내게 일을 가르쳐 주고 뒷바라지해 주었다.

'만약 내가 아버님과 같은 나이에 죽으면 어찌 될까.'

보니파티우스는 언제 세상을 떠도 이상하지 않을 나이다. 원래라면 빌프리트가 어릴 때 영주가 되더라도 페르디난드가 뒷받침을 할 예정이었다. 하지만 이젠 이곳에 없는 사람이다. 과연 플로렌치아 혼자서 빌프리트와 로제마인에게 이 자리를 인계해 줄 수 있을까. 플로렌치아는 첫째 부인의 소임을 다하고 있지만, 영주로서의 업무는 하지 않는다. 어려운 부분도 많을 터다. 훗날을 고려한다면 빌프리트에게 일찌감치 일을 가르쳐 줘야 할 것 같았다.

"아버님, 제가 뭘 하면 됩니까?"

"기베의 진술서다. 이 문관에게 확답을 받아 와라."

나는 빌프리트에게 진술서를 건넸다. 측근 문관들도 함께이니 성에서 길을 잃거나 이상한 확답을 받아 오지는 않으리라. 빌프리트가 자신감에 찬 미소로 측근들을 이끌고 집무실을 나갔다.

'새 일을 맡겨도 페르디난드는 저런 표정을 보여주지 않았는데. 옛날부터 하나도 귀엽지 않았다니까.'

다섯 살 어린 이복동생은 어릴 때부터 감정을 숨기는 데는 도가 텄었다. 잠깐 눈을 감으니 떠오른다. 페르디난드를 처음 만났던 그날이.

◆

저녁 식사 자리에서 아버님이 새 남동생을 데려올 거라고 했을 때, 어머님은 얼굴에 불쾌감을 드러냈지만, 나는 크게 신경 쓰지 않았다. 누나밖에 없다가 남동생이 생겨서 흥분했기 때문이다.

형으로서 어떻게 남동생을 대해야 할지 고민하다가 칼스테드와 리카르다에게 물어볼 정도였다.

"그래서는 형으로 존경 못 받아요."

리카르다의 으름장 같은 의견에 나는 좋은 형이 되려고 노력했다. 동생들에게 차가웠던 게오르기네 누님처럼 하지 않고, 귀여워해 주겠노라 맹세하며.

"질베스타, 이 아이가 페르디난드다. 앞으로 북쪽 별채에서 너와 같이 지낼 거란다. 앞으로 널 보좌할 남동생이니 사이좋게 지내거라."

아버님에게 소개받은 이복동생은 목 언저리에서 반듯하게 다듬은 하늘색 머리카락을 가지고 있었다. 예쁜 외모 때문에 여자애처럼 보였다. 옷이 달랐다면 착각할 뻔했다. 동생은 무뚝뚝한 얼굴로 배운 대로 정중하게 인사했다. 지금은 그때 그것이 경계의 표정임을 안다. 하지만 그 당시의 나는 그가 긴장해서 그런 줄로만 알고, 긴장을 풀어 주려는 선심에서 내 마음대로 페르디난드를 휘둘렀다.

"난 네 형이다. 질베스타 님이 아니라 형님이라 불러."

"너도 나처럼 머리를 길러."

"형인 내가 공부를 가르쳐 주지. 페슈필 연습할래?"

페르디난드의 태도는 점차 부드러워졌지만, 어머님은 페르디난드의 존재를 철저하게 무시했다. 접촉을 일절 거부하는 어머님의 태도가 나는 의아할 뿐이었다.

'나와 아버님이 안 보는 곳에서 페르디난드를 제거하려고 끔찍하게 괴롭힌다는 걸 언제 눈치챘었더라······.'

리카르다와 칼스테드가 페르디난드를 구해 준 것도 한두 번이 아니었다. 아버님과 나도 제발 그만 좀 하라고 했지만, 그럴 때마다 어머님은 더욱 고집스러워졌고, 괴롭힘의 강도는 높아 가기만 했다.

"어머님! 대체 왜 그러시는 거예요?"

"저 애는 널 위협할 존재란다. 지금 제거해 둬야 해. 남자 영주 후보생은 질베스타 너 하나여야 해."

설득이 전혀 통하지 않자, 나는 아버님께 상의하여 최대한 어머님과 페르디난드를 떼어 놓아 달라고 애원했다.

그러나 그런 생활도 페르디난드가 귀족원 3학년생이 되기 전까지였다. 명석했던 페르디난드는 겨울이 아닐 때도 귀족원에서 지내며 문관 코스와 기사 코스를 공부하길 원했다. 그러나 페르디난드 한 사람을 위해 기숙사를 열고, 하인과 측근들을 둘 수 없다는 이유로 어머님은 이를 거절했다. 하지만 아버님은 어머님의 반대를 무릅쓰고 그의 희망을 받아들였다. 두 사람을 떼어 놓는 것을 최우선으로 삼은 것이다. 아버님의 결단으로 페르디난드는 호출이 있을 때만 에렌페스트에 귀환할 뿐, 한 해의 대부분을 귀족원에서 지내게 되었다.

'가끔 만났을 때 생기가 넘쳐 보여서 안심했었지.'

귀족원에 있는 동안에는 문제가 없을 줄 알았다. 페르디난드가 영지에 있을 때만 어머님의 행동을 주시하면 된다고 생각했었다. 그래서 귀족원 사감을 비롯해 괴롭힘이 이어지고 있을 줄은 감히 상상도 할 수 없었다. 그것보다도 나는 내 결혼 문제로 어머님과 대립하는 일이 많아지면서 온 신경이 고부간 갈등에 쏠려 있었다. 플로렌치아와 결혼하는 것, 어머님이 결혼 생활을 간섭하지 못하게 하는 것이 무엇보다 중요했었다.

결혼하고 행복하게 지낸 건 고작 몇 년이었다. 가벼운 병일 줄 알았던 아버님의 증세는 날이 갈수록 악화되었다. 동시에 업무량은 눈에 띄게 늘었다. 그 당시 나는 그 일처리만으로도 빠듯했다. 가끔 귀환하는 페르디난드가 업무를 도와주는 것이 당연하다고 여겼다. 최우수는 매년 떼어 놓은 당상이고, 단켈페르거와 같은 대영지에서 데릴사위로 들이길 원하며, 마술 연구 때문에 전혀 돌아오지 않아도 하고 싶은 대로 자유롭게 지내고 있을 것이라 여겼다.

그러나 아버님의 별세로 그의 짧은 안정은 뒤바뀌었다. 내가 모르는 사이, 페르디난드의 혼담은 착착 진행되었고, 모친은 광기와 같은 집착으로 페르디난드를 제거하려 들었다. 페르디난드는 귀족원에서 최우수를 놓치지 않는 실력자다. 그가 진심으로 대항한다면 제거되는 쪽은 어머님일 터였다.

'어머님도 페르디난드도 잃을 수 없어.'

나는 페르디난드에게 신관이 될 것을 권했다. 그는 물론이고 '페르디난드와 함께 에렌페스트를 지켜라'라는 아버님과의 약속도 중요했지만, 나는 어머님의 존재 역시 쉽게 끊어 버릴 수 없었다. 아버님의 사후, 내게 가장 든든한 뒷배가 된다는 의미로도, 핏줄이라는 의미로도……

어머님은 어릴 적에 모친과 친오빠를 잃었고, 친동생마저 신전에 보내졌다. 라이제강 계 귀족인 둘째 부인을 아끼는 친아버지와 우호적이지 않은 관계 속에서 자랐다. 그래서 귀족들이 아무도 거들떠보지도 않는 신전에 내몰린 남동생을 아끼며 끝까지 연락을 주고받았고, 둘째 부인과 이복동생들은 끔찍하게 증오했다. 반면 친아들인 나와 손자인 빌프리트에게는 아낌없는 애정을 쏟았다. 그만큼 자신과 피도 이어지지 않은 페르디난드를 유달리 미워했다.

페르디난드가 신전에 들어가 귀족 사회와 단절했음에도 불구하고, 어머님의 광기 어린 적대감은 사그라질 줄 몰랐다. 결국엔 도무지 감싸 줄 수 없는 죄를 저질러 하얀 탑에 유폐되었고, 이로써 페르디난드가 귀족 사회에 복귀할 수 있었다.

◆

"안색이 더 나빠지셨어요, 질베스타 님."

침대에서 일어나 측근들의 기척이 조금 멀어져서야 겨우 숨통이 트이는 듯했다. 초췌해진 내 얼굴을 플로렌치아가 부드럽게 쓰다듬었다.

"여기서 더 속병이 심해지면 페르디난드 님이 뭐라고 하겠어요. 그분은 당신을, 그리고 에렌페스트를 지키러 간 거잖아요."

걱정스럽게 자신을 바라보는 남색 눈동자와 천천히 얼굴을 쓰다듬는 손가락에 울고 싶은 기분이 들었다.

'에렌페스트를 지키기 위해서……'

아버님과도 약속했기에 페르디난드는 평생 자신의 곁에 있을 줄 알았다. 녀석을 끼고 다니며 보금자리를 만들어 줬다고 믿어 의심치 않았다.

'나는 로제마인처럼 해내지 못했어.'

로제마인의 존재가 있어 다행이었다. 양녀로 삼은 건 스스로 생각해도 지혜로운 결단이었다. 어머님으로부터 도망쳐 간 신전에서 페르디난드가 돌볼 존재가 생겨 기뻤고, 성가시다고 하면서도 세심하게 챙기는 모습이 신기했다. 무엇보다 로제마인은 평민의 방식으로 페르디난드의 내면을 거침없이 파고들어 녀석이 내게 숨겨 왔던 것들을 하나하나 들춰냈다. 어머님의 소행에 대한 내막도, 페르디난드가 표정 하나 바꾸지 않고 무리하고 있다는 것도, 빌프리트의 문제점도, 로제마인이 지적하기 전까지는 몰랐던 것들이다.

'그러고 보니 로제마인도 초췌하다고 했었지.'

리카르다의 보고를 떠올렸다. 로제마인은 귀족 사회에서 페르디난드를 가장 믿었고, 그의 보호를 받아 왔다. 아마 나보다도 상실감에 괴로워하고 있지 않을까.

'분명 로제마인도 온통 구멍투성이겠지.'

나와 마찬가지로 자신의 가슴에 가장 중요한 무언가가 뻥 뚫린 감각을 느끼고 있음이 틀림없다. 나는 페르디난드뿐만 아니라 로제마인도 지키지 못했다. 형이 동생을 지키기는커녕 오히려 동생에게 보호만 받았던 것이다. 그것이 가장 분했다.

"……페르디난드가 없으니까 하나부터 열까지 다 구멍이야."

성에 찬 중얼거림을 내뱉으며 나는 플로렌치아를 꽉 껴안았다. 내 신음과 같은 목소리를 들은 플로렌치아는 내 등에 팔을 둘러서 부드럽게 껴안아 달래 주었다.

"아직 끝나지 않았어요. 그 원통함을 마력으로 바꾸어 쌓으세요. 당신이 게오르기네 님을 막아낼 만큼 강해지는 거예요. 내가 당신 옆에서 지켜보고 있을게요."

"……내일부터 그러지."

아내의 따스함에 매달리듯이 나는 깊은 잠에 빠졌다.

아렌스바흐 생활의 시작

아렌스바흐에 도착하면 금방 겨울 사교계가 시작된다. 난처하게도 아우브 아렌스바흐는 우리가 도착하기 직전에 서거했다. 페르디난드 님의 기존 목적이었던 귀족과의 연계를 만들어줄 사람도 거의 없었다. 다행히 여행 중에 레티치아 님 및 그 측근들과 아주 조금이나마 교류할 수 있었던 것에 안심해야 했다. 에렌페스트에 서한을 보냈을 때에는 정말 위독한 상태였는지, 아우브 아렌스바흐의 구멍을 메꾸려고 페르디난드 님을 데려왔다는 말이 사실인 듯했다.

아우브가 사망한 탓에 후계자인 디트린데 님은 마중하러 올 수도 없었다. 그래서 에렌페스트와 가장 연이 깊은 게오르기네 님이 우리를 맞이하러 출발했지만, 남편의 죽음에 비탄에 빠진 나머지, 가는 길목에 몸 상태가 나빠졌다고 한다. 서둘러 레티치아 님을 측근의 기수에 태워 마차까지 오게 했고, 대리로 마중을 보냈다는 것이다.

'게오르기네 님의 말씀은 영 믿을 게 안 되지.'

게오르기네 님은 스스로 차기 영주가 되려고 부단히 노력했다. 적을 계략에 빠트려서라도 자신의 입지를 다져 가는 분이었다. 지금도 에렌페스트에 집착한다는 말을 들어도 아무 의심 없이 수긍할 수 있다. 그만큼 무서울 정도로 집념이 강했다.

나는 어릴 때부터 정보를 모으길 좋아했다. 취미로 모은 것이라 내게는 하나같이 소중하지만, 다른 이에게는 꼭 그렇지만은 않은 정보도 많았다. 시시한 것부터 중요한 것까지 다 있다. 그런 나의 정보를 게오르기네 님은 '하찮은 정보가 많아서 도움이 안 된다'라고 하셨다. 그 말에 나는 내 소중한 정보를 그녀에게 공개할 마음을 완전히 잃었고, 동시에 모실 마음조차 사라졌다.

하지만 나는 게오르기네 님과 동급생이었고, 모친과 누님이 게오르기네 님의 시종이었던 관계로, 어린이 방에 있을 무렵에 '날 모시려면 문관 코스에 들어가야지? 유스톡스 넌 남자니까 시종 코스를 들어봤자 내 측근이 될 수 없어'라는 말을 들었다.

'그렇구나. 그렇다면…….'

나는 시종 코스를 택했다. 모친과 누님이 게오르기네 님을 모시고 있으니 자신까지 모실 필요가 없다고 생각했다. 내가 그녀의 충고를 무시하고 시종 코스를 선택하자 그녀는 '유스톡스는 배신자다. 믿을 수 없다'며 심하게 괴롭혔지만.

당시에는 몰랐던 일이지만, 내가 코스를 선택할 시기에 질베스타 님이 태어나셔서 질베스타 님 밑으로 모친을 이동시키자는 얘기가 나왔었다고 한다. 게오르기네 님은 내가 시종 코스를 고르자, 자신의 문관 자리를 걷어차고 남동생을 모시려고 한 것으로 생각했다고 한다.

솔직히 그녀가 나를 어떻게 생각하든 상관없었다. 나는 어느 쪽에도 붙고 싶지 않았다. 영주 후보생답게 곰살맞은 숙녀인 척 굴어도, 그 내면에는 악한 감정이 들끓어서 적을 없애기 위해서라면 수단 방법을 가리지 않는 게오르기네 님도, 세 살까지만 해도 허약해서 자주 앓더니 건강해지자마자 믿기 어려울 만치 말썽꾸러기가 된 질베스타 님도 끌리는 요소가 전혀 없었다.

"유스톡스, 따뜻한 차를 내 다오."

"알겠습니다, 페르디난드 님."

내가 이름을 바쳐서라도 모시고 싶다고 생각한 분은 페르디난드 님이었다. 내 정보를 유용하게 활용하고, 내게 적당한 자유도 주시는 좋은 주인이다. 페르디난드 님은 선대 아우브의 첫째 부인이신 베로니카 님의 모진 박해에 시달렸지만 잘 헤쳐 나갔다. 아이러니하게도 인내력, 신중함, 근면함 등 페르디난드 님의 탁월한 면모는 어떤 의미에선 베로니카 님이 키웠다고 할 수 있을 것이다.

"젤기우스, 주방까지 안내를 부탁해도 될까요?"

나는 아렌스바흐에서 붙여 준 시종인 젤기우스에게 주방으로 가는 길을 물었다. 동시에 페르디난드 님이 무엇을 좋아하시는지 알려 줘야 했다.

"지금은 객실에 묵으시니 주방까지 가시려면 조금 번거로우실 겁니다. 하지만 디트린데 님과 성결식을 치르시고 본관에 있는 아우브의 거주 구역으로 옮기시면 편해지실 거예요."

페르디난드 님은 객실을 배정받으셨다. 아직 혼인 전이라 본관에 있는 아우브의 구역에는 들어갈 수 없어서다. 성결식을 치르면 방을 옮기게 된다. 이건 당연한 관례라서 딱히 불만은 없다.

'하지만 그 성결식이 대체 언제냐는 거지.'

아우브의 서거 공개와 차기 영주의 취임식이 봄에 있을 영주 회의 때 열리는 건 확실하다. 하지만 그때 성결식을 함께 치를지는 아직 미지수다. 디트린데 님이 주춧의 마술을 자신의 마력으로 물들여 완전히 자신의 것으로 만드는 것이 우선이기 때문이다.

'귀족원에 다니는 동안에도 어려울 테고, 아무리 봐도 페르디난드

님의 마력이 더 강해.'

주추의 마술은 지금도 서거한 아우브 아렌스바흐의 마력으로 물들어 있다. 부녀지간이라면 서로 마력이 비슷해서 다루기가 어렵지는 않겠지만, 혼인하면 부부의 마력은 서로의 영향을 받는다. 페르디난드 님의 마력에 영향을 받아 아우브의 마력과 충돌할 수 있다는 점을 감안하면 혼인을 뒤로 미룰 가능성이 컸다.

"이쪽은 하인들이 쓰는 길인데 주방으로 가는 지름길이죠."

젤기우스가 싱글거리면서 하인들이 다니는 길을 지나 가장 빠른 길로 주방을 향했다. 나는 그 길을 외우면서 주변을 바삐 움직이는 하인들의 대화에 귀를 기울였다.

올해 겨울의 가장 주된 일은 귀족 간의 관계 구축과 정보 수집이다. 페르디난드 님의 게오르기네 님의 정보를 더 얻어 오라는 주문이 있었다. 아우브 아렌스바흐가 사망했기에 차기 영주를 위해 영주의 거주 구역을 비워야 한다. 그래서 게오르기네 님은 거주할 방을 옮기는 중이랬다. 하인들의 출입이 빈번한 이때가 잠입할 절호의 기회였다.

그러나 준비에는 시간이 걸린다. 우선 이들의 억양을 익혀야 한다. 귀족들은 귀족원이나 영주 회의 등에서 교류하고 있어 큰 차이가 없지만, 평민 하인들 사이에 섞이려면 그들만의 억양과 독특한 표현을 익힐 필요가 있다. 이곳은 에렌페스트의 평민촌에서 쓰는 억양과도 조금 달라서 새로 익혀야 할 판이었다. 그래도 동작 등은 쓸 만한 듯했다. 나는 주변 하인들의 모습을 보면서 살폈다.

'그나저나 하인들까지 제복을 입으니 골치 아프네.'

하인의 제복을 손에 넣지 못하면 잠복도 불가능해 보였다. 성에 도착해서 게오르기네 님에게도 인사를 드릴 때, "아렌스바흐에서 함께 지내게 될 줄은 몰랐네요, 유스톡스. 구드룬은 같이 안 왔어요? 이곳에서 만날 일이 없다고 생각하니 왠지 쓸쓸하네요."라고 하는 것이다.

다시 말해 여장하고 돌아다녀 봤자 금방 들통날 걸, 하고 못을 박은 셈이었다. 게오르기네 님은 내가 귀족원에서 자유분방하게 하고 다닌 시절을 알고 있어 조금 성가신 상대다.

"그나저나 페르디난드 님. 페슈필 연습은 안 하셔도 됩니까?"

차를 내밀면서 나는 페르디난드 님에게 물었다.

아렌스바흐에 오는 길에 숙소에 묵을 때마다 '뭔가 좋은 방법이 없나' 하고 복잡한 얼굴로 투덜거리셨지만, 결국 그보다 효과 있는 아군 만들기 방법을 떠올리지 못하신 듯했다. 여러 번 머리를 맞댔지만, 공주님이 제안한 '페슈필 연주 안'만큼 효과적인 것이 없어 나는 생각하기를 포기했다.

아우브가 서거한 지금, 한시라도 빨리 아군을 만들어야 하는데, 페르디난드 님은 사람을 사귀는 것이 서툰 데다 지나치게 완고하다. 주어진 과제는 완벽하게 해내면서 합리성만 따지느라 감정에 눈을 감는 면이 있다. 그런 페르디난드 님이지만, 페슈필 음색은 부드럽고, 노랫소리는 어찌나 달콤한지 귀족원에서는 그에게 가슴앓이를 하는 사람도 많았다. 이번에도 아렌스바흐 사람들의 마음을 여는 데 일조하리라. 많은 여성을 홀리고, 조금은 호감을 남길 수 있겠지.

'공주님은 페르디난드 님을 완벽하게 파악하고 계셔.'

내가 키득 웃자, 페르디난드 님이 살짝 눈살을 찌푸렸다. 공주님의 조언대로 하려니 부아가 나는 모양이다.

"페슈필 명수이신 페르디난드 님의 연주를 저도 꼭 들어 보고 싶습니다."

젤기우스는 페르디난드 님과 같은 시기에 귀족원에 다녔다고 했다. 이번 일도 자기가 보좌하고 싶다고 자청했다고 한다. 아직 완벽하게 신용하진 않지만, 그의 눈에는 페르디난드 님을 향한 동경과 존경심이 넘쳐흘렀다.

젤기우스에게 듣자 하니 아렌스바흐에도 페르디난드 님의 유능함을 익히 아는 사람들이 있어, 그의 집무 능력을 기대하며 환영하는 분위기라고 한다. 디트린데 님께 맡기기엔 책임이 과중하다고 상층부도 느끼는 모양이다. 그들을 몇이나마 조력자로 끌어들일 수 있다면 그보다 좋은 일이 없으리라.

"페르디난드 님은 레티치아 님의 교육을 맡으실 테니 훌륭한 연주를 보여 주시면 꽤 좋은 효과를 보실 겁니다. 시작 연회에서 연주하시겠습니까? 아니면 따로 자리를 만들까요?"

젤기우스의 설득에 페르디난드 님은 체념한 듯 한숨을 내뱉더니, 시작 연회에서 페슈필을 연주하기로 약속했다.

"잠깐 페슈필을 연습할 테니 물러가 있거라."

"알겠습니다."

페르디난드 님은 공주님께 선물 받은 신곡을 편곡하겠다고 하셨다. 준비를 마친 후, 우리는 호위 기사인 에크하르트만 곁에 남기고 페르디난드 님의 방에서 나왔다.

나는 짐을 풀거나 내 방을 정리하면서 하인의 제복을 어떻게 손에 넣을지 궁리했다.

"젤기우스, 차를 치우고 올게요."

"같이 가시죠. 아직 혼자 하기는 어려우시잖아요."

아무래도 젤기우스는 날 감시하는 역할도 맡은 듯했다. 나는 "그러잖아도 길을 잘 못 외우는데 잘됐군요."라고 하며 찻그릇을 젤기우스에게 넘기고, 나는 그보다 조금 무거운 찻주전자를 안았다. 조금 전에도 지나온 하인들의 길을 지나 주방으로 향했다.

'꼭 이렇게까지 하고 싶지는 않지만…….'

귀족이 지나가도록 벽 쪽에 몸을 붙이는 하인 한 사람에게 나는 찻주전자에 남은 차와 디저트에 곁들이는 꿀을 쏟았다.

"미안! 팔이 부딪쳐서."

"아, 아아, 씻으면 되니 개의치 마십시오."

"네, 유스톡스 님. 저 사람이 알아서 할 테니까 신경 쓰실 것 없습니다."

제대로 비키지 않은 하인의 잘못이라는 젤기우스의 말을 듣고, 나는 엄격한 얼굴로 그의 말을 부정했다.

"아니요, 에렌페스트에서는 이럴 때 귀족도 책임을 져야 합니다. 이곳은 아렌스바흐지만 내 마음이 편치 않아서요. 젤기우스, 정리를 부탁해도 될까요? 그의 상사에게 사과하러 가야겠어요."

"그러지 않으셔도……."

"그럼 정리가 끝나면 함께 가 주겠어요?"

"……하는 수 없지요. 그럽시다."

나를 혼자 두지 말라는 지시를 받은 것이리라. 젤기우스가 조금 귀찮다는 듯 한숨을 쉰 후, 하인을 총괄하는 담당자에게 데려가 주겠다고 했다.

"미안하지만 함께 와 줬으면 좋겠군. 자네 상사에게 사과해서 새 제복을 지급해 달라고 하마. 이 옷으로는 일을 못 할 테니까."

하인에게는 귀족의 말을 거부할 권리가 없다. 억지로 일을 진행시킨 나는 주방에서 정리를 끝내고, 젤기우스와 고개도 들지 못하는 하인과 함께 하인을 총괄하는 부서에 가서 사고의 전말을 설명하고 사과한 후, 제복을 지급하는 부서로 안내받았다.

"귀족께서 하인에게 이렇게까지 하실 건 없습니다."

"그러면 내 마음도 편치 않고, 페르디난드 님께도 혼납니다."

나는 웃으며 억지로 돈을 지불한 후, 그에게 새로운 제복을 내주게 했다.

'이름과 얼굴까지는 확인하지 않는군. 이거면 귀족이 함께 와서 돈만 지불하면 해결되겠어.'

새 제복을 지급받는 흐름을 확인한 나는 며칠 뒤 페르디난드 님과 에크하르트 님과 의논하여 젤기우스에게 일거리를 주게 하고, 감시에서 벗어난 틈에 하인으로 변장했다. 머리카락 색깔과 외모를 살짝 바꾸고, 머리부터 발끝까지 꾀죄죄한 상태에서 아렌스바흐의 하인 제복과 비슷한 옷을 더럽혔다.

"에크하르트, 이 녀석을 데려가서 새 제복을 받아 입히도록."

"네!"

페르디난드 님께 확인서를 받아 에크하르트와 함께 제복을 지급하는 부서로 향했다. 그리고 에크하르트가 "내 마음도 편하지 않고, 페르디난드 님께 혼나서요."라고 말하며 돈을 지불했다. 페르디난드 님이 확인서로 써 주신 목패를 보여주고, 새 제복을 지급받을 수 있었다.

"에렌페스트에서 오신 손님은 다들 특이하시네요. 고작 하인에게 일일이 마음 쓸 여유도 없으실 텐데."

"아뇨, 에렌페스트에는 고아들에게도 애태우는 성녀가 있지요. 하인을 함부로 대하면 주인에게 꾸지람 듣습니다."

에크하르트의 말에 하인 총괄자는 "그것참 대단하신 성녀님이시군요." 하고 쓰게 웃으며 제복을 건네주었다.

"큰 폐를 끼쳤습니다. 그럼 이만 제 자리로 돌아가겠습니다."

하인의 제복을 손에 넣은 나는 그 자리에서 에크하르트에게 감사의 인사를 하고 헤어진 후, 얼른 하인의 길을 탐색하고, 게오르기네 님의 별궁으로 향했다. 새로운 정보를 끌어모으기 위해.

나는 하인 속에 섞여 일하며 정보를 모은 뒤 하인만 쓰는 곳간에서 시종의 제복으로 갈아입었다. 그리고 더러워진 몸과 머리 염색물을 바센으로 씻은 후, 시치미 뗀 얼굴로 페르디난드 님의 거처로 돌아갔다.

"유스톡스, 대체 어디에 가셨던 겁니까?"

"아, 젤기우스. 페르디난드 님께 전달 못 받았어요?"

"조합실에 가셨다고 들었는데, 가 보니 안 계시더군요."

"아. 그럼 엇갈렸었나 보네. 회복약을 조합하고 주방에 갔었거든요."

완전히 거짓말은 아니다. 주방에서 카르페 껍질도 깠었다. 주방에는 수다스러운 여성이 꼭 있기 마련이니까. 꽤 괜찮은 수확도 있었다.

젤기우스의 질문을 가볍게 넘기고, 나는 페르디난드 님께 차를 건넸다.

"페슈필 연주곡은 완성하셨습니까?"

"그래. 내일 들려주마."

홋 하고 페르디난드 님이 웃으셨다. 아무래도 야심작인 모양이다. 그렇다면 걱정은 접어 둬도 되리라. 그렇게 생각하고 있을 찰나, 찻잔에 가리는 위치에 페르디난드 님이 소리 없이 도청 방지 마술구를 올려 두는 것이다. 나는 차에 곁들일 과자를 놔두는 척 재빨리 마술구를 손에 쥐었다.

"젤기우스, 목욕 준비를 부탁한다. 저녁을 먹기 전까지 몸을 담그고 싶구나."

"알겠습니다."

젤기우스가 곧바로 발걸음을 돌리는 모습을 힐끔 보고 페르디난드 님께서 "보고해." 하고 중얼거렸다. 지금 이 방에는 페르디난드 님과 에크하르트와 나뿐이다. 예상보다 주변에 지켜보는 눈들이 많아서 비밀리에 보고하기가 여간 쉽지 않았다. 아까운 시간을 버릴 수는 없었다. 젤기우스가 돌아와도 대화한 것처럼 보이지 않게 하기 위해 나는 책상을 치우거나 이부자리를 정리하는 척하며 보고를 올렸다.

"이곳에서는 에렌페스트의 평판이 거의 바닥입니다. 현재 첫째 부인이신 게오르기네 님의 출신지이면서 비협조적이라는 인식이 팽배했습니다."

에렌페스트에서 시집을 왔는데, 에렌페스트의 영주가 교체된 이후로 제대로 된 원조 하나 받지 못한 게오르기네 님을 이곳 사람들은 가엾게 여기는 듯했다. 에렌페스트의 성녀라고 불리는, 마력이 넘치는 양녀까지 얻었음에도 아렌스바흐의 사정은 본체만체, 본인들 순위만 올리려는 태도가 괘씸하다는 것이다.

"베로니카 님은 아렌스바흐와의 교류를 중시하셔서 꽤 예산을 나눠 준 것으로 알고 있습니다만……. 누가 그런 소리를 한 걸까요?"

"불만을 딴 데로 돌리는 데에는 에렌페스트만한 곳이 없지."

"아마도요. 그리고 게오르기네 님의 파벌에는 전 둘째 부인의 신하가 많다고 합니다. 이전 첫째 부인과 둘째 부인의 사이가 나빴는데, 셋째 부인인 게오르기네 님은 후계자를 가진 둘째 부인과 사이가 좋았다는군요."

그런데 둘째 부인의 처형과 그 자식의 실각, 첫째 부인이 양녀로 들인 손녀딸이 양녀가 되었다. 그래서 둘째 부인 파가 그대로 게오르기네 님 쪽으로 넘어갔다는 것이다.

"그 이유가 첫째 부인에게 반발심이 컸고, 드레반헬에서 데려온 후계자가 예정된 양녀, 레티치아 님이 너무 어리기 때문이라는 겁니다. 가장 큰 이유는 아마 마력의 양이 부족해서겠지요. 영주 후보생의 수가 줄어서 마력 공급이 어려워진 이때, 작은 성배를 채울 신관도 중앙으로 이적해 버려서 급속히 줄었거든요. 그런데 구 베르케슈토크의 관리까지 떠맡아 영지가 더 늘어나 버렸죠."

심지어 구르트리스하이트를 갖지 못한 왕이 경계를 재설정하지 못해서 관리만 떠맡아 버렸다. 감당하기 어려울 만큼 부담이 커졌다.

"첫째 부인은 정변 후에 배속된 구 베르케슈토크의 관리에 뒷전이었다고 합니다. 자신들의 기반인 아렌스바흐 내부에 더 충실해야 할 때라면서요. 그런 와중에도 게오르기네 님은 그 베르케슈토크 몫의 마력을 어디서 끌어와 작은 성배를 조달해서 줬다는 거예요……. 그런 경위도 있어서 둘째 부인 파, 구 베르케슈토크령의 주민들이 게오르기네 님을 따르게 되었다고 합니다."

"흠. 죽은 전 신전장이 신전에서 빼돌린 다른 지역의 작은 성배가 그거겠군."

페르디난드 님은 팔짱을 끼며 천천히 숨을 내뱉었다. 그 모습을 흘끔 보면서 나는 침대에 위험물이 없는지 확인했다.

"에렌페스트는 마력이 풍부한 성녀를 아우브의 양녀로 들여 여유가 생겼으면서도 게오르기네 님의 부탁을 거절하다니, 천인공노할 놈들이다, 라고 떠들더군요. 여유가 없는 건 우리도 마찬가지지만, 구베르케슈토크령 주민들 입장에서는 작은 성배의 유무에 사활이 걸려 있었으니까요."

"아렌스바흐령의 문제를 에렌페스트에 해결하라는 것부터 어이가 없지만, 여태껏 받았던 원조가 갑자기 끊겼으니 원망하는 것도 이해는 된다만……."

예상보다 게오르기네의 세력이 크군, 하고 페르디난드 님이 복잡한 얼굴로 생각에 잠겼다.

"아무리 게오르기네 님이 둘째 부인과 베르케슈토크 계열의 지지를 받더라도 레티치아 님을 후계자로 미는 첫째 부인 파와는 우호적일 수가 없겠지요. 별궁 주변에선 레티치아 님이 성인이 되었을 때 아우브로 삼는 걸 문제 삼더군요. 디트린데 님이 계시는데 왜 굳이 레티치아 님을 아우브에 앉혀야 하냐는 의견까지 있었습니다. 느낌상 서거하신 아우브의 유언이나 왕명이라는 게 알려지지 않은 것 같더군요. 일단 급하게 말씀드릴 보고는 여기까지입니다. 누구와 누가 친밀한지, 어디 채소가 신선한지 등의 세세한 보고는 나중에 하겠습니다."

보고를 올리는 도중에 페르디난드 님이 일어섰다. 젤기우스가 목욕 준비를 끝낸 모양이다.

"유스톡스, 그대가 이 마술구 관리를 맡아라."

"알겠습니다."

시작 연회에서 페르디난드 님은 환영 보답이라는 명목으로 페슈필을 연주했다. 유르겐슈미트의 대표적인 곡 몇 곡과, 공주님이 작곡하고 페르디난드 님께서 편곡하신 곡 중 몇 가지를 연주하셨다.

첫 신곡은 떠난 고향을 그리워하는 곡이었다.

공주님의 의도대로 넋을 잃고 듣던 여성들은 페르디난드 님에게 호감이 있어 보였다. 연주가 끝난 후, 페르디난드 님을 둘러싸고 겨울 사교계의 초대가 쏟아지기 시작했다. 올해 겨울에 아군을 얼마나 많이 만드느냐가 중요하다. 초대라면 받을 수 있을 만큼 받아서 안면을 터야 한다.

"페르디난드 님의 페슈필 실력은 여전히 훌륭하십니다. 설마 디터 실력도 귀족원 시절 그대로이신 것 아닙니까?"

"……아니, 약해지긴 했더군. 작년에 하이스히체에게도 겨우 이겼지. 옛날엔 누워서 떡 먹기였는데."

"하이스히체 님과 또 겨루셨습니까?! 그쪽은 단켈페르거의 현역 기사인데, 그렇게 따지면 실력이 하나도 녹슬지 않으신 거네요."

놀라 소리치는 아렌스바흐의 기사들을 둘러보며 페르디난드 님은 대담한 미소를 지으셨다. 페르디난드 님과 동년배 귀족들이 그의 변함없는 페슈필 실력을 추켜세우고, 당시 디터에서 그의 활약이 얼마나 뛰어났는지 추억담을 꺼내자, '에렌페스트라는 하위 영지의 신전에 들어간 모친도 없는 영주 후보생'으로 그를 얕잡아보던 자들의 시선도 바뀌기 시작했다.

"내 약혼자니까 당연히 그래야죠."

디트린데 님이 호호호 하고 웃으며 페르디난드 님의 옆에 섰다.

'아이고, 페르디난드 님의 미소가 깊어지셨네.'

싫어하는 상대를 앞에 뒀을 때 나오는 미소를 보고, 나는 얼른 위장약이 있는지 확인했다.

바쁜 겨울의 시작

"코르넬리우스, 살기 좀 죽여요. 그러다 상대가 알아차리겠어요."

귀족원 학생과 달리 성인 기사의 차림으로 참여하는 첫 겨울 사교계다. 시작 연회를 앞두고 시끌벅적한 대강당 안. 나긋나긋 미소 지으며 바짝 붙은 레오노레가 작은 목소리로 주의를 주었다. 나는 천천히 숨을 뱉고, 기베 게를라흐에게서 시선을 돌렸다.

마음 같으면 당장에라도 흡족해하는 기베의 얼굴을 걷어차 주고 싶지만, 지금은 그럴 때가 아니다. 확실한 증거가 없어서 이만 갈아야 했던 예전이 아니다. 지금은 결정적인 증거가 있다. 여기서 저쪽이 낌새를 채면 나중에 귀찮아진다. 나는 억지 미소를 지으며 레오노레를 보았다.

"조심할게. 이번에야말로 반드시 잡아야 한다는 생각에 신경이 날카로워져서 그래."

"긴장되는 건 나도 마찬가지예요."

올해는 숙청을 앞두고 있다. 그 계획을 아는 기사들은 차분해 보여도 모두 눈빛이 날카로웠다. 그러나 구 베로니카 파 귀족들은 여름에 방문했던 게오르기네 님의 얘기나 아렌스바흐로 떠난 페르디난드 님 얘기로 신나게 떠들고 있었다. 요주의 인물이 빠짐없이 출석했는지, 이쪽의 움직임을 눈치채지는 않았는지, 주시할 것들이 한둘이 아니다.

"올해도 역시 생명의 신 에이비리베가 흙의 여신 게두르리히를 숨겼다. 다 함께 봄의 도래를 기도하자."

아우브 에렌페스트의 목소리로 연회가 시작되었다. 페르디난드 님이 갑작스럽게 아렌스바흐로 떠나게 된 것, 그를 대신해 하르트무트가 새로운 신관장이 되어 신전에서 로제마인을 돕게 된 것을 설명하였다.

아우브의 연설이 끝나면 세례식과 피로연이 열린다. 올해는 봄에 세례를 받은 멜키오르 님이 데뷔 무대에 서셨다. 멜키오르 님은 로제마인의 페슈필 연주를 좋아하셔서 함께 연습하곤 했다.

단상에서 신전장인 로제마인과 새 신관장으로 부임한 하르트무트가 세례식 준비를 하고 있었다. 하르트무트의 손을 잡고 단상에 오른 로제마인이 목소리를 높였다.

"새로운 에렌페스트의 자식을 맞이합시다."

이전까지 인사말이나 신화 낭독을 페르디난드에게 맡겨 왔던 로제마인이었지만, 올해부터는 목소리 확장 마술구를 써서 스스로 연설하게 되었다. 아직 앳된 목소리로 신화를 낭독한다. 성전 바꿔치기 사건을 아는 자를 혼란케 할 목적으로 성전은 펼쳐 보지도 않았다.

"로제마인 님의 표정이 조금 달라진 것 같아요. ……바짝 긴장하신 기색이라고 리카르다도 걱정하더라고요."

"그만큼 페르디난드 님과 헤어진 충격이 큰 거야."

이별이 결정되고, 신관장실의 비밀의 방에 둘만 들어갔던 그날 이후로 로제마인과 페르디난드 님의 관계가 일변했다. 로제마인이 페르디난드 님에게 거침없이 애정을 드러낼 정도로 둘 사이의 대화에 거리감이 없어졌다. 주인의 옆을 지켜야 하는 호위에겐 둘의 가까워진 거리감이 여실히 느껴졌다.

심지어 서로 선물까지 주고받지 않았던가. 혼인 등의 이유로 영지를 떠나는 자가 가까운 사람에게 선물을 주는 건 드문 일이 아니다. 남은 물건을 처분하려는 의미도 있다. 그래서 이별 선물이 이탈리안 레스토랑의 식사라는 게 도무지 이해할 수 없었다. 하지만 측근의 노고를 치하하듯이 지금까지 고생해 준 페르디난드 님을 치하하려는 뜻이겠지 하고 어찌 납득은 했다.

 '그런데 더 이해할 수 없는 일이 일어났어.'

 이탈리안 레스토랑에서 로제마인과 페르디난드 님이 마석 보호구를 선물로 주고받은 것이다. 서로가 상대방을 놀라게 하려다 그리된 모양이지만, 자식을 과보호하는 웬만한 부모도 그런 보호구를 선물하지는 않는다. 로제마인에게 상담까지 들어 놓고도 말리지 않은 하르트무트도 이해하기 어려웠다.

 '일반적인 보호구라면 이렇게까지 동요하지는 않았어……'

 솔직히 말해서 아무리 왕명으로 정해진 정략결혼이라지만 약혼녀인 디트린데 님께 선물한 약혼 마석보다 더 품질이 높은 마석을 주는 건 말도 안 된다. 그런 상질의 마석이 있었으면 먼저 약혼녀에게나 주라고 생각한 사람은 나뿐만이 아닐 터이다. 만약 로제마인이 성인 여성이었다면 주변에서는 구혼인 줄 알았으리라.

 "페르디난드 님께서 그런 머리 장식으로 보호구를 만들어 선물하셨을 땐 정말 깜짝 놀랐어요."

 "에크하르트 형님은 페르디난드 님께서 지금까지 로제마인에게 보호구를 얼마나 많이 줬는데 왜 이제 와서 난리냐, 누가 뭘 선물하든 너희가 상관할 바가 아니라고 했지만, 상식적으로 봐도 이상하잖아."

 마력의 사슬에 흔들리는 무지개색의 전 속성 마석이 다섯 개나 달

POST CARD

보내는 사람

받는 곳

린 비녀를 보고도 눈 하나 깜빡하지 않은 사람은 에크하르트 형님과 유스톡스, 하르트무트뿐이었다. 로제마인의 다른 측근들은 모두 눈이 휘둥그레졌었다. 선물 받은 로제마인도 놀란 기색이었지만, 뭐가 분한지 '겼어'하고 투덜거린 걸 보면 우리와는 다른 의미로 놀란 게 분명하다.

"그런데 로제마인이 페르디난드 님께 받은 마석을 저렇게 온몸에 지니고 있어도 빌프리트 님은 아무렇지도 않으신가?"

혼인으로 마력을 서로 통하게 하면 부부의 마력은 질이 비슷해진다. 둘 사이에서 태어나는 아이도 부모의 영향을 받은 마력을 지닌다. 그래서 자신의 부인이 될 여성이 부친이 아닌 남성의 마력을 몸에 두르면 보통은 불쾌해한다. 가령 그 사람이 보호자라고 해도 부친도 아닌 다른 남성의 마석을 레오노레가 차고 있다면 나는 당장 떼라고 하고 싶을 정도로 기분이 상할 것 같았다.

"지금까지 선물한 보호구와 다르지 않다고 생각하셨겠죠. 빌프리트 님이야 애초부터 페르디난드 님이 로제마인 님을 보호하는 건 당연한 일이라고 생각하고 계시니까. 그리고 아직 마력 감지가 발현될 나이가 아니어서 약혼자라는 실감을 못 하실 수도 있고요. 앞으로 그런 것들이 불쾌해질 나이나 관계가 되면 빌프리트 님이 마석을 선물하시겠죠."

그렇게 말한 뒤, 레오노레가 수줍은 듯 미소를 지으며 자신의 가슴에 살짝 손을 뻗었다.

"아버지에게 선물 받은 보호구를 미래의 남편에게 받은 마석으로 하나씩 바꿔 가는 것도 여성에겐 기쁜 일이거든요."

그 자리에 내가 선물한 약혼 마석이 있음을 깨달았다. 왠지 다른 보호구도 만들어서 레오노레에게 선물하고 싶어졌다.

"그리고 사실은 페르디난드 님의 보호구가 없으면 곤란하시잖아요. 로제마인 님의 측근으로서 오히려 빌프리트 님께서 싫어하지 않으신 걸 다행으로 여겨야 할지도 몰라요. 아니면 그런 대단한 축복을 볼 수 있었겠어요?"

레오노레의 말에 나는 로제마인이 내린 축복을 떠올렸다. 도서관으로 쓰라며 자택 열쇠를 넘겨받는 순간 기쁨에 넘쳐흐른 마력으로 쓰게 된 것이라고 본인이 설명했다.

하지만 그건 '신에게 기도를!' 하고 외치며 마력만 방출했던 기존의 축복이 아니라, 슈타프로 마법진을 그린 전 속성이 내포된 축복이었다. 페르디난드 님조차 보신 적 없는, 신전장만이 알고 있는 마법진. 로제마인이 신들의 이름을 욀 때마다 각 귀색이 번쩍이며 무지개색 빛이 쏟아져 내렸다. 그 광경이 어찌나 환상적이었는지, 저도 모르게 감탄의 한숨이 새어 나왔다. 나뿐만 아니라 주변 모두가 경탄해 마지않았다.

전 속성의 축복을 두 눈으로 본 건 처음이었다. 존재는 알았지만, 성공 사례는 책에서나 볼 수 있는 줄 알았다. 보통은 시도하지도 않을 뿐더러 생명의 속성이 걸림돌이 되어 성공하기 어려울 줄 알았다. 그 광경을 보고서도 로제마인이 성녀가 아니라고 부정할 수는 없을 것이다. 내가 '진짜 성녀다'라고 느꼈을 정도다. 하르트무트는 과하게 흥분해서 귀찮기 짝이 없었다. 아니, 지금도 흥분을 가라앉히지 못해 여전히 성가시게 했다.

"……그런 축복을 내릴 수 있는 에렌페스트의 성녀를 어느 영지가 탐하지 않을까요. 아우브께서 그 축복에 관해서 누설하지 말라 하셨지만, 로제마인 님은 흥분만 하면 기도를 올리고 축복을 내리는 게 버릇이 되어 버린 걸요. 언제 갑자기 기도를 올릴지, 또 누가 그걸 보고 로제마인 님을 노릴지 어떻게 알겠어요."

귀족원에서도 흥분에 휩쓸려 기도를 올리지 않으려고 참다가 여러 번 쓰러졌었다. 유레베로 마력 덩어리가 녹은 만큼 쓰러질 확률도 낮아졌다고 하지만, 축복을 내리지 않게 될 것이라는 말은 듣지 못했다.

"그렇게 생각해 보면 페르디난드 님께서 도서관으로 로제마인을 에렌페스트에 묶어 두려는 것도, 무지개색 마석 보호구를 선물한 것도 아주 과한 게 아니었는지도 모르겠네. 내가 귀족원에서 같이 있지 못하니까 너무 불안해."

구 베로니카 파 아이들과의 관계가 어떻게 변할지도 걱정되고, 로제마인이 무슨 짓을 할지 짐작하지 못하는 것도 무섭다. 다른 영지와의 관계도 걱정되지만, 더 걱정인 건 왕족이다. 해마다 접근해 왔으니, 올해도 분명 뭔가 일어날 거라는 예감이 든다.

"귀족원에서는 내가 최대한 신경 쓸게요. 코르넬리우스는 에크하르트 님께서 말씀하신 걸 배워야 하잖아요. 거기에 더 힘써요."

"그래, 에크하르트 형님이 얼마나 유능한지 새삼 깨달았어."

나는 가볍게 어깨를 으쓱했다. 안게리카를 가르치며 스스로도 공부하고, 로제마인의 마력 압축 방법으로 마력을 키우고, 할아버님에게 특훈을 받고, 검무 멤버로 발탁되어 귀족원에서 연속으로 우수자로 표창까지 받았다. 호위 기사로 충분히 힘을 키웠다고 생각했는데, 형님에 비하면 새 발의 피였음을 통감한 것이다.

"주인의 신변에 있는 독을 감지해 내는 건 호위 기사가 아니라 시종의 영역이에요."

"하지만 주인을 지키려면 호위 기사도 알고 있어야 한다고 하면 반론도 못 해. 그리고 안게리카의 날렵함, 다무엘의 섬세한 마력 조절, 유디트의 장거리 공격, 레오노레의 마수와 전술에 대한 지식 같은 특화된 기술이 내겐 없어."

언뜻 보면 뭐든 잘할 것 같지만, 나는 무엇 하나 누구에게 이기는 것이 없다. 이것만은 절대 지지 않는다고 자신하는 기술이 없었다.

"그렇게 의기소침해하지 않아도 두루 잘하는 것도 큰 장점이에요. 당신은 부족함이 없도록 극복해 왔잖아요. 그거야말로 훌륭하죠. 그리고 마력만 보면 당신이 제일 많아요."

레오노레가 조그맣게 웃으면서 달래 주었다. 옆에서 자신을 지지하고, 지금까지의 노력을 인정해 주는 그녀의 말에 나는 한시름 놓았다.

"레오노레, 봄이 되면 같이 집 정리할래? 로제마인이 페르디난드 님의 자택을 물려받은 것처럼 나도 에크하르트 형님의 자택을 물려받거든."

에크하르트 형님이 돌아가신 형수님, 하이데마리와 살았던 저택이다. 형님이 아렌스바흐에 가게 되어 내가 물려받게 되었다.

"방 하나는 에크하르트 형님의 중요한 짐을 보관해 둬야 하지만."

아렌스바흐가 어떤 곳인지 파악하기 전까지는 정말 중요한 물건은 가져가지 않는 편이 좋다는 조언을 들었다고 한다. 에크하르트 형님은 하이데마리와의 추억이 깃든 물건을 한 방에 몰아넣고 떠났다. 아쉬운 표정으로 문을 쓰다듬은 후 자물쇠를 잠그던 모습을 떠올렸다.

"아, 그렇지. 램프레히트 형님이 그러는데, 가구는 집에 있는 시간이 더 긴 여성이 고르는 편이 좋대……."

"코르넬리우스, 본인 집에 여성을 부를 땐 정식으로 구혼한 후여야 한다고 엘비라 님께 안 배웠어요?"

레오노레가 "다 일러바칠 거예요."라며 불만스럽게 입술을 내밀었다. 하지만 장난기 가득한 남색 눈동자에는 어머님에게 고자질할 마음이 없다는 게 훤히 보였다.

"네가 졸업식을 하고 난 후이려나?"

"기대하고 있을게요."

후훗 하고 레오노레가 웃는 그때 멜키오르 님의 연주가 시작되었다. 로제마인이 작곡하고 페르디난드 님이 편곡한 봄의 여신에게 바치는 곡이다. 로제마인은 어딘가 그리운 얼굴로 그 곡을 듣고 있었다.

세례식과 데뷔 무대는 별 탈 없이 끝났다. 로제마인이 성전을 펼치지 않으면 가짜 성전이라고 난동을 부리는 귀족이 나오길 기대했는데, 그런 소동은 일절 없었다. 왠지 한 방 먹은 기분이다.

시작 연회가 끝나고부터 로제마인이 귀족원에 가기 전까지 매일 함께 어린이 방에 다닌다. 세례를 받은 어린아이들에게 인사를 받은 로제마인은 어린이 방의 운영에 온 신경을 썼다. 디저트 상품으로 아이들의 의욕을 끌어내고, 멜키오르의 측근들에게 주의점들을 일러 주고, 모리츠와 교육 과정을 재검토하느라 여념이 없었다. 짬짬이 자기가 할 복습도 빼놓지 않았다.

빌프리트 님은 앞장서서 아이들과 놀아 주었다. 게임 분위기를 띄워 주다가도 공부에 집중시키는 능력이 뛰어났다. 멜키오르 님은 아직 영주 후보생이라는 자각이 부족하신지, 빌프리트 님과 놀려고만 했다. 형과 누나들이 귀족원에 가면 자연히 영주 후보생의 자각이 생기리라.

샤를로테 님은 플로렌치아 님과 함께 연좌 처벌을 받을 아이들의 생활터를 갖추는 일을 하고 계신지, 인사를 나눈 첫날 빼고는 어린이 방에 모습을 보이지 않으셨다. 로제마인 님의 조언대로 고아원을 참고로 생활터를 꾸미려는 듯했다. 이전까지 고려했던 1인실 대신 여럿이 함께 쓰는 다인실을 마련해서, 동지끼리 서로의 처지를 위로하고 대화할 수 있는 구조로 바꾼다고 들었다.

'니콜라우스도 거기에 들어가겠네.'

나는 로제마인의 뒤에 서서 이따금 우리를 힐끔거리는 이복동생, 니콜라우스를 보았다. 그의 모친인 트루델리데가 베로니카 님에게 이름을 바쳤고, 지금은 굳이 따지자면 게오르기네 님 파벌에 가깝기 때문이다.

어머님에게 전해 듣기를, 그녀는 내 아버님과 결혼하기 전까지 베로니카 님의 시종이었다고 한다. 주인의 화병의 원인인 페르디난드 님을 증오하고, 평민 출신이라는 소문이 도는 로제마인을 못마땅해하고, 주인을 하얀 탑에 유폐한 영주에게도 반감을 품고 있었다.

영주의 호위 기사이면서 로제마인의 친가인 우리 집안에는 여러 정보가 숨어 있다. 트루델리데는 그런 정보를 게오르기네 님께 이름을 바친 귀족에게 흘렸다는 죄목으로 처벌받게 되었다. 처형까지는 아니지만, 마력을 뺏겨 유폐되는 벌을 받을 예정이다.

"코르넬리우스, 얼굴이 무서워요. 무슨 일 있어요?"

"아닙니다, 로제마인 님."

니콜라우스가 부모의 죄를 인정하고 살기를 원한다면 아버님은 그를 가족으로 거둬서 키울 터이다. 하지만 솔직히 나는 트루델리데에게 세뇌당해 로제마인에게 원한이 있을지도 모르는 니콜라우스를 웬만하면 곁에 두고 싶지 않았다.

'나도 과보호가 심하긴 하네.'

금세 로제마인이 귀족원으로 떠나는 날이 왔다. 먼저 채비를 끝낸 빌프리트 님이 전이 마법진으로 향했다. 아우브 에렌페스트는 가만히 빌프리트 님을 바라보셨다.

"빌프리트, 구 베로니카 파 아이들을 잘 부탁하마."

"네, 아버님. 한 사람이라도 더 많이 구하겠습니다."

누군가 숙청을 방해하거나 정보가 누설되는 상황을 피하고자, 올해는 귀족원에서 단 한 명도 돌아오지 않을 예정이다. 영주 부부가 영지 대항전에 갔을 때에야 숙청의 결과를 알게 되리라.

빌프리트 님이 출발하시자, 다음은 로제마인 차례다. 먼저 짐부터 마법진에 올려 보낸다. 올해는 인쇄한 이야기책을 귀족원에 퍼트릴 계획이라서 준비한 책들이 많았다. 나무 상자를 바라보며 신이 난 로제마인의 얼굴에서는 빌프리트 님처럼 비장한 기색이 손톱만큼도 보이지 않았다.

짐을 보내는 사이, 로제마인은 배웅하러 온 사람과 일일이 인사를 나누었다. 이전까지 항상 먼저 귀족원에 출발했던 내게는 처음 보는 광경이었다. 북쪽 별채에 혼자 남겨져 쓸쓸해 하는 멜키오르 님에겐 "어린이 방을 잘 부탁해요."라고 하고, 샤를로테 님에겐 "내일 귀족원에서 봐요."라고 했다. 하르트무트가 "가장 믿고 의지하셨던 페르디난드 님이 떠나신 이후로 로제마인 님이 너무 걱정돼."라고 귀에 딱지가 앉을 정도로 얘기해서 불안했는데, 아우브의 아이들과 친남매 같은 관계를 구축한 로제마인을 보니 안심이 되었다. 하르트무트가 예민한 거다. 로제마인을 지지하는 사람은 수도 없이 많다.

플로렌치아 님은 "이쪽 일은 우리에게 맡겨요."라고 미소 지은 후, 조금 걱정스럽게 로제마인의 얼굴을 들여다보았다.

"로제마인. 유레베를 쓰고 나서 체력과 마력이 예전과 많이 달라졌을 테니 부디 몸을 사리도록 하세요."

"네, 양어머님."

그런 후 로제마인은 할아버님을 돌아보며 "겨울에 하실 일들이 많겠지만 무리하지 마세요."라고 했다. 사실 전력 약화를 염려해 숙청은 겨울의 주인을 토벌한 후에 거행할 예정이다. 토벌과 숙청이 연이어 잡혀 있어 기사의 부담이 크다. 게다가 주요 전력이었던 페르디난드 님과 에크하르트 형님까지 빠졌다. 구멍을 메워야 하는 탓에 올해는 할아버님이 토벌과 숙청 양쪽에 참가하시게 되었다.

"걱정하지 말고 맡겨 주렴."

로제마인이 걱정해 줬다고 좋아하시는 할아버님에게 걱정은 사치라고 소리치고 싶다. 지난번에 숙청 계획을 세울 때 '내가 선두에 선다'라고 선언하시지 않나, '회복약이 있는데 겨울의 주인이 뭐가 무섭나! 토벌보다 숙청이 먼저다!'라고 해서 퇴짜를 맞기도 하셨다.

"로제마인, 귀족원에 가면 아무쪼록 몸을 사리렴."

"올해도 연애 소재를 많이 가져오길 기대할게요."

아버님과 어머님과도 인사를 나누고, 로제마인은 우리 측근 쪽을 돌아보았다.

"다무엘, 안게리카, 코르넬리우스. 기사 업무에 더해 신전까지 다녀야 해서 고생하겠지만, 잘 부탁해요."

"네!"

내게는 첫 겨울 임무다. 긴장감은 크지만, 신전에는 겨울에만 먹을 수 있는 디저트도 있다고 다무엘에게 들은 터라 사실 기대감도 약간은 있었다.

"하르트무트, 봉납식과 고아원을 부탁해요. ……정말 내가 안 돌아와도 괜찮겠어요?"

"제게 맡기시고 로제마인 님은 귀족원 생활을 즐기십시오. 고아원에 변화가 있으면 기별을 전하겠습니다."

"고마워요. 그럼 잘 부탁해요. 클라리사의 편지도 반드시 전달할게요."

로제마인이 진지한 얼굴로 하르트무트를 올려다보았다. 하르트무트가 신전에 들어간 사실을 클라리사에게 전달해야만 했다. 클라리사 본인은 그런 것에 전혀 신경 쓰지 않고 에렌페스트에 올 테지만, 주변 사람들은 그렇게 생각하지 않으니 말이다.

마지막으로 아우브 에렌페스트가 한 걸음 앞으로 나왔다.

"로제마인, 올해도 힐데브란트 왕자와 맞닥뜨릴 일이 생길지도 몰라. 그러니 되도록 도서관에 가지 마. 그, 사교 시즌이 오기 전까지만."

아우브의 말에 로제마인은 "알겠어요." 하고 싱긋 웃으며 수긍했다. 로제마인이 이리도 쉽게 도서관을 포기할 줄 몰랐던 나는 깜짝 놀랐다. 나뿐만 아니라 제안을 꺼낸 아우브도 놀란 표정을 보이고 있었다.

"올해는 슈바르츠와 바이스에게 마력을 공급하는 것 말고는 라이문트와 힐쉬르 선생님의 연구실에 갈 생각이에요. 제 도서관을 위해 마술구를 제작해야 하거든요. 라이문트는 페르디난드 님의 제자니까 편지도 보낼 수 있고…….”

그렇게 말한 로제마인은 웃는 얼굴로 손을 흔들며 리카르다와 함께 마법진 위에 올랐다. 로제마인의 모습이 사라지자, 배웅하러 온 자들도 하나둘 해산했다. 줄줄이 전이 마법진의 방을 나와 각자의 방으로 걷기 시작했다.

나는 측근 동료들과 앞으로의 일정에 관해 의논했다. 처참한 얘기가 로제마인의 귀에 들어가게 하고 싶지 않다는 하르트무트의 강경한 주장에 세세한 회의는 로제마인이 전이한 후에 하기로 해서. 짧은 회의에 적합한 면담실을 빌려, 올해 겨울 일정에 관해 이야기를 나누었다. 해야 할 일이 태산이다.

“우선 사교계에서 정보를 모아야 해. 그리고 신전에 돌아와서 봉납식을 거행하고, 도중에, 아니면 끝난 직후에 겨울의 주인을 토벌하고. 토벌이 끝나면 단숨에 숙청. 그 후에는 뒤처리와 고아원 관리. ……이렇게 하나하나 따져 보니 쉴 틈이 없네.”

다무엘의 말에 나는 고개를 끄덕였다. 이런 빡빡한 일정에도 로제마인이 귀족원에서 계속 지낼 수 있도록 우리는 여차하면 청색 신관 행세를 하기로 했다. 하르트무트가 “코르넬리우스는 친오빠니까 로제마인 님의 귀족원 생활을 위해서라면 마력 봉납 정도는 할 수 있지?” 하고 웃으며 어깨를 붙잡기에 미처 거절하지 못한 것이다. 로제마인을 위해서라면 정말 수단과 방법을 가리지 않는 녀석이다.

“그나저나 기베 게를라흐 일파는 왜 게오르기네 님께 충성을 바치는 걸까? 엄연히 에렌페스트의 땅을 다스리고 있으면서 아렌스바흐에 시집간 게오르기네 님한테 충성을 바쳐 봤자 뭐가 남는다고.”

이렇게 바쁜 겨울을 보내게 된 것도 다 그놈들 때문이라며 절반 화풀이하는 심정으로 꺼낸 말이었다. 그런데 하르트무트는 가볍게 어깨를 으쓱하며 "남는 게 왜 없어."라며 아무렇지 않은 얼굴로 말했다.

　"게오르기네 님의 입장을 로제마인 님으로, 기베 게를라흐의 입장을 자신으로 바꿔 생각해 보면 되잖아. 그저 자신의 주인이 기뻐하길 바랄 뿐이야. 하지만 그들의 광적인 행동들이 로제마인 님께 너무 위험하니까 제거할 수밖에."

　'자기가 광적이라는 자각은 있나 보네.'

　그것은 새로운 발견이었다.

선택할 때

"마티아스, 주변을 살펴. 사냥할 때 딴 생각하면 위험해. 네가 항상 하는 말이잖아."

조금 덩치가 큰 마수에 정신이 팔린 탓에 뒤를 덮치려는 작은 마수를 눈치채지 못한 건 명백히 내 실수다. 나는 가볍게 한숨을 내쉬고 앞머리를 쓸어 올리며 뒤돌았다.

"라우렌츠, 미안. 덕분에 살았어."

5학년생이라서 귀족원 도착이 빨랐던 나는 다음날, 한 학년 아래인 견습 기사 라우렌츠가 도착하자마자 소재 채집에 나섰다. 로제마인 님의 축복으로 부활한 에렌페스트의 채집터에는 예전보다 마력 함유량이 많고, 내포 속성 수가 많은 소재들이 나왔다. 그러나 소재의 품질이 좋아진 만큼 그것을 노리고 접근한 마물들 역시 예전보다 강해진 느낌이다. 작년과 똑같을 거라 생각하고 라우렌츠와 둘이서 왔지만, 다음에는 좀 더 많이 데리고 오는 편이 좋을 듯했다.

"웬만큼 채집했으니 오늘은 이 정도로 끝내자. 그런데 대체 무슨 고민을 하는 거야?"

슈타프 검을 붕 휘둘러 회수한 라우렌츠가 어이없다는 듯 주황색 눈으로 쳐다보며 채집한 소재를 가죽 주머니에 넣기 시작했다. 나도 소재를 모아 가죽 주머니에 넣고, 기수를 소환해 그 위에 올라탔다.

"……이름을 바치는 것 때문에 생각을 좀 하느라고. 넌 부모님이 강요 안 하셔?"

"하시지. 네 말처럼 성인이 되면 꼭 하겠다고 둘러대긴 했는데⋯⋯."

라우렌츠는 귀찮은 듯한 얼굴로 그렇게 말하며 기수에 올라탔다.

내 아버님도 게오르기네 님께 이름을 바치라고 내게 요구하셨지만, 나나 라우렌츠나 아버님이 게오르기네 님에게 배웠다는 마력 압축 방법으로 마력을 올리는 중이었다. 로데리히처럼 어디까지 성장해도 소화하는 소재가 있다면 문제가 없지만, 보통은 성인이 되어 마력의 성장이 멈출 때까지 자신이 이름을 바칠 때에 맞는 소재의 품질을 알지 못한다. 그것을 핑계로 '성인이 되면 꼭 하겠다'라고 거절한 것이다. 로데리히가 소재를 손에 넣었을 때, 나와 라우렌츠도 타니스 베팔렌으로부터 꽤 괜찮은 소재를 얻었지만, 부모에겐 비밀이다. 아직은 일렀다.

"마티아스, 너 여름에 게오르기네 님을 만났잖아. 어땠어?"

"⋯⋯역시 아버님의 주인이라는 생각이 들더라."

◆

게오르기네 님께서 에렌페스트를 방문하신 건 한여름이 지났을 무렵이었다. 부모들은 귀족가에서 정찬회며 다과회를 정력적으로 열었다. 그러나 라우렌츠는 자리를 비운 기베 대신 영지에 남아 있어야 해서 게오르기네 님을 직접 만나 뵙지 못했다고 한다.

나도 게를라흐에 남아 있었지만, 게오르기네 님께서 아렌스바흐로 서둘러 돌아가시는 도중에 우리 저택에서 하룻밤을 묵으셨기에 만나 뵐 수 있었다. 급하게 연락을 받았을 텐데도 게오르기네 님을 맞이할 준비가 완벽했던 점, 아버님이 기수를 타고 게오르기네 님보다도 먼저 귀족가에서 돌아온 점만 봐도 사전에 입을 맞춘 것이라는 확신이 들었다.

게오르기네 님께서 방문하신 날, 그녀에게 이름을 바쳤던 귀족들이 우리 저택에 모였다. 아주 적은 인원이었다. 심지어 모두 시종도 없이 기수를 타고 온 것을 보면 비밀 모임이 분명했다. 아버님은 내게 넌 이름을 바치지 않았으니 인사도 드리지 말고 방에 있으라고 신신당부를 하셨다.

그런데 내가 우수자로 뽑혔던 걸 알고 계셨던 게오르기네 님이 나를 보고 싶다고 하신 모양이었다. 아버님의 지시를 받은 시종이 서둘러 내 몸단장을 시켰고, 나는 게오르기네 님의 신봉자들만 잔뜩 모인 자리에 끌려왔다.

이미 식사를 끝냈는지, 응접실로 자리를 옮긴 후였다. 여름 막바지인데도 난로에 불을 피워 둬서 타닥타닥 나무 타는 소리가 이따금 들려왔다. 사람들에게 둘러싸여 미소 짓고 있는 게오르기네 님을 본 순간, 이 무리의 주인이구나 하고 한눈에 알아보았다. 주변 시선을 한 몸에 받고 긴장한 나는 그녀의 앞으로 다가가 최대한 공손하게 무릎을 꿇었다.

"기베 게를라흐의 아들, 마티아스라고 합니다. 불의 신 라이덴샤프트의 권위가 빛나는 좋은 날, 신들의 인도에 의한 만남에 축복을 기도함을 허가해 주십시오."

"허가합니다."

축복을 보내고 인사를 마치자, 게오르기네 님이 나를 향해 손을 뻗으셨다. 차가운 손이 관자놀이 부근을 미끄러지듯 쓸었다.

"노력할 줄 아는 유능한 아이로군요. 그라오잠, 아들을 참 잘 키웠네요."

빨간, 새빨간 입술이 호선을 그리며 올라간다. 달콤한 향이 풍겨와 머리가 어질했다. 눈웃음치는 진녹색 눈동자는 끝없는 어둠의 색을 띠었다. 그 눈빛이 나를 쳐다보자 섬뜩했다. 더운 날씨인데도 등골이 얼어붙는 느낌이 들 정도다.

'저 눈을 잘 알아.'

광신도처럼 주인에게 충성하는 아버님의 눈과 똑같다. 눈앞에서 대화하는데도 내가 아닌 다른 무언가를 응시하는 듯하다. 그것 외에는 아무것도 보이지 않는 눈이다. 게오르기네 님이 무엇을 원하는지는 모른다. 그러나 순수하게 무서웠다.

"칭찬해 주시니 영광이옵니다. 제 자식이 이렇게 영리하게 자랄 줄 몰랐는데, 참 행복한 오산이었죠."

지금까지 제대로 된 칭찬을 해 준 적 없는 아버님이 자랑스럽게 내 성적을 거론한다. 그 말을 나는 무릎을 꿇고 고개를 숙인 채 가만히 듣고 있었다. 오로지 게오르기네 님 위주의 사고방식을 나는 이해할 수 없었다.

'하아, 빨리 방에 돌아가고 싶다.'

그렇게 생각했지만, 나는 그 자리에서 빠져나올 수 없었다. 게오르기네 님이 매력적인 미소를 지으며 엄청난 발언을 했기 때문이다.

"자, 여러분. 아주 기쁜 소식이 있답니다. 드디어 에렌페스트의 주추의 마술을 내 손에 넣을 수 있게 됐어요."

"정말입니까?! 장해물을 전부 제거하신 겁니까?"

"아뇨. 그건 아직이에요. 하지만 조금만 더……."

지금은 아우브 아렌스바흐의 첫째 부인인 몸이라 마음대로 움직일 수는 없지만, 아우브의 사후, 게오르기네 님은 에렌페스트의 주추의 마술을 손에 넣기 위해 돌아오겠다고 했다. 주추의 마술을 손에 넣은 자가 아우브가 된다. 게오르기네 님이 주추의 마술을 손에 넣고, 질베스타 님을 죽이면 자동으로 게오르기네 님이 다음 아우브가 된다.

"난 반드시 에렌페스트로 돌아옵니다. 그라오잠, 철저히 준비해 줄 수 있지요?"

"무슨 일이 있어도 이뤄내 보이겠습니다. 게오르기네 님께서 한시라도 빨리 돌아오시기를 진심으로 기다리고 있겠나이다."

게오르기네 님이 건넨 서류를 받아든 아버님은 감격에 겨워 말문이 막히는 듯했다. 나는 아버님이 저렇게 기쁨에 찬 모습을 처음 보았다.

"내겐 에렌페스트의 유능한 신하가 필요해요."

"마티아스도 성인이 되면 이름을 바치겠다고 했으니 게오르기네 님께 도움이 될 겁니다. 제 자식 놈이라면 진심으로 섬길 것이옵니다."

"흐음, 성인이 되면?"

게오르기네 님이 희색이 가득한 목소리로 나를 바라보았다. 하지만 그 진녹색 눈은 웃고 있지 않았다. 가만히 내 반응을 눈여겨보고 있었다. 무게감마저 느껴지는 시선을 받으며 나는 아버님에게도 써먹었던 핑계를 꺼냈다.

"아버님께 게오르기네 님의 마력 압축 방법을 배워 마력을 키우는 중이라 거기에 맞는 좋은 소재를 손에 넣기가 어려워졌습니다. 성인이 되어 마력의 성장이 멈추는 시기가 오면 귀족원에서 소재를 채집해 이름을 바치고자 합니다. ……그때 저를 받아 주시겠습니까?"

"어머나, 작년 소재가 안 맞을 정도로 마력이 급성장했군요. 역시 우수자로 뽑힐 만하네요. 물론 받고말고요. 당신의 성장을 기대하고 있겠어요, 마티아스."

정신을 똑바로 차리지 않으면 게오르기네 님의 신봉자로 득시글한 이 이상한 분위기에 휩쓸릴 것만 같다. 나는 귀족다운 사교적인 미소를 띠며 주먹을 꽉 쥔 채 그 시간을 견뎠다.

◆

"남은 기간이 성인까지라……. 아무래도 우린 아우브 에렌페스트께 이름을 바치지 않고선 살아남지 못할 운명인가 봐. 그 아우브가 질베스타 님일지, 게오르기네 님일지 지금으로선 알 수 없지만."

기수를 타고 달리며 라우렌츠가 한숨 섞인 말을 뱉어 냈다. 나도 동감이다. 구 베로니카 파의 자식인 우리에겐 두 가지 선택지가 있다. 하나는 가족과 연을 끊고 지금의 영주 일족에게 이름을 바치는 것, 또 하나는 가족과 마찬가지로 게오르기네 님께 충성을 맹세하며 이름을 바치는 것.

"내 형님들은 둘 다 이번 방문 때 게오르기네 님께 이름을 바쳤대. 아버님처럼 게오르기네 님께 일생을 바치겠지. 난 아직 못 정하겠어. 하지만 베로니카 님의 권세가 순식간에 뒤집혔듯이 질베스타 님의 치세 역시 게오르기네 님에 의해 뒤집힐 가능성이 아예 없진 않잖아? 주추의 마술을 손에 넣게 된다면 더더욱 그렇겠지."

지금의 영주 일족에게 이름을 바쳐서 가족과 연을 끊느냐, 게오르기네 님의 귀환을 기다렸다가 새로운 아우브께 이름을 바치느냐. 아직은 고를 수가 없었다.

"……하지만 아버님은 게오르기네 님을 진심으로 아우브 에렌페스트로 만드실 생각인 것 같았어. 가을에도 계책을 짜는 것 같았거든."

"정말이야?"

"아마……. 내겐 아직 게오르기네 님께 이름을 바치지 않았다고 자세히 가르쳐 주지 않으셨지만."

내가 그 사실을 알게 된 건 정말 우연이었다. 겨울 사교계 채비를 하던 중, 아버님께 불려 가서 게오르기네 님을 위해 다음 귀족원에서도 우수자가 되라는 명령을 받고 있을 때였다. 마침 작은 전이 마법진이 빛나더니 천으로 싼 조그마한 물건이 날아온 것이다.

지금은 게를라흐 내 곳곳에서 겨울 사교계에 지참할 물건이 저택에 들어오는 시기라 전이 마법진으로 물건이 날아오는 건 흔히 있는 일이었다. 하지만 그 천은 로제마인 님이 즐겨 쓰시던 의상의 무늬와 너무 비슷했고, 아버님의 방에 있는 전이 마법진에 들어오는 물건치고는 이질적이라 자연스레 눈에 들어왔다.

"잘 받았다. 당장 전이 마법진을 없애라."

아버님은 올도난츠를 날려 보냈다. 한 손에 잡히는 작은 보따리를 들고 기쁜 듯하면서 어딘가 만족스러운 미소를 지었다. 게오르기네 님의 귀환 소식을 들었을 때 봤던 미소와 비슷하다는 인상을 받았다.

그리고 그 작은 보따리를 곧바로 다른 전이 마법진을 통해 어딘가로 보낸 후, "물건을 받는 즉시 마법진을 불태워라." 하고 또 올도난츠를 날렸다.

"베티나입니다. 물건은 전달받았습니다, 기베 게를라흐."

올도난츠의 답장이 오기가 무섭게 아버님은 전이 마법진을 전부 불태워 버렸다. 수많은 소재를 써야만 만들 수 있는 전이 마법진을 말이다. "아깝게 태우다니⋯⋯." 하고 무심코 중얼거린 내게 아버님은 어이없어하며 싸늘한 눈빛을 보냈다.

"볼일이 끝난 물건은 치워야지. 괜히 남기면 안 돼, 마티아스. ⋯⋯ 아참, 그것도 이제 필요 없겠군."

그렇게 말하며 아버님은 책상 서랍에서 마석을 꺼내더니 마력을 주입해 산산조각 냈다. 종속 반지와 한 쌍인 마석이다. 아마도, 지금 어딘가에 있을 아버님의 병사가 사라졌을 터였다.

◆

"작은 보따리를 베티나 님께 보낸 것 같았어. 라우렌츠, 너 뭐 아는 거 있어? 베티나 님의 남편인 프로이덴 님이 네 형님이잖아."

"결혼하고 분가해서 모르지. ⋯⋯하지만 처갓집에 겨울 물품을 보낼 준비 중이라는 얘기는 들었어. 생각보다 아렌스바흐의 마력 부족이 심한가 봐."

"그럼 그 작은 보따리도 아렌스바흐에 보냈을 가능성이 크겠네. 아버님이 뭘 꾸미는지 정확히는 모르지만, 성공하셨을 거야. 꼼꼼하게 대안을 세워두는 분이시니까."

게오르기네 님을 아우브로 만들려는 아버님의 계획이 얼마나 진행되었는지는 모른다. 다만, 내가 귀족원에 오기 전까지만 해도 기분이 좋아 보이셨으니 순조롭게 풀리고 있음은 알 수 있었다.

　"넌 어쩔 건데? 게오르기네 님께 이름을 바칠 거야?"

　"⋯⋯지금은 기다리는 수밖에. 어느 쪽에 이름을 바치든 정보도 너무 없고, 상황이 어떻게 바뀔지 예상을 못 하겠어."

　아버님은 틀림없이 질베스타 님을 제거할 계획이다. 언제라도 게오르기네 님께서 돌아오실 수 있게 아우브 자리를 비워 둘 심산이다. 게오르기네 님께 이름을 바치지 않은 내겐 자세한 말을 하지 않으셨지만, 형님들을 방에 불러 뭔가 의논하는 듯했다.

　"로제마인 님과 아우브께 안 알릴 거야?"

　"솔직히 말해서, 엄청 고민 중이야."

　그들의 목적이 아우브만 암살해서 에렌페스트를 혼란케 하는 것이라면 나는 영주 일족에 이름을 바쳐서라도 목숨 바쳐 게오르기네 님께 저항할 생각이다. 하지만 그쪽은 주추의 마술을 손에 넣을 방도를 얻은 듯했다. 그렇다면 새로운 아우브가 탄생할 것이고, 게오르기네 님의 충신이라고도 할 수 있는 아버님과 우리 가족은 다시 주류 가문으로 복귀할 뿐인 일이다.

　베로니카 님을 끌어내려 주류가 바뀐 것처럼 질베스타 님을 끌어내려 다시 주류가 바뀔 뿐이라면 영주 일족에 이름을 바쳐 가족을 버린 배신자가 되는 것에 무슨 의미가 있단 말인가.

　"상황이 어떻게 굴러갈지 전혀 보이지 않는데 넌 가족을 완전히 끊어 버릴 수 있어? 내 가족뿐만이 아니야. 너희 가족까지 말려들 거야."

"난 지금 귀족원의 분위기도 그렇고, 빌프리트 님과 로제마인 님을 중심으로 똘똘 뭉치는 에렌페스트도 마음에 들어. 적어도 다른 영지의 첫째 부인인 게오르기네 님보다는."

라우렌츠의 말에 나는 영주 일족의 모습을 떠올렸다. 게오르기네 님의 자녀는 디트린데 님 외에는 전부 결혼했다. 만약 게오르기네 님이 아우브 에렌페스트가 되면 자신의 손자를 양자로 들여 후계자로 세울 생각이라고 쳐도, 혈연관계인 빌프리트 님, 샤를로테 님, 멜키오르 님은 다른 영지와의 연줄을 만들기 위해서든 통치 기반을 세우기 위해서든 이용하리라. 적어도 목숨에 지장은 없다.

'하지만 로제마인 님은······.'

나는 로제마인 님의 모습을 떠올렸다. 밤하늘 색 머리카락에 나를 똑바로 바라보는 금색 눈동자. 어리지만 아름다우며 2년 연속 최우수를 거머쥔 총명함과 풍부한 마력까지 있으시다. 수많은 유행을 선도하고, 차세대 육성에 힘을 쏟고, 적이든 아군이든 공정하게 평가해 주시는 점은 그야말로 영주 일족의 모범이다. 로데리히는 구 베로니카 파지만, 이름을 바쳐 측근이 되었다. 어린이 방에서 근황을 물었는데, 잘 대해 주신다며 기쁘게 웃었다.

"아버님은 로제마인 님을 평민 출신 청색 견습무녀라고 하셨어. 만약 게오르기네 님이 아우브가 되시면 로제마인 님을 그냥 두지 않으실 거야. 그게 걱정이야."

"가족을 버리고 지금의 아우브께 이름을 바치든, 게오르기네 님이 아우브가 되시든 뒷맛이 찝찝한 결말이 되겠군."

진녹색 머리카락을 쓸어 넘기며 한탄하는 라우렌츠의 말에 나는 깊이 고개를 끄덕였다. 부모를 따라 게오르기네 님께 이름을 바쳐야 하는 의미로 보면 나와 라우렌츠가 처한 상황은 비슷하다. 영주 일족과 게오르기네 님 중 어느 쪽에 이름을 바치든, 우리의 움직임은 구베로니카 파 아이들에게 큰 영향을 준다. 동시에 에렌페스트 전체의 방향에도 깊이 개입해 버리고 만다.

"게오르기네 님과 아버님이 어떤 식으로 나올지 파악하기 전까지 조금이라도 시간을 벌어야 해."

결국, 상황이 잡히길 기다려야 한다는 결론에 도달한 두 사람이 서로 고개를 끄덕일 땐 이미 기숙사에 도착해 있었다.

오늘은 영주 후보생인 빌프리트 님과 로제마인 님이 도착할 예정이다. 방 정리가 끝날 때까지 영주 후보생은 다목적 홀에서 머무르므로 우리도 다목적 홀로 마중을 나갔다.

집에 있어도 파벌의 변화에 촉각을 세워야 하는 우리에겐 파벌의 장벽을 무너뜨려 주신 로제마인 님이 계신 귀족원이 집보다도 편했다.

"빌프리트 님께서 도착하셨습니다."

도착을 알리는 목소리에 눈을 깜빡거렸다. 원래 순서라면 로제마인 님이 먼저 도착했어야 한다.

'또 건강이 나빠지신 건가?'

이상하게 생각한 사람은 나뿐이 아니었던 모양이다. 무슨 일이 생겼나, 하고 모두가 시선을 교환했다. 한 아이가 빌프리트에게 물었다.

"빌프리트 님, 로제마인 님은 왜 안 오십니까? 몸이 안 좋아지셨나요?"

"아니, 로제마인은 곧 올 거야. 다른 곳에서 준비된 책을 마지막까지 확인하느라 내가 먼저 출발했어. 귀족원에 들이는 책은 로제마인이 전부 관리하고 있거든. 문관이 준비했으니 문제가 있겠냐마는 세세하게 주의해서 나쁠 것 없지."

가볍게 한숨을 뱉으며 말하면서 빌프리트 님이 다목적 홀 안을 휙 둘러보았다. 웃고는 있지만 눈빛에는 경계심이 엿보였다. 귀족원에서는 거의 보지 못했던, 마치 로제마인 님이 유레베로 잠들었을 때 구 베로니카 파 아이들을 쳐다보던 때와 같은 눈빛이었다.

'뭔가 일 난 것 같은데.'

나는 꼴깍 침을 삼켰다. 아버님이 무슨 음모를 꾸몄는지는 정확히 모르지만 숨어서 움직인 것이 아니라 영주 일족의 주위에서 뭔가 일을 벌인 모양이다. 그 일의 원인이 구 베로니카 파의 부모들임을 알아챈 것이리라.

'질베스타 님께 무슨 일이 생긴 걸까.'

그 용의주도한 아버님이 허술하게 증거를 남겼을 리가 없다. 하지만 빌프리트 님의 눈빛에서 보이는 경계심은 분명히 우리를 향해 있었다.

"마티아스, 고민하고 있을 시간이 없을 것 같다."

옆에 앉은 라우렌츠가 복화술처럼 입을 달싹이지 않고 소곤거렸다. 영주 후보생을 환영하는 미소를 띠고 있지만, 그 역시 나처럼 속이 타들어 가는 심정이라는 게 전해져 왔다. 나는 살짝 고개를 끄덕여 라우렌츠의 말에 수긍했다.

"로제마인 님께서 도착하셨습니다."

빌프리트 님의 말씀대로 바로 로제마인 님도 도착한 모양이다. 우리는 로제마인 님의 도착을 고대했다. 구 베로니카 파가 주눅 들어 있던 시기에 모두의 관심을 파벌 차별에서 다른 영지와의 경쟁으로 돌려 기숙사 내를 단결시킨 로제마인 님이시라면 해결해 주실 거라고 기대했다.

그러나 로제마인 님을 에워싼 측근들의 눈빛이 빌프리트 님과 똑같이 경계심에 차 있었다. 호위 기사들의 팽팽한 긴장감은 겨울 시작 연회에서 느꼈던 것과 같았다. 그때는 구 베로니카 파 중심인물인 아버님의 옆에 있어서 그런 줄 알았는데, 귀족원에서까지 이런 긴장감을 뿜어내는 건 이상했다. 무엇보다 로제마인 님이 전과 달리 주변의 경계를 말리지 않는다. 오히려 걱정스러운 표정으로 우리를 바라볼 뿐이다.

'질베스타 님이 아니라 로제마인 님께 무슨 일이 있었나?'

아버님이 꾸민 음모의 증거가 잡히고, 그 연좌를 묻는다면 나는 물론이고, 구 베로니카 파 아이들 중에 몇이나 살아남을까. 영주 일족 중에 우리를 가장 공정하게 평가하시는 로제마인 님이 계신다면 연좌에 걸린 아이들을 구제하여 보호해 주지 않을까 막연하게 기대했었다. 그러나 로제마인 님께서 생각을 바꿔 우리에게 등을 돌린다면 만약 살아남을지라도 구 베로니카 파 아이들의 앞날은 어두울 수밖에 없다.

'어떻게 해야 하지?'

나는 무릎 위에서 주먹을 꽉 쥐었다. 가령 영주 일족이 뭔가 증거를 잡은 상태라면 여유 있게 정세를 지켜보고 있을 때가 아니었다. 아우브가 별말 없이 우리를 귀족원에 보내 주신 이상, 올해 귀족원이 끝날 때까지는 목숨이 보장될 터이다. 하지만 그 뒷일은 알 수 없다.

'내 결단에 구 베로니카 파 아이들의 미래가 걸려 있어.'

나는 무심코 라우렌츠를 보았다. 그 역시 안색이 나빴다. 우리도 모르는 사이에 결단의 시기가 코앞까지 와 있었다.

"라우렌츠. 발버둥 쳐서라도 우리는 살아남아야겠지?"

"나도 그렇게 말하려고 했어."

무슨 이야기가 나왔을 때 결단하는 것보다 이쪽에서 먼저 얘기를 꺼내는 게 좋은 인상을 남길 수 있다. 아버님의 음모가 뭔지는 모르지만, 우리에겐 '게오르기네 님이 주추의 마술을 손에 넣을 방법을 얻은 것 같다'는 정보가 있다. 과연 이것이 구 베로니카 파 아이들의 목숨값이 될까.

'아니, 어떻게든 협상해서 구해 내야 해.'

"빌프리트 님, 로제마인 님."

나는 주먹에 힘을 준 채 천천히 일어났다. 내가 일어난 것만으로도 피부가 따가울 정도로 긴장된 공기가 흘렀다. 나는 그 자리에서 무릎을 꿇고 가슴 앞에서 팔을 교차했다.

"이렇게 부모와 파벌에 상관없이 말씀드릴 기회가 오기를 애타게 기다리고 있었습니다. 에렌페스트에 불화를 초래하는 혼돈의 여신에 관해 긴히 드릴 말씀이 있습니다."

빌프리트 님과 로제마인 님이 눈을 크게 뜨고 나를 보았다. 측근들을 보아하니 나의 갑작스러운 발언을 이상하게 생각하지 않는 눈치다. 오히려 확신한 듯, 증언이나 증거를 놓치지 말라며 서로에게 눈짓을 보내는 것이 느껴졌다. 역시 아버님과 게오르기네 님이 영주 일족에게 무슨 짓을 저지른 모양이다.

"제 말을 믿으실지 안 믿으실지는 로제마인 님께 맡기겠습니다. 다만, 저는 제가 아는 걸 전할 뿐입니다. 저희는 구 베로니카 파 부모를 두고 있지만 에렌페스트의 귀족. 아우브 에렌페스트께 충성을 맹세하고 있으니까요."

불안과 놀라움을 띤 로제마인 님의 금색 눈동자가 눈꺼풀에 가렸다가 다시 천천히 드러났다. 그러자 단번에 차분한 눈빛이 되었다.

"말해 보세요, 마티아스."

나는 숨을 삼켰다. 그리고 내 등 뒤에 있는 구 베로니카 파 아이들을 한 번 보았다.

"그 전에 하나만 여쭙겠습니다. 저희가 충성을 맹세하면 아우브 에렌페스트께서는 저희를 에렌페스트의 귀족으로 인정해 주십니까?"

"무슨 의미지?"

구 베로니카 파 아이라도 로제마인 님의 측근이 된 로데리히와 같은 대우를 해 줄 것인가. 나는 빌프리트 님과 로제마인 님을 빤히 바라보며 물었다.

"……영주 일족에 이름을 바치면 부모의 영향에서 벗어날 수 있다던 말씀은 지금도 유효합니까?"

"유효해. 이름을 바치면 구 베로니카 파 아이라도 측근으로 대우할 것이다. 아우브께서도 나와 같은 생각이시고."

빌프리트 님이 명확한 어조로 말했고, 로제마인 님도 이에 동의했다.

"우리 영주 후보생이 아니라 영주 부부에게 이름을 바칠 생각이라면 영지 대항전까지 돌을 준비하면 받아 주실 거예요."

"……로제마인 님께 바치겠다고 하면요?"

그 말에 반응한 사람들은 영주 후보생도, 측근도 아닌 주변 아이들이었다. 웅성거림이 이는 가운데, 로제마인 님은 가볍게 손을 들어 측근들을 제지하고는 한 걸음 앞으로 나왔다.

"물론, 마티아스가 기베 게를라흐의 아들일지라도 받아들일 각오는 있어요."

그렇게 말한 로제마인 님의 눈은 로데리히가 이름을 바치겠다는 고백에 당황하던 그날과는 전혀 달랐다. 강한 빛을 띠는 금색 눈동자가 나를 정면으로 바라본다. 그 옆에 서 있는 로데리히는 자랑스럽다는 듯이 웃으며 자신의 주인을 바라본다. 그 모습에 나는 내 결심이 틀리지 않았음을 확신했다.

나는 한 번 눈을 감고 천천히 숨을 뱉었다.

가족의 얼굴이 잇달아 떠올랐다. 보란 듯이 이름을 바치던 형님들, 게오르기네 님을 앞에 두고 감격에 겨워하던 아버님, 행복해 보이던 어머님의 미소. 우리 가족의 행복은 게오르기네 님과 함께였다. 가족들처럼 나도 게오르기네 님께 심취해 있었다면 그것도 나름 행복했을지도 모른다. 그러나 내가 모시고 싶은 사람은 게오르기네 님이 아니라 로제마인 님이다.

'죄송합니다, 아버님. 전 아버님과 가는 길이 다릅니다.'

홱 하고 고개를 들고, 다목적 홀 전체를 둘러보았다. 수많은 시선이 나에게 쏠려 있었다.

"게오르기네 님께서 아렌스바흐로 돌아가시는 길에 저희 저택에 들르셨습니다."

구 베로니카 파 아이들에게 각자의 위태로운 처지를 알리기 위해, 동시에 두 영주 후보생의 도착을 애타게 기다렸다는 인상을 심기 위해 나는 지체 없이, 내가 아는 것을 그 자리에서 털어놓기 시작했다.

새로운 아이들

"빌마, 하르트무트 님께서 부르세요."

"알려 줘서 고마워요, 모니카. 당장 갈게요."

신전에서 신관장의 교체가 있고 난 후, 로제마인 님은 성으로 돌아가셨어요. 그로부터 겨울 사교계가 시작되는 동안 귀족 관계자의 출입을 감시하며 신전장실을 지키기 위해 로제마인 님의 호위 기사들이 교대로 신전장실에 진을 치고 있습니다. 겨울 사교계가 시작되면 귀족들은 일제히 성에 집합해 분주히 사교하게 되므로 호위 기사 분들도 성에 가야 합니다.

그러나 새로이 신관장으로 취임하신 하르트무트 님은 겨울 사교계가 시작되어도 가끔 신전에 들러 청색 신관에게 지시를 내리거나 신전장실 담당 시종을 불러 보고를 전달받을 예정이라는 거예요. 하르트무트 님께는 첫 봉납식이고, 올해는 로제마인 님도 돌아오지 않으세요. 그래서 미미한 정보라도 편지에 써서 로제마인 님께 보내고 싶다고 하시네요. 하르트무트 님의 그런 세심한 배려심이 얼마나 감사한지 몰라요.

"하르트무트 님, 빌마입니다."

"급해서 그런데, 조만간 새 고아들이 들어올 텐데 준비는 어떻게 되고 있죠?"

"방 준비는 끝났습니다만, 로제마인 님께도 보고했다시피 인원수가 많으면 식량, 장작, 이불 등등이 부족합니다. 뭐가 얼마나 부족한지, 충분한지는 프랑과 잠이 정리해 주고 있어요."

로제마인 님은 방만 준비해 주면 나머지 물건은 나중에 넣어 주겠다고 하셨습니다. 제 보고를 하르트무트 님께선 손에 든 목패에 기록하셨어요.

"알겠습니다. ……갑자기 가족을 잃고 마음이 불안정할 아이들입니다. 돌보기 힘들겠지만 잘 부탁합니다."

하르트무트 님은 싱긋 웃으며 그렇게 말씀하셨습니다. 이분은 로제마인 님의 측근이고 상급 귀족인데도, 오만함이 없고 고아원 모두에게 정말 친절합니다.

신전에 오시게 된 초반 무렵에 유스톡스 님과 하르트무트 님이 함께 고아원을 찾아오셨어요. 유스톡스 님은 로제마인 님께서 긴 잠에 빠졌을 때 신관장님의 대리로 공방과 고아원을 관리해 주신 귀족입니다. 붙임성이 있고, 귀족 특유의 오만함이 거의 없는 분이셔서 고아원에서도 공방에서도 다들 좋아합니다.

그런데 지금은 아이들이 하르트무트 님을 더 좋아하는 것 같아요. 하르트무트 님은 항상 아이들에게 영주의 성과 귀족원에 계시는 로제마인 님 얘기를 해 주시거든요. 아이들이 자기가 좋아하는 이야기면 자꾸 해 달라고 하도 졸라대서 저는 혹시나 귀찮아하지 않으실까 조마조마한데, 하르트무트 님은 싫은 내색 하나 없이 웃으며 같은 얘기를 몇 번이고 해 주신답니다. 아이를 정말 좋아하는 상냥한 분이세요.

신관장이 교체될 시기에 하르트무트 님이 새로운 신관장으로 부임하신다는 얘기를 들었을 때 고아원 사람들은 모두 얼싸안으며 기뻐했었죠. 관례대로 청색 신관 중에서 뽑았다면 회색 신관이나 무녀를 무자비하게 다루는 신관장이 취임할 가능성도 있었거든요. 저희는 자신의 측근 중에서 등용하신 로제마인 님께도, 청색 신관이 아니어도 신관장 취임을 허락해 주신 영주님과 전 신관장님께도 고마울 따름입니다.

"그리고 빌마. 예의 물건은 완성됐습니까?"

"완성 직전입니다. 아이들이 들어오기 전에 끝내고 싶었는데 워낙 바쁜 시기였던지라. 조만간 겨울 수작업 겸해서 완성할 생각입니다."

저는 하르트무트 님께 로제마인 님의 초상화 의뢰를 받았습니다. 청색 무녀 시절의 초상화와 지금 신전장이 되신 후의 초상화, 두 종류를요. 청색 무녀 초상화는 페슈필을 연주하시는 모습이고, 신전장 초상화는 물의 여신 플류트레네의 지팡이를 들고 계시는 모습입니다. 하르트무트 님은 로제마인 님의 그 모습을 정말 좋아하는지, 정말 세세하게 지시하셨죠. 하지만 스스로도 만족할 만한 그림이 조금씩 완성되어 가는 중이랍니다.

"……하긴 아이들이 늘어나면 지금보다 더 바빠지겠죠. 이쪽도 당분간은 바쁠 거라 조금 자리가 잡혔을 때쯤에 받겠습니다. 보수는 새로운 그림 도구면 되죠?"

"감사합니다."

돈으로 받아도 고아원 안에서는 쓸 데가 없어서 저는 그림 보수로 갖고 싶은 물건을 부탁했어요. 하르트무트 님께는 로제마인 님의 초상화 두 점, 엘비라 님께는 페르디난드 전 신관장님의 페슈필 연주 모습 한 점을 의뢰받았습니다. 덕분에 올해 봄부터 가을에 걸쳐 즐거웠지만, 정말 눈코 뜰 새 없이 바빴어요.

"이번 겨울에 올 아이들은 콘라트처럼 귀족으로 살았던 아이들입니다. 로제마인 님은 그들을 교육해서 우수한 아이는 귀족 사회로 돌려보낼 생각이신 것 같은데, 고아원에서 교육해도 별문제 없을까요?"

"읽고 쓰기, 셈, 예절에 관해서는 큰 문제가 없어요. 로제마인 님도 자신 있어 하시고요. 다만, 음악 교양을 익히기엔 조금 어렵지 않을까 합니다. 가장 중요한 악기가 고아원에 없어서요."

고아원 아이들에게 음악을 가르치는 로지나의 도움도 받고 있고, 저도 약간의 지식은 있어서 세례 전 아이를 가르칠 수는 있습니다. 하지만 중요한 악기가 없으면 별도리가 없습니다.

"걱정하지 말아요. 악기라면 아마 각자 집에 있는 걸 가지고 들어오겠죠."

싱긋 웃으며 그렇게 말한 하르트무트 님이 퇴실을 요구하셨고, 저는 신관장실 시종인 로타르와 함께 고아원으로 돌아왔습니다. 청색 신관들이 접근하지 못하게 일부러 로타르를 딸려 보내 주신 거예요.

"빌마는 하르트무트 님을 신뢰하고 있군요."

"그럼요. 로제마인 님의 측근이고, 정말 상냥하시잖아요. 고아원 사람들 모두 믿고 있어요. 좋은 분이 새로운 신관장이 되어 주셔서 기뻐요."

경비를 서던 회색 신관이 넷이나 납치된 일은 고아원에도 그 충격이 대단했는데, 다행히 로제마인 님과 측근의 힘으로 구출해 냈어요. 하지만 다른 귀족이었다면 모르는 척 방치했어도 놀랄 일이 아니에요. 그렇게 생각하면 고아원을 지키려고 하는 로제마인 님의 생각을 존중해, 경계를 강화하는 하르트무트 님의 행동이 얼마나 훌륭하신지 이해될 겁니다.

"로타르야말로 하르트무트 님을 어떻게 생각하고 있는데요?"

"뭐든 로제마인 님이 최우선이라서 신전보다는 주인을 위해 움직이시는 분이죠. 로제마인 님께서 신전 위주로 움직여 주시니까 지금은 별다른 문제가 없지만, 페르디난드 님과는 가치관도, 행동도 완전히 달라요."

로타르는 새로운 주인의 가치관을 이해하고 행동하느라 꽤나 고생하고 있다고 해요. 주인이 바뀌면 이전 방식이 완전히 바뀌기 일쑤라 신관장실 시종들은 지금 정신없을 겁니다.

"……지금까지는 페르디난드 님의 기존 방식과 로제마인 님의 새로운 방식을 잘 조율해 왔어요. 그런데 하르트무트 님은 로제마인 님의 방식을 그대로 밀고 나가려고 하시니 아마 이전보다 변동이 크겠죠."

로제마인 님께서 고아원 원장이 되고, 신전장이 되신 수년 사이 신전의 방식은 급변했어요. 그보다 얼마나 더 큰 변화가 온다는 건지 도무지 상상되지 않았어요.

"어떤 식으로 변한다 해도 로제마인 님께서 신전과 고아원을 나쁜 쪽으로 변화시키는 일은 없을 거예요. 그것만은 믿어 의심치 않아요."

"……빌마도 로제마인 님을 믿고 있군요."

"네. 로제마인 님은 에렌페스트의 성녀이시니까."

내 말에 로타르는 피식 웃었습니다. 하르트무트 님과 똑같은 소리를 한다면서요.

"델리아, 릴리. 조만간 아이들이 새로 들어올 거예요. 원래는 귀족 자제들이었대요."

어린아이들을 돌보는 건 전적으로 델리아와 릴리가 맡고 있어요. 델리아는 디르크가 젖먹이일 때부터 돌보았고, 릴리는 고아원에서 출산한 유일한 회색 무녀라서 어린아이들과 접하는 시간이 가장 많은 사람이거든요.

"귀족 자제들이 한꺼번에 고아원에 오다니, 대체 무슨 일이 일어난 거죠?"

에그몬트 님이 귀족 여성을 신전에 끌어들여 회색 신관들을 납치하게 만들고, 로제마인 님이 표적이 된 이후로 경계가 삼엄해졌어요. 고아원 안은 별다른 변화가 없지만, 귀족 구역은 분위기가 살벌하다고 해요. 하르트무트 님이 겨울 일정을 설명할 때 왠지 청색 신관들의 움직임에 민감하게 반응하시는 것 같더라는 말을 프랑에게 들었습니다. 그리고 청색 신관들의 시종을 고아원에 접근하지 못하게 하고 있대요.

"청색 신관들의 명령에 거절할 수도 없는 우리는 애초에 모르는 게 나아요. 무슨 사정으로 온 아이들인지 모르면 우리도 편견 없이 돌볼 수 있지 않겠어요?"

고아원엔 귀족의 자제인 콘라트를 받아들인 적이 있어요. 콘라트는 가족에게 학대를 당했던 아이였는데, 스스로 집을 나오기로 결심하고 온 덕분에 고아원에 잘 적응해 줬어요. 그런데 갑자기 가족을 잃은 아이들이 고아원에 잘 적응할 수 있을까 그게 조금 걱정입니다.

"그럼 난 아이들이 늘어서 바빠지기 전에 하르트무트 님께서 주문하신 로제마인 님의 초상화를 완성해야겠어요. 아이들이 못 들어오게 지켜봐 줘요."

"알겠어요. 그나저나 하르트무트 님, 로제마인 님을 너무 좋아하시는 거 아닌가?"

질린다는 듯이 델리아가 말했어요. 고아원에서 누구와 대화하든 로제마인 님 얘기밖에 하지 않으시니 그렇게 생각되는 것도 당연합니다.

'하지만 자기도 로제마인 님을 엄청 좋아하면서.'

디르크의 몸 속 마력이 기준치를 넘지는 않는지 로제마인 님의 걱정 어린 말씀을 델리아가 반추하며 기쁜 듯이 웃었다는 것을 다 알고 있습니다. 그렇게 지적하면 새침 뗄 것이 뻔하니 저는 그냥 흐뭇하게 보기만 했는데, 릴리는 그러지 않았어요. 입가를 손으로 가리고 키득키득 웃으면서 장난스럽게 델리아를 바라봅니다.

"에이, 말은 그렇게 하면서 델리아도 로제마인 님이 바람의 방패로 디르크를 구해 주신 얘기를 하르트무트 님께 몇 번이나 자랑했잖아요."

"그, 그건 그게……. 아휴 몰라! 아무렴 어때요! 하르트무트 님이 언제 로제마인 님이 가장 성스럽고 아름다웠냐고 물으시는데 회색 견습 무녀가 어떻게 거절하냐고요! 난 고아원 밖으로 나가지 못하니까 요즘의 로제마인 님에 대해서는 잘 모르고, 내가 아는 것 중에 가장 아름다우셨던 때가 그때란 말이에요!"

델리아가 얼굴이 홍당무처럼 빨개져서는 릴리에게 툴툴거리기 시작했습니다.

"후훗……. 정곡을 찌르면 당황해서 말이 험해진다니까. 그죠, 빌마?"

"아니라니까!"

울상이 된 델리아를 보며 저는 피식 웃었습니다. 감정을 드러내는 델리아는 정말 귀엽거든요. "이제 그만 놀려요." 하고 릴리를 타이른 후 제 방으로 향했습니다.

저는 로제마인 님의 시종이라서 독방을 씁니다. 그 방엔 지금 로제마인 님의 초상화 두 점과 그림 도구로 빽빽합니다. 어느새 개인 물건이 꽤 늘었네요.

저는 더러워져도 괜찮은 옷으로 갈아입고, 앞치마를 두른 후 붓을 들었습니다. 한 번 천천히 심호흡하고, 그리던 그림과 조용히 마주 보아요. 그림을 그리기 전, 이 시간이 제겐 가장 중요한 시간이에요.

색을 어떻게 더할지 자문한 후, 로제마인 님의 아름다움을 조금이라도 전달하고자 정성 들여 색을 입혀 갑니다. 로제마인 님의 밤하늘색 머리카락을 어떻게 윤기 있게 보여줄까, 상냥하게 미소 짓는 금색 눈동자를 어떻게 칠할까, 고민하는 건 정말 즐거운 반면에 가장 긴장해야 하는 부분이기도 해요. 특히 감정을 드러내던 청색 견습 무녀 시절의 눈동자와 감정을 참는 데 능해진 지금 눈동자의 차이가 확연히 드러나도록 표현하는 것이 매우 중요해요.

'두 가지를 제대로 표현할 수 있을까?'

붓을 손에서 내려놓고, 두 그림을 나란히 세운 후 조금 떨어진 곳에서 바라봤어요. 청색 견습 무녀였을 때의 천진난만함은 깊숙이 묻어 두고, 지금은 귀족 숙녀다운 표정과 몸짓으로 바뀐 것을 알 수 있어요. 자신의 가족을 지키기 위해, 고아들을 지키기 위해, 지금은 에렌페스트를 지키기 위해 부쩍 성장하셨네요.

긴 잠에 빠진 적도 있어서 체격은 변함없어 보이지만, 바로 옆에서 모시는 모니카 얘기론 여름 끝자락부터 약간 자라신 것 같다고 해요. 가을 성인식에 치장을 도울 때 의식용 의상 기장이 조금 짧아진 것 같았다나요. 아이가 쑥쑥 자라는 건 역시 성장을 관장하는 라이덴샤프트의 권위가 빛나는 여름이니까 내년 봄에는 다시 치수를 재서 의상을 수선하려고 한다네요.

'앞으로 얼마나 더 아름답게 자라실지 기대가 커요.'

그때 하르트무트 님이 또 초상화를 주문하실 테니 저도 로제마인 님의 변화를 잘 지켜봐 둬야겠어요.

그로부터 며칠 후, 겨울 사교계가 시작되고 열흘도 안 되어 신관장실의 시종이 아이들을 데리고 고아원에 왔어요. 기사들이 데려온 아이를 하르트무트 님이 등록하고 계신다고 해요.

새로 들어온 아이들은 아장아장 기어 다니는 갓난아기부터 디르크와 콘라트만 한 아이까지 다양했어요. 모두 그럴싸한 옷을 입고 있었는데, 누구는 겁먹은 얼굴로 울고, 누구는 경계심을 드러내며 째려보곤 했어요. 대부분 아름다운 마술구를 품에 꼭 껴안고요.

"빌마, 전부 17명이네요."

마지막으로 등록을 끝낸 아이를 데리고 하르트무트 님이 다가오셨어요. 로타르, 길, 프리츠, 모니카도 함께였어요. 하르트무트 님의 모습을 보고, 경직되어 서 있던 아이들이 움찔 떠는 것이 느껴졌어요. 그런 그들을 둘러본 하르트무트 님이 평소처럼 상냥한 미소를 지으셨죠.

"오늘부터 이곳이 여러분의 집입니다. 고아원에 온 이상 이젠 귀족이 아니에요. 이전과 전혀 다른 생활을 보내게 될 겁니다. 여러분을 구해 달라고 부탁하신 자비로운 로제마인 님께 감사하며 지내도록 하세요."

하르트무트 님이 고아원을 돌보는 저희를 소개하고는 디르크와 콘라트를 부르셨어요. 두 사람과 시선을 맞추려고 살짝 무릎을 구부립니다. 이렇게 고아와 시선을 마주치려는 부분도 이분의 좋은 점입니다.

"여기 있는 아이들은 모두 가족을 잃었습니다. 두 사람이 이곳 생활 방식을 알려주세요. 이 아이들을 구하고 싶어 하신 로제마인 님을 위해 두 사람도 최대한 협력하는 겁니다."

그 말에 디르크와 콘라트가 크게 고개를 끄덕였어요.

"저희도 로제마인 님께 구제되었으니 이 아이들도 구제받았으면 좋겠습니다."

"둘 다 착하군요."

하르트무트 님이 둘의 머리를 쓰다듬으며 상냥하게 미소 짓습니다.

"지금은 불안할 테니 로제마인 님이 얼마나 자비롭고 상냥하신지, 자신들이 어떻게 구제받았는지, 잘 알려 주세요."

"네!"

"여러분, 콘라트는 원래 귀족이었습니다. 그런 의미로 보면 여러분과 똑같죠. 귀족가의 생활과 이곳 생활의 차이를 가장 잘 알고 있을 겁니다. 모르는 게 있으면 물어보세요. 봉납식 때 나도 여러분을 보러 올게요."

그 뒤로 고아원 회색 신관들에게 짐을 옮기라는 지시를 내리셨어요. 아이들이 쓸 생활 물자를 들이려나 봐요. 길과 프란츠가 힘쓰는 일에 익숙한 공방의 회색 신관들을 데리고 밖으로 나갔습니다.

"로제마인 님의 기수가 있으면 한 번에 끝나는데, 마차 여러 대로 옮기려니 힘드네요. 어찌 그런 훌륭한 물건들을 고안하시는지 정말 대단하신 분입니다."

하르트무트 님은 로제마인 님의 기수가 얼마나 훌륭한지 줄줄이 설명한 후, 로타르와 함께 고아원을 나가셨어요.

곧바로 길과 회색 신관들이 짐을 들이기 시작했습니다. 이젠 그것을 회색 무녀와 아이들이 분담하여 풀면서 방을 정리해야 해요. 저와 릴리는 가족을 찾으며 울어 젖히는 어린아이들을 꼭 안으며 달래 줍니다.

"자, 어서 잠자리를 정리해야죠. 울고 있을 여유 없으니까 자기 손으로 정리하는 거예요."

델리아가 우는 아이들에게 일거리를 하나하나 주면 디르크가 본보기를 보이며 솔선하여 움직였습니다.

"누가 이불을 옮기는 것 좀 도와줘."

"소중한 마술구는 여기에 나란히 둬도 돼요. 안고 있으면 밥도 못 먹어요."

귀족의 생활을 아는 콘라트는 아이들에게 품에 안은 마술구를 한곳에 두라고 했어요. 하지만 불안했는지 다들 자신의 마술구를 꼭 안을 뿐, 꼼짝을 하지 않는 거예요. 곤란한 표정이 된 콘라트는 천천히 숨을 내뱉었습니다.

"하르트무트 님께서 말씀하셨듯이 우리는 더 이상 귀족이 아니에요. 이곳에서 생활하게 된 이상 이곳 방식에 따라 주세요."

이젠 귀족이 아니라는 콘라트의 말에 아이들의 눈이 휘둥그레졌어요. 그때 전 분한 얼굴로 콘라트를 노려보는 여자아이를 발견하고 자리에서 일어났어요. 그리고 콘라트를 등으로 가리듯 무릎을 꿇고 아이들과 시선을 맞췄어요.

"신전에 대해 좋은 이미지가 없다는 건 알고 있고, 이곳에서 산다니 불안한 게 당연해요. 하지만 이젠 이곳 방식에 익숙해져야 해요. 우린 도와주는 것밖에 할 수 없으니까요."

어리지만 귀족의 자부심이 대단한 듯한 여자아이가 나를 노려보듯 쳐다봅니다. 분노의 화살을 찾으려는 듯 표정을 일그러뜨리며 입을 열었습니다.

"돕는다고? 내가 귀족 사회로 돌아갈 수 있게 해 주겠다는 말이야?! 누가 그딴 소리를……."

"네, 물론이죠. 그것이 제 일이니까."

"……뭐?"

허를 찔린 듯 여자아이가 눈을 동그랗게 떴어요.

"하르트무트 님에게 못 들었어요? 읽고 쓰기, 셈, 예절, 페슈필…… 중급 귀족 정도의 교양을 가르치라는 것이 로제마인 님의 뜻이에요. 거기서 우수하고 귀족에 적합하다고 인정받은 아이는 아우브가 후견인이 되어 귀족의 세례식을 받을 수 있게 하겠다고 하셨어요."

아마 세례식이 코앞이어서겠죠. 그중에 나이가 있는 아이들의 눈이 야망으로 번뜩였습니다. 울면서 도망치는 것보다 목표가 있는 편이 낫겠지요. 그것이 고아원을 벗어나기 위함이라고 해도. 저는 싱긋 웃었어요.

"하지만 노력해야 할 사람은 여러분이에요. 물론 이곳 생활 태도를 로제마인 님과 하르트무트 님께 보고할 거고요."

그러자 그녀의 등 뒤에 있던 아이 중 하나가 눈을 크게 뜨더니 각오한 얼굴로 고개를 확 들고 콘라트가 지정해 준 자리에 마술구를 조심스레 올려놓았습니다.

"……난 교양을 익혀서 어떻게든 귀족 사회로 돌아갈 거야."

그리고 디르크의 손에 들린 이불을 나눠 들었어요. 한 명이 움직이자, 이에 이끌리듯 다른 아이들도 움직이기 시작했습니다. 어린아이들만 어떻게 해야 할지 몰라 안절부절못하고 있습니다.

"이부자리 정리를 끝내면 다 같이 놀자. 카루타도, 트럼프도, 그림책도 잔뜩 있어."

함께 이불을 옮겨 주는 남자아이에게 디르크가 밝은 목소리로 말을 걸었지만, 그 아이는 경계심에 찬 눈으로 디르크를 쳐다보며 입술만 꾹 다물 뿐이었습니다. 그런 완고한 태도에도 지지 않고 디르크는 피식 웃었습니다.

"난 아직 콘라트한테도 진 적이 없거든. 나를 못 이기면 귀족으로 절대 못 돌아갈 거야."

"……난 내 형님과 연습했었어. 너 같은 거한테 안 져."

"그럼 겨뤄 보자. 난 디르크. 넌?"

"베르트람이다. 난 유능함을 인정받아서 하루라도 빨리 귀족 사회로 돌아갈 거야."

귀족 사회로 돌아가기 위해 착하게 지내기로 결심한 아이들은 디르크와 콘라트를 따라 하며 고아원 생활을 시작했어요. 어색하지만 처음으로 일이라는 것을 해 보고, 서툰 손길로 수작업을 돕고, 진지하게 공부에 임했습니다. 페슈필도 교대로 사용하며 다 함께 연습했어요. 세례식에 나간다는 가정하에 데뷔 무대에서 보여줄 연주를 연습하느라 모두가 필사적입니다.

목표를 향하는 아이들의 모습에 디르크와 콘라트도 좋은 영향을 받은 모양입니다. 지금까지 그다지 흥미를 보이지 않던 악기도 연습하기 시작했고, 카루타와 트럼프를 함께할 친구가 늘어 매일 승부를 겨루고 있고요. 특히 디르크에게 내내 지기만 했던 콘라트는 누군가에게 이겨보는 경험을 해 보더니 더욱 의욕이 샘솟는 듯했습니다.

그중에 나이가 좀 있는 아이들을 도맡은 델리아가 말하길, 가끔 새벽에 소리 죽여 우는 아이도 있다고 해요. 하지만 델리아가 움직이면 자는 척해서 우선은 다음날 행동을 주의 깊게 지켜보기만 한다고 해요.

세례식을 앞둔 아이들은 목표와 의욕을 잡아서 다행이지만, 어린 아이들은 매일 밤 가족을 찾으며 흐느꼈어요. 제가 릴리와 함께 돌아가며 어르고 달래주고 있지만, 일손이 너무 부족합니다. 그래서 요즘 수면 부족에 시달려요.

그렇게 생각하는 그때 청색 신관의 시종인 회색 무녀 여섯과 회색 신관 다섯을 데리고 하르트무트 님이 고아원을 찾아오셨어요. 청색 신관들의 가족이 범죄자로 잡혀갔고, 청색 신관도 끌려갔기 때문이라는 겁니다.

"청색 신관들이 실제로 범죄에 가담했던 건 아니지만, 가문의 보조가 없으면 청색 신관으로서 생활 유지가 어려운 데다가 사정청취도 필요하니 일단은 연행할 필요가 있습니다. 물론 주인과 함께 가겠다는 시종이 있으면 성까지 데려가려고 했는데, 희망자가 없어서 고아원에 돌려보내게 됐어요. 이들이 먹을 식량은 조만간 청색 신관들의 방에서 반출해서 보내도록 하죠."

하르트무트 님은 그렇게 말하며 나와 릴리를 보고 쓰게 웃었습니다.

"아이들이 이렇게 늘어난 마당에 지금은 한 사람이라도 더 필요하잖아요?"

'맞는 말씀입니다.'

하르트무트 님의 배려가 정말 고마웠어요. 저는 감사의 인사를 전한 뒤, 로제마인 님의 초상화를 가지러 방에 다녀왔습니다.

"하르트무트 님, 주문하신 초상화예요. 어떠신가요?"

그림 두 점을 식당 테이블에 놓아두자, 하르트무트 님은 주황색 눈동자를 반짝이며 찬찬히 들여다보더니 "호오." 하고 기쁜 한숨을 내뱉으셨습니다. 다행히 만족하신 모양입니다. 누구보다도 엄격히 심사하는 하르트무트 님의 마음에 들어 저는 가슴을 쓸어내렸습니다.

"훌륭하군요. 청색 무녀이실 때보다 신성함이 더 강해진 느낌이 아주 좋아요."

"하르트무트 님, 저희도 보여주세요. 로제마인 님의 그림이죠? 빌마가 매일 방에서만 그림을 그려서 한 번도 못 봤어요."

콘라트가 한껏 들뜬 모습으로 조르자, 하르트무트 님은 잠시 생각하더니 "일절 건드리지 않고 조금 떨어진 곳에서 본다면 허락할게요."라고 말씀하셨어요. 초상화를 본 디르크와 콘라트가 연신 칭찬해대자, 다른 아이들도 호기심이 생긴 모양이에요. 조금 떨어진 곳에서 얼굴만 빼꼼 내밀며 들여다봅니다.

"신입들은 아직 로제마인 님을 뵌 적이 없을 테니 잘 됐군요. 이쪽이 물의 여신 플류트레네의 청렴함과 지혜의 여신 메스티오노라의 총애를 받으신 에렌페스트의 성녀, 로제마인 님이십니다. 어둠의 신의 신구인 망토와 같은 밤하늘 색 머리카락은 마치 반짝이는 별들이 보일 정도로 윤기가 좌르르 흐르고, 빛의 여신이 박은 듯이 반짝이는 금색 눈동자는……."

느닷없이 시작된 로제마인 님 찬양에 신입들은 얼이 빠져 있네요. 시적 표현이 점점 늘어나니, 아이들이 이해하기 어려웠나 봅니다.

"로제마인 님의 훌륭함은 아름다운 모습뿐만이 아니죠. 자비로운 마음씨는 누구보다도 고결하며 뛰어난 성녀의 소질. 그런데 얼마 전, 이 생각을 다시 바꿔야 할 일이 벌어졌죠. 로제마인 님을 가장 잘 표현하는 단어는 성녀가 아니라, 여신이라는 것을."

하르트무트 님의 얘기에 익숙한 디르크와 콘라트는 "자비의 여신이요?", "회색 신관들을 구해 주셨으니 맞는 말이네요."라며 맞장구쳤지만, 다른 아이들은 완전히 꿰다 놓은 보릿자루처럼 멍하니 있네요. 하지만 하르트무트 님은 점점 흥분되기 시작했는지, 주변 반응에 개의치 않고 계속 이어서 말씀하십니다.

"그날은 페르디난드 님께서 아렌스바흐로 떠나시는 날이었지요. 로제마인 님은 길을 떠나는 세 사람에게 무지개색 축복을 내려 주셨어요. 이해가 돼요? 모든 신에게 기도를 올려, 모든 축복을 내리는 것이 얼마나 특별한지를."

"……잘 모르겠어요."

"좋아. 그럼 설명해 줘야지."

하르트무트 님은 기분 좋게 마술에 관해 설명하기 시작했어요. 장황한 설명이었지만, 간단하게 정리하면 에이비리베는 게두르리히 외의 다른 신들과 사이가 나쁘기 때문에 함께 축복을 내리기가 하늘의 별 따기라는 것이었어요. 그것을 로제마인 님은 쉽게 성공시켰다는 겁니다.

"모든 신을 담은 것처럼 로제마인 님의 눈동자가 신비로운 무지개색을 띠는 순간, 슈타프를 손에 들고, 누구도 본 적이 없는 마법진을 허공에 그리기 시작했죠. 슈타프의 움직임에 따라 빛이 흘러나와 마법진이 완성되더니 이번에는 그 사랑스러운 입술에서 기도문이 흘러나왔어요. 신들의 이름을 부를 때마다 각각의 귀색으로 마법진이 빛나는 모습은 마치 온 신들이 그곳에 모인 것처럼 얼마나 아름답고 기가 막힌 광경이었는지. 마법진 테두리에서 형형색색의 빛이 넘실거리더니 무지개색 축복이 튀어나왔죠. 모두가 입만 벌리고 놀라움에 눈을 크게 뜨는 와중에도 로제마인 님이 지긋이 미소를 지으셨어요. 그 겸손함과 장엄함이란. 그때 난 로제마인 님께 기도를 올리고 싶어졌지요."

다음 종이 울릴 때까지 로제마인 님의 훌륭함을 끝없이 설명하던 하르트무트 님은 만족스럽게 한숨을 내뱉고, 고아원 모두를 둘러보셨어요.

"자 여러분. 높고 정정한 천공을 관장하는 최고신은 어둠과 빛의 부부신. 넓고 호호막막한 대지를 관장하는 다섯 대신은 물의 여신 플류트레네. 불의 신 라이덴샤프트. 바람의 여신 슈첼리아. 흙의 여신 게두르리히. 생명의 신 에이비리베, 그리고 에렌페스트의 성녀 로제마인 님께 기도와 감사를 바칩시다."

양팔과 왼쪽 다리를 팟하고 올리며 모두가 일제히 기도를 드리자, 신입들은 움찔 어깨를 떨며 주변을 두리번거렸어요. 그리고 보니 공부와 수작업을 가르치는 데 급급해서 기도를 못 가르쳤네요.

'수업 전에 기도를 가르쳐야겠네요.'

새로 들어온 아이들이 신전 생활에 익숙해지도록, 저도 최대한 노력해야겠어요.

어느 겨울날의 결심

"카밀. 서둘러!"

"왜 나보고 서두르래, 아빠가 안 일어나서 늦었잖아!"

짐을 안은 채 헐레벌떡 계단을 뛰어 내려가며 나는 앞서 뛰는 아빠를 향해 소리쳤다. 겨울에 날씨가 좋은 날에는 파루를 채집한다. 그런데 오늘 아침엔 아빠가 좀처럼 일어나질 않아서 엄마와 둘이서 겨우겨우 깨웠다.

"잔소리 그만하고 얼른 썰매에 타."

"아빠, 그치만……."

"어서! 서두르지 않으면 파루 다 뺏긴다?"

아빠의 재촉에 하는 수 없이 썰매에 올라타자, 아빠가 썰매를 끌며 달리기 시작했다. 나는 떨어지지 않게 썰매를 꽉 잡고 뺨을 부풀렸다.

'나도 이젠 달릴 수 있는데.'

출발도 늦었고, 아빠와 같은 속도로 숲까지 달릴 수 없으니 어쩔 수 없는 건 이해한다. 하지만 아는 사람을 만나기 전에 내리고 싶었다. 짐이랑 같이 끌려가다니, 주변 애들이 알면 비웃을 게 분명하다.

'꼭 아무것도 못 하는 어린애 같잖아. 늦잠 잔 건 아빤데.'

"여, 귄터. 바쁠 텐데 파루 따러 가? 고생하네."

"별일 없나?"

남문에 도착하자, 아빠는 문지기와 수다를 떨기 시작했다. 서두르지 않으면 파루가 없어질 판인데도 나는 입을 꾹 닫고 두 사람을 올려다보았다. 아빠가 문에서 동료들과 대화할 땐 일과 관계된 얘기니까 방해하면 안 된다고 주의를 들어서다.

"……파루 따러 가는 고아 중에 못 보던 얼굴들이 있었어. 루츠와 길도 같이 있어서 통과시켰다만. 귄터, 자넨 뭔가 들은 거 없어?"

"영주님의 극비 임무 관계일 거야. 숲에서 만나면 확인해 보지."

겨울인데도 아빠는 바빴다. 여느 때의 겨울은 눈 때문에 문을 지나가는 사람이 적어서 제설 작업과 술주정뱅이나 상대하는 일뿐이지만, 올해는 영주님께서 시키신 중요한 임무가 있어 북문 병사들의 일거리가 잔뜩 늘었다고 들었다.

'고아원이라면 디르크와 콘라트도 숲에 있을까? 기대되네.'

작년 가을에 루츠와 함께 숲에 갔을 때, 나는 디르크와 콘라트를 처음 만났다. 두 사람 모두 고아원에서 살았고, 나와 비슷한 나이대였다. 고아원에도 로제마인 공방에서 만든 그림책과 장난감이 전부 갖춰져 있어서 둘은 내가 무슨 얘기를 꺼내든 얘기가 통했다. 루츠가 가져다준 로제마인 공방의 완구에 관해서는 주변에 절대 말하지 말라는 신신당부가 있었기에 평소에 가지고 노는 완구 얘기를 할 수 있어 기뻤다.

내게는 마인이라는 죽은 누나가 있다. 그 죽음에는 신전과 귀족님이 관계되어 있는 듯했다. 그것을 가슴 아파하신 자비로운 신전장님이 공방에서 제작한 완구를 내게 선물로 보내 주고 있었다니. 다만, 귀족과 엮이면 나중에 무슨 일이 생길지 모른다. 그래서 누나의 일도, 신전 귀족님의 일도, 선물 받은 완구에 관해서도 절대 입 밖에 꺼내면 안 된다.

내가 처음으로 마인의 얘기를 들은 게 언제였는지 모르겠다. 그저

'마인이', '마인이' 하고 엄마, 투리, 루츠가 아주 신나게 얘기하더니, 내가 '마인이 누구야?'라고 묻는 순간, 모두가 입을 닫아 버렸다. 그것만은 똑똑히 기억한다. 정말 얘기하면 안 되는구나, 하고 분위기로 감지했다. 아빠와도 약속했으니 입 밖에 꺼낼 생각은 없지만.

그 다음에 디르크와 콘라트와 숲에서 만났을 때 나는 카루타를 가져가 함께 놀았다. 디르크에겐 이기기도 하고 지기도 했지만, 콘라트에겐 매번 이겼었다. 하지만 다음 봄에 만났을 때는 언제 그렇게 연습했는지 지고 말았다. 나는 너무 분해서 더 강해지려고 엄마와 연습하기도 하고, 가끔 집에 오는 투리와 승부를 겨루기도 했었다.

"콘라트, 디르크!"

숲에 도착하니 문에서 들은 대로 고아원 사람들도 채집하러 와 있었다. 디르크와 콘라트 외에 처음 보는 아이들이 많았다. 길과 루츠도 아이들에게 파루 채집 방법을 가르쳐 주고 있었다. 보아하니 아이들 대부분이 처음 파루를 따 보는 듯했다.

"루츠! 길! 오늘은 같이 안 따니? 로제마인 님께 드려야 하지 않아?"

아빠가 그렇게 묻자, 루츠가 "올해는 로제마인 님이 안 돌아오셔서……."라며 잠깐 고민한 후 대답했다. 매년 한겨울에서 끝 무렵 사이에 신전으로 돌아오시는 로제마인 님이 올해는 안 오신다고 한다.

"아, 하지만 빙실에 보관해 놓고 나중에 드시게 할 거야. 로제마인 님께서 매년 기대하고 계시거든."

길이 씨익 웃었다. 로제마인 님은 파루 케이크를 아주 좋아해서 매년 먹을 날을 고대하고 계신다는 것이다. 봄이 되어도 파루가 상하지 않게 일 년 내내 보관할 수 있는 겨울 같은 곳이 신전에 있다고 한다.

'파루가 녹지 않는다니. 신전엔 이상한 물건이 다 있구나.'

"카밀, 아이들과 따고 와. 나는 길과 얘기 좀 할 테니까."

"알았어."

또 일 얘기겠지. 아빠는 길과 함께 그 자리에서 벗어났다. 나는 루츠와 고아들이 있는 곳에 갔다. 그곳에는 디르크와 콘라트가 신입들에게 파루 따는 법을 가르쳐 주고 있는 모습이 보였다.

"그래서 이렇게 교대로 따는 거야."

"왜 내가 이런 걸……."

"아, 정말! 베르트람. 일하지 않는 자는 먹지도 말라! 내가 몇 번을 말해!"

신입들은 모두 어딘가 거만해 보였다. 디르크에게 배우는 입장이면서 양다리를 쩍 벌리고 서서 으스대는 것처럼 보였다.

'이렇게 들을 자세도 안 된 놈들한테 뭣 하러 가르쳐 주나.'

"콘라트, 디르크. 왠지 힘들어 보이네."

"아, 카밀. 오랜만이네. 사람이 갑자기 많아져서 시끌벅적하지? 고아원에서는 디르크와 델리아가 항상 저렇게 고함을 쳐. 두 사람 화내는 방식이 굉장히 비슷해."

그땐 어린아이가 없어서 둘이서만 놀았다던 디르크와 콘라트였지만, 지금은 아이들이 늘어서 정신이 없어 보였다. 여기에도 처음 보는 아이들이 열은 되는 것 같은데, 아직 고아원에 남아 있는 아이도 있다니.

'이 많은 애들이 어디서 온 걸까?'

"눈 위에서는 카루타를 할 수가 없어 아쉽네. 요즘 다 같이 연습하고 있어서 이번엔 카밀한테 안 져."

예전 같으면 어차피 질 거라며 입술을 삐죽이던 콘라트가 웬일로 자신이 넘친다. 이렇게 많은 애들과 연습했으니 분명 엄청 강해졌겠지? 나는 아주 약간 위기감을 느꼈다.

"그런데 강해진 건 나도 마찬가지야. 레나테한테도 이긴다 이 말씀이야."

"레나테가 누군데?"

"길베르타 상회의 딸이야."

"콘라트, 카밀! 애들한테 본보기 좀 보여 줄래?"

디르크와 루츠의 부탁에 나는 신입 아이들에게 놀이 방법을 가르쳐 주러 파루 나무에 올라갔다.

◆

내가 레나테를 만난 건 겨울이 오기 전. 투리가 나를 길베르타 상회에 데려가 줬을 때다. 나는 투리가 만든 깨끗한 옷을 입고 처음으로 마을 북쪽에 갔다. 우리 동네보다 거리가 훨씬 알록달록했다.

"이 주변은 정말 깨끗하지? 그 이유는 말이야, 영주님께서 마을을 한 번에 깨끗하게 해 주셨을 때 더러운 때랑 도료까지 싹 날아가서 다시 새로 칠해야 했거든. 디도 아저씨가 일이 너무 많다고 역정 내셨던 거 잊었어?"

투리가 키득키득 웃으며 북쪽 거리에 대해 알려 주었다.

영주님의 마술로 우리가 사는 동네는 길과 석조 부분이 반짝반짝 새하얘졌고, 나무로 만든 벽도 깨끗해졌다. 하지만 부자가 사는 건물은 도료가 벗겨진 부분도 있어서 여간 일이 아니었다고 한다.

"다른 영지 상인들이 오기 전까지 새로 칠하느라 고생했다고 들었어. 아빠도 계속 순찰을 했었더랬지……."

내게는 더러운 마을에 대한 기억이 없지만, 다들 매우 극적인 변화였다며 입 맞춰 얘기했었다. "사실은 영주님이 평민촌 주민을 몽땅쫓아내고 마을을 완전히 새로 바꾸려고 했는데, 로제마인 님이 말려주신 거야. 그러니까 더러워지지 않게 주의해야 해."라며 아빠와 병사들이 순찰을 했던 기억이 난다.

"여기가 길베르타 상회야. 내가 일하는 가게. ……여기서부턴 말투조심해."

투리가 그렇게 말하며 가게 옆에 있는 계단을 올라 2층으로 갔다. "저 투리예요."라고 인사하고, 하인이 열어 준 문을 지나 안으로 들어갔다. 투리의 움직임과 어투가 집에 있을 때와 완전히 달랐다. 나도루츠와 투리에게 배운 대로 허리를 꼿꼿이 세웠다.

"네가 카밀이구나. 잘 왔다."

길베르타 상회의 주인어른이 마중을 나와 자신의 가족을 소개해주었다. 투리가 존경하는 로제마인 님의 전속 재봉사 코린나 님, 그녀의 자식인 레나테와 크누트. 그리고 오늘 어쩌다가 레나테를 교육하러 온 플랑탱 상회의 주인어른과 마르크 씨.

나는 레나테, 크누트와 함께 카루타랑 트럼프를 가지고 놀았고, 플랑탱 상회의 주인어른과 마르크 씨도 함께했다. 크누트는 아직 어려서 내 상대도 안 되지만, 레나테와는 승패가 반반이었다.

"그러니까 삼촌이 말했지? 삼촌이 어른이라서 잘하는 게 아니라레나테가 연습 부족인 거야."

플랑탱 상회의 주인어른이 씩 웃으며 그렇게 말하자, 레나테는 뾰로통하게 뺨을 부풀리며 나를 보았다.

"카밀, 길베르타 상회에 들어와. 내가 완승할 때까지 겨뤄. 어때?"

"⋯⋯어?"

어떠냐고? 내가 눈을 끔뻑이자, 길베르타 상회의 주인인 오토 씨가 생글생글 웃으며 권유했다.

"오, 역시 우리 딸. 그거 좋은 생각인데? 카밀, 우리 가게의 다루아가 되지 않겠니?"

주인어른의 직접적인 제의에 깜짝 놀란 나는 투리를 보았다. 투리는 로제마인 님의 전속 머리 장식 장인으로서 길베르타 상회에 소속되어 있다. 최근에는 의상 디자인과 옷감 선별도 도맡았다. 그건 굉장한 출세였는데, 우리가 사는 동네에서는 성인이 되기 전에 그만큼 출세한 사람이 거의 없다. 그만큼 투리는 주변에서 동경의 시선을 받는 대단한 누나였다.

'길베르타 상회에 들어가면 나도 투리처럼 대단해질까?'

살짝 마음이 흔들렸다. '아빠와 같이 마을을 지키는 병사가 되지 않을래?'라는 말도 들었지만, 병사보다는 투리와 함께 일하는 편이 더 재밌겠다는 생각이 든 것이다.

다음 순간, 플랑탱 상회의 주인어른이 번쩍 손을 들었다.

"안 돼. 카밀은 플랑탱 상회의 다루아가 더 맞아. 너희가 취급하는 머리 장식이나 옷감, 린샴보다 우리 플랑탱 상회의 책과 완구에 더 관심이 많을 걸."

플랑탱 상회 주인어른의 직접적인 제안에 내 마음은 플랑탱 상회로 기울었다. 내 주변에서 투리만큼 출세한 사람은 루츠다. 건축과 목공 장인의 집안에서 큰 상점의 다프라가 된 루츠도 투리 못지않게 대단하다.

나는 루츠가 가져와 준 그림책과 완구들이 정말 좋았고, 머리 장식이나 옷감보다 더 친숙하다. 굳이 따지자면 옷감과 머리 장식은 여자의 영역이니까.

"루츠가 그러던데, 넌 루츠처럼 여기저기 돌아다녀도 보고, 고아원 공방에서 일도 해 보고 싶다지?"

고아원 공방에 가고 싶다고 생각한 건 디르크와 콘라트를 만날 수 있을까 싶어서였지만, 그림책이나 완구가 어떻게 만들어질지 궁금하긴 했었다. 그렇게 생각하니 길베르타 상회보다도 플랑탱 상회가 더 매력적으로 다가왔다. 따끈따끈한 새 책을 제일 먼저 읽을 수 있다고 루츠가 한 말도 있어서 기대되었다.

"잠깐만! 왜 항상 넌 내가 점찍어 둔 인재를 쏙 빼 가는 거야?! 루츠면 충분하잖아!"

"그렇게 따지면 네겐 투리가 있으니까 됐잖아! 적재적소, 몰라?"

내가 고민하는 사이 두 주인어른의 언쟁이 벌어지고 말았다. 게다가 "빨리 결정해, 카밀." 하고 옆에서는 레나테가 닦달한다. 빨리 정하지 않으면 종일 말다툼이 끝나지 않을 기세다.

몹시 난감해진 나는 투리를 올려다보며 도움을 요청했다. 내 시선을 눈치챈 투리가 가까이 다가와 조그맣게 웃으면서 내 머리를 부드럽게 쓰다듬었다.

"카밀, 그런 표정 짓지 않아도 세례식까지 아직 시간이 있으니까 천천히 고민해도 돼. 직업은 일생을 크게 좌우하는 선택이니까 곰곰이 생각해서 스스로 결정해야 해. 다른 사람의 의견을 참고하는 것도 좋지만, 나중에 그걸 핑계로 삼지는 마. 후회할 수 있고, 힘들 때 남 탓을 하며 피하게 되거든."

투리는 거기까지 말하고, 두 주인어른을 향해 싱긋 웃었다.

"그러니까 두 분. 재촉하지 마시고 카밀의 결정을 기다려 주세요."

◆

"아하하하, 그거 진땀 뺐겠네. 두 나리 모두 고집이 만만치 않아서."

파루 열매를 따느라 차가워진 손에 불을 쬐며 녹이는 사이 그 얘기를 했더니 루츠가 웃으며 달래 주었다. 이럴 때면 머리를 토닥이며 항상 나를 격려해 주는 루츠 같은 형이 있으면 좋겠다는 생각을 하게 된다.

"……있잖아, 루츠. 투리 누나랑 결혼해? 투리 누나도 곧 있으면 성인이잖아. 왠지 주변에서 그걸로 들떠 있는 것 같아서."

여자아이는 대부분 성인이 될 무렵에 혼처를 찾거나 결혼 준비에 들어간다. 투리와 루츠는 항상 함께 있고, 큰 상점에서 출세했어도 두 사람 모두 빈민가 출신. 집안과 집안의 관계가 크게 관여하는 것이 결혼인 만큼 양가에서는 투리와 루츠가 천생연분이라고 생각하는 모양이었다. 아마 배우자가 큰 상점 출신이면 받아들이기 어려워서 그런 게 아닐까.

"뭐, 주변에서 들떠 있는 건 나도 알고 있고, 그 결혼이 무난하다는 건 알지만. 글쎄, 당분간은 어렵지 않을까? 투리, 실연한 지도 얼마 안 됐고."

"뭐어?!"

"……아, 이거 비밀이다."

"궁금하잖아! 이렇게 재봉 실력이 뛰어난 투리 누나가 왜……."

투리를 뒤돌아보지 않을 남자는 없는데 실연이라니. 가족이라서 편드는 건지도 모르지만, 나는 진심으로 그렇게 생각했다. 역시 엄마와 아빠의 말처럼 집안과 출신이 결혼에 가장 중요한 걸까.

결국 아무리 졸라도 루츠는 비밀이라며 가르쳐 주지 않았다.

"투리 얘기보다 네 얘기를 하자. 이미 결정했지? 얼굴 보면 딱 알아."

루츠가 그렇게 말하며 입꼬리를 올렸다. 나도 루츠를 올려다보며 씩 웃었다.

"난 플랑탱 상회가 좋아. 마을을 지키거나 머리 장식과 옷감을 파는 것보다 책과 완구가 더 좋으니까."

"……의도대로 책벌레로 자랐네. 역시 마인이야."

루츠의 중얼거림이 잘 들리지 않아서 되물었지만, 루츠는 고개를 저으며 "아무것도 아니야."라고 했다. 루츠는 의외로 숨기는 게 많다.

"플랑탱 상회에 진심으로 들어오고 싶다면 이제 슬슬 눈보라가 그칠 시기이기도 하니까 권터 아저씨한테 허가를 받아 와. 그럼 플랑탱 상회에서 교육해 줄 수 있어."

"교육?"

"목공 집안의 자식이 상인이 되기 힘들듯이 병사 집안의 자식인 너도 상인이 되긴 힘들 거야. 열흘 정도 플랑탱 상회에서 머물면서 상인 교육을 받게 해 줄게."

글자를 읽고 셈하는 건 그림책이나 완구로도 충분히 배울 수 있지만, 상인의 마음가짐이나 상식은 직접 겪어 보지 않으면 모르는 부분이 많다고 한다. 이 방면에 앞서 있는 루츠의 조언이니 들어 두는 편이 좋으리라.

"마르크 씨와 나리한테 물어봐야겠지만 너라면 아마 괜찮을 거야."

"정말?!"

루츠는 웃으면서 고개를 끄덕였다.

"봄이 오면 상점도 바빠지고, 퀼른베르거로 이동해야 해서 그럴 시간이 없겠지만, 겨울 동안에는 여유가 있어. 난 미성년자라서 성에 못 들어가거든."

겨울이 끝날 무렵이면 주인어른과 다른 다프라들은 성에 책을 팔러 가야 해서 매우 바빠진다고 한다. 하지만 루츠는 성에 가져갈 책과 교재만 납품하면 할 일이 끝난다고 한다.

"너도 말투, 자세, 행동부터 연습해야겠네."

루츠가 내가 익혀야 할 것들을 꼽아내자, 미래로 가는 길이 활짝 열린 듯한 느낌에 가슴이 들뜨기 시작했다.

"아저씨랑 아줌마랑 잘 얘기해서 허가받아. 교육은 그다음이야."

부모의 응원이 없으면 힘들거든, 하고 뭔가를 떠올리듯 루츠의 눈매가 가늘어졌다. 하지만 괜찮다. 아빠도 엄마도 얘기하면 이해해 줄 터였다.

"루츠, 나 허락받아 올게."

"그래, 힘내."

그렇게 말했을 때 툭 하고 눈 위에 파루가 떨어지는 소리가 들렸다. 디르크와 콘라트도 그렇지만, 신입 고아들은 이상하게 우리보다 파루를 떨어뜨리는 속도가 빨랐다.

"어떻게 저렇게 빠르지?"

"글쎄. 아, 저기 봐. 귄터 아저씨가 손 흔드시네. 카밀, 교대야."

"응!"

나는 아빠와 교대하기 위해 파루 나무를 타고 올랐다. "조금만 더 하면 돼. 나머지를 부탁하마, 카밀." 하고 아빠가 내려갔다. 내가 장갑을 벗고 파루의 꼭지 부분을 잡고 녹이자, 바로 옆 나뭇가지에서 똑같이 파루를 녹이고 있던 디르크가 나를 돌아보았다.

"카밀, 왠지 기분이 좋아 보이네. 손 시리지 않아?"

"손은 시린데……. 디르크, 나, 봄이 되면 로제마인 공방에 견학 갈지도 몰라. 플랑탱 상회에 들어오고 싶으면 루츠가 로제마인 님께 견학 허가를 받아 주겠다고 했거든."

"정말? 우와, 신난다."

디르크가 환영하듯 신이 난 미소를 보여 주었다. 언젠가 디르크나 콘라트와 함께 일을 하게 될까. 그날이 너무 기대되었다.

숲 꼭대기에서 햇살이 비치기 시작하면 채집 시간은 끝이다. 파루 잎이 보석처럼 반짝이며 빛을 반사하고, 나무가 의지를 가진 양 몸을 흔들면 샤샤샤샥 하고 잎이 스치는 소리가 울려 퍼진다. 나는 파루 나무에서 얼른 내려와 파루 나무가 사라지는 광경을 바라보았다. 처음 파루를 본 고아들은 놀란 토끼 눈을 하고서 신비한 파루 나무를 올려다보았다.

높이, 높이 뻗어 올라간 파루 나무가 나뭇가지를 흔들어 열매를 날리고, 슈루룩 줄어들어 사라지면 채집자들은 채집을 마무리한다.

수확한 파루 열매를 바구니에 넣고 썰매에 실은 후 우리도 귀로에 올랐다. 돌아가는 길은 나와 아빠, 고아들 모두 함께다. 수월하게 지나갈 수 있게 아빠가 문지기와 얘기하고 오겠다고 했다. 마을 밖으로 나갈 때보다 들어올 때의 검문이 더 엄격하고, 오전과 오후로 당번이 바뀌기 때문에 안면이 없는 아이들은 문에서 발이 묶일 우려가 있어서다.

"요즘 엄격한 시기라 길과 루츠가 있다고 해도 통과시켜 주지 않을 거야. 앞으로는 나한테 미리 얘기해. 사정을 봐줄 테니까."

"고마워요, 귄터 아저씨."

아빠가 문지기에게 잘 얘기해 준 덕분에 고아들은 모두 문제없이 마을로 들어올 수 있었다. 우리는 문을 빠져나와 고아원을 향해 걷기 시작했다.

집 방향으로 길을 꺾기 직전, 아빠가 파루 열매 하나를 길에게 내밀었다.

"길, 이거 로제마인 님께 드려."

"아, 빙실에 보관해서 꼭 드시게 할게요."

"부탁하마."

'아, 내 파루가 줄었어.'

파루 하나를 따는 게 얼마나 힘든데, 아빠는 항상 로제마인 님을 위해 그걸 고아원 사람에게 줬다. 디르크와 콘라트도 그렇고, 로제마인 님의 보살핌을 받고 있는 우리 가족도 로제마인 님을 지나치게 좋아하는 게 아닌가 하는 생각이 들었다.

그날 밤, 식사가 끝난 후 나는 아빠와 엄마에게 "할 얘기가 있어."

하고 말을 꺼냈다. 두 사람은 순간 경직된 얼굴로 서로를 마주보더니, 아빠는 진지하고 엄격한 얼굴로 다시 자리에 앉았고, 엄마는 불안한 얼굴로 차를 내주었다. 달깍, 하고 놓인 컵을 손에 들고, 아빠는 한 모금, 마치 입을 적시듯 차를 마시고는 나를 보았다.

"무슨 얘기냐, 카밀?"

아빠의 목소리가 평소보다 몇 단계는 더 낮았다. 반대할지도 모른다, 라는 불안이 급속도로 가슴에 퍼졌다. 나는 주먹 쥔 손에 힘을 준 채 두 사람을 바라보았다.

"아빠, 엄마. 나 루츠랑 같이 책 만들고 싶어! 플랑탱 상회에서 새로운 책을 만들어서 멀리 퍼트리고 싶어."

내가 그렇게 고백하자, 아빠와 엄마는 어째서인지 울음을 터트릴 것 같은 표정을 지었다. 반대하거나 '왜 병사가 되려고 하지 않느냐?'라고 물을 줄 알았는데, 왜 울먹이는지 영문을 모르겠다.

"……역시 반대야?"

내가 고개를 갸웃거리자, "아니야."라며 엄마가 살짝 눈가를 훔쳤다. 그리고 자리에서 일어나 내 옆에 다가와서는 매우 복잡한 미소로 내 머리를 천천히 쓰다듬었다.

"카밀의 결정이니까 엄마는 반대하지 않아. 응원할 테니 열심히 해보렴."

아빠도 고개를 끄덕이며 플랑탱 상회에 공부하러 가는 것을 허가해 주었다.

'나도 책을 만들어서 루츠처럼 될 테야!'

아들의 출발 준비

"어머니, 유스톡스입니다. 긴급 사태이니 오늘은 자택에 돌아오십시오."

성의 방 중 하나에서 플로렌치아 님과 엘비라 님과 함께 선물을 정리하고 있을 때 그런 올도난츠가 날아왔어요. 나도 순간 놀랐지만, 옆에서 들으신 플로렌치아 님과 엘비라 님께서 더 심하게 동요하셨지요.

"긴급 사태라니……. 무슨 일이 생긴 걸까?"

"리카르다, 아직 로제마인도 신전에서 돌아오지 않았으니까 자택으로 돌아가세요. 내일 쉬어도 되니까……."

두 분이 걱정하는 기색을 띠며 말씀하셨어요. 유스톡스가 이렇게 업무 중에 올도난츠를 보낸 적이 잘 없기에 걱정이 되기는 했지만, 나는 페르디난드 님으로부터 아렌스바흐에 가져갈 선물의 선별을 직접 부탁받은 터라 멋대로 쉴 순 없어요.

"말씀하신 대로 오늘은 집에 돌아가겠습니다만 내일은 와서 일할게요. 유스톡스의 일이니까 별일 아닐 겁니다."

"그럼 안 돼요, 리카르다. 당신이 모시는 로제마인의 모친으로서 명령합니다. 유스톡스 님과도 좋은 시간을 보내야죠. 모자지간에 만날 기회도, 자식에게 힘이 되어 줄 시간이 얼마나 남아있을지 모르잖아요."

엘비라 님이 진지한 눈빛으로 내게 그런 말씀을 하시네요. 웬만해서는 보이지 않는 감정적인 칠흑 같은 눈빛이 제 가슴에 와닿았어요. 엘비라 님 또한 나처럼 아렌스바흐에 아들을 보내는 입장입니다. 갑작스러운 일정 변경으로 페르디난드 님과 우리 아들들이 떠날 날이 일주일 정도 밖에 남지 않았어요.

"리카르다. 이건 영지에서 영지로 보내는 예물이니까 영주 일족인 나와 샤를로테가 해야 할 일이에요. 아쉽게도 페르디난드 님은 내게는 부탁하진 않았지만……. 이쪽 일은 걱정하지 말고, 유스톡스의 힘이 되어 줘요."

플로렌치아 님께서 그렇게 설득하셔도 난 업무를 내팽개치기가 망설여졌어요. 멸사봉공. 그것이 내 삶의 방식이기 때문이에요. 내가 대답을 망설이자, 플로렌치아 님이 "유스톡스가 긴급 사태를 해결하지 못해서 페르디난드 님의 일정이 틀어져 버리면 더 곤란하잖아요."라며 싱긋 웃으셨어요.

"리카르다, 엘비라. 두 사람 다 내일은 쉬세요. 짐 정리를 돕든, 방 정리를 돕든 하세요. 아들들이 떠나기 전에 가족과 시간을 보내세요. 이건 명령이에요. 아시겠어요?"

플로렌치아 님은 온화한 미소를 띠었어요. 하지만 남색 눈동자에는 거절을 용납하지 않겠다는 강한 의지가 엿보였습니다. 영주 일족의 명령은 절대복종이에요. 우리는 플로렌치아 님의 앞에 무릎을 꿇었어요.

"송구합니다."

우리 모자는 대부분 주인과 함께 움직여요. 그래서 같은 측근의 입장으로 마주칠 때는 있어도 모자로 지내는 시간은 별로 없었답니다. 어쩌면 부모와 자식으로서 시간을 갖는 것도 오늘이 마지막이 되겠군요.

"어머니. 제가 좀 늦었지요?"

유스톡스가 긴급 사태의 긴장감이라곤 전혀 없이 헤실헤실 웃으며 귀가했어요. 나는 천천히 숨을 내뱉은 후 눈썹을 추켜올렸죠. 엘비라 님과 플로렌치아 님의 걱정이 옳았는지, 나도 큰일이 일어났으면 어쩌나 애간장을 태우며 왔더니, 이 태도는 뭔가요?

"유스톡스! 부모와 자식 간이라도 서로 일이 있는데 불쑥 면담을 요청하면 어떡하니! 그리고 집에 오기로 했으면 식사 준비도 부탁해야 하는데 네 점 종은 너무한 거 아니니? 아무리 급한 연락이라도 세 점 종 전에는 연락을 달라고 몇 번을 말해야 해?"

"인수인계 때문에 공주님은 신전에서 나오지 않으시고, 작년처럼 마법진 자수를 안 해도 되니 어머니도 시간 많으시잖아요."

"페르디난드 님께서 예물 선별을 부탁하셨단 말이다. 그리고 내 시간이 많이 남아도는 것과 네가 무례하게 구는 건 별개지. 너 때문에 고생할 우리 집 시종과 요리사도 좀 생각하렴."

우리는 보통 주인이 있는 곳에서 저녁을 해결하는데, 갑자기 일정을 변경하면 우리 자택에서 일하는 사용인들에겐 부담이 돼요. 그들에게 일하기 편한 환경을 만들어 주는 것도 주인의 본분임을 시종인 유스톡스가 모를 리가 없어요. 그런데 왜 그걸 못하는지 원…….

내 설교를 듣고 있던 유스톡스가 의아한 얼굴로 고개를 갸웃거리네요.

"와, 어떻게 숨도 안 쉬고 그렇게 긴 말을 하세요?"

'이 멍청한 아들놈이!'

무슨 말을 해도 소용없구나, 하는 생각과 어떻게든 훈계해야겠다는 생각이 뒤섞여 머리가 지끈거리네요. 어릴 적부터 전혀 성숙해지지 않아 보이는 건 내 기분 탓일까요?

모친이 두통을 느끼든 말든 유스톡스는 내게 도청 방지 마술구를 건네고는 시종들에게 "기밀 사항이 많은 얘기를 해야 하니까 따라오지 마."라며 자기 방으로 걷기 시작합니다.

　"어머니, 요즘 성은 어때요? 갑자기 출발일이 앞당겨져서 혼란을 빚진 않았나요?"

　"물어볼 걸 물어보렴. 한철이나 인수인계 기간을 잃었어. 질베스타 님은 물론이고 기사단 상층부도 난리란다."

　급작스러운 일정 변경으로 그 많은 겨울 계획을 바꾸느라 상층부가 머리를 싸매고 있어요.

　"공주님은 신전에서 어찌 지내고 계시니? 하르트무트도 바쁘다고 오틸리에에게 들었다만……."

　"후견인이 없어지는 것 때문에 불안해하시지만 꿋꿋하게 지내고 계세요. 아렌스바흐에 보낼 요리도 준비하고, 그쪽 영주 후보생에게 선물할 머리 장식을 수배하고……. 외로움을 덜려고 일부러 정신없이 지내는 것 같기도 하고요. 페르디난드 님이 떠나신 뒤가 걱정이에요."

　서로 정보를 주고받으며 유스톡스의 방에 들어가 문을 꼭 닫았어요. 난 유스톡스를 돌아보았어요.

　"그래서 이렇게 바쁜 시기에 날 부른 긴급 사태란 게 대체 뭐니?"

　"당연히 유능하신 어머님의 손을 빌리고 싶어서죠. 귀여운 아들이 짐 꾸리는 거 도와주세요. 시종들에게 보이면 안 되는 짐도 많아서요."

　본인 입으로 '귀여운 아들'이라고 말하는 저 당당한 구석이 전혀 귀엽지 않지만, 유스톡스를 도와야 함은 나 역시 공감하는 바였죠. 조금 전의 근황을 들어 봐도, 공주님이 준비하는 요리며 디저트 확인, 신관장실 정리, 페르디난드 님의 자택에서 라자팜의 업무를 돕고, 성 업무의 인수인계 등, 출발 전까지 해야 할 일이 산더미일 테니까요. 거기에 자기 짐까지 정리하자니 벅찼겠죠.

"게다가 신관장실을 비우고 페르디난드 님의 짐을 귀족가 자택에 옮기고 나면 로제마인 님은 겨울 준비 때문에 성에서 지내실 겁니다. 주인이 성에 오면 어머니는 수석 시종이니까 자택에 못 돌아오실 테고요."

그래서 급히 부른 것이라고 유스톡스는 설명하네요. 예상보다 일정이 훨씬 빨리 앞당겨진 모양이에요.

"짐 옮기는 데 공주님을 이용하는 건 이해는 안 간다만, 사정은 알겠다. 하지만 취침 전까지 짐 정리를 끝낼 수 있을지 모르겠구나. ……플로렌치아 님께 휴가를 받길 잘했네."

"그거 잘됐군요. 사실 내일 무슨 강제적인 수를 써서라도 어머니를 쉬게 하려고 했거든요."

"유스톡스! 그렇게 일정을 급하게 변경하면 다른 사람에게 얼마나 큰 폐가 되는지……."

"그거야 그렇지만, 성의 상황을 알 수가 없는 마당에 누구에게 어디까지 말해도 되는지 모르겠단 말이에요."

그 지적에 나는 입을 닫았어요. 로제마인 님의 측근인 나는 상층부만이 아는 정보를 알고 있어요. 우리 집안 시종들에게도 절대 알릴 수 없는 극비지요.

"짐 싸는 건 도와주마. 단, 네 잡동사니는 스스로 치우렴."

"알고 있어요. 어머니에게 맡겼다간 전부 버려 버릴 테니까. 저한 텐 소중한 보물인데……."

유스톡스는 어릴 적부터 잡동사니로밖에 보이지 않는 이상한 물건을 가져오는 버릇이 있어요. 그걸 죽어도 버리려고 하지 않아서 방 청소를 하는 시종과 나는 매번 골머리를 앓았답니다. 잡동사니는 비밀의 방에 넣어 둘 것. 방바닥에 굴러다니는 물건은 시종이 치워도 불평하지 않을 것. 비밀의 방에 보관하는 동안은 유스톡스가 뭘 가져오든 이쪽도 가타부타하지 않을 것 등 서로 양보해 가며 겨우 귀족다운 방을 유지했던 과거가 떠오르네요.

"며칠 안에 겨울 의상과 생필품을 전부 싸야 해요. 어머니께 맡겨도 되겠죠? 비밀의 방은 등록을 해제할 거니까 전부 상자에 넣어서 방구석에 쌓아 주시면 돼요."

비밀의 방의 말소, 그것은 이 집에 다시는 돌아올 일이 없음을 표명한 것이나 마찬가지예요. 딸이 혼인으로 집을 떠날 때도 비밀의 방을 말소했었죠. 그때도 부모로서 쓸쓸했었던 기억이 납니다.

"설마 비밀의 방에 있는 물건들을 전부 아렌스바흐로 가져갈 생각은 아니겠지?"

"당연하죠. 저쪽 상황이 안정되어야겠지만……. 그전까지는 어머니가 관리해 주세요."

그 말에는 저쪽 상황이 어떻게 될지 불확실하다는 의미가 숨어 있었어요. 목구멍 안쪽이 꽉 조여 숨이 막히더군요. 빈 나무 상자를 안고 비밀의 방에 들어가는 유스톡스를 바라본 후, 나는 옷가지와 책상 주변에 널브러진 필기구들을 상자에 넣기 시작했어요.

이번 유스톡스의 출발 준비는 아렌스바흐에서 겨울을 지낼 최소한의 물건만 싸면 됩니다. 공주님이 귀족원에 가져가는 짐과 비슷하다고 보면 돼요. 봄 이후에 쓸 물건은 눈이 녹으면 보내기로 했다고 합니다.

"대신 겨울 사교계가 있어서 옷만으로도 꽉꽉 차네……."

며칠 입을 평상복과 떠날 날 입을 옷을 제외하고, 나머지 겨울옷을 착착 담기 시작했어요. 매일 사용하는 필기구는 마지막에 넣으려고 놔두고, 평소 잘 쓰지 않는 물건부터 담았어요. 목패를 비롯한 서류를 자택 시종들이 손대지 못하게 하려고 내게 부탁한 거구나 싶었죠.

'지금은 특히나 정보 누설을 조심하는 시기니까.'

며칠 전, 신전에 침입해 성전을 훔친 귀족이 있었다더군요. 범인은 달돌프 자작 부인. 그녀의 배후에 게오르기네 님이 있다는 것이 에렌페스트 상층부의 견해였어요. 계획을 훼방 놓는 페르디난드 님을 하루빨리 떼어 버릴 심산으로 그 편지를 보낼 상황을 만들었을 거라고 하더군요.

'어째서 일이 이렇게 되어 버린 건지.'

모시던 당시에 내 자식인 구드룬, 유스톡스와 놀던 어린 게오르기네 님을 떠올리면 가슴이 아려와요. 딸만 둘을 낳아 주눅 들며 살아야 했던 모친을 위해 자신이 차기 영주가 되겠노라 이를 악물고 노력하던 소녀의 모습이 아직도 기억 속에 생생해요.

하지만 베로니카 님은 어렵게 태어난 아들, 질베스타 님에게만 온 신경을 썼어요. 자주 병치레하는 아들이 걱정되어 믿을 수 있는 자를 영주의 아이들 방에 배치하기로 하셨죠.

일찍이 모친과 오빠를 잃었던 베로니카 님은 라이제강 계열의 귀족들이 겨우 얻은 자신의 아들을 암살할 것이라는 의심에 경계심이 상당히 심한 상태였습니다. 그래서 베로니카 님을 모신 적이 있으며 우연히 칼스테드 님의 교육도 맡았고, 게오르기네 님의 수석 시종으로 차기 영주 후보생을 모셨던 나를 아들의 시종으로 지명하시기로 한 거예요.

'느닷없이 수석 시종을 빼앗겼으니, 게오르기네 님의 심경이 어땠을까.'

나는 선선대 영주, 선대 영주, 현 영주, 3대에 걸쳐 아우브 에렌페스트를 모셔 왔어요. 영주 일족의 방계이며 특정 주인을 두지 않았기에 좀처럼 시종을 찾기 어려운 영주 일족을 돌보아 왔죠. 비록 영주의 명령에 두말없이 따라야 하는 입장이긴 했지만, 더 저항했어야 했을까요.

"어머니, 왜 그러세요?"

나무 상자를 안고 비밀의 방에서 나온 유스톡스의 목소리에 나는 천천히 고개를 저었어요.

"……그때, 게오르기네 님의 곁을 떠나지 말았어야 했어."

"또 그날 일을 후회하세요? 아우브가 주인을 바꾸라고 명령하신 건데 왜 어머니가 괴로워하십니까. 어머니를 원했던 베로니카 님과 그 요청을 받아들였던 선대 영주의 책임이죠."

단호하게 말하는 유스톡스를 보고, 나는 저도 모르게 웃음이 나왔어요.

"그렇게 단호하게 말하는 너야말로 아우브 에렌페스트의 측근이 되지 그랬니………. 정말 부모 말은 죽어도 안 듣는다니까."

게오르기네 님의 곁을 떠나야 했던 나는 자식들에게 그녀를 모시라고 했죠. 그렇게 구드룬은 게오르기네 님을 모시게 됐지만, 유스톡스는 시종 코스를 선택해서 게오르기네 님의 측근이 되기를 거부한 거예요.

심지어 선대 영주의 명령으로 페르디난드 님을 모시기로 했을 때, 특정 주인을 두지 않는 나처럼 아우브 에렌페스트의 시종이 되겠구나 하는 생각에 기뻤어요. 그런데 유스톡스는 페르디난드 님께 이름을 바친 겁니다.

"이 어미도 너처럼 게오르기네 님을 계속 모셨더라면 조금은 상황이 바뀌었을까. 어쩌면 게오르기네 님과 질베스타 님이 서로 협력해서 에렌페스트를 통치하셨을지도 모르지."

"예? 그랬으면 페르디난드 님은 지금보다 더 피폐한 삶을 살아야 하셨을 겁니다. 베로니카 님과 게오르기네 님은 라이벌을 가혹하게 대하는 부분이 닮았어요. 양쪽을 적으로 둬야 한다니, 생각만 해도 끔찍하네요."

지금보다 더 밝은 결과를 상상했을 뿐인데, 단호하게 '지금이 백배 낫다'며 치를 떠는 유스톡스를 나는 살짝 째려보았어요.

"이상한 감상에 젖어서 현실에서 눈을 돌리다니 어머니답지 않군요. 전 게오르기네 님의 상처 따위 관심도 없습니다."

"유스톡스, 넌 좀……."

"맙소사……. 상황에 따라 주인을 바꿔야 하는 어머니도 참 힘드시겠어요. 단 한 사람을 위해 움직일 수도 없고, 과거에 모셨던 모든 주인을 일일이 걱정하셔야 하니."

유스톡스는 그렇게 말하며 비밀의 방에서 나무 상자를 끄집어내서는 방구석에 쌓아 올리기 시작했어요.

"게오르기네 님껜 지금도 아우브 에렌페스트를 위협할 만큼 아군이 많잖아요. 보나 마나 옛날처럼 눈에 불을 켜고 질베스타 님을 구렁에 빠뜨릴 작정을 하고 있다고요."

그 말에 나와 유스톡스가 전혀 다른 광경을 보고 있음을 뼈저리게 느꼈어요. 아들에게 있어 게오르기네 님은 더 이상 어릴 적 친구가 아니었습니다. 지나가고 잃어버린 날들이 그립지 않나 봐요.

"어머니한텐 과거에 모셨던 주인일지 몰라도 제겐 박살내야 할 한낱 적에 불과합니다. 감상에 젖으시는 건 어머니 자유지만, 지금 우선해야 할 게 대체 뭐겠어요?"

감상에 젖는 건 자유라고 하면서도 현실을 들이미는 아들에게 나는 쓰게 웃을 수밖에 없었어요. 전혀 감상에 젖을 여유를 주지 않는걸요.

"내가 모시는 분은 아우브 에렌페스트와 로제마인 공주님이야. 그걸 잊은 적은 없단다."

"그럼요. 페르디난드 님은 에렌페스트를 위해서 떠나시는 겁니다. 그러니 어머니는 이곳에서 로제마인 님을 잘 돌봐 주세요."

유스톡스가 페르디난드 님 외에 다른 사람을 걱정하다니. 나는 그 모습에 살짝 놀라면서도 아들이 안심하고 떠날 수 있게 미소를 보였어요.

"아렌스바흐로 떠나는 너희들과 달리, 공주님껜 걱정하는 측근도, 친가족도, 앞으로 힘이 되어 줄 약혼자도 있단다. 외로운 것도 지금 잠깐이겠지."

"……그러길 바라야죠."

회의적인 말을 내뱉는 유스톡스의 태도에 나는 한숨을 쉬었어요.

이름을 바칠 정도로 주인을 끔찍이 아끼는 아들은 베로니카 님께 맹목적인 사랑을 받았던 질베스타 님과 빌프리트 님께만큼은 아직까지 마음을 열지 못했습니다. 두 분의 책임이 아닌 것까지 분노를 표출할 때도 있어요. 그 심정을 이해 못 하는 바는 아니지만, 참 씁쓸해지네요.

'유스톡스에겐 오직 페르디난드 님뿐이구나.'

페르디난드 님께 이름을 바칠 때 유스톡스는 주인 외의 모든 것을 포기했어요. 아내도, 자식도, 모든 것을 다…… 한량처럼 보이는 겉모습과 태도에서는 드러나지 않지만, 가혹함과 냉정한 면이 있어요. 방해가 되는 건 싹 쓸어버린다고 말하기도 하죠. 어떻게 보면 영지를 위해 모든 것을 바치기로 맹세한 나와 가장 닮은 부분일지도 모르겠네요.

다음 날, 플로렌치아 님께 받은 휴일을 유효히 써서 유스톡스의 방 정리를 끝냈어요. 유스톡스가 떠날 때 가져갈 짐, 봄 이후에 입을 옷 등 계절이 바뀌면 보낼 짐, 비밀의 방에 쌓아 뒀던 잡동사니 등 페르디난드 님의 성결식이 끝나고 손님 처우가 끝나면 보낼 짐으로 나누자, 짐들이 산을 이루네요.

"이야, 덕분에 끝났네요. 역시 어머니세요."

"그렇게 칭찬해도 나올 건 아무것도 없거든?"

못 말린다니까…… 하고 가볍게 툴툴대며 나는 유스톡스를 올려다보았어요. 침묵이 흐릅니다. 앞으로는 로제마인 님의 측근과 페르디난드 님의 측근으로 마주칠 일은 있어도 모자 관계로 대화할 일은 없겠지요.

'뭐라도 말을……'

하지만 유스톡스에게 건넬 작별의 인사가 떠오르지 않았어요. 무슨 말을 해야 할까요. '몸조심하렴'이라고 말해 봤자, 자신의 목적을 위해서라면 웃으면서 위험에 몸을 던지는 아들이에요. 어릴 적부터 지금까지 몸을 사리는 꼴을 본 적이 없습니다.

'내가 조심하라고 걱정을 해줘도 들을 애가 아니지.'

사사로움을 버리고 오직 아우브 에렌페스트를 위해 살아온 나와, 평생의 주인과 함께 아렌스바흐로 떠나는 유스톡스에게 모자간의 평범한 대화는 너무나도 어울리지 않아요.

잠시 망설인 후, 나는 자세를 바로잡고 천천히 숨을 들이마셨어요. 내가 자세를 바르게 하는 걸 본 거겠죠. 유스톡스도 헤실헤실 웃던 미소를 싹 지우고 자세를 바로 했어요.

"자신의 맹세에 어긋남 없이, 이름을 바친 주인의 명령을 목숨 바쳐 이행하거라."

"알겠습니다. 우리의 목숨은 주인을 위해."

"……주인을 위해."

유스톡스는 훗 하고 자랑스러운 미소를 띠었어요.

아마 목숨이 다할 때까지 한 주인을 위해 살아가겠지요. 그 순간은 정말 내가 키운 아들이 맞구나, 하고 절실히 깨달았습니다.

추억과 이별

"신관장님을 모신 건 제 평생의 영광입니다."

저는 신관장의 옷을 벗은 신관장님의 기수가 귀족가로 날아오르는 모습을 지켜보았습니다. 떠나는 신관장님과 로제마인 님을 배웅한 후, 저와 잠은 신관장실로 향했습니다. 주인이 자리를 비워도 할 일은 많기 때문입니다.

"프랑, 고아들을 맞을 준비는 잘 되고 있나요?"

신관장실에 도착하면 우선은 진척 상황을 보고합니다. 신관장실의 수석 시종인 로타르의 질문처럼 이번 겨울에는 세례를 받지 않은 아이가 여러 명 들어올 예정인데, 현재 그 준비가 진행되고 있었습니다.

"빌마와 모니카가 중심이 되어 조금씩 준비하고 있지만, 지금은 겨울맞이가 더 급하다고 합니다. 몇 명이 들어올지 정확히 모르니 어려운 점이 있다고 하는군요."

식기나 침구도 몇 명분이 필요한지, 아무리 어린아이라고 하지만 키나 나이를 모르는데 준비한 옷가지로 충분한지, 로제마인 님과 하르트무트 님도 확실히 대답하시지 못하셨습니다. 겨울에 쓸 이불이나 식량 등은 아이들과 함께 넣어 주겠다고 하셨지만, 기본적인 생활이 가능하도록 가구나 생필품은 미리 갖춰야 하는데 말입니다.

"애매하긴 하네요. 로제마인 님께서 부족한 물품은 각자 가지고 올 거라고 하셨지만, 귀족가 아이들이 자기 침구와 식기를 전부 가지고 올 수도 없고요."

로타르가 청자색 눈을 가늘게 뜨며 연갈색 머리칼을 헝클어뜨렸습니다. 생각에 잠길 때 보이는 그의 버릇을 보고, 신관장실 시종 중 가장 어린 이미르가 의아하다는 듯 하늘색 눈을 깜빡였습니다. 이미르는 로제마인 님을 모시기 위해 신관장실을 나온 나를 대신해 편입된 시종입니다.

"왜죠? 각자 가져오는 편이 낫지 않나요?"

"그러면 청색 신관의 침실보다 고아들의 방이 더 호화찬란해지지 않겠습니까."

"그러네요, 하긴 고아원에 들어온 아이들보다 캠펠 님의 대우가 나빠지는 건 저도 보고 싶진 않습니다."

이미르는 그렇게 말하며 어깨를 떨구었습니다. 로제마인 님이 신전장으로 취임하신 이후, 몇 년이나 함께 봉납식 준비를 해 와서인지, 캠펠 님을 끔찍이 따르고 있습니다.

캠펠 님은 청색 신관 중에서는 상당히 성실한 분으로, 일처리도 꼼꼼하시고 시종과도 잘 지내십니다. 하지만 집안이 유복하지는 않아서 청색 신관의 체면을 겨우겨우 차릴 금액을 제외한 나머지는 전부 가족에게 압수당한다고 합니다.

"그래도 신관장님, 아니, 페르디난드 님은 종종 캠펠 님의 집안에 연락해 타이르시지만, 하르트무트 님은 로제마인 님의 일이 아니면 움직이지 않으시는데, 캠펠 님은 괜찮으실까요?"

걱정하는 이미르의 말에 저는 신관장님을 신관장님이라고 부를 수 없게 되었음을 새삼 깨달았습니다. 페르디난드 님께서 신관장으로 취임하신 이후에 시종이 된 저는 '신관장님' 외에 다른 호칭으로 불러본 적이 없습니다. 앞으로 '페르디난드 님'이라고 불러야 하는 이 상황이 너무 어색하면서도 서글펐습니다.

"가족들의 행패가 심하다 싶으면 로제마인 님 쪽에서 한마디 해 달라고 하르트무트 님께 넌지시 말씀드리면 됩니다. 아마 로제마인 님의 손을 빌릴 필요도 없다며 직접 그의 가족에게 엄하게 일러두시겠죠."

"오오……. 프랑은 하르트무트 님을 어떻게 다뤄야 하는지 잘 아는군요."

"사실 로제마인 님의 측근들이 신전에 드나들 무렵에 페르디난드 님께서 귀족 측근과 잘 지내는 방법을 많이 가르쳐 주셨지요."

"그거 우리한테도 가르쳐 주세요."

그렇게까지 감탄할 것까진 없는 일인데 말이죠. 귀족 측근의 신경에 거슬리지 않으려고 매일 같이 긴장하며 지냈던 시절을 떠올리니 쓴웃음이 절로 나왔습니다.

"로제마인 님을 통해야 하는 방식이라 신관장실 담당 여러분한테는 어려울 겁니다. 우리가 로제마인 님을 움직이고 싶을 때 페르디난드 님께 상담했듯이, 나나 잠에게 살짝 물어보세요."

"너무 노골적으로 움직이면 하르트무트 님께서 째려보실 거예요. 로제마인 님을 끌어들이는 것에 매우 민감한 분이시거든요."

잠의 첨언에 모두가 "아하." 하고 납득하는 소리를 냈습니다. 다들 청색 신관을 깔고 앉았던 하르트무트 님의 모습이 뇌리에 스친 게 틀림없습니다.

주인이 없는 신관장실에는 평소보다 훨씬 편안한 분위기가 흘렀습니다. 지금은 모니카도 고아원에 가 있고, 나와 잠을 비롯해 페르디난드 님 전속 시종들만 모여 있어 더 그러했습니다.

"이미르, 하르트무트 님께서 지시하신 청색 의식용 의상은 다 준비되었습니까?"

신전장실에는 각각의 겨울 준비나 평민촌과의 연계가 중요하지만,

신관장실에서는 봉납식 준비가 가장 중요합니다. 새로운 신관장님은 하르트무트 님으로 교체되었습니다. 첫 봉납식을 완벽하게 치러야 합니다.

그런데 청색 신관이신 에그몬트 님과 페르디난드 님께선 신전을 나가셨고, 신전장님이신 로제마인 님마저 돌아오시지 않게 된 지금, 의식을 거행할 청색 신관이 부족한 실정입니다. 감소한 마력을 보충하고자 하르트무트 님께서는 로제마인 님의 친오빠인 코르넬리우스 님께 도움을 요청하셨고, 다무엘 님과 안게리카 님께도 협력을 구하셨습니다. 그래서 이미르가 그분들이 입을 청색 의식용 의상을 마련해야 했습니다.

"아직 준비를 못 했어요. 그게, 청색 무녀의 의식용 의상으로 뭘 챙겨야 할지 잘 몰라서……."

"그럼 다무엘 님과 코르넬리우스 님, 안게리카 님께서 입을 의식용 의상을 서둘러 찾아야 하겠군요……. 프랑, 이미르. 보관실에 갑시다. 나머지는 남아서 하던 업무를 계속해 주세요."

"저도 가야 합니까?"

원래 준비 담당인 이미르면 몰라도, 저까지 부르는 이유를 몰라 고개를 갸웃거리자, 로타르가 조그맣게 웃었습니다.

"프랑은 다무엘 님과 체격이 비슷하고, 전 코르넬리우스 님과 비슷하고, 이미르는 안게리카 님과 비슷하니…… 완벽하지 않나요?"

나는 "오호라." 하고 납득했지만, 이미르는 고개를 붕붕 저으며 거부했습니다.

"전 남자예요. 안게리카 님과 어디가 비슷합니까?"

"안게리카 님보다 키는 조금 크지만 마른 몸이라 의식용 의상을 걸쳐 입는다 치면 거의 비슷하죠."

"굳이 설명 안 해도 돼요. 상처받으니까."

침울해하는 이미르를 재촉하며 신관장실을 나온 우리는 청색 신관의 의상을 보관하는 보관실로 향했습니다.

보관실에는 청색 신관과 청색 무녀의 일상복과 의식에 사용하는 장식이 선반에 나란히 놓여 있고, 의식용 의상은 주름이 잡히지 않게 걸려 있었습니다. 제일 앞에 걸려 있는 옷은 페르디난드 님의 의식용 의상이었습니다. 그걸 본 순간, 정말 페르디난드 님이 떠나셨다는 사실이 뼈저리게 느껴졌습니다.

하지만 저와 달리 로타르는 매우 사무적으로 의상들을 하나씩 살피기 시작했습니다.

"페르디난드 님의 의식용 의상은 코르넬리우스 님에겐 너무 크겠네요. 수선할 시간도 없고, 코르넬리우스 님을 모셔서 치수를 잴 수도 없고요. 두 사람도 어서 적당히 맞는 옷을 찾아 보세요. 프랑, 페르디난드 님의 의식용 의상이 맞을 것 같나요?"

저는 그의 말대로 페르디난드 님의 의식용 의상을 몸에 대보려고 손을 뻗은 순간, 멈칫했습니다. 그가 남기고 간 빈껍데기를 건드리자니 왠지 주저하게 되었습니다.

"페르디난드 님은 키가 크셔서 제 몸엔 클 겁니다. 그리고 페르디난드 님은 영주 일족이시고, 다무엘 님은 하급 귀족이시라 급이 안 맞을 것 같습니다만."

"아. 하긴 계급 차이를 생각 못 했네요. 다른 분들의 계급도 다 아나요?"

급하게 투입된 분들이라 옷을 두고 가타부타하지는 않으시겠지만, 상대가 귀족인 만큼 고려하지 않을 수가 없습니다.

"코르넬리우스 님은 상급 귀족, 안게리카 님은 중급 귀족, 다무엘 님은 하급 귀족이십니다."

"그럼 우선 상급 귀족의 의상부터 정할까요. 나머지는 그보다 격을 낮추면 찾는 데 수월할 테니까."

그런 로타르의 제안이 제 귀에는 하르트무트 님의 의식용 의상을 빌렸을 때는 계급을 고려하지 않았다는 것처럼 들려서 납득이 가지 않았습니다. 하르트무트 님은 고아원 원장실에 배치된 가구도 로제마인 님의 격에 맞지 않다고 지적하시던 분인데 말입니다.

"하르트무트 님의 의식용 의상은 어떻게 골랐습니까? 격에 대해 아무 말씀도 없으셨습니까?"

"한번 입는 거니까 뭐든 상관없으셨던 것 아닐까요. 불만을 꺼내신 적은 없었어요. 거의 매일 귀족가로 출퇴근하는 분이셔서 모시기엔 편해요."

이미르의 천하 태평한 말에 로타르가 "글쎄, 과연 그럴까요." 하고 팔짱을 꼈습니다.

"조만간 로제마인 님께서 돌아오시면 그동안에는 신전에서 지내려고 하실 수도 있지요. 페르디난드 님도 처음에는 귀족가로 출퇴근하셨거든요."

"그랬습니까?"

로타르의 발언에 나는 눈을 끔뻑거렸습니다. 이미르도 "그 말은 처음 들었어요." 하고 말했습니다.

"그러고 보니 페르디난드 님이 신전에 들어오셨을 당시의 일을 아는 시종은 나쁜이네요."

로타르는 연갈색 머리칼을 헝클이며 조금 숙연한 어조로 말했습니다. 제가 신관장실에 들어왔을 때는 청색 견습 신관과 청색 견습 무녀가 대거 신전을 떠나던 시기였습니다. 자꾸 늘어나는 업무를 처리하는 데에만 급급해서 이런 식으로 뒷바라지를 한 적이 없었음을 이제와 깨달았습니다.

"두 사람 다 모르겠구나. 당초 신관장님이 청색 신관으로 들어오셨을 무렵에는 거의 일을 하지 않으셨어요."

"네?!"

이미르가 깜짝 놀라 소리치자 로타르가 웃었습니다. 전 페르디난드 님께서 신관장으로 취임하시기 전, 독서와 조합에 몰두하셨다는 얘기를 로제마인 님께 들어 알고 있었지만, 이렇게 시종 동료에게 들으니 왠지 신선한 느낌이었습니다.

"처음 배정받은 시종은 두 사람이었어요. 아랫사람에게도 식사를 챙겨 줘야 해서 전속 요리사를 들였었는데, 페르디난드 님은 점심때도 귀족가에 있는 자택에 돌아가셨거든요."

"점심 식사도 귀족가에서 하셨다고요?"

그건 몰랐습니다. 네 점 종이 울릴 때마다 기수를 타고 귀족가로 돌아가시느라 얼마나 힘드셨을까요. 그만큼 성의 업무가 많았던 걸까요. 그렇게 생각하는 우리에게 로타르가 목소리를 낮췄습니다.

"그 당시의 신전장이 음식에 독을 탈 것을 경계하셨으니까요."

"사이가 좋지 않았다는 얘기는 들었는데, 독이라고요?"

제가 모셨을 땐 전 신전장과는 뜻이 맞지 않을 뿐, 독을 경계하며 지낼 정도는 아니었습니다. 업무나 기부금 배분에 관해서는 서로 간

섭하지 않는 범위 내에서 지내 왔었거든요.

"예. 나도 처음 들었을 땐 놀랐었는데, 귀족에겐 일상이라더군요. 신전 시종이라면 독에도 익숙해져야 한다고 충고도 해 주셨죠. 그러는데 경계를 안 할 수 있겠어요? 신전 주방에서 만들어서 가져오는 음식을 먹는 사람은 페르디난드 님이 아니라, 당시의 요리사와 우리, 그리고 고아원에 지내는 사람들이었으니까."

어느 날, 로타르는 신관장실의 주방에 잠입해 음식 그릇에 뭔가를 넣으려던 회색 무녀를 발견하고 잡았다고 합니다.

"페르디난드 님께 보고했더니 그 회색 무녀를 심문하겠다고 하셨죠. 저보고는 점심을 먹으라고 하셔서 직접 그 현장을 보지는 못했지만, 나중에 그녀의 눈빛이 어딘가 멍해 보였던 건 기억합니다. 그날 밤, 신전장실의 음식에 누가 독을 탔다고 난리가 났었어요."

"페르디난드 님께서 보복하신 거군요. 그래서 신전장은 어떻게 됐어요?"

입술을 비틀어 웃음을 참으며 이미르가 묻자, 로타르가 씨익 웃었습니다.

"신전장실 사람들 모두 복통으로 사흘을 드러누웠죠."

펄펄 뛰는 전 신전장과 페르디난드 님의 속 시원해하는 표정이 쉬이 상상됩니다. 이곳에 있는 사람들 모두 전 신전장에게 악감정이 있었기에 솔직히 신전장이 당했다는 얘기에 '자업자득이다'라며 고소해했습니다.

나는 새어 나오는 웃음을 숨기려고 의식용 의상 한 벌을 손에 들었습니다. 격이 높은 분의 의식용 의상인지, 옷감의 바탕 무늬와 촉감이 매우 좋았습니다.

"로타르, 이건 어떨까요? 상급 귀족의 격에 맞을 것 같은데……."

"괜찮네요. 기장도 허리끈으로 조절하면 되겠고요."

코르넬리우스 님의 의식용 의상은 정해졌습니다. 다음은 안게리카 님의 의식용 의상을 찾을 차례입니다.

"그래서 어떻게 됐는데요? 그 전 신전장이 쉽게 물러나진 않았을 거 아녜요."

청색 무녀의 의식용 의상을 여러 벌 몸에 대보면서 이미르가 흥분한 기색으로 물었습니다.

"물론 회복하자마자 고래고래 소리치며 따지러 오셨죠. 어찌나 조마조마했는지. 그런데 페르디난드 님은 일부러 놀란 척하시며 방에 들이시는 것 아닙니까."

자신이 준비한 독에 당해 고함치는 전 신전장에게 페르디난드 님은 "당신의 회색 무녀가 제 음식에 넣으려던 것을 일부러 항아리에 넣어서 독성을 꽤나 낮춰 줬거늘, 대체 무슨 말씀이신지?"라고 의아하다는 얼굴로 되물으셨다고 합니다.

"첫째 부인의 남동생이나 되시는 분께서 이 정도 독도 못 이겨 내실 줄이야. 매번 영주 일족의 친족이라고 말씀하셨으니, 그 노릇을 하실 수 있게 도와드리지요."

매우 정중한 말로 '앞으로 네 음식에도 독을 넣어 주마'라는 말을 들은 전 신전장은 꽁무니에 불이라도 단 듯 도망갔다고 합니다.

"페르디난드 님이 정색하고 그렇게 말씀하시면 전 진짜 무서워서 울었을 거예요."

"예. 이미르가 느낀 것처럼 다른 청색 신관들도 전 신전장에게 이야기를 듣고 보복이 두려웠는지, 자기 시종들이 남의 주방에 접근하지 못하게 했지요. 각자 자기 주방을 감시하게 되었고, 그 이후로 신전 음식에 독이 들어가는 일은 일어나지 않았어요."

그 당시, 제가 모셨던 마르그리트 님은 고아원 원장이셨습니다. 그녀의 시종이었던 저는 귀족 구역에서 떨어진 고아원 원장실에서 지내고 있어서 그런 일이 있는 줄 몰랐습니다.

그런 기억을 떠올리고 있던 제 앞에 펼쳐진 건 화사하고 산뜻한 꽃자수가 들어간 마르그리트 님의 의식용 의상이었습니다. 그걸 본 순간, 마르그리트 님과의 일들이 뇌리에 잇달아 스쳐 지나갔고, 저도 모르게 목 안쪽이 바짝 조여 왔습니다.

'원장실의 비밀의 방에도 들어갈 수 있게 되었는데, 이제 와서 왜……'

심장이 조이는 듯한 통증과 답답함을 느끼고 주먹을 꽉 쥐었습니다. 다 잊은 줄 알았는데, 여전히 기억날 정도로 제 머릿속에 강하게 새겨져 있었나 봅니다.

느닷없이 떠올린 기억에 혼란스러워하는 제 앞에서 로타르는 이미르의 몸에 그 의식용 의상을 갖다 댔습니다.

"이미르, 꽃 자수가 들어간 것도 여성스러워서 잘 어울리네요?"

"로타르, 지금 놀리는 거죠?"

이미르가 분한 듯 로타르를 노려보았습니다. 저는 두 사람을 말리는 척하며 의식용 의상이 제 눈에 들어오지 않게 두 사람 사이에 끼어들었습니다. 옷기장이 이미르에게도 맞고, 마르그리트 님도 중급 귀족 집안 출신이었기에 격에도 맞지만, 안게리카 님께 이 옷을 드릴 순 없습니다.

"두 사람 다 진정하세요. 이미르, 안게리카 님은 여성스러운 무늬를 좋아하지 않으십니다. 격과 기장만 보고 고르세요. 로타르, 장난이 심합니다. 그건 넣어 두세요."

"실례했네요."

로타르는 바로 사과하고는 마르그리트 님의 의식용 의상을 치웠습니다. 저는 안도의 한숨을 내쉬고, 비교적 차분한 디자인의 의식용 의상을 들어 이미르의 등에 갖다 대 보았습니다.

"이건 어떻겠습니까?"

"안게리카 님처럼 아름다우신 분은 아까처럼 화사한 게 어울릴 것 같은데……."

로타르는 아쉬워하며 마르그리트 님의 의식용 의상을 쳐다보았지만, 이미르는 잠시 생각에 잠깁니다. 설마 마르그리트 님의 의식용 의상을 안게리카 님께 입히려는 건 아니겠지요? 그것만은 제발 피하고 싶어서 저는 필사적으로 머리를 굴렸습니다. 기억 속의 마르그리트 님과 안게리카 님의 모습을 비교해 보았습니다.

"로타르, 이미르. 잘 보세요. 이건 안게리카 님의 가슴 사이즈에 맞지 않습니다. 이쪽이 더 잘 맞아요."

"아차. 그 점을 생각 못 했네요. 이걸로 할게요."

"프랑, 이미르!"

로타르가 나무랐지만, 마르그리트 님의 의식용 의상을 대여하는 것만은 막았습니다. 휴 하고 안도의 한숨을 내뱉는데, 왠지 모르게 로타르의 시선을 느꼈습니다. 이상하게 보였을까요. 저는 로타르의 의심을 피하려고 페르디난드 님의 과거 이야기로 화제를 돌리기로 했습니다.

"그래서 페르디난드 님은 언제부터 신전에서 지내시게 되었습니까? 그 독 사건이 계기였나요?"

"글쎄요. 전 신전장과 신전의 상황을 주시하려고 하신 거겠죠. 가끔 귀족가에 있는 자택에 계시다가도 성가신 사람이 온다고 매우 언짢아하시며 신전에서 묵으셨으니까."

다행히 로타르는 제 의도에 넘어와 주었습니다. 그럴싸한 핑계를 대며 주변을 경계하시는 페르디난드 님의 모습이 머릿속에 떠오릅니다.

"아마 우리를 안심시키려고 거짓말하신 거겠지⋯⋯라고 당시엔 그렇게 생각했었는데, 지금 보면 질베스타 님한테서 도망쳐 오신 게 아닐까 하는 생각도 드네요."

"그게 정답이겠군요."

예고도 없이 불쑥 신전을 방문하는 귀족이 있었는데, 그의 이름을 '질베스타, 대체 어디 있어?'라는 올도난츠로 알게 된 게 언제였던가. 그 올도난츠를 보낸 분이 칼스테드 님이시고, 질베스타라는 분이 사실은 영주님이시라는 걸 알게 된 게 언제였던가. 벌써 기억이 가물가물합니다.

"다무엘 님은 이거면 되지 않을까요?"

"은근히 골격이 크시니까 이쪽이 더 좋겠네요."

귀족의 평균적인 체격인 분이시라 대여복 중에는 다무엘 님께 맞는 옷이 가장 많습니다. 코르넬리우스 님과 안게리카 님보다 조금 격이 떨어지는 옷을 고르면 다음은 장식품 차례입니다. 허리끈과 장식줄 등을 전부 찾기 시작합니다.

"여성이 쓰는 끈은 너비도 그렇고 종류가 왜 이렇게 많을까요? 뭘 골라야 할지 모르겠네요."

"모니카와 니콜라가 입히기 편하게 로제마인 님과 같은 디자인으로 고릅시다. 이 중에서 고르면 되겠군요."

내가 끈 몇 가지를 후보로 제시하자, 이미르가 누가 봐도 안심한 표정을 지었습니다.

"신관장님밖에 모신 적이 없는 제게는 청색 무녀의 의식용 의상을 빌리는 건 너무 어렵네요."

"이거로 전부 갖춘 것 같은데요?"

끈과 장식줄 등을 인원수만큼 찾자, 저는 큰일을 끝낸 기분으로 안도의 한숨을 뱉었습니다. 그런데 마음이 가벼워진 저와 달리, 이미르의 표정이 어딘가 어두워 보였습니다. 무언가 말하고 싶은 듯한 하늘색 눈으로 청색 의식용 의상을 빤히 바라보고 있습니다.

"왜 그럽니까, 이미르?"

"그게, 하르트무트 님은, 진심이신 걸까요? 호위 기사들에게 봉납식을 거들게 하겠다는 말……."

"진심이시니까 의식용 의상을 준비하라고 명하신 것 아닙니까."

저는 신전장실에서 하르트무트 님이 호위 기사 분들께 협력을 요청하는 모습을 봤습니다. 그렇게 말하자, 이미르는 불만스럽게 미간을 찌푸렸습니다.

"신관장으로 취임하신 하르트무트 님과 달리 호위 기사들은 맹세의 의식도 하지 않고 봉납식만 참가하시는 거죠?"

"아마도요. 호위 기사와 청색 신관을 겸임한다는 얘기는 들은 적이 없군요."

"……정말 그래도 되는 겁니까? 지금까지 호위 기사들은 의식의 방에 출입도 못 했었는데, 청색 의식용 의상을 입었다고 허락하는 건 이상하지 않나요? 적어도 호위 기사와 청색 신관을 겸임한다는 맹세의 의식만이라도 해야 하는 것 아닌가 생각해서요."

솔직히 이미르뿐만이 아니라 저도 청색 신관과 청색 무녀가 아닌 귀족이 봉납식에 참여하는 이 상황을 어떻게 대응해야 할지 모르겠습니다. 하르트무트 님은 로제마인 님께서 귀환하시지 않아도 되도록 여러모로 궁리하고 계시지만, 올해는 불안 요소가 많아서 솔직히 로제마인 님께서 돌아와 주셨으면 좋겠습니다.

생각에 빠진 저와 이미르의 앞에서 로타르가 짝 하고 손뼉을 쳤습니다.

"이미르의 마음도 이해되지만, 지금은 봉납식을 안전하고 완벽하게 끝내고, 작은 성배에 마력을 채우는 것이 최우선입니다. 영지 내의 수확이 줄면 수확제의 기부금도 줄어요. 귀족님들께서 협력해 주시는 걸 다행으로 여겨야죠."

로타르의 말이 맞습니다. 봉납식에 마력이 충분하지 않으면 저희는 물론이고 모두가 곤란해집니다. 작은 성배에 마력을 채우기 위해 신전장님과 신관장님이 정하신 일이라면 반대할 수도 없지만 말입니다.

"그리고 페르디난드 님도 하르트무트 님의 제안을 승낙하셨고요."

"페르디난드 님께서……."

규칙에 엄격하고, 매사 철저하신 페르디난드 님께서 로제마인 님을 귀환시키지 않으려고 호위 기사들을 이용하려고 하신 것임을 눈치채고, 저는 겸연쩍어졌습니다.

"페르디난드 님도 꽤 유해지셨군요."

제가 중얼거리자, 로타르가 미소를 띠며 고개를 끄덕입니다.

"로제마인 님의 영향이지요. 그분이 어린애 말을 귀 기울여 들어 주고 배려하시는 모습을 봤을 땐 정말 까무러칠 뻔했습니다."

"아……. 그 차가운 시선에도 굴하지 않고, 혼이 나도 금방 다른 방법을 생각하고, 자신의 요구를 관철하시는 로제마인 님이 그때 얼마나 대단해 보이던지."

이미르의 말투에 피식 웃음이 새어 나왔습니다.

"페르디난드 님을 변화시킨 건 로제마인 님이시겠죠. 혹시나 고아원으로 내쫓길까 봐 페르디난드 님의 의중을 헤아리려고 안달복달했던 우리와는 달리 로제마인 님은 자신의 주장을 이해시키려고 고군분투하셨죠. 그 차이일까요."

차분한 말투로 로타르가 말하자, 제 뇌리에 페르디난드 님의 의중도 모른 채 화내고 애원하던 로제마인 님의 모습이 떠올랐습니다.

"그것도 그렇겠지만, 로제마인 님이 하도 상식 밖의 행동을 하시니 뭘 해야 할지, 무슨 말을 꺼내야 할지 몰라서 그러셨던 게 아닐까요? 그것 때문에 페르디난드 님이 로제마인 님의 언행을 주시하게 된 거니까요."

귀족의 상식으로 대하면 통하지를 않으니 페르디난드 님의 말투도 점점 거리낌이 없어졌습니다. '저긴 비밀의 방이 아니라 설교방이야'라며 청색 무녀였던 로제마인 님이 루츠에게 투덜거리던 모습이 뇌리를 스쳤습니다.

'성가시다며 눈살을 찌푸리고 불평하시던 페르디난드 님의 말투가 언제부터 부드러워졌더라.'

기억이 나질 않습니다. 언제부터인가 조금씩 변하셨습니다.

"며칠 전에도 인수인계를 하시는 모습에 아쉬움이 배어 있더군요. 두 분의 사이가 급속도로 가까워져서 놀랐어요."

"제가 놀란 건 그것을 페르디난드 님께서 당연하게 받아들이셨다는 점이에요. 방해된다고 내보내거나 귀찮다고 목덜미를 잡고 방에서 쫓아내지 않으셨잖아요."

이미르의 말에 페르디난드 님께 막 다뤄지는 로제마인 님의 모습을 떠올리고 모두가 웃음을 터트렸습니다.

"서로 동등한 입장에서 걱정하고 근심하는 말을 주고받는 게 신기하게 보였어요. 예전엔 페르디난드 님께서 고심하는 모습을 자주 보곤 했는데."

"전 신관장님을 걱정하는 사람이 주변에 얼마나 많은지 똑똑히 깨닫게 해 주겠다며 기세등등하게 걸으시던 로제마인 님의 모습이 더 인상 깊었습니다."

이미르의 말에 로타르가 퍼뜩 입을 가리며 웃음을 참았습니다. 그 장면을 보고 있던 저도 입가를 틀어막았습니다.

'로제마인 님. 주변 사람들 눈엔 훤히 다 보였나 봅니다.'

하지만 제 눈에는 억지를 부린다기보다 알아 달라고 애원하는 것처럼 보였습니다. 그리고 거부당하지 않을 거라는 확신에 찬 행동과 솔직한 표현, 세심한 배려심 등이 마치 평민촌에 있는 가족을 대하는 태도와 똑같아 보였습니다.

페르디난드 님이 조금만 더 일찍 변하셨다면 평민촌 사람들과 비밀의 방에서 만나는 것조차 금지되었을 때 로제마인 님 혼자 우시는 일은 없었을 겁니다.

그 다정하고 따뜻한 관계가 앞으로도 계속 이어졌다면 페르디난드 님도 억눌러 왔던 감정을 솔직하게 드러내시게 되지 않았을까요.

'시간의 여신 드레팡아여, 부디 시간을 되돌려 주십시오. 이별이 정해지기 전에……'

아무리 빌어도 이뤄지지 않을 소망입니다.

그리고 이 변화는 이별이 결정된 이후에 일어난 것임을 알고 있습니다. 이별이 정해지기 전으로 시간을 되돌린다면 두 사람의 거리감도 예전으로 돌아가겠지요. 하지만 좋은 방향으로 변할 것을 알기에 안타까울 따름입니다.

"의식에 필요한 장식도 전부 찾았으니 이제 나갑시다."

로타르의 재촉에 저는 다무엘 님의 의식용 의상 한 벌을 안고 보관실을 나왔습니다. 뒤돌아보니, 페르디난드 님의 의식용 의상이 제일 앞에서 흔들리고 있었습니다.

"프랑, 왜 그래요?"

"페르디난드 님의 의식용 의상이 저기에 걸려 있는 게 지금도 실감이 나지 않습니다."

쓸쓸함을 느끼며 의식용 의상을 바라보는 제 말에 로타르와 이미르도 늘 보아 왔던 페르디난드 님의 의식용 의상을 바라보았습니다. 두 사람도 같은 쓸쓸함을 느끼고 있는 걸까요. 잠시 아무 말이 없습니다.

"로제마인 님이 신전에 계시는 날도 이제 몇 년이나 남았을까요."

로타르가 불쑥 중얼거렸습니다. 로제마인 님은 성인이 되시면 신전을 나가십니다. 그때도 이렇게 쓸쓸해질까요.

아직 오지도 않은 이별을 상상하는 것만으로도 가슴이 구멍이 뚫린 것 같은 상실감에 먹히는 듯해 벌써 우울해집니다.

"……또 저를 두고 가시겠죠?"

회색 신관인 저는 신전에서 나갈 수 없습니다. 페르디난드 님께도, 로제마인 님께도 버림받는 존재입니다. 그런 제 처지를 분해하는 스스로에게 놀랐습니다. 자신에게 이런 감정이 있었다는 것을 처음 깨달은 기분입니다.

마르그리트 님과 헤어질 땐 쓸쓸하긴커녕 오히려 안도했습니다. 그런데 이제 와 주인이 떠날 날을 상상했다고 우울해지다니, 저도 상당히 변한 모양입니다.

"만약 페르디난드 님께서 절 데려가겠다고 말씀하셔도 신전 밖에 나가긴 싫어요. 상식이 통하지 않는 곳은 무섭다고요."

이미르가 그렇게 말하며 걸음을 재촉했습니다. 로타르도 "그렇네요."라고 동의하며 그 뒤를 따랐습니다.

'만약 페르디난드 님과 로제마인 님께서 저를 원하신다면, 전 함께 새로운 세계로 나갈 겁니다.'

속으로 그렇게 중얼거린 저는 페르디난드 님의 의식용 의상을 향해 무릎을 꿇었습니다.

후기

오랜만에 인사드립니다, 카즈키 미야입니다.

이번 「책벌레의 하극상 ~ 사서가 되기 위해서라면 뭐든지 할 수 있어 ~ 제4부 귀족원의 자칭 도서위원IX」를 구매해 주셔서 감사합니다.

드디어 4부 완결이네요.

프롤로그는 플로렌치아의 시점으로 게오르기네가 에렌페스트를 떠나는 장면에서 시작합니다. 그녀도 게오르기네의 존재에 불안을 느끼고 있었습니다. 아이들과 긴밀히 연락하고 싶은데 북쪽 별채에서 떨어져 지내고 있고, 각자 측근들과 움직이고 있어 상황 파악을 못 하고 있습니다. 그리고 아이마다 보고도 다르고, 로제마인에 관해서는 질베스타를 통해서만 보고를 들을 뿐, 직접 대화할 기회가 없어 엎친 데 덮친 격입니다.

그런 첫째 부인의 고민을 알 턱이 없는 로제마인은 신전에서 업무의 인수인계와 귀족원 예습으로 정신이 없습니다. 그 와중에도 신세를 졌던 페르디난드를 위한 준비를 돕거나 이별 선물을 고민하고요…….

측근들까지 낀 즐거운 식사 자리에서 느닷없이 보호구를 주고받게 된 로제마인과 페르디난드. 생선인 레기쉬의 비늘에서 채취한 무지개색 마석이 엄청난 활약을 합니다.

그러나 멋진 선물로 들뜬 것도 잠시. 침입자가 회색 신관들을 납치하고, 신전장실의 성전을 훔치는 사건이 일어납니다. 평민촌의 협력으로 정보를 모으고, 측근들의 활약으로 사건을 해결하지만, 페르디난드가 떠나는 날이 앞당겨지고 맙니다.

눈물을 참으며 전 속성의 축복으로 배웅하는 로제마인. 페르디난드는 아렌스바흐로 떠납니다.

후반부는 다른 인물의 시점으로 쓴 단편집 '이별 뒤 찾아온 겨울 생활'입니다. 이 내용은 웹 연재 당시 제4부 완결 기념으로 신청 받아 집필한 단편인데요. 페르디난드 일행이 떠난 이후 각각의 생활을 써 봤어요.

또 리카르다 시점과 프랑의 시점으로 쓴 단도 실렸습니다.

리카르다 시점에서는 유스톡스의 채비를 돕는 와중에 과거 회상들을 조금씩 넣어 봤습니다. 리카르다와 유스톡스가 본편에 등장할 땐 각자 시종의 입장으로 움직였던 터라 모자다운 장면이 없었어요. 과연 이번 편에서 두 사람은 모자다운 관계를 보여줄까요?

프랑 시점의 단편은 봉납식을 준비하는 내용입니다. 페르디난드가 떠나고 귀족이 겨울 사교계 준비로 자리를 비운 신관장실. 시종들은 호위 기사들이 봉납식에 참여할 가능성을 고려해 의식용 의상을 준비합니다. 신관장실의 시종들을 위주로 쓰면서 즐거웠습니다. 로타르는 본편에도 나오지만, 프랑 대신 편입된 이미르는 이번이 첫 등장이네요.

이번 권에서 시이나 님께 부탁드린 새 캐릭터 디자인은 레티치아입니다. 아렌스바흐의 영주 후보생이고, 앞으로 페르디난드가 교육하게 될 아이지요. 불우한 가정환경에서 자란 캐릭터입니다.

이번에는 '하르트무트의 노력과 포상', '메꿔지지 않는 구멍' 등, 쪽수 관계로 평소보다 많은 단편이 수록되었습니다. 웹에서 넘어오신 독자님들도 신선하게 읽을 수 있는 부분이 많을 거라고 생각합니다.

다음은 새로운 소식을 전해드립니다.

드라마 CD 제4탄이 동시 발매되었습니다. 이 완결권을 화려한 성우진의 목소리로 감상해 보셨으면 합니다. 드라마 CD는 TO북스의 온라인 스토어에서만 구매하실 수 있습니다.

애니메이션은 현재 절찬 방영 중. 4월부터는 2부가 방영됩니다. 방송국이나 인터넷 방송에 관해서는 애니메이션 공식 홈페이지를 확인해 주세요. http://booklove-anime.jp/

애니메이션의 블루레이 세트는 12월 27일에 발매됩니다. 성우분들이 애니메이션을 보며 대화하는 오디오 코멘터리, 애니메이션 미술 설정, 제작자 인터뷰 등을 담은 해설집이 포함되어 있습니다. TO북스 온라인 스토어의 점포별 특전은 ED카드 엽서 세트와 '책벌레의 하극상' 특별 제작 소책자입니다. 궁금하신 분은 한번 들어가 보세요.

다음에 나올 제5부 I 은 특별 영상도 있습니다. 내용은 '유스톡스의 평민촌 잠입 대작전'과 '코린나네 자택 방문'으로 애니메이션 제5장과 같은 시간축에서 일어나는 이야기입니다.

이번 표지는 두 사람이 헤어지는 장면입니다. 이별을 앞두고 애틋한 표정을 짓는 페르디난드와 로제마인. 원래는 제목 쪽에 유스톡스와 에크하르트가 있었답니다. 컬러 일러스트의 뒷면에 제목을 뺀 표지 일러스트가 있으니 감상해 주세요.

컬러 일러스트는 이별을 앞두고 열쇠를 넘기는 장면을 부탁드렸어요. 둘의 주변에 사람들이 지켜보는 이미지를 생각했었는데, '없는 편이 더 예쁘다'라는 시이나 님의 제안에 두 사람만의 세계가 되었어요.

시이나 유우 님, 감사합니다.

마지막으로 이 책을 구매해 주신 여러분께 최상급의 감사를 바칩니다.

제5부 I 은 3월 발매 예정입니다. 거기서 또 만나요.

2019년 10월 카즈키 미야

개가 아니거든요

'기다려' 중

크르르르

후 후

성전을 도둑 맞았을 때

달돌프 자작의 저택을 급습해도 되죠?

내 성전이 틀림없어요

표지와 냄새와 무게를 보니

성전을 되찾았을 때

봉

꽈야

앗! 지금 이상한 생각하고 있죠?!

좀 더 엄격하게 훈육했어야 했나

깽 깽

두뇌 담당에게 맡기겠습니다

그 대응 방법에 대해 설명해 드리죠

그럼 자주 사용되는 독물과

앗

철컹

잘 쓰고 있네

끄덕 끄덕

안게리카 듣고 있어요?

책벌레의 하극상 [4부] 귀족원의 자칭 도서위원 IX

초판 1쇄 발행   2021년 8월 31일

저자 카즈키 미야

발행인 원종우
발행처 (주)이미지프레임

주소 (13814) 경기도 과천시 뒷골1로 6, 3층
영업부 02-3667-2653   **편집부** 02-3667-2653   **팩스** 02-3667-2655
메일 edit01@imageframe.kr   **웹** vnovel.kr

ISBN 979-11-91225-55-6 04830

Honzukino Gekokujo Shisho ni naru tameni ha Syudan wo Erande Iraremasen
Dai Yon-bu kizokuin no zishou tosho iin 9
By Miya Kazuki
Copyright © 2020 by Miya Kazuki
First published in Japan in 2020 by TO BOOKS, Inc.
Korean translation rights arranged with TO BOOKS, Inc.
through Shinwon Agency Co.